SCHWEIZER
VERLAGSHAUS

Anita Shreve

Verschlossenes Paradies

Roman

Schweizer Verlagshaus
Zürich

Die amerikanische Originalausgabe erschien 1989
unter dem Titel »Eden Close«
bei Harcourt Brace Jovanovich, New York

Aus dem Amerikanischen von Heinz Nagel

CIP-Titelaufnahme der Deutschen Bibliothek

Shreve, Anita:

Verschlossenes Paradies : Roman / Anita Shreve.
[Aus d. Amerikan. von Heinz Nagel]. – Zürich :
Schweizer Verl.-Haus, 1990

Einheitssacht.: Eden close ‹dt.›
ISBN 3-7263-6620-2

Die gebundene Ausgabe erscheint im
Schweizer Verlagshaus, Zürich

Schutzumschlag: Heinz von Arx, Zürich, unter Verwendung
der Illustration auf dem amerikanischen Originalumschlag
von Darrel Millsap
Satz: Utesch Satztechnik GmbH, Hamburg
Druck und Bindung: Ueberreuter, Korneuburg
Printed in Austria

ISBN 3-7263-6620-2

1 3 5 6 4 2

Für John

Erster Teil

Die Luft hing schwer wie Wasser in den quadratischen dunklen Zimmern des Farmhauses. Im Haus herrschte Stille, und die einzigen Laute, die zu hören waren, klangen verschwommen und gedämpft, als hörte man sie durch dicke Tücher. Oben, im Zimmer des Jungen, tickte die Uhr über dem Schreibtisch die Minuten weg. Mitternacht war gerade vorüber. Im Zimmer nebenan, wo die Eltern des Jungen schliefen, klapperte leise ein alter Ventilator und ließ die schwere Luft von draußen über die schlafenden Körper seiner Eltern streichen. Sie hatten dem Jungen den Ventilator angeboten, wie sie das in jenem Sommer fast an jedem heißen Abend getan hatten. Aber der Junge, dem in jenem Sommer zum ersten Mal das Alter seiner Eltern bewußt geworden war, hatte darauf verzichtet, ihn ihnen wegzunehmen.

In diesem Haus, weit ab von der Ortschaft, lag Andy auf dem Rücken in seinem Bett und schlief. Er schlief schlecht, den Mund halb geöffnet und von der Augustnacht wie erdrückt. Ein feuchtes Laken, das sich gelöst hatte, bedeckte seine Brust. Die Brust des Jungen war damals noch knochig, ohne die Muskeln, die später kommen würden, und er hatte den Sommerwuchs eines älteren Jungen, wie wenn er zu schnell in die Höhe geschossen wäre und die Anmut der Kindheit verloren hätte. Er war jetzt groß, so groß, daß er seine Eltern überragte, und die ihm noch fremden Glieder, die unter dem Laken hervorragten, ließen seinen Körper selbst im Schlaf schmächtig und unbeholfen erscheinen. Seine Haut war sommerlich gebräunt und hatte die Spuren des Heranwachsens schon fast verloren. Sein dichtes Haar, dunkelbraun und entgegen dem Wunsch seines Vaters ein wenig zu lang, war an den Schläfen und im Nacken feucht von der Hitze. Er wälzte sich und zog dabei das Laken mit, als wollte er trotz seiner Träume sagen: *Also, jetzt reicht es aber.*

Der Vater des Jungen, der in einem ärmellosen Unterhemd und Boxershorts im Zimmer nebenan auf dem Bauch schlief, griff sich mit der Hand ans Ohr, um eine Stechmücke zu verjagen. Seine Mutter lag neben seinem Vater, wie der Junge auf dem Rücken. Sie hatte das Laken ganz von sich geschoben und trug ihren rosa Sommerpyjama. Sie hatte Lockenwickler im Haar, an den Seiten und oben auf dem Kopf. Die vom Vater verjagte Mücke ließ sich auf ihrem Schenkel nieder, aber sie bewegte im Schlaf das Bein zu spät.

Hinter dem Fenstergitter im Zimmer des Jungen begann die Finsternis. Die Dunkelheit hüllte den ganzen Ort ein, die Straße, die aus ihr hinausführte, und die zwei Farmhäuser, die zwei Meilen von der Stadt entfernt an der Straße lagen, wie etwas, das einem nachträglich noch eingefallen ist, und die nur einander zur Gesellschaft hatten. Die zwei Häuser waren nur zwanzig Meter voneinander entfernt, das eine war der Straße zugewandt, und das andere, seines, das an einem kurzen, ungeteerten Weg lag, war nach Norden ausgerichtet, auf ein Feld, auf dem früher einmal Mais gewachsen war. Tatsächlich war die Dunkelheit an jenem Tag aus dem Norden gekommen und hatte jenen Teil des Staates zugedeckt, in dem die Ortschaft lag und wo der Junge zur Welt gekommen war. Am Nachmittag waren staubfarbene Wolken am Himmel aufgezogen und hatten die Sonne verdeckt wie dicke Watte, bis nur noch die Hitze zu spüren war, und hatten dann am Abend den Mond und die

Auguststernschnuppen abgedeckt. Die Schwärze drückte die Hitze hinunter und durch die Fenstergitter in die Zimmer, wo der Junge und seine Eltern schliefen.

Später würden sie alle wissen und sagen können, daß es zehn Minuten nach zwölf gewesen war, als der Lärm begann. Der Junge war zuerst aufgewacht, Sekunden vor seinen Eltern. Er hörte eine Frau aufschreien und dachte, während er langsam aus dem Schlaf auftauchte, es könnte vielleicht seine Mutter sein. Aber als er dann wach war, wußte er, daß das Geräusch von draußen kam, aus der Dunkelheit hinter dem Fenstergitter. Der Junge schob das Laken von der Brust, als würde ihn das Laken daran hindern, den Laut vor seinem Fenster einordnen zu können. Vielleicht hörte er auch in dem Augenblick durch die Wand, wie sein Vater oder seine Mutter sich aufsetzte, plötzlich hellwach wie er.

Das zweite Geräusch war der heisere Ausruf eines Mannes, fast ein Schrei, und dem folgte unmittelbar das verängstigte Kreischen einer weiteren weiblichen Stimme, der eines Kindes wie er selber. Er hörte die Füße seines Vaters auf dem Boden, das Rascheln der Hose, dann einen Reißverschluß – und dann die halberstickte Stimme seiner Mutter, besorgt, fragend. Der Junge rutschte ans Fußende des Bettes, wo das Fenster war. Auf Händen und Knien kauernd blickte er in die Nacht hinaus und wartete darauf, daß die Stimmen sich erklärten.

Zwei Schüsse fielen, würden der Junge und seine Eltern später sagen. Zwei Schüsse, kurz hintereinander, so daß sie in der lautlosen Sommernacht die Luft erschütterten wie eine einzige Explosion. Der Junge kniete wie erstarrt, die Hände auf dem Fenstersims. So kniete er während der Sekunden der Stille, die der Explosion folgten, bis er die laute Stimme seines Vaters hörte, der seine Mutter aufforderte, sich nicht von der Stelle zu rühren. Und dann rief er den Namen seines Sohnes. *Andy*. Er hörte, wie sein Vater die Tür des Schrankes öffnete, wo er das Gewehr aufbewahrte. Dann öffnete sich die Tür zu seinem Zimmer. Sein Vater, im ärmellosen Unterhemd, das Gewehr in der Hand, sagte: *Geh vom Fenster weg.* Der Junge hörte seinen Vater die Treppe hinunterrennen und dann das leise Summen, als sein Vater im Flur im Erdgeschoß eine Telefonnummer wählte.

Unfähig, vom Fenster wegzugehen, wie sein Vater es ihm befohlen hatte, starrte der Junge in die Dunkelheit hinter dem Gitterfenster hinaus. Und da begann ein schrilles Heulen, das zuerst wie ein dünner Rauchfaden zum Himmel stieg – eine weibliche Stimme, wenn auch schier unmenschlich, die immer lauter wurde. Er stellte sich eine Frau vor, die den Mund aufsperrte, und ihre Stimme, die sich wie ein dünnes, zitterndes Band daraus emporwand. Der Junge hörte, wie sein Vater aufhörte zu wählen, lauschte und auflegte. Das Heulen wollte nicht aufhören, durchschnitt die Nacht. Der Junge schauderte und zog sich vom Fenster zurück. Die Katze im Erdgeschoß sprang auf den Küchentisch und fauchte. Krähen und Sommervögel, von den unheimlichen Schreien geweckt oder vielleicht auch durch die Schüsse, begannen zu schnattern und zu krächzen. Und durch die Wand hörte der Junge seine Mutter sagen, so als verstünde sie plötzlich: *Ach Gott, ach du lieber Gott.*

Andrew erwacht aus dem Traum in dem Bett, in dem er als Junge geschlafen hat, und hat die Orientierung verloren. Der Traum bleibt hängen, deutlich und schwer, zieht ihn hinunter und läßt die Nacht der Schüsse, als er siebzehn war, mit dieser Nacht nach dem Begräbnis seiner Mutter, da er sechsunddreißig ist und zum ersten Mal in seinem Leben allein im Haus seiner Eltern schläft, verschwimmen. Er hält noch etwas an dem Traum fest und genießt das Gefühl, tief in den Körper und die Gedanken des Jungen hineinzutauchen und mit den Ohren des Jungen zu hören, wie er das seit neunzehn Jahren nicht mehr konnte, und genießt sogar die Furcht – die Fähigkeit, jene Art von Furcht zu verspüren, die einem über den Rücken läuft.

Andy. Er kann den genauen Klang der Stimme seines Vaters hören und den seiner Mutter – gedämpft, murmelnd, ängstlich. In dem Traum sind Einzelheiten, an die er sich seit neunzehn Jahren nicht mehr erinnert hat, und er denkt (nur kurz, weil er nicht will, daß Gedanken den Weg in den Traum zurück versperren), daß der Traum wie eine Hypnose funktioniert und ihm einen Blick und ein Gehör zurückgegeben hat, die er verloren hatte. In wachem Zustand konnte er seinen Vater nicht so wie jetzt als jüngeren Mann sehen, mit den noch muskulösen Schultern unter dem ärmellosen Unterhemd, das Hemd so dünn wie Gaze und ganz anders als die dicken baumwollenen T-Shirts, die er selbst jetzt trägt. Die mitternächtlichen Stoppeln am Kinn seines Vaters und die harte Bauchmuskulatur unter dem Unterhemd. In wachem Zustand kann er seinen Vater nur so erscheinen lassen, wie er kurz vor seinem Tode war – glattrasiert, mit dem dicker gewordenen Bauch, der gegen den Gürtel ankämpft, und der eingesunkenen Brust, als wäre das Zentrum, die Kraft seines Körpers, eingesunken. Die meisten Bilder, die er jetzt aus der Jugend seines Vaters hat, stammen von Fotografien, und sein Vater ist dann in dieser oder jener Pose eingefroren, mit diesem oder jenem Ausdruck, aber er hat kein Leben, keine Stimme – so wie die frühen Jahre seines eigenen Sohnes für immer in den Fotografien und den Filmen eingeschlossen scheinen, die Martha, seine Exfrau, mitgenommen hat. Sein Sohn ist jetzt sieben, aber Andrew kann sich nicht verläßlich daran erinnern, wie er mit zwei oder mit vier Jahren klang oder was er sagte.

Er dreht sich herum im Bett und hofft, wieder tiefer in den Schlaf sinken zu können, um den Traum lebendig zu halten. Er spürt, wie sich eine Tür langsam schließt. Der Traum ist im Begriff, ihm zu entgleiten, und er verliert das Gefühl, ein Junge zu sein. Aber die Tür hat sich nicht ganz geschlossen: Er kann immer noch einige Einzelheiten ausmachen. Er hatte vergessen, kann es aber jetzt wieder sehen, wie die Wolken an jenem Nachmittag aufzogen, eine geronnene Farbe, die den Himmel bedeckte und die den Bäumen und der Haut im frühen Abendlicht einen fahlen, krankhaften Gelbton verliehen. Und er kann die erregten Schreie der Vögel kurz nach Mitternacht wieder hören, als eigentlich Stille hätte herrschen sollen. Er hatte die Art, wie sein Vater ein Gewehr hielt, nach unten gerichtet, fast wie eine Krücke, vergessen. Und daß seine Mutter im Bett Lockenwickler trug. Und dann hatte er auch vergessen (und wie hätte man auch den genauen Laut behalten sollen?), wie schrecklich schrill die Frau geschrien hatte. Er hätte in den Jahren dazwischen jederzeit sagen können, ja, da hat eine Frau erschrocken und gepeinigt geschrien, aber er hätte es nicht beschreiben können. Gelegentlich, als er noch jünger war und mehr darauf aus, Eindruck zu machen, hatte er einem neuen Bekannten oder einer Frau die Geschichte erzählt und damit seiner Kindheit das einzige Stück Glanz verliehen: *Der Mann im Nachbarhaus ist ermordet worden, als ich siebzehn war. Und seine Tochter hat man vergewaltigt.* Aber bis zu dem Traum hat er den Klang nicht mehr hören können.

Aber ist der Traum richtig? fragt er sich. Ist da vielleicht das eine oder andere hinzugefügt um der dramatischen Wirkung willen oder aus irgendwelchen psychologischen Gründen? Nein, denkt er (seine Gedanken drängen herein, kommen jetzt schneller, gewinnen die Oberhand über seinen Schlaf), der Traum stimmt in allen Einzelheiten – da ist nichts verändert (höchstens vielleicht das mit der Stechmücke, die *ihn* gerade eben gestochen haben muß und sich so in den Traum geschlichen hat) – aber so, wie das beim Redigieren eines Textes geschieht, hat der Traum gewisse weniger schöne oder scheinbar belanglose Komplikationen weggelassen.

Er hatte vergessen, erinnert sich jetzt aber – und das gehörte nicht zum Traum –, wie die Hitze und die verschmutzte Luft an jenem Tag die Gemüter erhitzte wie etwas, das die Haut reizt, und seine Eltern am Abend in ungewohnt gereizter Weise miteinander ließ. Er erinnert sich an das Essen an jenem Abend – eine kalte, enttäuschende Mahlzeit mit Schinkenscheiben und Kartoffelsalat (es war zu heiß zum Kochen oder sogar zum Essen) –, wie seine Mutter ihm wieder einmal den Ventilator angeboten hatte und ihre Stimme gereizt klang, als wüßte sie im voraus, daß er ablehnen würde, und als sei sie des kleinen Triumphs ihres Sohnes ebenso müde wie seiner Bedeutung. Und er erinnert sich, daß sie nach dem Essen schweigend aufstand, um die Eiskrem aus dem Kühlschrank zu holen, und den halbleeren Behälter auf den Tisch stellte. Auf Andy machte der Nachtisch den Eindruck, als würde er wie sein Behälter schmecken, und deshalb wollte er nichts davon, trotz der Hitze und trotz seiner Gier nach Süßigkeiten. Er stand vom Tisch auf und ging durch die mit Drahtgitter bespannte Tür hinaus, ließ sie ein wenig lauter zuschlagen als gewöhnlich und zog dabei den Kopf etwas ein, für den Fall, daß sein Vater die Tür noch einmal aufreißen würde, verärgert über die plötzliche Widerspenstigkeit seines Sohnes.

Aber sein Vater ging nicht an die Tür, und Andy folgte dem Kiesweg zur Straße hinunter, die Hände in den Taschen, und dachte, daß er bald weggehen würde, nach Massachusetts, aufs College. Er erreichte die Straße und das Haus der Closes. Es war, ebenso wie sein eigenes, ein einfaches, fast kahles Farmhaus mit weißen Schindeln. Vor Jahrzehnten waren die beiden Häuser im rechten Winkel zueinander auf dem Familiengrund eines Farmers erbaut worden, und von den kleinen Terrassen am hinteren Teil des Hauses aus konnten die zwei Brüder einander zurufen oder eine Mutter ihre Schwiegertochter beobachten. Jetzt teilten sich die beiden Häuser zwar noch die

Zufahrt, aber die Familien waren nicht miteinander verwandt, nur so verbunden, wie zwei Familien, die weit von der Stadt entfernt wohnen, mit der Zeit ihr Leben ineinanderweben. Jemand, der auf der Straße vorbeifuhr, würde freilich auf einen Blick erkennen, daß die zwei Familien nicht miteinander verwandt waren: Das Haus an der Straße – zwar von dichter Vegetation umgeben, ganz besonders im August von blauen Hortensien – war das heruntergekommenere der beiden. Da blätterte immer Farbe ab, und am Dach gab es reparaturbedürftige Stellen oder einen von einem Sturm abgerissenen Fensterladen. Das Haus dahinter, das nach Norden blickte, Andys Haus, war fachmännisch unterhalten, wie um sich so vom andern abzuheben, seine eigenen Hortensienbüsche waren sorgfältig zurechtgestutzt, der Rasen, der es umgab, geschnitten und gepflegt.

Mrs. Close arbeitete damals nachts als Schwester im Bezirkskrankenhaus, und ihr Wagen, ein schwarzer Buick, stand nicht in der Einfahrt. Andy dachte, falls er überhaupt daran dachte, daß sie mit dem Wagen und nicht mit dem Bus zur Arbeit gefahren sei. (Später – Stunden, Tage später? – würde Andy wissen, daß seine Vermutung falsch gewesen war. Man würde ihm dann sagen, oder er würde hören, daß Mr. Close, in der Absicht, der Hitze zu entfliehen, mit dem Wagen ins Kino gefahren war. Und als die Schicht seiner Frau um war, hatte er sie wenige Minuten nach Mitternacht abgeholt.)

Andy hätte sich vielleicht damals fragen können, ob Eden zu Hause bei ihrem Vater sei. Später konnte er nicht mit Gewißheit sagen, ob er Licht im Haus gesehen hatte oder nicht, oder, wenn ja, in welchem Raum Licht gebrannt hatte. Er versuchte der Polizei zu erklären, daß er dutzendmal, zwanzigmal am Tag am Haus vorübergegangen war, und dies Zeit seines Lebens, so daß er nicht mit Sicherheit sagen konnte, ob das Licht, das er im Wohnzimmer oder im Badezimmer im ersten Stock gesehen hatte, genau dann angeschaltet worden war oder schon früher am Abend, als er den Müll hinaustrug, oder vielleicht an einem ganz anderen Abend, als er nur zum Fenster hinausgesehen hatte.

Er ging zur Straße und blieb stehen und blickte in beide Richtungen. Er hatte keine Pläne für den Abend. Er trug ein weißes T-Shirt und Jeans und war dabei, sich das Haar wachsen zu lassen, trotz der mißbilligenden Kommentare seines Vaters, lang genug fürs College. Die Straße war völlig eben, so weit er sehen konnte. Nach dem Abendessen gab es nur wenig Fahrzeuge auf der Straße: eine Familie in einem Kombi, die Eiskrem holen fuhr; ein älterer Junge, ungefähr in seinem Alter, der sein Mädchen abholte; ein Mann, der sich um den Abwasch drückte und einkaufen fuhr. Auch Fremde benutzten die Straße, kamen von Städten und Ortschaften, die er nicht kannte, und fuhren zu anderen Städten und Ortschaften durch. Und gelegentlich gab es auch einen Lastwagenfahrer, der irgendwo etwas zuzustellen hatte.

Auf der anderen Straßenseite waren im verblassenden Okkerlicht die Maisfelder einer landwirtschaftlich genutzten Farm zu erkennen; das Farmhaus lag an einer anderen Straße, die parallel zu der seinen verlief. Manchmal sah Andy MacKenzie und seinen Sohn, Sam, wenn sie mit ihren Traktoren die Felder bestellten. Sam beteiligte sich nicht am Schulsport, weil sein Vater ihn an den Nachmittagen brauchte. Die dürren und spröden Maisfelder erstreckten sich einige Morgen weit wie Dorngestrüpp nach beiden Richtungen und ließen die zwei Farmhäuser auf Andys Straßenseite im August noch isolierter erscheinen als im Dezember. Der Mais diente als Futter für Milchvieh. Andy war froh, daß sein Vater kein Farmer war.

An jenem Abend stand Andy allein an der Straße und hörte nur in der Ferne einen Hund bellen und weit weg das Brummen eines Wagens auf der Hauptstraße, das Klappern von

Geschirr in einer Geschirrspülmaschine und das Laufen eines Wasserhahns in der Küche seiner Mutter. Er blickte nach Osten und Süden über die Maisfelder, wie er das seit Wochen getan hatte, seit mit der Post seine Aufnahmebestätigung für das College eingetroffen war, und dachte daran, daß er hier weg mußte, raus, und hatte gleichzeitig doch auch Angst vor dem Weggehen und vor dem, was ihm vielleicht bevorstand. Schon jetzt hatte er das Gefühl, für immer hier wegzugehen, obwohl er, wenn er mit seiner Mutter redete, häufig von seinen Ferien sprach, von der Zeit um Thanksgiving, davon, daß er zurückkehren würde, um am Junior College zu lehren. Aber er wußte schon damals, daß das nicht stimmte, daß er zum Thanksgiving und zu Weihnachten zurückkehren würde und vielleicht auch in den ersten Sommerferien, aber daß er in Wirklichkeit nie zurückkommen würde. Das, was er einmal sein würde, lag nicht hinter ihm in den kleinen Zimmern der Farm, sondern jenseits der Maisfelder, auf denen der Mais so hoch stand, daß er diesen Monat nicht darüber hinwegsehen konnte.

Seine Mutter rief ihn. Er drehte sich um und sah sie eingerahmt von der Tür im Schein des gelben Küchenlichts stehen. Er sah den roten Kittel, den sie trug und der ihre schweren Brüste und ihre Leibesfülle betonte, und sah die Shorts, die ihr in die Schenkel schnitten. Und wie er so auf der Straße stand, sah er auch – und das Bild überraschte ihn – die jüngere Frau, die sie einmal gewesen war, so als wüßte er ganz sicher, daß er sie alle verlassen würde. Er sah die junge Frau aus den Fotoalben, die sie auf dem Couchtisch im Wohnzimmer liegen hatte – ihr langes, dickes Haar und den weißen Kragen auf dem Bild aus ihrer Oberschulzeit; sah ihr elfenbeinfarbenes Hochzeitskleid aus Satin in dem Schneesturm, der sie an der Kirchentür erwischt hatte (und seinen Vater, der ihr eine Pelzjacke über die Schultern hielt); den benommenen Eindruck sinnlichen Vergnügens in ihren Augen, wie sie ihren Säugling, ihn, in den

Armen hielt. In den Bildern sah er sie immer als schön, und einen Augenblick lang verblüffte ihn die Erkenntnis – die Erkenntnis, daß er *imstande* war, das zu erkennen –, daß in ihr überhaupt keine Schönheit verblieben war. Das subtile Farbenspiel ihres einstmals kastanienbraunen Haares war dahin, und an seine Stelle waren kurze, zu grelle rote Locken getreten.

Und dann, weil er siebzehn war, drängte sich ihm noch eine andere Erkenntnis auf – eine, die wahrscheinlich die ganze Zeit unter der Oberfläche gelauert hatte und jetzt, wie so viele der Einsichten, die ihm in jenem Sommer kamen, zu einem bewußten Gedanken wurde: Obwohl man jemanden so sehr lieben konnte, wie er seine Mutter und sie ihn geliebt hatte, ihr einziges Kind, konnte man sich doch verlassen, wenn man es mußte. Man konnte sich sogar darauf freuen, sie zu verlassen.

»Deine Fernsehsendung läuft«, sagte seine Mutter hinter der Tür.

Da ging er hinein und die Treppe hinauf, um zu duschen, um den Geruch des Benzins abzuwaschen, der von dem Aushilfsjob an der Texaco-Tankstelle an ihm hing. Nach dem Duschen setzte er sich ins Wohnzimmer im Erdgeschoß und sah sich mit seinen Eltern den Rest der Fernsehsendung an, nicht weil er das wollte (er hätte es vorgezogen, allein in seinem Zimmer zu sein), sondern weil es jahrelang ein Familienritual gewesen war, sich vor dem Zubettgehen gemeinsam eine Fernsehshow anzusehen. In jenem Sommer war er sich solcher Rituale sehr bewußt und wollte keines davon brechen. Er wußte, daß seine Eltern ohne ihn bald einsam sein würden. Und obwohl er manchmal das Gefühl hatte, mit der Trennung anfangen zu wollen, dachte er doch nicht gern an das Gesicht seiner Mutter oder an das verkniffene Lächeln seines Vaters, nachdem er weg sein würde. Es war noch gar nicht so lange her, daß die Familienrituale – das ausgedehnte Frühstück mit Pfannkuchen am Sonntagmorgen, die ausgeklügelte Choreographie der Feiertage, das kleine Dreieck am Tisch beim Abendessen – die Höhepunkte seiner Tage und Wochen und Jahre gewesen waren.

Ja, jetzt sieht er es, sein Vater hatte bereits sein Hemd ausgezogen und trug nur noch das ärmellose Unterhemd und die Hosen. Seine Mutter fächelte sich mit einer Zeitschrift Kühlung zu und stand während einer Werbeeinblendung auf, um für sie alle Limonade zu machen. (Eigenartigerweise saßen sie dann kurz vor der Morgendämmerung alle um den Küchentisch und tranken gemeinsam die restliche Limonade, nachdem die Polizei und die Krankenwagen weggefahren waren. Es paßte so recht zu seinen Eltern, in einer Krise nicht zuerst an Whisky oder Brandy zu denken, so wie er das jetzt tun würde – wie er es jetzt *tut.*) Nach der Fernsehsendung gingen sie alle hinauf ins Bett, das war kurz nach zehn (er erinnert sich daran, wie er das der Polizei gesagt hatte), und sein Vater zog seine Uhr auf, während er die Treppe hinaufging, wie er das fast jeden Abend getan hatte, an den Andrew sich erinnern konnte; seine Mutter zog ihr Gewicht am Treppengeländer hinauf, und ihre Schritte lasteten schwer auf jeder Stufe, und oben war sie dann außer Atem; er selbst, leicht wie eine Feder, flog, hüpfte, rannte die Treppe hinauf, die für ihn im Gegensatz zu seinen Eltern kein Hindernis war.

Später, nachdem er von zu Hause weggegangen war, malte er sich immer gern aus, daß er zu seinem Fenster hinausgesehen hatte, während er darauf wartete, daß seine Mutter oder sein Vater das einzige Bad ganz oben freimachten, und in jener Nacht hatte er an Eden gedacht – hatte sich eine Frage zurechtgelegt oder ihre Silhouette hinter dem Fenster gesehen. Aber im Rückblick war es unmöglich herauszufinden, ob er in jener Nacht an sie gedacht hatte oder an jenem Morgen oder als er aus dem Bus von der Texaco-Tankstelle gestiegen war. Eden war so sehr ein Teil seines Lebens gewesen – ebenso ein Teil seiner Geographie wie der Hortensienbaum vor seinem Fenster, dessen weiße buschige Blüten jetzt lachsfarben werden wie am Ende eines jeden Sommers; oder so, wie seine Mutter jeden Morgen beim Frühstück in ihrem Morgenrock aussah, wenn sie ihren Kaffee schlürfte und zum Küchenfenster hinausstarrte und dabei, so dachte er jedesmal, irgendwie ihren Frieden mit dem Wetter schloß und damit, wie der Tag sich entwickeln würde. Er hatte Eden ihr ganzes Leben und den größten Teil seines Lebens gekannt, und obwohl er damals noch zu jung war, um einigermaßen präzise sagen zu können, welche Verbindung zwischen ihm und Eden bestand, so wußte er doch, daß er damals, als die Augusttage sich auf den September zubewegten, darüber bedrückt war, sie zurücklassen zu müssen.

Er sieht, daß er während seines Traumes das Laken vom Fußende des Bettes gezogen hat – während der kindlichen Furcht, die der Traum heraufbeschworen hatte?–, und es liegt jetzt feucht und zusammengeknüllt über seiner Brust. Er zieht es zu seinem Gesicht heran und atmet den leicht modrigen Duft ein; es muß Jahre her sein, daß zuletzt jemand in diesem schmalen Bett geschlafen hat, denkt er. Wenn er mit seiner Frau und seinem Sohn zu Besuch kam, hatten sie alle drei immer in dem Doppelbett im Gästezimmer am anderen Ende des Korridors geschlafen – und für ihn war das immer einer der Höhepunkte jener Besuche gewesen, wie sie einander in jenem weichen, klotzigen Bett umfaßt gehalten hatten. Im allgemeinen hielt Martha nichts davon, Billy bei ihnen schlafen zu lassen (sie sagte, in den Büchern über Kindererziehung stünde, daß das den Jungen zu abhängig machen würde), und so hatten sie es auch nicht getan, mit Ausnahme jener seltenen, wunderbaren Gelegenheiten.

Seit er von zu Hause weggegangen war – auf das College gegangen war, geheiratet hatte, Vater eines Kindes geworden war und sich dann von der Frau und dem Kind getrennt hatte–, hatte sich sein Zimmer so entwickelt, wie das Kinderzimmer immer tun, wenn die Kinder nicht zu ihnen zurückkehren. Zuerst hatte seine Mutter es unverändert gelassen, mit den Plakaten und Fähnchen an den Wänden und dem ordentlich aufgeräumten Schreibtisch und den Büchern aus seiner Kinderzeit, und hatte die paar Kleidungsstücke, die er nicht mit auf die Schule genommen hatte, im Schrank hängen lassen. Sie waren immer noch da, das hatte er am vergangenen Abend gesehen, als er den anthrazitgrauen Anzug aufgehängt hatte, den er zur Beerdigung getragen hatte; aber sie hatte den Kleiderschrank auch selbst für die nicht der Jahreszeit entsprechenden Kleider benutzt, wenn man die grellen, übergroßen Kleider mit den orangefarbenen Rautenmustern und den grünen Streifen und den rosafarbenen Blumen an den Ärmeln so bezeichnen konnte. Sie war die Pfunde nie mehr losgeworden, wie sie es sich vorgenommen hatte, und zog bis zu ihrem Tode große, weitgeschnittene Blusen vor, die ihre immer breiter werdenden Hüften und Schenkel verdeckten.

Auf dem Schreibtisch steht jetzt ihre Nähmaschine, und statt der alten Bleistifte und halb vollgeschriebenen Hefte, die er in der Schublade auf der rechten Seite immer aufbewahrt hatte, hat er letzte Nacht dort eine Sammlung von Garnspulen, Stofffetzen und Nadeln gefunden. Es gab andere Zimmer, in denen sie hätte nähen können – das Sonnenzimmer unten im Erdgeschoß, wo das Licht gut war, oder das Gästezimmer. Aber vielleicht suchte sie einen Vorwand, um sich gerade in diesem Zimmer aufzuhalten, um Spuren von der Gegenwart ihres Sohnes auszukosten. Aber möglicherweise hatte sie einfach auch nur das frühe Morgenlicht aus dem Osten gemocht oder das andere Farmhaus sehen wollen, um sich selbst immer wieder zu beteuern, daß sie nicht ganz allein war. Er versuchte sich vorzustellen, wie es für sie gewesen sein mochte, eine Familie zu haben und mitzuerleben, wie sie sich auflöste: er, der wegging und eigentlich nie wieder zurückkam, außer als Besucher; sein Vater, der sie vor fünf Jahren allein zurückließ, als er einen Herzanfall hatte. Ihm ist dasselbe widerfahren – Martha und Billy haben ihn verlassen –, aber schneller und ohne die Würde, die diesen natürlichen Einschnitten innewohnt. Und er hatte nicht die Zeit gehabt, um so von der Familie bestimmt zu werden wie sie oder an einem Ort zu verwurzeln.

Die lastende, schwere Nacht verspottet den Traum, verdrängt ihn aus seinem Bewußtsein. Er fragt sich, ob das Wetter, das jenem in der Nacht der Schüsse so ähnlich ist, den Traum hervorgebracht hat oder ob er daher kam, daß er allein in diesem Bett liegt. Oder brauchte er es einfach, seine Eltern wieder jung und lebendig vor sich zu sehen, und hat sein Traum ihm bereitwillig den Wunsch erfüllt? In gewisser Weise ist es eine Gnade, denkt er, seine Vergangenheit wieder ein paar Augenblicke lang festhalten zu können, ebenso wie er das manchmal empfindet, wenn er von Martha träumt, wie sie war, wie sie zusammen waren, als sie sich das erste Mal begegneten. Er erwacht aus diesen erotischen Träumen von seiner Frau, als läge er in einem warmen Bad, und dann kühlen ihn immer jene ersten Andeutungen der Realität ab – eine Krawatte, die achtlos über einem Spiegel hängt, ein Aktenkoffer auf einem Schrank und zu lange nicht gewechselte Bettlaken.

Er schwenkt die Füße auf den Boden und drückt die Schultern zurück. Sein Rücken schmerzt etwas; er ist ein so weiches Bett nicht gewöhnt. Und seit Billy nicht mehr bei ihm ist, treibt er auch nur noch wenig Sport – obwohl sein Körper trotz aller Vernachlässigung einigermaßen schlank geblieben ist. Auch seine Haare hat er noch, wofür er dankbar ist. Sein Vater, von dem Andrew sein dickes dunkles Haar geerbt hat – ebenso wie seine blaßgrauen Augen –, ist früh kahl geworden. Andrew weiß es nicht mehr genau, glaubt aber, daß sein Vater möglicherweise sein Haar schon mit fünfundvierzig verloren hat.

Neben dem Bett sieht Andrew auf einem Tischchen die Schlaftabletten. Dr. Ryder, der Arzt seiner Mutter, hat Andrew nach dem Begräbnis ein Röhrchen in die Hand gedrückt. Er malt sich den Arzt mit vielen ähnlichen Röhrchen aus, vielleicht einer Schublade voll, die für ähnliche Anlässe bereitliegen, eine Geste wie die eines Priesters, der ein Heiligenbild verschenkt, oder eines Autoverkäufers, der einem einen Kalender in die Hand drückt, wenn man den Ausstellungsraum verläßt. Aber er will jetzt keine Schlaftablette. Er fühlt sich unruhig.

Vor vier Tagen befand er sich im Vorführraum am anderen Ende des siebenundzwanzigsten Stockwerks und sah sich das Videoband einer Anzeige für ein Schmerzmittel an, das seine Firma herstellt, als Jayne, seine Sekretärin, den Anruf bekam. Das Videoband war ausnehmend schwach gewesen, und als er in sein Büro zurückkehrte, schwitzte er trotz der Klimaanlage etwas. Als er ins Büro trat, kam Jayne an seine Tür, die Hände in einer für sie ungewöhnlichen Art vor sich verschränkt. »Es gibt schlechte Nachrichten«, sagte sie ruhig.

»Billy?« sagte er sofort, und das Adrenalin schoß ihm bereits in die Fingerspitzen.

Jayne schüttelte schnell den Kopf. Andrew atmete langsam aus. Er dachte, er könnte alles ertragen, nur keine schlechten Nachrichten über Billy, der eine ungewöhnliche Neigung zu Unfällen zeigte – bereits jetzt ein abgebrochener Zahn, ein Handgelenkbruch und eine Narbe über dem rechten Auge. Und seit das Kind seine Obhut verlassen hatte, hatten sich Andrews Ängste exponentiell gesteigert. Das war etwas Ähnliches wie die Panik, die ihn manchmal in Flugzeugen überfiel.

»Es tut mir furchtbar leid«, sagte Jayne. »Es ist Ihre Mutter. Sie hatte gleich nach dem Frühstück einen Schlaganfall und ist kurz darauf gestorben. Eine Frau, eine Mrs. Close, hat angerufen, um es Ihnen zu sagen, aber ich wollte nicht, daß Sie es im

Vorführraum erfahren. Sie hat gesagt, Sie sollen sie anrufen. Ich habe die Nummer.«

Andrew setzte sich. Er erinnert sich, daß seine Finger den Stift nicht mehr halten konnten und daß bereits eine Art Betäubung eingesetzt hatte, ein Zustand, der ihn nicht glauben ließ, was er gehört hatte. Er würde die Nummer nicht brauchen, sagte er Jayne. Er hatte sie seit seinem vierten Lebensjahr auswendig gekannt; man hatte sie ihm für mögliche Notfälle beigebracht, und später hatte er sie gebraucht, um Eden anzurufen.

Obwohl jenes Gespräch Tage zurückliegt, ist Andrew selbst jetzt noch nicht sicher, daß er es in sich aufgenommen hat. Das Chaos einer Beerdigung erzeugt in einem so etwas wie einen Schleier, den man, wenn man will, behalten kann. Ihn hatte abwechselnd ein Gefühl der Dankbarkeit darüber erfüllt, daß seine Mutter so leicht und schnell gestorben war, und dann wieder Trauer, daß sie vielleicht trotzdem, wenn auch nur einen Augenblick lang, um ihren Tod gewußt hatte und vielleicht nach ihm, ihrem einzigen Sohn, gerufen hatte; und Erleichterung, daß er nicht mehr an die Einsamkeit seiner Mutter zu denken brauchte, und Schrecken darüber, daß die Last, völlig allein zu sein, jetzt schließlich auf ihn übergegangen ist. Er hat jetzt keine Eltern mehr und auch keine eigene Familie, zu der er nach Hause gehen und mit der er Rituale schaffen kann.

Er geht im Obergeschoß von Zimmer zu Zimmer und schaltet dabei die Lichter ein und ist, bis auf die Unterhose, nackt. Die widersprüchlichen Gefühle sind unvermittelt aufgetreten, haben ihn unerwartet überfallen und wieder losgelassen und in ihm jenes seltsame Gefühl des Friedens erzeugt, das sich bei ihm immer dann einstellt, wenn er sich um irgendwelche Dinge kümmert. So, als wäre er sein eigener Sekretär, hat er Listen gemacht: Listen von Leuten, die er anrufen muß; Dinge, die es zu erledigen gibt, um an diesen Tag zu gelangen, den Tag der

Beerdigung; und eine lange Liste von Arbeiten, die zu erledigen sind, ehe er das Farmhaus und die Ortschaft wieder verlassen kann. Die Liste enthält Notizen wie *Auktionator anrufen, Immobilienmakler anrufen, Dachrinnen säubern, Andenken auswählen.* Er stellt sich vor, daß das Aussortieren, das Versteigern des Mobiliars, die kleineren Reparaturen am Haus und die Vorbereitung zum Verkauf ihn eine Woche in Anspruch nehmen werden, und ruft deshalb Martha an, um ihr zu sagen, daß er noch sieben Tage abwesend sein würde. Als Martha sich erbot, zum Begräbnis zu kommen, sagte Andrew, nein, Billy sei zu jung. Ihre Anwesenheit, so dachte er, würde ihn ablenken. Billys vertrauensvolles Gesicht und sein robuster Körper würden ihn in ihren Bann ziehen, so wie sie das immer taten; und zwischen Martha und ihm würde sich eine Spannung einstellen, die jede Bewegung behindern würde, so daß es ihm fast unmöglich wäre, überhaupt an seine Mutter zu denken.

Er hat sich vorgestellt, daß es mit Listen Kontrolle gibt, aber wie er so von Zimmer zu Zimmer geht, scheint das Haus seinem Griff zu entgleiten. Das Zimmer seiner Mutter, jetzt im Schein der elektrischen Deckenbeleuchtung zu hell, das Zimmer, das sie eines Morgens vor fünf Jahren in der Morgendämmerung verließ, um ihren Mann kalt wie die Bodenfliesen auf dem Badezimmerboden zu finden, das Zimmer, in dem sie dann allein schlief, ist ein Labyrinth von Fußangeln und Komplikationen. Andrew kann nur eine beschränkte Zahl von Schachteln aus seiner und seiner Eltern Vergangenheit retten, um sie mit in seine Wohnung in der Stadt zu nehmen. Und er erkennt sofort, daß er allein in diesem Zimmer einen ganzen Tag verbringen muß, wenn er nicht entweder ein Auswahlsystem entwickelt oder eine strenge Auswahl trifft.

Ob er zum Beispiel die Steppdecke mitnehmen soll, die seine Mutter gemacht hatte, als er zehn Jahre alt war – ein Jahr Arbeit für sie (er kann sich ganz deutlich daran erinnern) und jeden

Abend nach dem Abendbrot der Korb mit den Stoffresten neben ihr und ihre dicken Finger so geschickt mit der Nadel? Doch was damit anfangen? Er hat keine Frau, der er sie geben kann, keinen Schrank, der groß genug ist, um sie darin aufzubewahren, denn sie ist groß und schwer: Seine Eltern hielt sie selbst in den kältesten Januarnächten warm.

Und was ist mit der Eichentruhe am Fußende ihres Bettes mit den vielen Andenken, die seine Mutter von ihrer Mutter übernahm und aufhob, und ohne Zweifel auch Dingen, die seine Großmutter aus dem Haus ihrer Mutter mitgebracht hatte? Ein solcher Destillationsprozeß, wie die Korridore sich endlos wiederholender, immer kleiner werdender Bilder in zwei Spiegeln; und eine solche Last, denkt er, diese Kisten und Kästen, voll mit den Überresten vorangegangener Leben. Wird Billy eines Tages die Schubladen in der Wohnung seines Vaters öffnen (was für ein deprimierender Gedanke! Wird Andrew jetzt in seinem eigenen Leben nicht weiter fortschreiten als bis zu seinem teuren, freudlosen Eigentumsapartment?) und Gegenstände herausholen, die irgendeine Essenz seines Vaters oder auch seiner eigenen Vergangenheit enthalten, und sie in seine eigenen Schubladen und Schränke in Greenwich oder Santa Fé zurückbringen?

Andrew nimmt die Uhr, die sein Vater trug und die er jede Nacht aufzog, wenn er die Treppe hinaufging, um sich zu Bett zu begeben. Er weiß, daß er diese Uhr mitnehmen wird, eine Uhr, die sein Vater von seinem Vater geerbt hat – aber was ist mit der Omega, die daneben auf der Kommode seines Vaters liegt, einer Kommode, auf der nichts verändert ist, die nur immer wieder abgestaubt wurde? Die Omega war ein Geschenk an seinen Vater, als er die Molkerei verließ und in den Ruhestand trat. Andrew kam nicht zu seinem Abschiedsessen – es hatte damals eine wichtige Geschäftsreise gegeben, eine Geschäftsreise, die Andrew später immer bedauerte –, und er weiß nicht, ob sein Vater die Omega je trug oder wohl gewollt hätte, daß man sie aufbewahrte.

Andrews Vater war bei seiner Pensionierung Vorarbeiter in der Molkerei. Aber den größten Teil der vierzig Jahre, die er dort verbracht hatte, fuhr er einen Lieferwagen. (Auf Betreiben seiner Mutter wurde der zutreffendere Titel »Milchmann« zu Hause nur selten gebraucht.) Andrew schlief immer, wenn sein Vater zur Arbeit ging (um qualvolle dreiviertel vier Uhr morgens), aber wenn er von der Schule nach Hause kam, stand der Lieferwagen immer da, und wenn er einen Freund bei sich hatte, kletterten sie immer in den Wagen mit der grellgrün und rosa gehaltenen Aufschrift *Miller Dairy* und wetteiferten miteinander um das Privileg, auf dem hohen, glattgewälzten Lederpolster zu sitzen und ihre kleinen Hände um das übergroße Steuerrad zu legen, dessen Säule bis zum Boden reichte. Andrew erinnert sich an den grauen Overall seines Vaters mit der rotgestickten Aufschrift auf der Tasche und daran, wie sein Vater im Winter unzählige Schichten Kleidung darunter trug, so daß er wie ausgestopft wirkte. Erst als Andrew auf das College kam und seine Mitschüler von ihren Familien redeten, wurde ihm klar, daß er ein WASP* war. Aber die Lebensumstände seines Vaters waren so bescheiden (und um der Wahrheit die Ehre zu geben, die Lebensumstände aller Vorfahren seines Vaters auch; sie waren alle arme Farmer gewesen), daß Andrew sich eine Weile wunderte, ob es nicht vielleicht auch so etwas wie gescheiterte WASPs gab. Andrew erinnert sich ganz deutlich an den Nachmittag, als sein Vater nach Hause kam und verkündete, daß man ihn in der Molkerei zum Vorarbeiter gemacht hatte und daß er jetzt nicht mehr zu fahren brauche. Er weiß nicht genau, ob er seine Mutter je so entzückt gesehen

* WASP (White Anglo-Saxon Protestant): Angehöriger der weißen angelsächsischen, protestantischen Oberschicht. (Anmerkung des Übersetzers.)

hatte – wie sie seinen Vater immer wieder küßte und umarmte und lachte, als hätte damit ein anderes Zeitalter begonnen und sie in der Lotterie gewonnen.

Er sitzt auf der Bettkante und fragt sich, wer das Bett gemacht hat, denn hier hatte man seine Mutter gefunden. Er nimmt an, daß es Mrs. Close gewesen sein muß, die nach dem Telefonanruf zu seiner Mutter kam. (»Ihre Mutter rief Edith Close gegen acht Uhr heute früh an und sagte, sie hätte schreckliche Kopfschmerzen«, hatte ihm Dr. Ryder am Abend seiner Ankunft in seiner heiseren, achtunggebietenden Stimme eröffnet. »Bis Edith sich angezogen hatte und hinübergegangen war, war Ihre Mutter bereits verstorben. Sie fand sie im Obergeschoß. Es war ein massiver Schlaganfall, barmherzig schnell. Seien Sie froh darüber. Aber Sie sollten aufpassen, Andy, jetzt, wo Ihre beiden Eltern um die sechzig an kardiovaskulären Krankheiten gestorben sind; achten Sie auf Ihre Ernährungsweise.«)

Auf dem Bett sitzend kommt ihm in den Sinn, daß eine Ehe einem, wenn man selbst Vater ist, völlig anders vorkommt, als wenn man sie aus der Perspektive eines Heranwachsenden sieht. Er fragt sich, ob seine Eltern miteinander glücklich waren, ob sie nahe beieinander schliefen und sich dabei berührten oder voneinander entfernt (er weiß es wirklich nicht; sie waren immer für sich und leise, wenn sie in diesem Zimmer waren, und er hat keine Erinnerung, so wie andere Kinder, wie Eden zum Beispiel, an geheimnisvolle, nicht zu erklärende elterliche Geräusche) und ob sie aufgehört hatten, Liebe zu machen. Seine Eltern waren bei seiner Geburt älter als die meisten anderen; seine Mutter war einunddreißig. Sie hatte schon fast aufgegeben, ein Kind zu wollen, sagte sie, bevor er zur Welt kam, und eine Zeitlang veranlaßte ihn das zu der Vorstellung, er sei vielleicht adoptiert wie Eden, obwohl er seinem Vater so ähnlich sieht, daß er selbst heute noch nicht in die Stadt gehen kann, ohne daß jemand dort sagt: *das Abbild deines Vaters.* Trotzdem war er, so wie Kinder sein können, monatelang (vielleicht waren es auch nur Wochen) von dieser Vorstellung der Adoption wie besessen; so sehr, daß er auf die Idee kam, die zwei Familien hätten sich deshalb in den zwei Farmhäusern so abseits von der Stadt niedergelassen, weil es zwischen ihnen dieses unnatürliche Bindeglied gab.

Er blickt auf das Ehebett und sieht plötzlich und ohne zu wissen, woher es kommt, das Bild einer Frau, die sich zur Seite wälzt und dem Mann den Rücken wendet. Aber wen er sieht, ist nicht seine Mutter, es ist seine Frau. Er will jetzt nicht an Martha denken. Er steht auf und knipst das Licht aus.

Der Brandy für den Besuch ist in dem Schränkchen über dem Kühlschrank, wo auch der Fleischwolf aufbewahrt wird. Er gießt sich davon reichlich in ein Marmeladenglas. Die Küche, sinniert er, auf einem weißlackierten hölzernen Stuhl sitzend, hat sich seit seiner Jugend kaum verändert. Und so wie damals vermittelt sie den Eindruck, man habe sie blank geschrubbt. Es ist eine Küche, wie sie in Farmhäusern sind, in den dreißiger Jahren »modernisiert«, mit einem grüngesprenkelten Linoleumboden, einem weißen Porzellanausguß, einem Herd, einem Küchenstuhl, alle mit abgerundeten Ecken. Alle Oberflächen sind gestrichen – die weißen Nut-und-Feder-Bretter an den Wänden, das blasse Grün des alten Küchenschranks und die vier weißen, nicht zueinander passenden Stühle am Tisch. Er denkt an die Küche in dem Haus in Saddle River, das er mit Martha gekauft hatte, wo Martha und Billy jetzt leben, denkt an den blitzenden Kühlschrank aus rostfreiem Stahl in jener Küche und die teuren, handgemachten Fliesen auf dem Boden und wie bemerkenswert kalt – buchstäblich kalt – der Boden dort ist.

Als er am Abend des Tages, an dem seine Mutter starb, eintraf – mit dem Wagen, er war die 450 Kilometer von der

Stadt nach Norden gefahren – und durch die Hintertür eintrat (wie es jeder tat, der das Haus betrat), sah die Küche so aus wie jetzt; da gab es keine Überreste eines halbgegessenen Frühstücks, wie er das zu sehen befürchtet hatte. Wieder Edith Close, stellt er sich vor, lautlos, geschäftig die Unordnung des Todes beseitigend.

Bei dem Gedanken an Edith Close erinnert er sich wieder ganz abrupt an den schrecklichen Laut in seinem Traum, den Schrei einer Frau. Er läßt den bernsteinfarbenen Brandy im Marmeladenglas kreisen und erinnert sich an den Ablauf der Ereignisse, eine exakte Folge, wie er sie sich seit Jahren nicht mehr vorgestellt hat. Sein Vater griff nach dem Telefon und wählte die Nummer der Polizei. Dann ging er allein durch die Küche zur Tür hinaus und den Weg hinauf, das Gewehr nach unten gerichtet. Andy hörte die gemessenen Schritte seines Vaters auf dem Kies und das schwere Klappern, wie seine Mutter die Treppe hinunterrannte. Andy schlüpfte in seine Hose und ging die Treppe hinunter, um bei seiner Mutter zu sein, zum Teil aus dem Bestreben, sie zu beschützen, in erster Linie aber aus dem Bedürfnis, in ihrer Nähe zu sein. Sie stand an der Gittertür und spähte in die Dunkelheit hinaus. Sie hatte trotz der Hitze einen Morgenrock angezogen (blauer Seersukker mit Spitzen, das sieht er jetzt), weil sie wußte, daß gleich die Polizei kommen würde. Das schrille Heulen hatte aufgehört; sie wußten beide, daß es die Stimme von Edith Close gewesen war, aber weder er noch sie hatten schon den Mut, sich genau vorzustellen, was zu den Schreien geführt hatte. Andy schob sich näher an seine Mutter heran und beugte sich etwas zur Seite, um auch hinaussehen zu können, ins Nichts.

»Ich hab ihm gesagt, er soll auf die Polizei warten«, sagte seine Mutter mit angespannter Stimme. Es war eine Anspannung, mit der er jetzt vertraut ist, die Anspannung vorsichtiger, vernünftiger Frauen, eine Stimme, die Männer oft ignorieren.

»Er hat ein Gewehr«, sagte Andy und wußte im gleichen Augenblick, daß sie das keine Minute lang als Hilfe ansehen würde.

»Ein Gewehr!« schrie seine Mutter. Ihre Stimme hob sich wie die anderen, so als würde sie auch gleich in die Nacht hinaussteigen. War diese Freiheit etwas, was nur Frauen besaßen? fragte er sich. Was nützt denn ein Gewehr, wenn es stockdunkel ist? Dort draußen kann man doch nicht einmal die Hand vor den Augen sehen.

»Er wird vorsichtig sein«, sagte Andy. Aber er wußte nicht, ob das stimmte. War sein Vater in einer Krise – einer das Leben bedrohenden Krise – ein vorsichtiger Mann? Er hatte seinen Vater nie in körperlicher Gefahr erlebt; er bezweifelte, daß sein Vater selbst wußte, wie er reagieren würde, bis jeder Schritt getan war.

Er konnte die Spannung im Körper seiner Mutter fühlen, wie ein elektrischer Strom, der über ihren Arm lief und seine eigene Haut prickeln ließ. Sie stand da und zog mit beiden Händen ihren Morgenrock zu – reglos, wachsam und das Geräusch eines weiteren Gewehrschusses verdrängend, als könnte sie das mit bloßer Willenskraft bewirken. Sein Vater würde später sagen, daß er keine Gefahr empfand, aber Andy dachte, daß sein Vater, als er das sagte, bereits im Begriff war, seine Furcht zu vergessen. Hatte sein Vater sich nicht die Folgen ausgemalt, wenn ihn der Schütze, vielleicht ein Mörder, in der Einfahrt sah, während dieser erschrocken in die Maisfelder rannte?

Andy und seine Mutter sahen die blitzenden Lichter den Bruchteil einer Sekunde, bevor sie die Sirene hörten, die schnell über die gerade Straße aus der Ortschaft angerast kam. Ein, zwei Polizeiwagen und dahinter eine Ambulanz – das ganze Aufgebot der Stadt. Und dann ein anderes Fahrzeug, eine halbe Minute darauf: der Chef der Feuerwehr. Die Fahrzeuge bogen in die Einfahrt, fegten über den Rasen, nach allen

Seiten, wie Kinderspielzeug, um die Zufahrt für die Ambulanz frei zu lassen. Die Polizeiwagen und die Ambulanz erhellten die Stadt mit gespenstisch blitzenden Lichtern rot und blau, nicht aufeinander abgestimmt, so daß Andy durch seine eigene Gittertür die Hintertür des anderen Farmhauses und die Schlafzimmerfenster oben sehen konnte, die nach Norden und Westen blickten und über die die unnatürlich pulsierenden Lichter tanzten. Zwei Polizisten rannten aus einem der Wagen auf den Hintereingang zu, in die Küche der Closes. Die Ambulanz wendete und fuhr rückwärts die Zufahrt zu den Closes hinunter, und ein weiterer Mann sprang heraus und riß die breite hintere Tür des Wagens auf.

»Ich geh hinaus«, sagte Andy plötzlich.

»Du bleibst hier«, beharrte seine Mutter. »Das hat dein Vater gesagt.«

Aber Andrew war bereits draußen und die Treppe hinuntergerannt. Er schob die Hände in die Hosentaschen und ging auf den Rand des Halbkreises zu, den die Fahrzeuge bildeten. Die stickig-feuchte Nacht wimmelte von Stechmücken; sie summten an seinen Ohren, und er schlug einmal nach einer, die sich auf seinem Hals niedergelassen hatte. Er hörte auch das Schlagen der Gittertür hinter sich. Er drehte sich um und sah, wie seine Mutter vorsichtig die Stufen herunterkam; ihre Neugierde hatte die Oberhand über die Ermahnungen ihres Mannes gewonnen. Die Krähen und Sommervögel hatten, zur falschen Zeit geweckt, ihre Angst verloren und waren jetzt verstummt. Andy konnte die leisen, gedämpften Stimmen der Männer vorn an den Seiten des Hauses hören; sie suchten bereits mit ihren kräftigen Taschenlampen, obwohl bis jetzt noch niemand außerhalb des Hauses wußte, was sie eigentlich zu finden erwarteten.

Die Scheinwerfer eines Wagens – eines Chevy? – näherten sich dem Haus, und dann verlangsamte der Wagen seine Fahrt, weil der Fahrer sehen wollte, was hier los war; vielleicht rechnete er mit einem Unfall. Andy sah zu, wie der Wagen an den Straßenrand fuhr. Ein Mann und eine Frau stiegen aus und überquerten die Straße. Sie standen am Rand der Zufahrt und starrten verblüfft auf das Bild, das sich ihnen bot. Und dann verriet ihm der warme, weiche Atem an seinem Arm, daß seine Mutter neben ihm stand.

Er legte impulsiv den Arm um sie und zog sie zu sich heran. Das war das erste Mal, daß er sie je so berührt hatte, aus seiner ganzen Größe, als wäre er jetzt der Stärkere von ihnen beiden. Es war eine Szene, dachte er, die er schon einmal irgendwo gesehen hatte, im Fernsehen vielleicht. Der Sohn, erwachsen, über der Mutter aufragend und die Rolle des Beschützers annehmend, sie stützend, während der Mann in Handschellen oder auf einer Bahre weggebracht wird. Das Bild, das nur Sekunden andauerte, war unerklärlich schön. Es glich ähnlichen verblüffenden Gefühlen, wie er sie selbst jetzt manchmal hat, wenn er vom Mißgeschick eines anderen hört und den erschreckenden, nicht zu unterdrückenden Drang verspürt, zu lächeln.

Die Hintertür der Closes flog ruckartig auf. Das war DeSalvo, der stiernackige, vierschrötige Polizeichef. Andy kannte ihn vom Hockey. Sein Gesicht war mit Pockennarben übersät. Er hatte einen Sohn, der vor Jahren als Außenspieler in das All-State-Team aufgenommen worden war. Und obwohl sein Sohn die Stadt verlassen hatte, ließ sich der Vater immer noch kein Spiel entgehen, wie um ein Echo des Triumphes seines Sohnes aufzufangen – einen Schrei, der über das Eis tanzte, eine Hand auf seiner Schulter vielleicht. DeSalvo gestikulierte dem Mann, der in militärischer Haltung neben der Ambulanz stand. Schnell wie Schlittschuhläufer glitten die Helfer mit der Bahre über die hintere Terrasse ins Haus. (Arzthelfer? Andrew weiß nicht, ob man sie damals so nannte. Waren es nicht einfach

Freiwillige, die die nächtlichen Schreie ebenso wie ihn aus den Betten gerissen hatten?) Seine Mutter schob ihr Gesicht näher an seine nackte Brust. Unbewußt stählte er sich für das, was die Nacht gleich liefern würde. Aber deutete die Hast der Bahrenträger nicht Verletzung und keinen Tod an?

Andy konnte sehen, wie der Mann und die Frau am Ende der Einfahrt sich dichter an das Haus heranschoben. Ein Polizist, der die Vorderseite bewachte, entdeckte sie ebenfalls; er herrschte sie an zurückzutreten. Andy dachte, er könne sich die Neugier der beiden ausmalen, die sie so erregte, daß sie ein fremdes Grundstück betraten, und auch, wie sie morgen jeden, der es hören wollte, mit den Einzelheiten überfallen würden, um damit ihren eigenen Status für den Augenblick zu ihrer Befriedigung aufzubauen. Dann sah der Polizist Andy und seine Mutter und richtete die Taschenlampe auf sie. Andy hob die Hand, um seine Augen zu schützen.

»Sie dort!« rief der Beamte.

Andy nickte, ohne den Arm zu senken. Es war Reardon. Er sah wieder den verschwommenen Lichtkegel einer Taschenlampe vor dem beschlagenen Fenster auf der Fahrerseite des Fords seines Vaters vor sich und Reardons Gesicht, in der Dunkelheit grinsend, wie er seine Begleiterin dabei beobachtete, wie sie sich das Haar mit den Fingern zurechtzupfte. *Seht zu, daß ihr hier wegkommt,* hatte Reardon gesagt, und sein Gesicht hatte so etwas wie Belustigung oder Befriedigung ausgedrückt. *Um die Zeit hier zu parken ist gefährlich.* Andy und seine Begleiterin, ein Mädchen, das er kaum kannte, waren stumm nach Hause gefahren.

Reardon senkte die Taschenlampe. »Wo ist dein Vater?«

Andy zeigte auf das Haus der Closes und deutete dabei instinktiv nach oben.

»Hat jemand was gehört oder gesehen?«

Andy sah seine Mutter an.

»Wir haben einiges gehört«, sagte sie vorsichtig.

»Dann bleiben Sie in der Nähe«, sagte Reardon. Das war ein unnötiger Befehl. Wo glaubte er wohl, daß sie hingehen würden?

Die Gittertür öffnete sich, und einer der beiden Sanitäter schob sich rückwärts heraus. Andy hörte neben sich ein Aufstöhnen, und ehe er selbst sicher sein konnte, sagte seine Mutter ihren Namen. *Eden.*

Er spürte, wie seine Schenkel ihre Kraft verloren, nicht so, daß er Angst hatte zu fallen, aber immerhin genug, daß seine Mutter das Gewicht spürte und erstarrte, für ihn zur Stütze wurde. Ihre Rollen, noch vor einem Augenblick so neu und rein, waren wieder vertauscht; er war schließlich immer noch ihr Junge.

Er nimmt einen schnellen Schluck von dem Brandy und erinnert sich jetzt an ein weißes Badehandtuch mit einem großen schwarzen Fleck darauf, das Edens Gesicht verdeckte. Sie lag reglos, aber Andy wußte aus den paar Wortfetzen der Sanitäter, daß sie noch nicht tot sein konnte. Sie war von einem Bettlaken bedeckt, einem langen, geblümten Laken, wie er sich erinnert, einem Laken, das glatt wie Glas über ihrem Körper lag. Und daher wußte er, daß sie darunter nackt war. Er erinnert sich ganz deutlich, wie ihre Zehen unter dem Laken herausragten und wie der Nagellack in der schwachen Beleuchtung wie schwarze Punkte glänzte. Und er sieht auch den langen klebrigen Schopf hellblonden Haares, der unter dem zusammengeknüllten Handtuch heraushängt.

Eine Kraft, die so ursprünglich ist wie die, die einen dazu veranlaßt, auf die Straße hinauszurennen, um ein Kind zu retten, ließ ihn nach vorn stürzen. Aber seine Mutter hielt seinen Arm fest. Die Sanitäter hoben Eden auf Schulterhöhe und schoben sie in die Ambulanz in ein Regal. Einer der Männer kletterte hinter ihr her und knallte die Tür zu. Die Tür wollte nicht richtig schließen, und während die Ambulanz davonraste (und Eden in dasselbe Krankenhaus brachte, das ihre Mutter erst vor vierzig Minuten verlassen hatte), konnte Andy sehen, wie der Sanitäter wütend die Hintertür auf- und zumachte, um sie schließen zu können. Als sie dann in die Hauptstraße einbogen, schaltete der Fahrer die Sirene ein und jagte ein elektrisierendes Heulen über die lautlosen Maisfelder und riß alle, die zuhören wollten, aus dem Schlaf, verkündete ihnen, daß in den drei Kilometer von der Ortschaft entfernten Farmhäusern etwas Wichtiges geschehen war.

Andy beobachtete die sich entfernenden Lichter der Ambulanz. Die Einfahrt war plötzlich still, zu still. Irgend etwas an der Szene, die er gerade miterlebt hatte, stimmte nicht, war nicht so, wie sie im Fernsehen abgelaufen wäre. Er starrte auf die leere Zufahrt, und dann wußte er wenigstens, worin die Frage bestand: Warum hatte man ein vierzehnjähriges Mädchen allein ins Krankenhaus geschickt? Seine Mutter sprach die Frage als erste aus.

Wo ist Edith?

Andrew tastet über das Prägemuster des Marmeladenglases und steht auf, um die Hintertür zu öffnen. Er steht an der Gittertür und erhofft sich eine Brise kühler Nachtluft. Aber die Luft ist ebenso wie damals stickig und riecht verschmutzt. Als er noch ein Junge war, sagte seine Mutter immer, wenn schlechte Luft war – und sie schnüffelte dabei –: *die Molkerei.* Im Sommer, wenn der Wind aus dem Südosten kam, hing über den Maisfeldern immer der süßliche Geruch saurer Milch, in den sich der Dunst von Kühen mischte. Aber heute – wer kann das sagen? Er kennt die Industrie in der Gegend nicht mehr, und wenn er sie kennen würde, denkt er, würde er den Geruch vielleicht nicht erkennen. Vielleicht rührte er von irgendwelchen giftigen Abfällen einer Fabrik, ähnlich der, wie sie seine Firma in New

Jersey hatte. Er braucht die Fabrik nur selten zu besuchen, und niemand spricht dort je mit ihm über Abfälle und Entsorgung. Aber er weiß, daß es ein heikles Thema ist. Und in regelmäßigen Abständen gibt es stille Gerichtsverfahren und Direktiven.

Er nimmt einen großen Schluck Brandy, leert das Glas, und obwohl die Nacht schwarz ist wie eine Höhle und die Luft dumpf, ist die Erde um ihn herum lärmend und laut, und die Kastagnetten der Grillen tönen und senden unablässig ihr hektisches Scharren hinaus – zumindest klingt es wie Scharren. Er weiß nicht, wie sie ihre Geräusche erzeugen, und es hat ihn stets verblüfft, wie ein relativ so kleines Insekt so laut sein kann; er denkt, wenn Billy jetzt hier wäre, würde er sich die Mühe machen, das Rätsel zu lösen.

Er sieht zur Gittertür hinaus und die Einfahrt hinunter bis zur Straße. Und dann denkt er bei sich, als wäre es eine Verkündigung: *Dies ist der Tag, an dem man meine Mutter begraben hat.* Er erwartet, einen Schauder des Leids zu empfinden. Und als der sich nicht einstellt, zwingt er sich dazu, über seine Mutter unter der Erde nachzudenken, als könnte das die angemessene Trauer auslösen. Er wartet darauf, daß der Schrecken des Bildes ihn überfällt. Aber so, wie das in letzter Zeit häufig geschah, versagen ihm seine Emotionen den Dienst. Die Bilder, die er heraufzubeschwören versucht, sind wie sexuelle Phantasien, die nicht länger gelingen. Statt dessen wird er in diesem Augenblick unerklärlicherweise von Gedanken an Edith Close bei dem Begräbnis abgelenkt. Und diese Ablenkung, die er so empfindet, als verweilte jemand zu lange in seinem Schlafzimmer oder in seinem Büro und hindere ihn damit am dringend benötigten Alleinsein, hindert ihn daran, an seine Mutter zu denken.

Er sieht Edith allein etwas abseits stehen. Sie war die einzige Frau bei dem Begräbnis, die einen Schleier trug – einen Hut mit einem schwarzen Schleier aus einer anderen Zeit, und das trotz der Hitze. Die anderen Frauen – Frauen aus dem Damenkränzchen, Frauen von Molkereiarbeitern – trugen ärmellose Sommerkleider und standen in Grüppchen gebeugt da, mit den dicken Hälsen des Alters. Sie andererseits stand aufrecht und allein da, in Schwarz, die einzige, die diese Farbe trug. Nicht verwandt und doch beinahe, wo ihr der geographische Zufall der Nachbarschaft fast den Status einer Schwester verliehen hatte.

Als er am Abend des Todes seiner Mutter mit ihr telefoniert hatte, war sie, wie sie das immer gewesen war, ihm gegenüber reserviert gewesen – selbst wenn bei diesem Anlaß bei ein oder zwei Sätzen die Spur von etwas Weicherem in ihre Stimme kroch –, und er stellte fest, daß er es nicht fertigbrachte, etwas anderes als »Mrs. Close« zu ihr zu sagen, wie er das schon als Junge getan hatte. Aber bei dem Begräbnis nach der Beerdigung, als er zum ersten Mal an jenem Tag ihre Anwesenheit wahrgenommen hatte, blickte er auf und sah, daß sie ihn beobachtete. Sie sah schnell weg, und er erinnert sich, wie sie auf dem Hügel stand und über die Grabsteine hinwegblickte, über den eisernen Zaun, und den Gebeten lauschte, ihnen aber nicht folgte, sich nicht mit den anderen beugte. Er dachte oder fühlte, wie fern sie doch immer gewesen war, selbst vor den Schüssen. Sie schien zerbrechlicher, als er sie als Junge gekannt hatte – aber obwohl er weiß, daß sie Mitte der Sechzig sein muß, hatte sie bei dem Begräbnis doch die Haltung einer jüngeren Frau gezeigt, eine Haltung, wie manche Frauen sie niemals zuwege bringen.

Nach der Beerdigung kehrten alle in die Kirche zurück; das war ohne Andrews Wissen so arrangiert worden. Es gab Kaffee in einer großen grünen Emailkanne und Brownies und Kekse, die jemand gebacken hatte; *Erfrischungen*, flüsterte eine Frau, die er nicht kannte, leise und tippte ihm auf dem Hügel an den Arm. Als sein Vater gestorben war, hatte seine Mutter zu Hause

Essen angeboten, und er hatte damals gedacht, wie makaber es doch war, einzuladen und zu essen, so kurze Zeit nachdem man einen Mann in die Erde gelegt hatte. Er selbst hatte Tage nach der Beerdigung seines Vaters keinen Appetit gehabt, so wie er jetzt keinen hat und auch heute in der Kirche keinen gehabt hat.

Da waren alte, abgewetzte grüne Samtvorhänge auf einer Art Bühne gewesen und ein Bild von Jesus an einer Wand. Stahlrohrstühle wurden auseinandergeklappt und an den Tisch mit dem Essen gestellt, wie bei einem Kindertanz. Er stand benommen da, nicht vor Trauer, sondern vor Befremdung. Leute kamen und sagten mit leiser Stimme Dinge zu ihm und entfernten sich wieder und plauderten dann außer Hörweite angeregter miteinander. Es war das fremdartige Gefühl, sich in einem Raum zu befinden, den man als Kind nur zu gut gekannt und der sich in keiner Einzelheit verändert hatte und jetzt doch so fremd schien wie der Tod.

Sie kam zu ihm und erklärte: *Die Frauen dachten, Sie würden sich nicht die Mühe machen wollen.* Er begriff, daß sie ihn jetzt wieder als Junggesellen sah. Sie trug immer noch den Schleier, und er konnte ihre Augen nicht erkennen. Es drängte ihn danach – fast als bösartig empfand er das – wegzugehen, denn er dachte etwas irritiert, daß ihn zumindest jemand hätte fragen können, ob er das so wolle; aber dann legte sich das Gefühl wieder. Es war richtig, erinnert er sich, zu denken, daß sie bei ihm stand; sie war an jenem Ort ebenso fremd wie er.

Er sieht auf die Uhr über dem Spülbecken. Zehn Minuten vor ein Uhr morgens. Er denkt, vielleicht muß er doch die Schlaftablette nehmen, aber dann erinnert er sich, daß das nicht geht; er hat Brandy getrunken.

Er sieht wieder zur Tür hinaus, zu dem Farmhaus der Closes hinüber, kann aber nicht einmal dessen Umrisse wahrnehmen. Nirgends brennt ein Licht – nicht einmal der schwache Schein eines Nachtlichts ist zu erkennen. Irgendwo dort oben, das weiß er, liegt Eden auf einem Bett oder sitzt auf einem Stuhl, und die Dunkelheit ist für sie ohne Belang.

Nachdem seine Mutter gefragt hatte: *Wo ist Edith?*, standen sie nebeneinander und warteten. Andy hatte die Hände in den Hosentaschen; seine Mutter hatte die Arme um seinen Ellbogen geschlungen. Andy wußte, daß Mr. Close verletzt sein mußte; woher hätten sonst diese schrecklichen Schreie kommen sollen? Ein Polizist öffnete die hintere Tür und rief zwei andere. Andy spitzte die Ohren und konnte Bruchstücke hören, halberstickt und atemlos. »... redet jetzt ... mittelgroß, eine Maske, gelbes Hemd, sie ist ziemlich sicher ... auf der Treppe ... ziemlich hysterisch ... das ganze Gesicht ... Herrgott, du solltest ...«

Hinter dem Polizisten sah Andy seinen Vater an der Gittertür; er wollte heraus. Sein Vater sagte etwas, und der Polizist trat zur Seite. Dann murmelte er Andys Vater etwas zu, und sein Vater schüttelte ein paarmal langsam den Kopf – nicht etwa eine Geste der Ablehnung, sondern eine des Unglaubens.

Andy sah zu, wie sein Vater auf ihn zukam. Es war ein Augenblick, den Andrew nie vergessen würde, obwohl er erst Jahre später wissen würde, daß das, was sein Vater gesehen hatte, das, was das Gesicht seines Vaters und seine Bewegungen verändert hatte, in ein paar wenigen Minuten so tief eingesunken war, daß es ihn nie wieder loslassen würde. Selbst in dem schwachen pulsierenden Licht konnte Andy die Rinnsale von Schweiß sehen, die seinem Vater von den Schläfen rannen. Der Schritt seines Vaters war langsam und sein Gewehr nicht länger eine starre Stütze – eher ein schweres zerbrochenes Werkzeug, das er in die Garage trug, um es zu reparieren. Als sein Vater vor ihnen stand, sah er zuerst Andy und dann seine Frau an. Und dann sagte er zu ihr:

»Geh jetzt hinein. Nimm den Jungen mit. Sie bringen jetzt Jim heraus.«

»Jim?« sagte seine Mutter schnell.

»Es ist schlimm. Geht jetzt hinein. Schnell.«

Aber seine Mutter regte sich nicht von der Stelle. »Was ist passiert?« wollte sie wissen. »Sag es mir.«

Sein Vater hob die Arme, als hätte er vor, seine Familie wie ein Hirte unter das schützende Dach zurückzutreiben. Aber als er sah, daß sie sich nicht von der Stelle bewegte, senkte er die Arme wieder und stieß den Gewehrlauf in den Kies, so wie einen Stock. Er blickte zu Boden. Dann seufzte er – ein tiefes, erschöpftes Seufzen.

»Jim ist tot«, sagte sein Vater. »Auf Eden ist auch geschossen worden, aber sie lebt noch.«

Seine Mutter griff sich mit beiden Händen an den Mund. Andrew hörte ein hohes, halbersticktes Murmeln.

»Aber wie?« fragte sie. »Wer?«

»Ich weiß nicht. Es hat den Anschein, *hat den Anschein*«, sagte sein Vater stockend und sich wiederholend, »und ich glaube, Edith versuchte das zu sagen, es hat den Anschein, daß ein Mann eingebrochen ist, während sie und Jim weg waren. Jim war weg, und Jim hat ihn in Edens Zimmer gefunden. Er hat« – sein Vater zögerte, sah Andy an, suchte nach der richtigen Formulierung – »er hat Eden überfallen, und der Mann hatte eine Waffe – wir haben die Schüsse gehört ... Eden geriet irgendwie dazwischen ... ein Handgemenge, denke ich. Edith sah den Mann auf der Treppe ... er hatte eine Maske ... sie hat sie beide gefunden.« Sein Vater blickte starr. »Ich sah sie im Schlafzimmer ... Sie hat, sie hat ...«

Andy sah zu, wie der Mund seines Vaters sich spannte. Er sah etwas, das Andy sich nur vorstellen konnte, und doch konnte er sich nicht alles vorstellen. Das Bild weigerte sich, Gestalt anzunehmen. Später begriff Andrew, daß sein Vater sich in diesem

Augenblick selbst in einer Art Schockzustand befunden haben mußte. Wie konnte sein Vater, ein Molkereiarbeiter, je auf diese Szene in Edens Schlafzimmer vorbereitet gewesen sein? Warum glaubten sie eigentlich, warum glaubte sein Vater, von seiner vertrauten Alltagsroutine beschützt, daß er besser auf so etwas vorbereitet war als Andy oder seine Mutter?

Seine Mutter legte seinem Vater die Hände auf die Schultern und barg die Stirn an seiner Brust. Auf der Straße, die von der Ortschaft herausführte, konnte Andy eine Karawane von Ambulanz- und Polizeifahrzeugen sehen und hören, die sich schnell auf die Häuser zubewegten. Fahrzeuge des Bezirks, dachte er. Als die erste Ambulanz in die Einfahrt bog, brachten sie Edith Close aus dem Haus.

Schwarze Flecken waren auf ihrer weißen Uniform, ihren Schuhen, ihrem Gesicht, ihrem Mund und ihren Haaren, aber hauptsächlich an ihren Händen. Sie wurde zu beiden Seiten von Polizisten gestützt. Ihre Füße bewegten sich kaum. Als sie unten an den Stufen angekommen war, versuchten zwei Helfer oder Sanitäter sie dazu zu bewegen, sich auf eine Bahre zu legen. Sie protestierte wild, schob die Hand weg, die sich auf ihre Brust legte, als hätte sie Angst zu ertrinken. Aber die Männer überwältigten sie. In ihrem Schock, in ihrem Wüten, riß sie die Knie hoch, schlug um sich, und Andy sah unter ihrem Rock ihre Unterwäsche weiß aufblitzen. Er spürte, wie ihn ein Schauder überlief. Und in dem Augenblick dachte er, daß von all den Dingen, deren Zeuge er in jener Nacht geworden war, dies etwas war, was er nicht hätte sehen sollen.

Er steht auf, um sein Glas auszuspülen. Er stellt es auf die Kommode. Die Stille hypnotisiert ihn. Er ist nicht sicher, ob ihm je zuvor bewußt geworden ist, wie still es hier ist, wie entnervend diese Stille sein kann. Er überlegt sich, das Radio einzuschalten, aber dann wird ihm klar, daß die laute Stimme des nächtlichen

Discjockeys noch schlimmer wäre. Und außerdem sagt ihm sein Verstand, er solle nun schlafen.

Er knipst beim Gehen das Licht aus. In seinem Zimmer macht er einen halbherzigen Versuch, das Bett wieder zu machen. Als er sich vorbeugt, um am Fußende das Laken hineinzustopfen, wird ihm plötzlich bewußt, daß der Traum *doch* irgendwie falsch war. Oder, wenn nicht falsch, dann jedenfalls nicht in der richtigen Reihenfolge. Er setzt sich aufs Bett und spielt den Traum noch einmal durch. In seinem Traum hat er sich vorgestellt, es wäre der Schrei einer Frau, der ihn weckte – mit dem Gedanken, es könnte seine Mutter sein. Er erinnert sich an die Panik, daran, wie er sich bemühte, aus der Tiefe nach oben zu kommen, so, als müsse er Luft schnappen. Und doch kann es keine Frauenstimme gewesen sein, die er als erste hörte, denkt er logisch. Es muß zuerst die Stimme eines Mannes gewesen sein, die Stimme von Mr. Close.

Bestimmt, der Schrei der Frau kam später.

Ich betrachte dich mit dem Blick vergangener Jahre. Ich höre deine Gittertür, und ich sehe dich auf der Einfahrt. Als du damals unter meinem Fenster gingst, dachtest du da an mich? Du bist ein Junge mit Armen so dünn wie Holz. Dein Haar fängt an länger zu werden, weil du bald weggehen wirst. Ich habe dich hinten am Teich gehänselt, aber du wolltest mich nicht berühren. Du hast die Knöpfe nicht angerührt und auch meine Haut nicht, obwohl ich dich herausgefordert hatte und andere es schon getan hatten. Und das wußtest du. Und als ich dich zwang, hinzusehen, war dein Gesicht ganz ruhig, wenn auch deine Hände zitterten. Und du hast gesagt …

Ich sehe dein Schlüsselbein unter dem karierten Hemd. Du hast die Ärmel aufgekrempelt. Es liegt ein Schimmer über dem Wasser.

Sie erzählte, deine Mutter sei gestorben, obwohl ich das schon vorher wußte. Sie wartet darauf, daß du wieder gehst.

Ich höre deinen Wagen in der Einfahrt. Er schnurrt, ehe du den Motor abstellst, wie eine Katze. Ich höre deine Füße auf dem Kies und sehe dich mit dem Haar, das dir über die Ohren gewachsen ist, und weiß, daß du bald weggehen wirst. Ich höre deine Schritte zur Straße hinunter und sehe, wie du über die Maisfelder blickst. Farben vergesse ich, aber nicht die Form deiner Augen. Ich weiß noch, wie du riechst.

Zweiter Teil

In der Morgendämmerung wälzt sich ein Gewitter über die Maisfelder und die Wiesen, wo bei Tag immer Kühe weiden, und weckt Kinder mit seinem Donner, erleuchtet abgedunkelte Schlafzimmer mit seinen Blitzen und bringt auch diejenigen, die nicht aufwachen, wie Andrew, dazu, sich unruhig im Schlaf zu wälzen und den Lauf ihrer Träume zu ändern. Der Regen trommelt auf die Schindeln und Blechdächer der Farmhäuser, plätschert über die Holzverschalungen der näher bei der Ortschaft gelegenen Häuser, auf das lange Flachdach des Einkaufszentrums in der Nähe der Fernstraße und gegen die Schaufenster der wenigen Läden, die im Dorf noch um ihr Überleben kämpfen: die weißverputzte Tankstelle, die 1930 erbaut wurde; die Imbißstube auf der anderen Straßenseite, die jetzt einem vietnamesischen Ehepaar gehört; der alte Friseurladen, in dem sich jetzt die jungen Leute wieder Bürstenhaarschnitte machen lassen; der kleine Laden daneben, wo die Tafel des Fernsehmechanikers hängt; und jetzt, für Andrew neu, ein Minisupermarkt neben der Tankstelle. Nach dem Regen, in der Dämmerung, verzieht sich das Gewitter und hinterläßt einen kühlen Luftschwall, den ersten seit mehr als einer Woche, und in den schwach beleuchteten Schlafzimmern zieht Erleichterung ein. Männer und Frauen, von denen manche ihre kleinen Kinder noch bei sich in den Betten haben, schlafen ihren tiefsten Schlaf seit Tagen.

Als Andrew ein Junge war, war die Ortschaft – in Wirklichkeit nicht mehr als eine Ansammlung von auf Milchwirtschaft spezialisierten Bauernhöfen mit einem nichtssagenden Dorf in der Mitte – ausgeprägt ländlich und ganz auf die Produktion von Milch, Butter, Käse und Eiskrem in Millers Molkerei ausgerichtet. Obwohl das üppige Weideland selbst andere Dörfer, ja ganze Bezirke einschloß, hatte die Ortschaft künstliche Grenzen, die zwei Jahrhunderte früher vom Dorfältesten festgelegt worden waren. Die Bauern, die von Polen, Iren, Italienern und zugezogenen Yankees abstammten, kümmerten sich um das Vieh und die Maisfelder, oder sie arbeiteten für die Molkerei. Ihre Frauen schwankten zwischen Bäuerin und Vorstadtmatrone, und ihre Kinder, so wie Andrew, wuchsen eine Weile in der Meinung auf, das Universum bestünde aus Maisfeldern, Kühen und Männern, die vor Tagesanbruch aufwachen, bis sie elf oder vierzehn oder siebzehn waren und sich in ihnen zum ersten Mal der Wunsch regte, wegzugehen, oder die erste flatternde Angst, daß sie dazu vielleicht nicht den Mut haben könnten.

Für Andrew, der von frühester Jugend an mit Sicherheit wußte, daß er weggehen würde aufs College (da seine Eltern keine Farm betrieben, die sie ihm hinterlassen konnten, waren sie sich darin einig), hatte die Ortschaft schon aufgehört, eine Drohung darzustellen, ehe sie Zeit gehabt hatte, sich dazu zu entwickeln. Und als er weg war, auf der Schule oder in der Stadt, empfand er die Jahre seiner Kindheit, auch ohne sich dessen bewußt zu werden, als etwas, was von der Ethik eines komplizierteren städtischen Lebens nicht beeinträchtigt worden war. Und dies in so hohem Maße, daß er oft bei seinen von Jahr zu Jahr seltener werdenden Besuchen zu Hause überhaupt nicht bemerkte, wie sehr die Ortschaft sich veränderte.

Aber bei diesem Besuch zu Hause hat er viel klarer als früher beobachtet, daß der Ort nicht mehr so ist, wie er einmal war. Es gibt jetzt eine Fernstraße und das Einkaufszentrum. Es gibt Markierungen und Zäune, wo früher nur Farmen waren. Im nächsten Ort, zehn Kilometer entfernt, gibt es hinter dem Einkaufszentrum eine große Versicherungsgesellschaft, die mehr Leute beschäftigt, als die Molkerei jemals auf ihrer Lohnliste hatte, und eine Fabrik, die Kassetten und Videobänder herstellt. Die alte Molkerei selbst, die einmal so glänzend und neu war, als Andrews Vater dort Vorarbeiter war, scheint jetzt von der Zeit gebeugt. Und ihren Hauptumsatz macht sie heute, nach der Milch, bereits mit Joghurt.

Manchmal, wenn Andrew träumt, sieht er die Ortschaft so, wie sie einmal war – die Straßenecken und die Spielplätze und die Maisfelder und die Eisenbahngleise, die die Landschaft seiner Kindheit bildeten. Aber dann stellt sich in dem Traum ein anachronistisches Gespräch ein oder jemand, den er erst Jahre, nachdem er von zu Hause weggegangen war, kennenlernte, oder ein Gegenstand, der noch gar nicht erfunden war, als er dort lebte. Und obwohl er dann verwirrt aus diesen Träumen erwacht, manchmal auch eher etwas nachdenklich, kommen die Träume der Wahrheit näher als seine Erinnerungen.

Andrew erwacht und mag seine Stadtkleider nicht anziehen; tatsächlich braucht er Arbeitskleidung, obwohl er keine mitgebracht hat. Aber er findet ein paar ausgebleichte Jeans, gebügelt und sauber auf einem Bügel im Schrank verwahrt. Der Stoff ist weich wie Samt, und er kann noch schwach die Spur erkennen, wo seine Mutter vor Jahren den Saum ausgelassen hatte. Als er sie anzieht, wirkt die ausgestellte Fußweite albern und hoffnungslos altmodisch. Aber da er sonst nichts Passendes anzuziehen hat, ist er froh, daß seine Mutter die Jeans all die Jahre aufgehoben hat.

In der Küche trinkt er eine Tasse Pulverkaffee und ißt dazu ein Stück Schokoladekuchen, den jemand aus dem Damenkränzchen ihm gebracht hat. Als er damit fertig ist, geht er in den Hof hinaus und läßt die Gittertür hinter sich zuschlagen. Er steckt die Hände in die Gesäßtaschen und atmet tief ein; die Luft riecht nach Minze und Salbei aus dem Kräutergarten am hinteren Treppensockel. Er merkt, daß der Rasen, der dringend gemäht werden müßte, zusammengeschrumpft ist, Jahr für Jahr seine Grenzen zurückgezogen hat, dem Dickicht aus Farnkraut, Brombeeren, wildem Apfel und Hartriegel gewichen ist, das zum Haus vorgerückt ist – so, als wollte es bald auch den weißen Bretterbau verschlingen. Wie schnell doch ein Haus wieder ins Land zurücksinken will, denkt er; wie schnell es doch den Kampf gegen das Gras, den Regen und die Sonne aufgeben möchte. Er fühlt sich unangemessen wohl. Er umkreist das Haus, und das Gras durchnäßt seine alten Turnschuhe binnen Sekunden. Vielleicht war seine Mutter eine Zeitlang krank gewesen, überlegt er und mustert mit klarerem Blick, als er ihn seit Tagen hatte, den Zustand des Anwesens, das er jetzt Fremden anbieten muß. Ein kleines Beet mit wuchernden Zinnien, Dahlien und einer ihm unbekannten, dünnstengeligen Blumenart mit unattraktiven roten Blüten ist von Unkraut überwuchert und scheint keine deutlichen Konturen zu haben. Die Farbe an der Südwand des Hauses, bemerkt er, ist abgeblättert. Die Sträucher und die Hecke müssen gründlich gestutzt werden. Und dann ist da eine durchgesackte Dachrinne, die repariert werden muß. Er entdeckt unvernünftig vergnügt einen Fensterladen mit einem häßlichen Loch, der ersetzt werden muß.

Er könnte das Haus so anbieten, wie es ist, das weiß er, und in die Stadt und an seine Arbeit zurückkehren – es ist ja nicht so, daß er die paar zusätzlichen Tausender braucht, die ihm die Reparaturen einbringen würden –, aber er findet den Gedanken an die körperliche Arbeit und die Liste von Aufgaben, die er sich gestellt hat, seltsam attraktiv. Es ist Jahre her, daß er eine solche Liste von Arbeiten hatte. Selbst als er ein eigenes Haus besaß, damals in Saddle River mit seiner Frau und seinem Kind, erledigte jemand anderer die anfallenden Arbeiten, soweit es in dem neuen makellosen Bau überhaupt welche gab: ein Tischler, ein Installateur und ein Gartenservice, der sich dort um die Sträucher und Büsche kümmerte. Er bezweifelt, daß irgend jemand in seinem Heimatdorf auch nur in Betracht ziehen würde, solche Dienste in Anspruch zu nehmen, ebenso wie er weiß, daß die Frauen hier ihre Häuser selbst saubermachen. Bestenfalls könnten sie wie die Closes einen Jungen zum Mähen engagieren. Es gab immer genügend Jungen, die das Geld brauchten.

Er sollte natürlich ins Büro zurück. Er sieht auf die Uhr. Um diese Zeit würde er bereits in einem Sommeranzug an seinem Schreibtisch sitzen. Ein Stapel rosafarbener Telefonzettel würde daliegen, und einige davon würden wichtig scheinen. Eine Aura von Seriosität würde ihn umgeben, gemildert durch unauffälligen Witz, wie er ihn sich angewöhnt hat, mit gelegentlichen Wortspielen, wie sie sein Chef so liebt. Und um die Schultern und im Nacken würde er leichten Druck spüren, weil irgendwo ein Termin drängte und ihn ein künstlich erzeugtes Gefühl der Wichtigkeit umgab. Dennoch würde er sich der zunehmenden Erkenntnis nicht entziehen können, die ihn schon seit einiger Zeit bedrängte, daß all die Mühen all der Männer wie er in Büros lediglich kompliziertes Theater sind, in denen die Hauptakteure ihre Rollen schon so lange und so gründlich gespielt haben (wie die Darsteller in den Fernsehserien), daß sie einander – und vielleicht sogar sich selbst – nur als diesen oder jenen Darsteller kennen.

Er erinnert sich mit leichtem Schauder, wie knapp er dem Angebot eines Hauses in den Hamptons entgangen war, das ihm eine Kollegin im Büro gemacht hatte. Er kann sich keinen schlimmeren Urlaub vorstellen, als ihn mit Fremden in einer

Ortschaft zu verbringen, die fast ebenso überfüllt ist wie die Stadt – oder so kommt sie ihm von hier aus wenigstens vor. Er hatte daran gedacht, mit Billy nach Nova Scotia zum Zelten zu fahren, aber Martha machte diesen Sommer unerklärliche Schwierigkeiten und bestand darauf, daß Billy auch keinen einzigen Tag seines teuren Tageslagers verpassen durfte, und verkündete darüber hinaus, daß sie ihn anschließend mit zu ihren Eltern auf Nantucket nehmen würde. Andrew mag seine Schwiegereltern und meint, daß Billy sie besuchen sollte. Und das Ganze wurde zu kompliziert, als seine Mutter plötzlich gestorben war und damit, ohne es zu wollen, sein Problem löste.

Er blickt nach Norden über die trockenen Maisfelder und stellt plötzlich fest, daß er das Wort *schön* sagen will. Das Wort fühlt sich fremd an auf seiner Zunge. Es ist ein Wort, das er lange Zeit nicht ausgesprochen hat, und es ist um so fremdartiger, wenn es jetzt neben dieser Hausruine ausgesprochen wird – diesem einmal geliebten und jetzt verfallenden Haus. Beide Häuser sind jetzt im Sonnenlicht schäbig, und die hintere Treppe des anderen ist beinahe verfault, und der Liguster klettert ungebändigt über die Fenstersimse. Er sieht einen großen Sprung in einem Küchenfenster – von einem Ast oder einem Vogel? fragt er sich; ganz sicher jetzt nicht von einem Kind – und daß an einem der oberen Fenster ein Laden fehlt.

Zwei Frauen, zwei Witwen, die weit vom Ortszentrum entfernt leben, Nachbarn mit einer lebenslangen Geschichte, aber nicht Frauen, die einander besonders mochten, denkt er; keine Frauen, die voneinander Wärme suchten oder das Gespräch. Er sieht nicht, was er auch vorher in seiner Befangenheit nicht sah: den offensichtlichen Zerfall zweier Häuser, in denen es keine Männer gibt, Häuser, die, so gut es ging, von Frauen einer bestimmten Generation zusammengeflickt wurden, die nie gelernt hatten, ein Fenster einzukitten, und die nicht wissen, wie Werkzeuge heißen. Sie bringen ihre Küchen zum Blitzen, das weiß er, aber wenn von einem der Fenster im Oberstock der Laden abfällt, trägt man ihn in den Keller und läßt ihn dort stehen.

Er wird mit dem Schaben und dem Sandpapier anfangen, beschließt er. Das Gras kann erst geschnitten werden, wenn es trocken ist, und das wird bestenfalls am späten Nachmittag der Fall sein – aber er sollte sich vorher den Rasenmäher ansehen, um festzustellen, in welchem Zustand er sich befindet. Eine Goldamsel schießt aus dem dicken Blattwerk des Hortensienbaumes hervor. Er fragt sich, ob die Schaber immer noch in derselben schwarzen Blechschublade in der Garage aufbewahrt werden.

Er schabt seit einer Stunde, und der Arm tut ihm bereits weh, als sie aus der Hintertür kommt und sich vorsichtig die verfaulende Treppe heruntertastet. Er sieht reflexartig auf die Uhr. Dreiviertel. Er weiß, daß sie täglich vier Stunden, von zehn bis zwei, sieben Tage die Woche, in einem Pflegeheim in der Nähe arbeitet. Das war eine Einzelheit unter vielen anderen in einem Brief oder einem Telefongespräch mit seiner Mutter, etwas, was er schnell gelesen oder gehört hatte; aber jetzt erinnert er sich wieder daran und auch an die Verblüffung seiner Mutter darüber, daß jemand bereit sein könnte, keinen Tag frei zu haben. »Selbst Weihnachten hat sie gearbeitet«, erinnert er sich an die geschriebenen oder gesprochenen Worte seiner Mutter.

Er ruft ihr zu, als sie auf der untersten Stufe angelangt ist. Sie sieht zu ihrem Wagen hinüber und dreht sich dann zu ihm um. Mit einer gemessenen Bewegung führt sie die Hand an die Stirn, um ihren Augen Schatten zu geben, denn die Sonne steht hinter ihm, und er muß eine schwarze Silhouette vor dem grellen Himmel sein. Aber er kann sie deutlich sehen, deutlicher als gestern: ein rosa und grau gemustertes Kleid, ein nach oben gerichteter Blick, eine Haut so weich wie Wildleder, vielleicht hat sie vergessen, daß er da sein würde, aber sie läßt keine Überraschung erkennen. Er überragt sie, und sie muß deshalb die Augen zusammenkneifen, um ihn zu sehen. Ihr Haar ist aschefarben, wo es doch einst die Farbe ihrer Armreifen hatte, und sie trägt es immer noch lang, im Nacken in einem komplizierten Knoten zusammengehalten. Sie trägt eine Perlenkette – irgendwie unpassend an einem Sommermorgen, wenn man in einem Plymouth in ein Pflegeheim fährt, aber doch so passend dazu, wie er sie in Erinnerung hatte, daß selbst die noch unpassendere gepflegte Erscheinung vor dem häßlichen, heruntergekommenen Farmhaus ihm kaum bewußt wird.

Sie geht auf ihn zu, und jeder ihrer Schritte knirscht leise im Kies.

»Mrs. Close«, sagt er und bedauert im gleichen Augenblick die kindische Begrüßung, wo er doch weiß, das sie Edith heißt und er sie jetzt, mit sechsunddreißig, so ansprechen sollte; aber in ihrer Gegenwart fühlt er sich verkleinert, als wäre er wieder ein Junge und als wäre sie herausgekommen, um ihm Anweisungen zu erteilen. Er beginnt die Leiter herunterzuklettern.

Er sieht, daß sie Falten um den Mund hat, wo ihre Haut eingesunken ist, und daß ihre Augenlider jetzt hängen. Und unter den Augen gibt es Spuren, die andeuten, daß sie nicht gut geschlafen hat; Spuren, die zur Farbe ihres Kleides passen. Er will sich von seinem eigenen Bild als kleiner Junge losreißen. Aber als er dann – zu laut für sie beide – sagt: »Ich dachte, ich nehme mir Ihren Rasen auch vor, Edith, wenn ich mich dann später über den hier mache«, scheint ihm seine Stimme uncharakteristisch grobschlächtig und roh.

Sie sieht sich nach dem hohen Rasen und dem wilden Liguster um, und ein müder Blick huscht über ihr Gesicht.

Wieder verspürt er den jungenhaften Drang, gefällig zu sein, die Verlegenheit, die er in ihrer Anwesenheit immer empfunden hatte.

Sie antwortet nicht unmittelbar. »Ein schöner Morgen«, sagt sie.

Wie eigenartig, daß sie miteinander im selben Tonfall sprechen und dasselbe höfliche Vokabular benutzen, wie sie das vor fünfundzwanzig Jahren vielleicht getan haben mochten – als wäre in all den Jahren nichts dazwischengekommen, hätte nichts sich verändert, als wären da nicht all die Tode und die Geburt seines eigenen Sohnes gewesen.

Sie nickt, und in der Neigung ihres Kopfes oder vielleicht in ihrem Profil ist etwas, das ihn eindringlich an die jüngere Frau erinnert, die sie einmal war. Er sieht die Hand einer Frau auf dem Handgelenk eines Mannes, die ihn die Treppen hinaufzieht und ins Haus, obwohl der Wäschekorb unter der Wäscheleine noch halb voll mit nassen Laken ist. Er erinnert sich, wie er eines Nachmittags als Achtjähriger an die Hintertür klopfte, mit einem Korb Tomaten aus dem Garten seiner Mutter, der in jenem Jahr eine reiche Ernte geliefert hatte, und wie Edith ihm die Tür öffnete, erregt, mit leicht gerötetem Gesicht, aufgelöstem Haar, das an den Schläfen feucht war. Sie fummelte am Oberteil ihres Kleides herum, wo die letzten zwei Knöpfe noch offen waren, und er verstand, wenn er auch nicht ganz begriff, daß Jim irgendwo im Haus war, früher heimgekommen war, und daß sie etwas Geheimnisvolles, Aufregendes miteinander getan hatten.

Das Wissen hatte sich eingestellt, ehe er überhaupt gewußt hatte, was es war oder was es zu bedeuten hatte – die Andeutung, daß es zwischen einem Mann und einer Frau etwas geben könnte, das sie nicht mit anderen teilen konnten und das man von draußen nicht sehen sollte.

Und von jenem Tag an fing er an, sie sorgfältig zu beobachten, als könnte man wichtige Informationen erhalten, indem man sie ausspionierte. Anderen Jungen in der Ortschaft, den Jungen, die gern auf den Ledersitz im Lieferwagen seines Vaters kletterten, oder den Jungen, die er von der Hockeymannschaft oder der Schule kannte, hatte sich das Wissen anders dargeboten, in vorhersehbarerer Form, von Mädchen, die sie nackt in Holzschuppen gesehen hatten, oder von Bildern in Zeitschriften. Sean O'Brien, der der Torwart in der Schülermannschaft war, als Andy und er die neunte Klasse besuchten, und der nur drei kurze Jahre später ums Leben kommen sollte, hatte ihm einmal erzählt, wie er unheimliche, wunderbare Bilder, auf denen Männer und Frauen zusammen abgebildet waren, im Keller seines Vaters in einer Schublade gefunden hatte, auf der »Scharniere« stand; und später stellte sich bei Andrew, als er erwachsen geworden war und ein eigenes Haus hatte, manchmal ein flüchtiges und trauriges Bild von einem Fernsehmechaniker in mittleren Jahren ein, der sich zu verstohlenen Freuden in die Tiefen seines Hauses zurückzog.

Ihm war bewußt, daß sie anders als seine Mutter und die anderen Mütter war; ein Bewußtsein, das die Mißbilligung seiner Mutter für ihre Nachbarin, ohne es zu wollen, förderte, wobei diese Mißbilligung irgendwo zwischen stiller Empörung und schwach verhohlenem Neid schwebte. »Edith ist nicht diskret«, verkündete seine Mutter etwa, wenn sie sie im Hof entdeckte oder sich an eine Geste oder eine Bemerkung ihrer Nachbarin am selben Tag erinnerte. »Edith ist manchmal recht gleichgültig«, sagte sie vielleicht ein andermal, und dann nickte sein Vater nur weise, wenn Andy auch manchmal dachte, er würde lächeln. Und eines Abends bemerkte sein Vater, »Nun, sie passen wenigstens gut zueinander«, und seine Mutter hatte »Pssst!« gesagt und damit angedeutet, daß der Junge im Zimmer war. Ihr Tonfall machte Andy auf einen Satz aufmerksam, den er sich sonst vielleicht nicht gemerkt hätte, und veranlaßte ihn dazu, ihn sich nach Kinderart aufzuheben, bis er alt genug war, um ihn zu verstehen.

Er verstand auch mit der gegen Irrtum gefeiten Antenne

eines Kindes, daß die Frau, die seine Mutter beneidete, nur die eine Person liebte und für die Welt vor ihrer Tür nur Gleichgültigkeit empfand, so als wüßte sie, daß sie darauf achten mußte, ihre Reserven nicht zu vergeuden. Sie war beispielsweise Andy gegenüber immer auffällig gleichgültig erschienen, und er hatte das Gefühl, als sähe sie in ihm nur den Nachbarjungen und später den Burschen, der sich gelegentlich im Haus nützlich machte, um sich das Geld für das College zu verdienen. Manchmal dachte er tatsächlich, sie würde ihn überhaupt nicht *sehen*, wenn er im Garten einen Brombeerbusch stutzte oder die Blätter auf dem Blumenbeet rechte. Es kam oft vor, daß er hallo sagte und ihr zunickte und sie stumm, in ihre eigenen Gedanken versunken, vorbeiging und seine Anwesenheit überhaupt nicht wahrnahm.

Sie winkt noch einmal, ehe sie in den Plymouth steigt, und Andrew klettert wieder die Leiter hinauf.

Jim andererseits, denkt Andrew bei sich, hat ihn als Jungen wahrgenommen. Er war nie an Andy vorbeigegangen, ohne ihn zu grüßen oder ihm eine Frage zu stellen oder für den Jungen ein Stück Kaugummi aus der Tasche zu ziehen. Wenn die Erwachsenen, ineinander versunken, im Garten waren, war es Jim, der sich gelegentlich löste und ihn bei der Hand nahm – oder vielleicht sogar mit ihm Fangen spielte.

Wie er so die Bretter am Haus abschabt und sie neu streicht, so wie sein Vater es alle fünf Jahre tat, erinnert Andrew sich daran, wie Jim seinem Vater beim Arbeiten zusah – die Hände in den Taschen, unruhig, aber ohne den Drang zu verspüren, sich seinerseits an die Arbeit zu machen. Jim war ein Mann, der Dinge in Angriff nahm, aber sie nie fertigbrachte – ganz anders als Andys Vater, bei dem die Dinge gleichmäßig und beständig ihren Fortschritt nahmen. Und Andrew kann sich daran erinnern, wie man ihn jeden August aufforderte, einen Gemüsegarten in Ordnung zu bringen, den Jim zu lange dem Unkraut überlassen hatte. Im Frühjahr pflegte Jim voll Begeisterung anzufangen, nachdem er exotische Samen aus dem Katalog gekauft hatte und jeden Samstagmorgen mit einem blitzenden neuen Werkzeug oder einem Beutel Torfmoos nach Hause kam. Aber wenn der Frühling dann langsam in den Sommer überging, sah Andy ihn auf der Hinterterrasse sitzen und rauchen, Bier trinken und Radio hören, als hätte er völlig vergessen, daß es im Garten überhaupt etwas zu tun gab.

Er war ein hochgewachsener Mann, ein freundlicher Alkoholiker, ein Mann, dessen Charme und dessen Lächeln die Leute dazu veranlaßte, ihn als gutaussehend zu bezeichnen – obwohl er das mit seinem langen, flächigen Gesicht in Wirklichkeit keineswegs war. Man war sich allgemein darüber einig, daß er kein zurückhaltender Mann war, daß er durchaus Appetit bewies – am auffälligsten für Frauen und Alkohol –, obwohl er nicht so aussah. Es hieß, er sei für Frauen unwiderstehlich, und als Teenager fragte sich Andy manchmal, ob der Neid, den seine Mutter ihrer Nachbarin entgegenbrachte, nicht daraus entsprang, daß sie sich unausgesprochen und unbestätigt zum Mann ihrer Nachbarin hingezogen fühlte. Er erinnert sich daran, daß Jim manchmal mit seiner Mutter im Garten herumalberte und sie sich ihm dann entzog und kicherte und mädchenhaft aussah.

Auch auf Andy wirkte er anziehend, wenn auch auf andere Art, und in erster Linie weil er kein Milchmann wie Andys Vater war und die meisten anderen Väter, die er kannte, sondern ein Vertreter. Daß er nur Rohrarmaturen verkaufte, störte Andy nicht; die Tatsache, daß Jim häufig von zu Hause weg und auf Reisen war, schien so großartig. Er war der erste Mann, den Andy je kannte, der jedes Jahr kaum gebrauchte Autos gegen neue Modelle eintauschte – immer ein Buick und gewöhnlich schwarz, der dann ruhmvoll auf dem Kiesweg stand und die alten Fords seines Vaters wie verstaubte Vettern vom Lande aussehen ließ. Die vielen Reisen, denkt er jetzt, haben wohl Edith morgens immer unruhig gemacht, wenn Jim sie verließ und mit der Hand über ihre schmalen Hüften strich, ehe er die Tür des Buick aufriß. Er pflegte dann den Arm über das Lederpolster rechts von ihm zu legen und den Buick rückwärts auf die Straße zu lenken und vergnügt zu winken, wenn er die Hauptstraße erreicht hatte, so als wäre er der einzige glückliche Mann in der ganzen Ortschaft.

Sie wirkte dann immer abwesend, wenn sie noch lange, nachdem er gefahren war, in der Einfahrt stand – so als hätte er sie mit sich genommen. Sie schien überrascht, wenn Andys Mutter ihr zurief – und Andy dachte manchmal, seine Mutter tat das absichtlich –, und beinahe taub, wenn er selbst sie etwas fragen mußte, um einen ihrer Aufträge zu erledigen oder um herauszufinden, wo ein bestimmtes Werkzeug verwahrt war.

Aber das Schlimmste war ihre Gleichgültigkeit ihm gegenüber. Selbst als Eden noch klein war und ihre Mutter sie auf dem Schoß hielt, schien Edith das Weinen des Kindes manchmal sekunden-, ja sogar minutenlang überhaupt nicht wahrzunehmen – Eden, die in Ediths Augen nur Dimension und Leben zu haben schien, wenn Jim wieder nach Hause zurückkehrte.

Er erinnert sich so deutlich daran, als hätte er die Geschichte gerade erst gehört, oder er glaubt sich daran zu erinnern; es ist jetzt schwierig, voneinander zu trennen, woran er sich tatsächlich selbst erinnert – diese seine erste echte Erinnerung mit Inhalt – und was ihm vielleicht später seine Mutter oder sein Vater oder Eden selbst erzählt haben und was er dann mit zusätzlichen Pinselstrichen zu einem Bild vervollständigt hatte.

Damals war auch Sommer, erinnert er sich, wenn auch früher, frischer, Juni vielleicht. Ein schöner Tag, der Morgen, weil sein Vater bei der Arbeit war. Und Jim war auch unterwegs, weil Andys Mutter ihn in jener Nacht per Telefon in einem Motel in der Nähe von Buffalo ausfindig gemacht und nach Hause gerufen hatte. Andy war mit seiner Mutter im Garten. Er erinnert sich an den Duft des Bodens, ein betörendes Aroma, wie er es jahrelang nicht gerochen hat, und an eine Reihe von Radieschen, deren fette rote Kugeln aus der schwarzen Erde nach oben drängen. Er war glücklich und ziemlich stolz, weil seine Mutter gesagt hatte, daß er sie herausziehen durfte. Er erinnert sich, daß er braune Lederschuhe und weiße Socken trug und daß der Spalt zwischen den Schuhen und den Socken sich mit schwarzer Erde füllte.

Edith kam über den Hof und stand an der Tür im Maschenzaun. Sie hielt ein in ein gelbes Handtuch gehülltes Bündel im Arm. Die Art und Weise, wie sie es an sich drückte, verriet ihm sofort, daß es ein Baby war – obwohl es möglicherweise (der Gedanke schoß ihm durch den Kopf) die Katze der Closes war, irgendwie krank. Daß sie an einem beliebigen Morgen einfach mit einem Baby auftauchte, kam ihm überhaupt nicht seltsam vor; Freundinnen seiner Mutter tauchten häufig mit neuen Babys an ihrer Tür auf. Eigentlich wäre es sogar viel eigenartiger, wenn die Katze krank wäre; Andy hatte sie noch am Morgen gesehen, und sie war ihm ganz gesund vorgekommen. Erst als er das Gesicht der Nachbarin sah und dann spürte, wie seine Mutter aufstand, um ihr an das Tor entgegenzugehen, wußte er, daß etwas nicht so war, wie es sein sollte. Es war ein Baby, aber vielleicht ein krankes Baby, dachte er.

»Edith«, sagte seine Mutter. Er wußte, daß der Name eine einzige große Frage war.

»Ich war in der Küche staubsaugen, und als ich aufhörte, hörte ich ein Geräusch«, sagte Edith Close. »Es war ein seltsames Geräusch. Ich dachte, es sei vielleicht die Katze oder ein Vogel, der sich verletzt hatte. Es war irgendwo vorn draußen, und ich wollte, daß es aufhörte.«

Sie trug, erinnert er sich, die Art von Kleid, die sie immer trug – ein Kleid mit schmaler Taille und einem Oberteil wie ein Hemd mit bis zu den Ellbogen aufgerollten Ärmeln. Ihre Unterarme waren schlank, und sie trug goldene Armbänder. Ihr Haar war in der Mitte gescheitelt und hing ihr hinten bis auf die Schultern herunter, so wie sie es oft trug, eine Frisur, die Jahre später bei jüngeren Frauen in Mode kommen würde. Er erinnert sich an ihre hellrot geschminkten Lippen und daran, daß ihr Gesicht weiß war.

»Und als ich zur Tür ging und sie öffnete, war da ... war da dieser Pappkarton, draußen, nahe bei der Straße, aber innerhalb der Ligusterhecke. *Oxydol* stand darauf, und ich dachte, jemand hätte seinen Abfall auf unseren Rasen geworfen, wie sie es manchmal mit den Bierflaschen machen. Und dann hörte ich das Geräusch wieder und wurde böse, weil ich dachte, jemand hätte uns einen Wurf junger Katzen dagelassen, und ich wußte, wie schwierig es sein würde, sie loszuwerden. Also ging ich nachsehen, und der Karton war offen und mit Handtüchern gefüllt, und das da war drinnen und schrie ...«

Andys Mutter lehnte sich über den Drahtzaun und zog das Handtuch ein wenig zurück.

»Du lieber Gott!« sagte seine Mutter und trat schnell zurück, als ob sie eine Mißgeburt gesehen hätte.

Die beiden Frauen standen einen Augenblick lang da und sahen einander an, ohne etwas zu sagen.

»Was ist es?« fragte seine Mutter schließlich.

Die andere Frau verstand die Frage nicht. »Was ist es ...?«

»Ein Junge oder ein Mädchen?«

Edith wirkte wie benommen. Dann legte sie den Kopf zurück und schloß die Augen. »O Gott, ich wünschte, Jim wäre hier!« schrie sie plötzlich. »Ich weiß nicht, ich weiß nicht.« Sie sah so aus, als würde sie jeden Augenblick umfallen, mit dem Bündel in den Armen.

»Gehen wir hinein«, sagte seine Mutter schnell, und damit lief ein Mechanismus in ihr an, wie das immer bei ihr geschah, wenn es eine Krise gab oder wenn sie gestürzt war und sich verletzt hatte. »Wir sehen uns das Baby an und vergewissern uns, daß alles in Ordnung ist, und dann rufen wir die Polizei. Und dann werden wir Jim ausfindig machen.«

Sie drehte sich um und sah Andy an, der auf dem Boden kauerte. Ihr Gesicht wirkte ungewöhnlich mürrisch, und sie sprach mit der Stimme, die sie immer dann gebrauchte, wenn sie »es ernst meinte«, und deutete mit dem Finger auf ihn.

»Du wirst diesen Garten unter keinen Umständen verlassen. Hast du mich verstanden?« Das war keine Frage. »Du bleibst hier und rührst dich nicht von der Stelle, bis ich dich hole. Ich muß mit Mrs. Close nach nebenan gehen.«

Verängstigt, weil sie ihn noch nie allein gelassen hatte, wenn keine Erwachsenen dabei waren, und bedrückt sah er ihnen nach, wie sie zu dem anderen Haus hinübergingen und dann durch dessen Hintertür verschwanden.

Das war der erste Eindringling, denkt er plötzlich bei sich, nicht der Mann, der in der Augustnacht kam, sondern die Person, die an einem Junimorgen vierzehn Jahre zuvor ein Kind brachte und es zurückließ. Selbst Vater, versucht er sich vorzustellen, woran er bisher noch nie gedacht hat: eine Frau, die ihren Wagen anhält, die schnelle Bewegung um die Hecke herum. Hatte sie gezögert, geweint, sich, um Mut zu schöpfen, auf die Lippen gebissen? Hatte ein Mann oder ein Junge sie gebracht und darauf bestanden, daß sie dies tat? War sie ein junges Mädchen, selbst ein Kind, oder eine ältere Frau mit zu vielen Kindern? Warum jenes Haus und nicht ein anderes? War sie die Straße auf und ab gefahren und hatte stundenlang nach der perfekten Stelle gesucht? Wie war sie sicher gewesen, daß jemand im Hause war, um für das Baby zu sorgen?

»Es hätten auch wir sein können«, sagte sein Vater an jenem Abend beim Essen. Seine Stimme war ungewöhnlich leise. »Leicht hätten wir es sein können.«

Und wenn nicht zufälligerweise das andere Haus der Straße zugewandt gewesen wäre und das ihre siebzig Fuß weiter zurück nach Norden geblickt hätte, wurde ihm klar, dann hätte er vielleicht eine Schwester gehabt. Damit war das Schicksal des Kindes, das Eden genannt werden würde, von der Geographie bestimmt worden. Und als er dann älter wurde und die Geschichte immer wieder hörte, fiel es ihm schwer, in ihr nicht eine nahe Verwandte zu sehen, jemand, den man Ruth oder Debbie hätte rufen können, wie seine Mutter vorhatte, die Tochter zu nennen, die nie kam, und daß sie dann ihm und ihnen gehört hätte.

Aber bis der Tag zu Ende ging, gehörte sie niemandem außer Jim. Andys Mutter hörte es aus seiner Stimme am Telefon aus Buffalo.

»Wie hat er es aufgenommen?« fragte Andys Vater, als seine Mutter den Hörer auflegte.

»Er kommt sofort. Er klang ... nun, er klang einfach sehr aufgeregt, und er hat die seltsamsten Fragen gestellt«, sagte sie. »Für einen Mann.«

»Was für Fragen?« fragte sein Vater.

»Er wollte wissen ... nun, er wollte wissen, wieviel das Baby wog und wie alt es sei, wie es aussah und was der Arzt gesagt hatte, und das in allen Einzelheiten«, sagte sie und wischte sich mit den Händen über die Schürze. »Wie eine Frau«, fügte sie hinzu, aber natürlich nicht wie die Frau, die diese Fragen hätte stellen müssen, deutete ihre Stimme an.

Und dann schüttelte seine Mutter den Kopf und seufzte: »Der arme Mann.« Vermutlich würde man das Baby wegholen, sobald die Polizei einen Platz in einem Waisenhaus oder einem

Pflegeheim besorgt hatte. Als die Polizei an jenem Morgen in Begleitung von Dr. Ryder gekommen war, der das Kind untersuchte, hatten sie Mrs. Close gefragt, ob sie das Baby behalten würde, bis die Sache erledigt sei, und sie hatte ja gesagt, aber nicht gesagt, daß sie es selbst haben wollte. Und doch war allgemein bekannt, wie Andys Mutter seinen Vater erinnert hatte (und später in die häufig erzählte Geschichte von Edens Ankunft eingebaut hatte), daß Jim sich sehnlich ein Kind wünschte und daß sie jahrelang versucht hatten, eines zu bekommen, und dies trotz Dr. Ryders Erklärung, Mrs. Closes Schoß sei Jims Samen »feindlich«. Eine Ironie, die niemandem entging.

Die Muskeln in Andrews rechter Schulter brennen, als er einen roten Honda Prelude elegant in die kiesbedeckte Einfahrt einbiegen sieht. Bei der Geschwindigkeit, denkt er, kann das nicht noch ein Schokoladekuchen des Damenkränzchens sein. Ein Mann entsteigt dem Fahrersitz und knallt die Tür zu wie ein Soldat. Er trägt einen beigefarbenen Sommeranzug und eine dunkle Fliegerbrille. Sein Haar ist kurz und gepflegt. Der Mann schiebt die Hände in die Hosentaschen und grinst.

»Andy-Boy.«

»T.J.«

Andrew beginnt die Leiter hinunterzusteigen. Tom Jackson schiebt die Sonnenbrille auf die Nasenspitze und mustert Andrew. »Flott«, sagt er.

Andrew blickt auf die anachronistischen weiten Hosen hinunter. »Die waren im Kleiderschrank«, sagt er und zuckt die Achseln.

»Hör mal«, sagt T.J., läßt sein Lächeln fallen und geht mit ausgestreckter Hand auf Andrew zu. »Das mit deiner Mutter tut mir wirklich leid. Hab's erst heute morgen gehört. Ein Kunde hat gesagt ...«

Die zwei Männer schütteln sich die Hand. »Es ging barmherzig schnell«, sagt Andrew ein wenig albern, wie ein Echo dessen, was Dr. Ryder gesagt hat. Plötzlich wird ihm bewußt, daß es Pflicht des Leidtragenden ist, jenen, die ihr Beileid aussprechen, ihre Verlegenheit zu nehmen.

»Ja, schnell, ein schöner Tod«, sagt T.J. Er nimmt die Sonnenbrille ab und hängt sie sich an einem Bügel in die Jackettasche.

»Siehst gut aus, Andy-Boy«, sagt er und versetzt ihm dabei einen verspielten Boxhieb. »Treibst du Sport?«

Andrew hat keinen Sport getrieben, erkennt aber aus der Art, wie T.J. es gesagt hat, und an seiner ganzen Haltung, daß der andere das sehr wohl getan und sogar einige Zeit darauf verwendet hat. Als sie noch Jungen waren, war immer T.J. derjenige gewesen, der vor der Zeit zum Training kam.

»Nein«, sagt Andrew Nachsicht heischend. »Eine Weile bin ich regelmäßig gelaufen, aber dann bin ich umgezogen und machte mir nichts mehr daraus.«

»Disziplin ist wichtig«, sagt T.J., der schnellste Schlittschuhläufer, den Andrew je gesehen hat; ein Schlittschuhläufer, der mühelos über das Eis zu schweben schien. »Du mußt es dir zur Gewohnheit machen. Jeden Tag, ganz gleich, was passiert. Du mußt in Form bleiben. He, Mann, vierzig ist nicht mehr weit.«

Andrew hat bis jetzt noch nie so an seinen vierzigsten Geburtstag gedacht, wenn er überhaupt je daran gedacht hatte; aber seine schmerzenden Schultern sagen ihm, daß er nicht mehr so jung ist, wie er meinte.

»Magst du ein Bier?« fragt er. Andrews Erinnerung an den Inhalt seines Kühlschranks ist recht undeutlich, aber er meint, dort könnten noch die Überreste einer Sechserpackung sein.

»Klar«, sagt T.J. und dreht sich schwungvoll herum, um Andrew wissen zu lassen, daß er den schwarzen BMW betrachtet. Er pfeift bewundernd. »Muß dir ja gutgehen«, sagt er. »He, ich dachte immer, *mir* ging's gut. Aber ein BMW. Was zahlt man heute dafür – zwanzig, dreißig?«

Tatsächlich ist Andrew ein wenig verlegen wegen seines Wagens, und das schon, seit er hier angekommen ist. Er steht in der Einfahrt und wirkt ebenso deplaziert wie eine Frau im Nerzmantel auf einem Flohmarkt. Außerdem macht er ihn auf eine Art und Weise, die er nicht genau definieren kann, unruhig.

»Ehrlich gesagt, wär mir dein Prelude lieber«, sagt Andrew mit einer freundlichen Lüge, da er in Wirklichkeit keine Minute lang einen grellroten Wagen besitzen möchte. »Der BMW ist zu nervös«, fügt er hinzu und verstärkt damit die Lüge noch; in Wirklichkeit läuft der Wagen so sanft wie ein Panther.

Er geht seinem Gast über die Hintertreppe in die Küche voran. Erleichtert stellt er fest, daß auf dem obersten Gitter im Kühlschrank drei Heinekens stehen. T.J. zieht seine beigefarbene Jacke aus und drapiert sie sorgfältig über die Rückenlehne eines weißen Küchenstuhls. Er drückt die Schultern zurück und lehnt sich gegen den Ausguß. Er schnippt die Bierdose auf. Obwohl Andrew kein Interesse an Sport hat, beeindruckt ihn T.J.s flacher Bauch.

»Wie lange ist das jetzt her? Zehn Jahre?« fragt T.J. und nimmt einen großen Schluck.

Andrew lehnt sich gegen den Kühlschrank und überlegt. »Ich denke eher fünfzehn oder sechzehn«, sagt er. »Ich glaube, das letzte Mal, daß wir zusammenkamen, war einundsiebzig oder zweiundsiebzig. Wir haben uns in den Weihnachtsferien Tom Rush angesehen, glaub ich.«

»Sechzehn Jahre!« sagt T.J. Er schüttelt den Kopf. »Du lieber Gott! Das klingt ja so, als hätte mein alter Herr es gesagt.« Er schüttelt noch einmal den Kopf. »Mann, oh, Mann!«

Er streicht mit den Fingern über die Bierdose, so daß auf dem beschlagenen Blech Muster entstehen. »Und was machst du jetzt?« fragt T.J. »Bist du Geschäftsmann oder was?«

»Ich arbeite für eine pharmazeutische Firma in der Stadt«, sagt Andrew. »Ich bin dort Vizepräsident und für PR und Werbung zuständig.« In dieser schäbigen Küche eines Farmhauses klingt seine Stellenbeschreibung absurd und übertrieben, aber T.J. nickt zustimmend.

»Du wolltest doch Schriftsteller werden«, sagt T.J.

»Und du Keyboarder.«

»Ja.«

»Eines führt zum anderen«, sagt Andrew, nur um etwas zu sagen. Er ist nicht daran interessiert, sich über Details auszulassen, wie geschickt man ihn dazu gebracht hat, nach New York zu ziehen und seine erste Stelle bei der pharmazeutischen Firma anzunehmen. Und auch nicht darüber, wie schnell Martha darin gewisse finanzielle Möglichkeiten erkannte.

»Ja«, sagt T.J. »Direkt zur Bank.«

Die zwei Männer lachen.

»Auf das Geld«, sagt T.J. und hebt seine Bierdose mit dem wenigen noch darin verbliebenen Bier in Richtung Andrew.

Andrew hebt seine Dose.

»Bist du verheiratet?« fragt T.J.

Andrew schüttelt den Kopf. »War ich mal. Wir haben uns vor etwa einem Jahr getrennt. Ich habe einen Sohn, Billy. Er ist sieben.«

»He, Mann, das tut mir leid«, sagt T.J. »Daß es nicht geklappt hat, meine ich. Das ist hart. Deine Einsicht oder ihre?«

Andrew überlegt, daß dies das zweite Mal in zehn Minuten ist, daß T.J. gesagt hat, Andrew täte ihm leid – dreimal, wenn man mitzählt, daß er ihn wegen mangelnder sportlicher Betätigung getadelt hatte.

»Ich schätze, es beruhte auf Gegenseitigkeit, so wie meistens bei diesen Dingen«, antwortet er ausweichend.

»Ja genau«, sagt T.J. und leert die Dose und stellt sie auf die Anrichte.

»Nimm dir noch eins«, bietet Andrew an.

»Nein. Geht nicht. Trotzdem vielen Dank. Ich habe da eine Firma, die will sich heute nachmittag die Gunther-Farm ansehen. Um dort Eigentumswohnungen zu bauen. Könnte ein phantastisches Geschäft werden.«

»Du machst in Immobilien?« fragt Andrew.

»Im Moment«, sagt T.J. »Das eigentliche Geschäft macht man natürlich bei der Erschließung. Die alten Säcke verkaufen ihr Land – die Jungen haben mit Landarbeit nichts mehr am Hut. Aber wem sag ich das, oder? Heute wollen alle Eigentumswohnungen – ob das nun berufstätige Ehepaare sind oder Pensionisten, jedenfalls will keiner den Rasen mähen. Vor einem Monat habe ich da einen Abschluß gemacht – ein Unternehmer, der das Gorzynski-Anwesen gekauft hat und dort einen Country Club baut, mit Eigentumsapartments, einem Golfplatz, einem Pool – eben allem, was dazugehört.«

T.J. greift nach der leeren Bierdose. Dann stellt er sie auf die Anrichte zurück. »Bleibst du eine Weile hier?« fragt er. »Ich würd dich gern mal zu mir nach Hause einladen, damit du meine Kinder kennenlernst. Ich hab übrigens Didi Hanson geheiratet.«

»Das hat mir meine Mutter geschrieben«, sagt Andrew. Er sieht Didi Hansons perfekte Zähne, ihren blonden Lockenschopf und aufeinander abgestimmte Pullover und Röcke vor sich, und dies lange nachdem die Mädchen, die er kannte, Jeans trugen. Außerdem erinnert er sich daran, daß Didi Cheerleader war und ihre Aufgabe sehr ernst nahm.

»Wir haben zwei Jungs. Tom junior ist vierzehn und groß für sein Alter. Ellis, der Kleine, ist neun und wird bald zwei, wenn du weißt, was ich meine.«

Andrew ist nicht sicher, ob er das weiß, nickt aber. »Ich hatte vor, eine Woche zu bleiben«, antwortet er, »und alles ein wenig herzurichten, ehe ich das Haus auf den Markt bringe.«

Und in dem Augenblick, wo er das Wort »Markt« ausspricht, drängt sich ihm ein unwillkommener Verdacht auf. Hat T.J. etwa die Chance gewittert und ist hergekommen, weil er einen Auftrag sucht? Lesen Immobilienmakler etwa routinemäßig Todesanzeigen in den Zeitungen? Oder, um seinem Freund Gerechtigkeit widerfahren zu lassen, hatte T.J. wirklich erst heute morgen von einem Kunden vom Tode von Andrews Mutter gehört? Er kann sich das Gespräch gut vorstellen: *Tut mir leid, das zu hören,* hatte T.J. vermutlich gesagt und sich sofort überlegt, wie er einen Vorteil daraus schlagen konnte, mit derselben Findigkeit, die ihn zu einer anderen Zeit zum besten Hockeyspieler gemacht hatte, den der ganze Bezirk je gekannt hatte. *Ihr Sohn Andy und ich waren einmal dicke Freunde.*

»Willst du verkaufen?« fragt T.J. viel zu beiläufig und beugt sich vor und späht zum Küchenfenster hinaus.

»Ich denke schon«, sagt Andrew.

»Echt?« sagt T.J. und richtet sich auf, sieht dabei aber Andrew nicht in die Augen. »Nun, verdammt, wenn du Hilfe brauchst, stehe ich gern zur Verfügung – um der alten Zeiten willen sozusagen. Offengestanden, ich befasse mich heutzutage nicht mit so kleinen Anwesen, aber schließlich sind wir ja alte Freunde...« Er sieht sich in der Küche um, als würde er sie zum ersten Mal zur Kenntnis nehmen. Aber Andrew hat plötzlich das deutliche Gefühl, daß er schon seit Betreten des Hauses Inventur aufgenommen hat.

»Was willst du dafür haben?« fragt T.J.

Andrew zuckt die Achseln. »Keine Ahnung. Was meinst du?«

»Es ist ziemlich heruntergekommen«, sagt T.J., »und außerdem ziemlich isoliert, abgesehen vom Haus der Closes, und das ist auch nicht gerade ein Palast, wenn du mich recht verstehst... Keine Ahnung. Vielleicht hundert. Hundertfünfundzwanzig.«

Andrew nickt. Er ist sicher, daß T.J. das schon vor Stunden ausgerechnet hat. Die Zahlen kommen zu schnell.

Aber nachdem Andrew keinem anderen Immobilienmakler verpflichtet ist und weil er die Transaktion so schmerzlos wie möglich hinter sich bringen will, beginnt er das Auftauchen von T.J. als einen Glücksfall zu betrachten, selbst wenn der andere dem Glück ein wenig nachgeholfen hat. Er fragt sich, ob T.J. dieselbe peinliche Distanz zu ihrer Freundschaft empfindet wie er – oder ob es ihm überhaupt etwas ausmacht.

»Es gehört dir«, sagt er.

T.J. schüttelt seine Hand. »Ausgezeichnet«, sagt er und lächelt und verrät sich damit völlig. »Ich spreche dich später wegen der Einzelheiten, und sobald ich mit Didi gesprochen habe, kommst du zu uns. Ich würde ja gleich einen Tag vorschlagen, aber ich muß Didi fragen – du weißt ja, wie Frauen sind.«

Andrew zuckt innerlich zusammen. Er vermutet, daß er ebensowenig wie T.J. weiß, wie Frauen sind, aber irgendwie verrät die Redewendung Andrew, daß die Ehe seines Freundes nicht gut ist. Die Erkenntnis überrascht ihn – und dann fragt er sich, ob er sich vielleicht irrt, ob die Ehe nur heute oder diese Woche oder an diesem Vormittag nicht gut ist. Wenn T.J. letzte Woche vorbeigekommen wäre, fragt er sich, hätte Andrew dann eine andere Vorstellung von dieser Ehe gehabt? Eine intimere, hoffnungsvollere? Er weiß, daß der Charakter seiner eigenen Ehe sich häufig von einem Tag zum nächsten wandelte; das hing manchmal von den Umständen ab und manchmal davon, ob er und Martha sich an dem betreffenden Morgen geliebt hatten.

»Also«, sagt T.J. und lehnt sich wieder an den Ausguß.

Jetzt, wo das Geschäft auf seine Weise abgeschlossen ist, riecht Andrew förmlich, daß T.J. weiter möchte. Das liegt so in der Natur des Menschen. Andrew hat es selbst zahllose Male gemacht.

T.J. greift nach seinem Jackett und zieht es an. Andrew

bemerkt, daß auf T.J.s Oberlippe Schweißtropfen stehen. Sie gehen auf die Tür zu, öffnen sie und stehen nebeneinander auf dem Treppenabsatz. Sie blicken beide zu dem anderen Haus hinüber.

»Hast du Eden schon gesehen?« fragt T.J.

»Nein, bis jetzt nicht.«

»Ich glaube, ich habe sie in den letzten zehn Jahren keine fünf Mal gesehen«, sagt T.J. »Und jedesmal saß sie mit ihrer Mutter im Wagen. Ziemlich isoliert hier draußen. Natürlich war sie lange Zeit weg... Jeder geht ja irgendwie seine eigenen Wege, du weißt ja. Manchmal schäme ich mich ein wenig, daß ich nie einfach hergefahren bin und an ihre Tür geklopft habe, nachdem sie zurückgekommen war. Aber ich wußte nie so recht, was ich hätte sagen sollen.«

»Ja«, sagt Andrew.

»Sie hat als Mädchen phantastisch ausgesehen, erinnerst du dich?«

»Ja, ich erinnere mich.«

»Wirklich Klasse. Sie war – was, vierzehn?«

»Scheußlich, wenn du mich fragst.«

T.J. drückt die Schultern zurück und blickt die Einfahrt hinunter zu den Maisfeldern auf der anderen Straßenseite. »Ich hab mir immer gedacht, daß er die Waffe irgendwo in den Maisfeldern vergraben hat, aber ich weiß nicht«, sagt er. »Man sollte ja meinen, daß sie beim Pflügen irgendwann zum Vorschein gekommen wäre.«

»Ja, das sollte man meinen«, sagt Andrew.

Die Sonne spiegelt sich in einem silbernen Mazda, der über die Straße schießt und ihnen einen Augenblick lang den Blick auf die Felder versperrt. Über den Feldern haben sich ein paar Krähen in Halbmondformation gesammelt.

Und so, wie sie es Wochen nach den Schüssen getan hatten, stumm und für sich, weil sie nicht wollten, daß irgend jemand erfuhr, daß sie immer noch damit beschäftigt waren, wird Andrew bewußt, daß sie aufs neue, gleichsam im Kopf, Diagramme zeichnen, wie das Undenkbare abgelaufen sein mochte. Der Vater, wie er das Haus betritt und im oberen Stockwerk die halberstickten Geräusche hört, wie er die Tür zum Zimmer seiner Tochter öffnet, der schreckliche Anblick, der sich ihm dort bietet, die irren Schreie. Eine Hand, die nach einer Waffe tastet. Eden, ein Bettlaken an die Brust gepreßt, sich auf ihren Vater zubewegend... Die Schritte der Mutter auf der Treppe.

Er erinnert sich an die schrecklichen Schreie.

»Hast du je Seans Eltern gesehen?« fragt Andrew.

T.J. macht eine Schulterbewegung, als wollte er sich von seinen Gedanken losschütteln. »Sein Vater hat immer noch die Fernsehwerkstätte in der Ortschaft, aber meistens ist er am Nachmittag schon ziemlich voll. Die Mutter ist vor ein paar Jahren gestorben. Krebs. Eine schlimme Geschichte.«

»Ja«, sagt Andrew.

»Also«, sagt T.J. und greift nach Andrews Hand. »Hör zu, mach's gut«, sagt er und geht über die Auffahrt auf seinen Wagen zu, greift in die Tasche nach den Schlüsseln.

Andrew blickt ihm nach. Mit derselben sparsamen Bewegung, die ihn zum besten Schlittschuhläufer im ganzen Bezirk gemacht hat, fädelt T.J. seinen langen Körper in den Prelude. Andrew will ihm schon nachwinken, als T.J. den Kopf zum Fenster heraussteckt.

»Und noch eins, Andy-Boy«, sagt er und dreht den Schlüssel in der Zündung, »kauf dir um Himmels willen ein Paar anständige Jeans.«

Andrew lächelt und zuckt die Achseln. Er fragt sich, wie es kommt, daß gewisse Eigenschaften eines Jungen sich in einem erwachsenen Mann so seltsam entwickeln. Andererseits, wie kommt er eigentlich dazu, Kritik zu üben? Hat er nicht etwa in seiner eigenen beruflichen Laufbahn dieselben armseligen Taktiken angewandt?

Das Bier auf nüchternen Magen hat ihn irgendwie beschwingt gemacht. Er geht die Treppe wieder hinauf in die Küche.

Als er die Gittertür öffnet, sieht er vor seinem inneren Auge ein Bild von Eden, nackt unter einem geblümten Bettlaken – und das Bild verblüfft ihn.

Warum er jetzt wohl daran denkt? Er fragt sich, ob T.J. das wohl weiß. Hat er das vor Jahren seinem Freund erzählt?

Nachdem Jim das Baby in den Armen gehalten hatte, dachte er nicht mehr daran, es je wieder herzugeben. Das Mädchen gehörte ihm, ehe er auch nur zu Hause angekommen war. Andys Mutter war in der Küche der Closes und wartete mit ihrer Nachbarin, als Jim die Tür aufriß und den Musterkoffer fallen ließ. Sie beobachtete ihn, wie er sich über das Kind beugte – seine Begeisterung für das Kind schien wie eine natürliche Fortsetzung seiner für ihn so typischen Großzügigkeit – und wie er das Kind dann so sachte wie eine Kinderschwester in die Höhe hob, als hätte er das seit Jahren in seinen Träumen geübt.

Und sie sah trotz der herrschenden Verwirrung das Gesicht von Edith Close, die sich vorschob, um geküßt zu werden, ehe sie ihm das Kind reichte, aber die weder geküßt noch berührt wurde, erst viel später, am Abend, und die dann wie benommen am Küchentisch saß und zusah, wie ihr Mann mit seinem warmen Bündel über den abgewetzten Linoleumboden tanzte. Und Andys Mutter sah auch, wie sie sich Mühe gab, sich nichts anmerken zu lassen, wie sie ihre Gesichtszüge ordnete, damit sie sich dem neuen Ausdruck ihres Mannes anpaßten, wie sie sich mühte, Freude vorzutäuschen, von der sie wußte, daß sie sie an den Tag legen mußte, um nicht ins Hintertreffen zu geraten.

Sie wußte sofort, daß sie nicht protestieren durfte, nicht einmal Einwände vorbringen durfte – obwohl, wie Andys Mutter später sagte, es eine ganze Menge zu überlegen gab: Schließlich könnte die Mutter es sich anders überlegen und zurückkommen; oder sie würde vielleicht eines Tages selbst schwanger aufwachen und damit zwei Babys haben, für die es zu sorgen galt (freilich würde man diesen letzten Einwand sofort als belanglos erkennen, da der allwissende Dr. Ryder ihn ihr praktisch als unmöglich erklärt hatte).

»Eden«, sagte Jim und tanzte verträumt zwischen dem Ausguß und dem Herd herum. »Wir werden sie Eden nennen.«

Edith blickte zu ihm auf; sie schien widersprechen zu wollen.

»Der Garten Eden kommt in einem Korb zu uns«, jubilierte er und legte damit, wie Andys Mutter später meinte, eine bislang fremde und nicht ganz willkommene Sentimentalität an den Tag, wenn man bedachte, daß das Kind in Wirklichkeit in einer Oxydol-Schachtel angekommen war; und erzeugte in diesem Augenblick lebenslange Verwirrung, indem er dem Säugling einen Namen gab, der dem der Adoptivmutter so ähnlich klang. (»Edith mußte genäht werden?« sagte Andys Vater abwesend beim Abendbrot, nachdem er eine Geschichte seiner Frau nur halb gehört hatte. »Nein, *Eden* mußte genäht werden«, erklärte sie dann fast wütend.)

Und damit hieß sie Eden, während Andys Mutter dasaß und das Gesicht ihrer Nachbarin musterte – und darauf las, wie die Auseinandersetzung der schnellen Erkenntnis wich, daß in ihrem Leben etwas Unwiderrufliches geschehen war und daß alles, was sie vorher besessen hatte, in diesem einen Augenblick dahin war. Die Hand, die ihr Kinn gestützt hatte, glitt lautlos in ihren Schoß. Ihr Mund öffnete sich leicht, und Andys Mutter konnte neben sich hören, wie sie langsam einatmete.

Andrew reibt sich die schmerzende Schulter und beugt sich vor, um den jämmerlichen Inhalt des Kühlschranks seiner Mutter zu überprüfen. Er stellt fest, daß er allem Anschein nach willkürlich zusammengewürfelte Teile von verschiedenen Puzzlespielen enthält – nichts, was sich zu einem befriedigenden Ganzen zusammenfügen ließe. Er hat Edith Close nie gemocht (in erster Linie, nimmt er an, weil sie ihn so ignorierte – aber mehr, würde er lieber glauben, wegen Eden), aber trotz dieser Abneigung muß er ihr doch zugute halten, wie grundlegend ungerecht alles war, die schreckliche Symmetrie der zwei Eindringlinge: der eine, an einem kühlen Junimorgen, als Vorgeschmack dessen, was sie verlieren würde; der andere in einer feuchtheißen Augustnacht, der ihr alles nahm.

Als am Tag darauf die Polizei mit einer Sozialarbeiterin eintraf, empfing Jim sie an der Tür. Er verkündete, daß sie das Kind behalten würden. Falls sie eine Weile nur als Pflegeeltern fungieren konnten, wäre das schon in Ordnung, sagte Jim. Aber am Ende, dessen war er sicher, würde das Kind ihnen auch nach dem Gesetz gehören. Die Polizei, die darauf nicht vorbereitet war, hatte Papiere, die etwas völlig anderes behaupteten, aber diese Papiere waren ohne Belang für Jim, der ruhig überallhin ging, wo man ihm sagte, unterschrieb, wo man ihn aufforderte, seinen unwiderstehlichen Charme an Frauen verströmte, die Abkürzungspfade durch das bürokratische Labyrinth kannten und ihm auf diese Weise ermöglichten, bürokratische Hindernisse zu überwinden, die jeden anderen mutlos gemacht hätten.

Edith Close, der man brutal eine Mutterschaft aufgezwungen hatte, auf die ihre Hormone sie nicht vorbereitet hatten, nahm die von ihr verlangten Aufgaben wahr, als stünde sie unter Fernsteuerung – einer schlechten Verbindung, in der es jederzeit einen Kurzschluß geben konnte, was auch oft geschah.

Wenn Jim in der Nähe war, hatte die Kleine wenigstens einen Spielgefährten – obwohl Ediths wachsende Eifersucht, ein angedeuteter Nebel, durch den sie schwebte und der bis jetzt noch nicht die scharfe Zunge geschaffen hatte, die später kommen würde, häufig verlangte, Jim solle das Baby hinlegen, »damit das arme Kind schlafen kann«. Aber wenn Jim nicht da war, hörte Eden praktisch auf, als greifbares Wesen zu existieren – ein Baum, der im Wald fällt, und niemand hört es.

Andrew, der sich schließlich für einen vom Damenkränzchen zurückgelassenen Eintopf entschieden hat, der mehr oder weniger wie Gulasch aussieht, erinnert sich an den Nachmittag, an dem Edith Close das Baby ohne Netz draußen im Kinderwagen ließ und hinaufging, um sich hinzulegen. Die honigfarbene Katze der Closes – deren Eifersucht im Gegensatz zu der ihrer Herrin durch nichts beeinträchtigt war – sprang lautlos in den Wagen und war bereits im Begriff, dem Usurpator ein Ende zu machen, als die Schreie des Babys Andys Mutter aus der Küche rennen ließen. Sie schnappte sich das Kind, verpaßte der mürrischen Katze einen erstaunlich gut plazierten Tritt – in der Meinung, der Lärm würde ihre Nachbarin wecken. Aber selbst als sie an die Hintertür ging und – wie Andy fand, recht ungehalten – nach Edith rief, dauerte es einige Minuten, ehe die benommene Frau an der Tür auftauchte. Andrews Mutter hatte den Eindruck, wie sie seinem Vater später beim Abendbrot erzählte, daß Edith das Kind einfach völlig *vergessen* hatte.

Andrew bezweifelt, ebenso wie dies seinerzeit seine Mutter tat, daß ihre Nachbarin dem Baby absichtlich einen Schaden zufügen wollte. Es war eher, wie er das auch schon früher dachte, ein Fall fehlerhafter Verbindungen: etwas, das mit ihrer Furcht, Jim zu verlieren, zu tun hatte (der seit Jahren in seinem schwarzen Buick zu anderen Zimmern in anderen Ortschaften gefahren war und über den häufig Gerüchte bezüglich anderer Frauen im Umlauf waren). Ein Kind, das das Glück hatte, eine erstaunliche blonde Lockenpracht zu entwickeln, einige Töne heller als das Haar seiner Adoptivmutter. Obwohl sie als Kind keineswegs korpulent war, hatte sie dicke Backen, eine hübsche rosige Hautfarbe und für eine so helle Haut bemerkenswert dunkle Wimpern. Ihre Augen waren so blau wie die Ediths, was die Frauen in der Ortschaft dazu veranlaßte, Bemerkungen über die Ähnlichkeit zwischen Mutter und Kind zu machen (eine Bemerkung, die in Edith höchst gemischte Gefühle ausgelöst haben mußte), aber von einem wesentlich lebhafteren Blau, einem grünlichen Blau, von dem man heute, bei einem älteren Mädchen oder einer jungen Frau, sagen würde, daß es durch Kontaktlinsen noch verstärkt war. Sie war ein Kind von unzerstörbarer Schönheit: Man konnte vergessen, ihr das Gesicht zu waschen oder das Haar zu kämmen, wie Edith das häufig tat –, und doch stach sie, wenn man an dem Spielplatz bei der Schule vorbeikam, zwischen all den anderen Kindern auf der Schaukel sofort hervor.

Je mehr Edith das Kind ignorierte, desto mehr wurde es von Jim verwöhnt, als könne er damit das Defizit ausgleichen – aber vielleicht war es auch umgekehrt, und Edith wollte unbewußt sein Übermaß wettmachen. Aber da seine Liebe die leidenschaftlichere und geradlinigere von den zwei emotionalen Kräften im Haus war, wurde die heranwachsende Eden mehr verwöhnt als ignoriert – »verzogen«, wie seine Mutter manchmal sagte, eine Formulierung, die für Andrew immer das Bild eines verwachsenen Strauches, eines mißratenen Baumes erweckte, ein Bild, das überhaupt nicht zu dem anmutigen, wenn auch manchmal eigenwilligen Kind passen wollte, das nebenan schnell der Pubertät entgegenwuchs. Und je mehr Aufmerksamkeit Jim Eden widmete, desto mehr Aufmerksamkeit widmete Edith Jim – ein geradezu bizarres Karussell einseitiger Emotionen, die manchmal den Anschein erweckten, als könnten sie außer Kontrolle geraten.

Während er das schon etwas eingetrocknete Gulasch ißt, erinnert Andrew sich an lang vergessene Szenen. Jim kommt von einer Reise nach Hause und öffnet die Tür des schwarzen Buicks. Er ist hemdsärmelig, aber noch mit Krawatte. Er trägt Pakete. Er entdeckt Eden auf der neuen Schaukel, die er von Sears bestellt hat, der Schaukel, für die Andys Vater den Zement gießen mußte, als Jim sich nicht darüber klarwerden konnte (oder wollte), wo sie stehen sollte. Eden entdeckt Jim, kreischt vor Entzücken und wartet auf das Geschenk, von dem sie weiß, daß es kommen wird. Dann taucht Edith an der Gittertür auf, späht hinaus, zupft sich das Haar zurecht. Sie rennt die Treppe hinunter, ihrem Mann entgegen. Sie trägt einen neuen Pullover, den Andy, der mit einem alten Spielzeugauto hinter dem Haus spielt und sich wünscht, Jim würde zu ihm herübersehen und ihm Kaugummi mitbringen, bis jetzt noch nie gesehen hat – ein weicher, weißer, flauschiger Pullover mit einem tiefen, straßbesetzten Ausschnitt. Manchmal spricht sie einfach seinen Namen aus, *Jim.* Manchmal legt sie den Arm um seine Hüfte. Dann, wenn er seine Frau mit einem Kuß begrüßt hat, beugt Edith sich zu dem Kind hinunter und sagt mit einer lebhaften Stimme, wie weder Eden noch Andy sie seit drei Tagen gehört haben, wie hübsch das Kleid doch ist, das Jim ihr gebracht hat, und berührt das Kind zum ersten Mal, seit Jim weggefahren ist. Am Anfang, als sie noch sehr klein ist, ist Eden glücklich darüber, daß ihre Mutter sie endlich an sich drückt. Später wird sie dann darüber verwirrt sein. Und dann wird sie lernen, das Gesicht zu verziehen. Und schließlich wird sie ihre Mutter mit einem unfreundlichen Wort oder einer Geste von sich schieben, die Edith in der Öffentlichkeit Edens »schwieriger Phase« zuschreiben wird.

Andrew läßt von dem Gulasch ab und schiebt die Überreste auf dem Teller zusammen. Er begreift jetzt diese häusliche Eifersucht in einer Art und Weise, die ihm als Kind unmöglich war. Er erkennt jetzt, daß es auch in seinem Haus Eifersucht gab, im Gesicht seines Vaters beispielsweise, wenn Andy Fieber hatte oder ein aufgeschlagenes Knie und die Umarmung seiner Mutter der seinen vorzog; und er hat sie auch selbst empfunden, in jüngerer Zeit, wenn er sah, wie ein Flackern des Zögerns über die Züge seines Sohnes huschte, wenn Billy seine Mutter verließ, um mit Andrew wegzufahren, und mit ihm den Abend oder das Wochenende verbrachte.

Aber wenn er dann Billys Hand ergreift oder ihm das Haar zerzaust, ist der Schmerz im nächsten Augenblick weg, ebenso schnell geheilt, wie er kam. Während es für Edith Close keine Heilung zu geben schien, keine Ruhe vor der eigenen Phantasie.

Sie waren Freunde, gute Freunde, ein Jahr, vielleicht auch zwei. Er war vierzehn, und Eden war elf. Vorher war sie als Spielgefährtin uninteressant gewesen, obwohl sie dank der besonderen Umstände ihrer Ankunft immer die Faszination der Prominenz besessen hatte. Bevor sie elf geworden war, hatte sie ziemlich viel gejammert und geklagt, nachdem sie früh gelernt hatte, daß dieses dünne schneidende Geräusch das einzige war, das den immer dichter werdenden Nebel des Beschäftigtseins durchdringen konnte, der ihre Mutter umgab, und daß es bei Jim Wunder wirkte, der es nicht ertragen konnte, seine Tochter unglücklich zu sehen, so absurd der Anlaß auch sein mochte. Aber als sie dann elf geworden war, hatte sie beim Blick über den Hof erkannt, daß Andy und seine Freunde als potentielle Gefährten wesentlich interessanter waren als ihre distanzierte Mutter und ihr zu aufmerksamer Vater oder die Mädchen in der Schule, die nie ganz freundlich gewesen waren. Und da sie gescheit war, um nicht zu sagen manipulativ, erkannte sie schnell intuitiv, daß es, um von diesen älteren Jungen akzeptiert zu werden, radikaler Einschnitte bedurfte. Und so wurde Eden für einen kurzen glücklichen Abschnitt in ihrem Leben ein Wildfang.

Er erinnert sich noch lebhaft an den Tag, an dem sie zum ersten Mal zu ihnen kam. Er und Sean und T.J. waren auf Andrews hinterer Terrasse mit ihren Angelruten beschäftigt und bereiteten sich darauf vor, zum Teich hinauszugehen, um vor dem Abendessen Welse zu fangen. Es muß September oder Oktober gewesen sein, denkt Andrew. Schulzeit also, weil er seine Hausaufgaben hatte fertigmachen müssen, ehe er gehen durfte, aber noch früh im Jahr, ehe das Hockeytraining angefangen hatte. Es war schwül; sie trugen T-Shirts und genossen den letzten Geschmack des Sommers und der Sommerfreuden, ehe die richtige Kälte einsetzte.

T.J., der von den dreien immer der Schnellste war, hatte sein Angelgerät schon fertig und lehnte an der Hauswand und trippelte ungeduldig herum, so daß seine Turnschuhe den Staub aufwirbelten.

»Kommt schon, Leute!« sagte er ungeduldig. »Es wird bald dunkel, und ich muß bis zum Abendessen zu Hause sein, sonst macht mich mein Alter fertig.«

»Beruhig dich doch«, sagte Andy leichthin und fädelte seine Angelleine durch die Ösen. »Wir haben noch zwei Stunden.«

Aber Sean hatte an jenem Tag Schwierigkeiten; seine Leine hatte sich hoffnungslos verwirrt, und er war schon seit zwanzig Minuten ergebnislos mit ihr beschäftigt. Seine Stirn war gefurcht, und er war so verstimmt, daß sein Gesicht ebenso rot wie sein Haar war. T.J. und Andy warteten beide darauf, daß er schließlich aufbrauste, wobei Andy Angst hatte, daß Sean plötzlich *Scheiße* schreien würde, wo Andys Mutter doch hinter der Gittertür dabei war, Gemüse zu schneiden. Und dann würde es am Abend beim Essen wieder einen Vortrag über ordinäre Reden geben und Bemerkungen über die Gesellschaft, in der Andy sich aufhielt. Seine Eltern mochten zwar T.J., der selbst in frühen Jahren die Gabe besessen hatte, Menschen für sich einzunehmen, und zum größten Teil aus sich selbst heraus verkäuferische Talente entwickelt hatte. Aber Sean beunruhigte sie.

Seans Eltern waren wohlbekannt im Ort. Beide waren starke Trinker, aber ihren Ruf hatten sie sich mit ihren ewigen Streitereien erworben: legendäre, scharfzüngige Gefechte, die man durch das offene Fenster ihrer Wohnung hören konnte, die sie mit ihren drei Söhnen über dem Fernsehladen bewohnten; bittere Tiraden im Laden selbst, während verlegene Kunden so taten, als studierten sie die Umrisse einer Bildröhre; oder stumme, häßliche Szenen, die man durch die hochgekurbelten Fenster des Pontiacs der Familie sehen konnte, wenn Seans Mutter ihr kalkweißes faltiges Gesicht ihrem Mann zuwandte, der ebenso wie sein Sohn vor Wut rot wurde.

Als Kind bereiteten die Temperamentsausbrüche seiner Eltern Sean sichtlichen Kummer, obwohl ihn, als er dann zum Teenager heranwuchs, sein eigenes Temperament häufig dann, wenn er es am wenigsten wollte, im Stich ließ. Aber T.J. und Andy akzeptierten seine Verlegenheit und das hitzige Temperament seiner Eltern als etwas Gegebenes, ebenso wie sie unbewußt hinnahmen, daß Andys Mutter zu fett war und T.J.s Mutter um gesellschaftlichen Aufstieg kämpfte – diese Fakten belasteten ihre Kindheit und bereiteten ihnen manchmal kurzzeitig Schmerz oder Verlegenheit, ließen sich aber am Ende leicht als ohne besonderen Belang für ihr Leben abtun. Das Wetter war von Belang. Und die Beschaffenheit des Eises und ob die Fische bissen oder nicht. Oder ein gestohlener Baseballhandschuh oder das Angebot von Fahrstunden oder eine Chance im Endspiel. Ihre Eltern hingegen schienen eher Hindernisse zu sein, mit denen man sich auseinandersetzen mußte, als Hauptdarsteller im alltäglichen Drama.

(Und doch denkt Andrew jetzt, wie sehr sie doch darin irrten, so gleichgültig zu sein. Denn jenes Vermächtnis an Hitzigkeit, oder vielleicht war es auch der Alkohol, würde am Ende Sean zerstören; und ist T. J., fragt sich Andrew, nicht ebenso ehrgeizzerfressen wie seine Mutter?)

Andy bemerkte Eden nicht, bis T. J. sie mit »He!« begrüßte. Sie trug ein kariertes Baumwollhemd und weiße Shorts. Sie war barfuß, erinnert er sich, und ihr Haar, das sie damals noch lang trug, war in einem Pferdeschwanz zusammengebunden.

Obwohl sie gelegentlich herüberkam, wenn Andy allein war, hatte sie sich ihm nie genähert, wenn er mit anderen Jungs zusammen war, und Andy wartete deshalb auf eine Nachricht oder eine Aufforderung von Edith oder Jim hinsichtlich eines Auftrags, der erledigt werden mußte. Aber sie stand einfach da, die Hände in den Hosentaschen, und sagte überflüssigerweise: »Was macht ihr denn?«

Alles vollzog sich, denkt Andrew jetzt, binnen weniger Sekunden – ein flinker Tanz von Fragen und Positionen, wobei jeder innerhalb einiger weniger Sätze und einem Blick hierhin und dorthin die zu übernehmende Rolle fand. Sean blickte auf, und der Ärger floß aus seinem Gesicht und machte dem Ausdruck der Verwirrung Platz. T. J. stopfte die Hände in die Taschen und sagte: *Fischen.* Andy, der immer noch nicht begriff, wartete auf den Auftrag, und Eden lächelte, ein bewußtes Lächeln, das sie alle dazu veranlaßte, auf ihre Füße zu starren. Aber als sie wieder aufblickten, war das Lächeln verschwunden.

»Darf ich mitkommen?« fragte sie ganz ernsthaft.

T. J. wirbelte auf dem Absatz herum. Andy fummelte an einer Antwort herum. »Ich weiß nicht«, sagte er, ohne zu denken. »Du hast keine Rute.«

T. J. lachte schrill und vollführte ein paar Boxhiebe in die Luft. Andy, der das Wortspiel begriff, verdrehte die Augen. Eden ließ sich nicht aus der Ruhe bringen.

»Also?« fragte sie herausfordernd.

T.J. legte den Arm um Edens Schulter, etwas, was Andy noch nie getan hatte. Er war sicher, daß er selbst sie nie berührt hatte, und T.J.s Berührung verblüffte ihn, traf ihn völlig unvorbereitet, so daß er sich zuerst über T.J. ärgerte und dann verwirrt war, so wie er sich manchmal fühlte, wenn er mit seinen Freunden und seinen Eltern in einem Zimmer war und nicht wußte, was er sagen oder wer er sein sollte.

»Willst du den großen Jungs beim Fischen zusehen?« fragte T.J. und zwinkerte Andy zu. »Das ist aufregend.«

Eden zuckte die Achseln – sorgfältig bedacht, nicht zu eifrig zu wirken, jetzt, wo sie den ersten Schritt getan hatte.

T.J. steckte die Hände wieder in die Taschen. Andy sagte, nicht sicher, worauf er sich damit einließ: *Na, meinetwegen.*

Sean sah zuerst Eden, dann T.J. und dann wieder Eden an und verzog sein Gesicht zu einer Grimasse. Dann musterte er Eden mit zusammengekniffenen Augen, als gehörte sie einer Gattung von Lebewesen an, die ganz und gar nicht willkommen waren.

»Du lieber Gott!« sagte er laut.

Eden wuchs schnell in ihre neue Rolle hinein. Sie lernte hart und clever sein, als würde sie eine Fremdsprache lernen, und entdeckte dabei ihr Geschick dafür. Nach anfänglicher Skepsis mußten Andy, T.J. und Sean mit einigem Widerstreben feststellen, daß es sich bei ihr um einen durchaus akzeptablen Neuzugang handelte, und dann empfanden sie beinahe ein wenig Ehrfurcht für die Hartnäckigkeit, die sie an den Tag legte und in der es ihr keiner von ihnen gleichtun konnte. Ganz gleich, wie sehr sie sich auch am Anfang bemühten, sie abzuschütteln, sie blieb hängen wie ein zugelaufener Hund. Sie brachte ihre Mutter dazu, ihr das Haar zu schneiden, obwohl Jim das verboten hatte; sie fing an, Jeans und weiße Tennisschuhe zu tragen. Obwohl sie ein gutes Stück kleiner als Andy oder T.J. oder Sean war, hielt sie mit ihnen Schritt und marschierte mit langen Schritten auf dem Sportplatz neben ihnen her, die Hände ebenso wie die ihren in die Taschen einer dunkelbraunen, goldabgesetzten Junior-High-School-Jacke gestopft, die ihr ein paar Größen zu groß war, eine schwarze Strickmütze wie die ihre auf dem Kopf, die ihr goldblondes Haar fast völlig bedeckte.

Das war das Jahr, in dem T.J.s Vater ihm ein Luftgewehr gab, um Eichhörnchen damit zu schießen, und nachdem Eden lange genug auf ihn eingeredet hatte, um das Gewehr auch einmal ausprobieren zu dürfen, legte sie eine Begeisterung dafür an den Tag, kleine Tiere aufzuspüren und abzuschießen, die sie überraschte – ganz besonders Andy, der selbst mit vierzehn auch nicht recht begreifen konnte, wie es eigentlich Spaß machen konnte, Tiere zu töten. Im Winter, als sie jeden Nachmittag mit einem Hockeyschläger auf dem Teich hinter den Maisfeldern verbrachten, sah Eden zuerst den anderen zu, in ihre Schuljacke eingehüllt und mit den Füßen auf den Boden stampfend, um sie warmzuhalten. »Laufen sollt ihr, ihr Arschlöcher«, schrie sie und benutzte das Wort, das in jenem Monat am äußersten Rand ihres Vokabulars war. Und am Ende setzte sie Andy so lange unter Druck, bis er es ihr beibrachte. Obwohl sie klein war, war sie schnell und hartnäckig, was ganz zu ihrem sonstigen Verhalten paßte. Und wenn der Puck sie traf – am Schienbein, durch ihre Jeans, an den Wangenknochen, daß es blutete, wobei eine Narbe entstand, die ihr hätte bleiben können, wenn diese ganz spezielle Verletzung nicht drei Jahre später zugedeckt worden wäre – dann weinte sie ebenso wie die anderen nicht, sondern hielt nur den Atem an und stand reglos da, bis ihr Gesicht vor Schmerz ganz weiß wurde.

Sie spielten von Anfang Dezember bis Ende März am Teich. Er erinnert sich, wie zuerst die Zehen taub wurden und dann die Ohren, weil die Kälte sie schon Jahre früher eines Tages erwischt hatte, als man es nicht merkte. Er erinnert sich daran, wie das Eis sich anfühlte, wenn es neu gefroren und holprig war, und an das eigenartige Gefühl im Magen, wenn man hängenblieb und wußte, daß man gleich stürzen würde. Anfang Dezember, nach einem Kälteeinbruch, war das Eis schwarz und herrlich, aber den größten Teil der Saison war es am späten Nachmittag beschneit, mit Streifen und Furchen und eleganten Bögen, und die Sonne blinzelte dann rotgolden hinter den an Spitzendeckchen erinnernden Silhouetten der kahlen Äste, und der Himmel fing bereits an, dunkelblau zu werden.

Er erinnert sich, wie sie eines Nachmittags am Rand des Teichs auf einem Schneehaufen saßen und ihre Schlittschuhe abschnallten, wobei sie es so einrichteten, daß sie genau in dem Augenblick hinter den Maisfeldern hervorkamen, wo es stockdunkel wurde, und einander »Scheißkerl« und »Arschloch« nannten und Wörter ausprobierten, die sie in der Schule oder von ihren Eltern gehört hatten. Es war gerade nach Weihnachten, denn Andy und Eden hatten neue Schlittschuhe. Er erinnert sich daran, daß seine Finger von der eisigen Kälte steif waren und daß er die nassen Knoten nicht lösen konnte. Und dann, in der dichter werdenden Abenddämmerung, als er verärgert aufblickte, sah er es.

Sie zog ein Päckchen Old Golds aus der Tasche – beiläufig, als enthielte das in Zellophan verpackte Päckchen nur Kaugummi. Er kann es immer noch sehen: die Freude, den Triumph in ihren Augen darüber, daß sie sie als erste hatte und damit für sich mit dieser einen Geste einen Platz unter den Auserwählten sichern konnte.

Einer nach dem anderen hörten sie mit dem auf, was sie gerade taten, und sahen ihr zu, wie sie fachmännisch das Zellophan aufriß und eine Zigarette aus dem Päckchen herausschüttelte. Sie zündete sie an. Sie inhalierte tief, wie das keiner von ihnen je getan hatte, und Andy erkannte, daß sie geübt hatte, wahrscheinlich tagelang, und auf genau den richtigen Augenblick für ihren Auftritt gewartet hatte. Sean, dem von der Kälte die Nase tropfte, versuchte ihre Geste abzuwerten, brach das Schweigen und sagte, daß nur sie einen Vater hätte, der rauchte, womit er andeutete, sie verfüge über eine Chance, die den anderen versagt war. Aber der Augenblick gehörte Eden, das wußte sie. Sie hielt ihnen das Päckchen hin, und jeder nahm eine und hielt sie zwischen den Fingern, so, wie sie Jahre später lernen würden, Joints zu halten. Sie warf Andy die Streichhölzer hin und fixierte ihn dabei. Und mit diesem Blick forderte sie ihn heraus, so zu inhalieren, wie sie das getan hatte, obwohl er vor Kälte und Erschöpfung kaum atmen konnte.

Sie hatten alle die eine Zigarette geraucht, und dann noch eine, bis nur mehr vier glühende Punkte in der Dunkelheit zu sehen waren. Und dann, am Rande des Maisfeldes, als sie im Begriff waren, sich zu trennen – T.J. und Sean hatten noch den langen Fußmarsch zurück zur Ortschaft vor sich und hatten sich bereits die Schlittschuhe über die Schultern gehängt –, und ihre Köpfe kreisten und ihre Mägen revoltierten, holte Eden eine Rolle Pfefferminzdrops hervor und schärfte ihnen allen ein, wie wichtig es sei, ihren Atem zu tarnen. Und wenn sie nicht bereits schon früher eine von ihnen geworden war, als sie ihnen die Zigaretten anbot, dann wäre sie das jetzt geworden – denn obwohl sie alle »Scheiße einfingen«, wie T.J. das formulierte, als sie später als je zuvor zum Abendessen nach Hause kamen, sah sich doch keiner von ihnen den Schreien und den hitzigen Vorträgen ausgesetzt, die erst viele Monate später kommen würden, als das Rauchen für sie bereits zur Selbstverständlichkeit geworden war und sie unvorsichtig geworden waren.

Um die Wintermitte waren sie nicht länger drei, sondern vier Unzertrennliche; ein schlecht abgestimmtes Quartett (von hinten betrachtet, wenn sie mit den Hockeyschlägern über der Schulter dahingingen), aus drei schlanken, ranken Klarinetten und einer kurzen Piccoloflöte. Eden war tatsächlich so zu einem Teil ihrer Gruppe geworden, daß es sie störte, wenn sie nicht dabei war.

»Also, wo ist sie?« sagte T.J. eines Nachmittags, als Andy und Sean zum Teich kamen. T.J., der als erster da gewesen war, hatte sich bereits die Schlittschuhe angeschnallt und zog auf dem holperigen Eis in der Nähe des Ufers ungeduldige Kreise.

Andy, dem bewußt war, daß seine Freunde ihn als eine Informationsquelle in bezug auf Eden betrachteten, wobei seine aus den Umständen erwachsene Intimität seinen Status förderte, wußte, daß sie beim Zahnarzt war, und verkündete das und registrierte einen Anflug von Enttäuschung aus der Art und Weise, wie T.J. seinen Schläger ins Eis rammte. Zumindest war es einfacher, zu viert zu spielen.

Sean, der an seinen Riemen hantierte, gab zu der Zeit noch vor, daß Eden nicht viel mehr als eine Lästigkeit war, und schnalzte mit der Zunge; aber als er dann mit zuviel Bedauern in der Stimme sagte: »Ich hätte ihr doch heute zeigen wollen, wie man den Adler macht«, dachte Andy, daß auch er sich daran gewöhnt hatte, mit ihrem Erscheinen zu rechnen.

Eine kurze Zeitlang waren ihre gemeinsam verbrachten Tage eine ineinander verschwimmende Folge von Episoden, die sie auf dem Eis verbrachten oder auf dem Baseballplatz oder in den Maisfeldern, indem sie zu einem Sommerhimmel aufblickten, der zu schnell an ihnen vorüberschwebte. Wie es schien, waren er und Eden damals immer zusammen – manchmal in der größeren Gruppe, häufig allein. Heute meint er, daß man wohl sagen konnte, daß sie beste Freunde waren, obwohl er, wenn man es damals zu ihm gesagt hätte, sich gegen die Vorstellung aufgelehnt hätte, so unfeminin sie auch war. Vielleicht lag es an den langen Sommerabenden, wo sie nach dem Abendessen miteinander Ball spielten, oder der Stille der Felder, wo sie sich versteckten, um zu rauchen. Aber wenn sie sich damals Dinge zu sagen hatten, dann sagten sie sie.

»Meine Mutter haßt mich«, erinnert er sich, sie eines Abends sagen zu hören, als sie auf dem Weg durch die Maisfelder auf dem Rücken lagen, gerade außer Sichtweite der Häuser. Sie aßen Schokoladeneiskrem; er erinnert sich, daß ein Stück Schokolade geschmolzen und ihr auf den Hals getropft war. Der Eismann kam in jenem Sommer jeden Abend nach dem Essen an den Häusern vorbei und parkte seinen Wagen am Ende der Einfahrt und klingelte, ehe er in die nächste Ortschaft weiterfuhr. Andy und Eden kauften sich häufig etwas, und oft besorgte Andy auch etwas für seine Mutter. (Was für eine wunderbare Mischung, denkt er jetzt – die Unschuld der Schokoladeneiskrem und der geheime beißende Nervenkitzel der Old-Gold-Zigaretten, die sie nachher rauchten.) Sie trug ein T-Shirt und Shorts, so wie er, und sie rochen nach Insektenmittel; die Moskitos waren an schwülen Sommerabenden in den Maisfeldern unerträglich.

»Nein, das tut sie nicht«, sagte Andrew. »Das meinst du nur. Jeder glaubt das hier und da.«

»Ich glaube es die ganze Zeit.«

Andy konnte sich an keine einzige Szene in der letzten Zeit erinnern, die Edens Aussage widerlegte, obwohl er es im abstrakten Sinne fast unvorstellbar fand, daß eine Mutter ihr Kind nicht lieben könnte.

»Was machen wir morgen?« fragte sie.

»Ich weiß nicht«, sagte Andy. »T.J. muß für seinen Vater den Rasen mähen, und was Sean vorhat, weiß ich nicht.«

»Warum unternehmen wir beide dann nicht etwas?«

»Was zum Beispiel?«

»Nun, wir könnten unsere Räder nehmen und in irgendeine Ortschaft fahren, wo wir noch nie waren, und picknicken.«

»Wir könnten...«

Die Idee gefiel Andy. Er versuchte sich zu erinnern, ob er morgen vormittag auch etwas für seinen Vater tun mußte.

»Wir könnten einen neuen See entdecken und fischen«, sagte sie.

»Die Angelruten auf dem Rad mitnehmen, meinst du?«

»Na klar. Ich wette, das geht.«

Andy grübelte über die logistischen Gegebenheiten nach.

»Ich glaube, ich werde jung sterben«, sagte sie und leckte die letzten Schokoladenreste von dem hölzernen Stiel.

»Sei nicht albern. Warum sagst du das?« Das gehörte zu den Dingen, die Andy an Mädchen nicht mochte: dieser Hang zum Melodramatischen. Jedesmal, wenn er glaubte, daß er bei Eden an die Oberfläche kam, versuchte er ihn auszumerzen.

»Weil ich mir einfach nicht vorstellen kann, daß ich irgend etwas als Erwachsene tue.«

»Wie?«

»Ich kann mich nicht als Hausfrau sehen und als Lehrerin oder Sekretärin oder Schauspielerin oder irgend sonst etwas auch nicht. Also muß ich wohl jung sterben.«

Abgesehen von einem vagen Bild seiner selbst, wie er irgendwohin zur Schule ging, und einem fieberhaften Wunsch, ein bedeutender Baseballspieler zu werden, konnte sich Andy ebenfalls nicht vorstellen, irgend etwas zu tun.

»Nun, das kann ich auch nicht, und ich glaube nicht, daß ich jung sterben werde«, sagte er.

»Sean mag mich nicht besonders, oder?« sagte sie.

»Sean ist ein Blödmann, und außerdem glaube ich, daß er dich ebenso mag wie uns andere.«

»Aber du magst mich«, sagte sie.

Er setzte sich auf und schlug nach einer Wolke winziger Mücken, die um seinen Kopf tanzten.

»Du bist in Ordnung«, sagte er, unfähig, sich laut weiter

festzulegen, denn in Wahrheit zog er ihre Gesellschaft inzwischen der T.J.s oder Seans vor. Er wandte sich um und blickte auf sie hinunter.

»Aber laß dir das nicht in den Kopf steigen«, sagte er und stieß sie an der Schulter an. Sie setzte sich schnell auf und schnippte geschickt ihren Eiskremstiel nach ihm. Er landete an seinem Ohr. Er versuchte ihr einen verspielten Schlag zu versetzen, verfehlte aber sein Ziel.

»Ich denke, mein echter Vater muß Sportler gewesen sein«, sagte sie.

Andy wußte, daß man Eden schon ganz jung gesagt hatte, daß sie adoptiert war – auch die Geschichte, die Jim wie die einer Prinzessin im Märchen darzustellen vermochte, von ihrer Ankunft in einem Pappkarton. Nach Ansicht von Andys Vater war es sehr geschickt von Jim, das zu tun, weil es unmöglich gewesen wäre, die Geschichte vor ihr geheimzuhalten, als sie in die Schule kam. Tatsächlich war sie manchmal, wenn sie mit den Kindern des Ortes zusammen war, deren Eltern Eden als eine Kuriosität, wenn nicht gar als lebende Legende betrachteten (schließlich war ihr Auftauchen im Ort so etwas wie ein historisches Ereignis in den inoffiziellen Annalen), kindlich grausamem Spott ausgesetzt: »Das Mädchen aus der Schachtel! Das Mädchen aus der Schachtel!« pflegten die Jungen über den Spielplatz zu rufen.

»Vielleicht war er das«, sagte Andy.

Und dann legten sie sich beide wieder auf den Boden und rauchten die Zigaretten, die sie Jim stahlen (Wie kann es sein, daß dem Mann die zwei oder drei Päckchen die Woche nicht auffielen, die sie damals wegpafften? fragt er sich jetzt), und dachten über diese und andere, wesentlichere Dinge nach, beispielsweise, ob Andys Vater nun seine Drohung wahrmachen würde, ihn aus der Hockeymannschaft herauszunehmen, wenn er im Herbst die Französischprüfung nicht bestand. Oder ob T.J.s Vater den Pool vor Ende des Sommers bauen würde. Oder, falls es nicht dazu kam, wie man es am besten schaffte, ohne zu bezahlen in das öffentliche Schwimmbad zu gelangen, über dessen Wasserfläche Eden, so schwor sie, den Chlordunst sogar sehen konnte.

Sie waren jenes erste Jahr zusammen, den ganzen Sommer und das Frühjahr seines Juniorjahres auf der Schule. Bis dahin hatte er schon lange aufgehört, in ihr eine Anomalie unter seinen Freunden zu sehen. Sie war einfach Eden, auch jemand, mit dem er befreundet war, obwohl er, wenn man ihn unter Druck gesetzt hätte, gesagt hätte, daß er sich mehr um Eden Sorgen machte, sich in einer Art und Weise um sie kümmerte, wie das mit T.J. oder Sean nie nötig war – oder vielleicht mit Sean, wenn er und T.J. ihn beruhigen mußten, um zu vermeiden, daß er vom Eis gestellt wurde.

Aber wenn er an den Sommer denkt, als Eden dreizehn wurde (den Sommer, in dem er darauf wartete, daß sein Seniorjahr auf der High School begann, den Sommer, der, wie es ihm jetzt scheint, durch jenen schicksalhaften Tag auf dem Baseballfeld eingeleitet wurde), dann ist es, als würde sich eine Welle mit der Gewalt einer mächtigen Strömung von ihm entfernen.

In jenem Frühjahr hatten sie sie in ihrem inoffiziellen Team am Third Base spielen lassen. Was ihre Fähigkeit, den Ball zu treffen, anging, war sie durchaus mittelmäßig, aber dafür war sie im Innenfeld ungemein schnell. Er erinnert sich, daß ihr Team an jenem Tag im Begriff war, knapp zu verlieren. Sie saß neben ihm auf der Bank, nach vorn gebeugt wie er, die Ellbogen auf die Knie gestützt. Ein paar Stunden vorher hatte es geregnet, aber die Sonne hatte den Nebel weggebrannt und lediglich in den Vertiefungen auf dem Spielplatz hinter der Schule ein paar Pfützen hinterlassen. Er sah, wie sie sich aufrichtete und den Arm über den Leib legte. Er hatte den Eindruck, ihr Gesicht sei außergewöhnlich weiß, weißer, als es hätte sein dürfen. Sie trug ihre Baseballmütze nach rückwärts, so daß der Schild auf ihren Nacken zeigte. Sie stöhnte, fast zu leise, als daß man es hören konnte; aber er hatte es gehört und fragte sie, ob alles in Ordnung sei. Sie sah ihn an, gab aber keine Antwort. Und dann erzielte T.J. einen Home Run, und sie sprangen alle auf, denn jetzt stand das Spiel wieder unentschieden.

Er setzte sich wieder hin. Eden stand immer noch. Und dann sah er es, den dunkelroten Fleck.

Zuerst hatte er Angst. Sie hatte irgend etwas abbekommen, war verletzt und hatte es niemandem gesagt. Das paßte zu ihr, dachte er. Aber dann begriff er plötzlich.

»Eden?« sagte er leise.

Sie drehte sich zu ihm herum, und als sie sein Gesicht sah, setzte sie sich.

»Steh nicht auf«, sagte er.

Er sah auf die Bank und entdeckte auf der anderen Seite neben Sean ein Jackett. Er beugte sich hinter seinen Freund, riß die Jacke von der Bank, legte sie sich auf den Schoß und schob sie dann Eden hin.

Sie band sie sich um den Leib und knotete die Ärmel vorn zusammen.

»He, paß auf«, sagte Andy zu Sean, der sich ganz auf das Spiel konzentrierte, »Eden hat Magenschmerzen.« Es überraschte ihn, wie leicht die Lüge sich einstellte. »Ich bring sie nach Hause. Stell Warren für mich auf, okay? Er brennt ja darauf, daß man ihn aufstellt.« Sean nickte abwesend, ohne Andy dabei anzusehen. Andy wandte sich zu Eden. Er zögerte. Dann sagte er: »Weißt du, was los ist?«

Sie zuckte die Achseln. »Ich denke schon.«

Sie gingen die zwei Meilen vom Baseballfeld nach Hause und trugen jeder einen Handschuh, und Eden hatte sich die Jacke um den Leib gebunden. Er machte ein paarmal pantomimische Bewegungen mit seinem Handschuh, als würde er fangen.

Keiner von beiden erwähnte den Grund, warum sie nach Hause gingen, bevor das Spiel zu Ende war. Keiner erwähnte, daß Andy nicht hätte mitzugehen brauchen. Genaugenommen sagte Eden kaum etwas. Er dachte, sie könne verlegen sein, also versuchte er von anderen Dingen zu reden, bemühte sich um eine lockere Tonart, aber in seinem Monolog stellten sich lange Pausen ein.

Wenn er jetzt daran denkt, wie sie damals gingen – jetzt, zwanzig Jahre danach –, empfindet er nicht Verlegenheit (er lächelt bei dem Gedanken an ihre beiderseitige Gehemmtheit), vielmehr überkommt ihn Trauer. Denn wenn sie auch jung war und vor Verlegenheit keinen Ton herausbrachte, wenn sie auch kaum imstande war, mit dieser fremdartigen, verwirrenden Sache zu Rande zu kommen, so bezweifelt er jetzt doch nicht, daß jener Tag für Eden der letzte Tag ihrer Kindheit war.

In jenem Sommer trat sie aus dem Team aus, hörte auf, Mannschaftssport zu betreiben. Sie gab keine Erklärung dafür ab, nur daß sie Sport »langweilig« fand – eine Erklärung, die Andy verblüffte. Denn obwohl auch er im Begriff war, in die Pubertät einzutreten – der Stimmbruch hatte sich eingestellt und leichter Bartwuchs –, hatte er doch das Gefühl, im wesentlichen unverändert zu sein und dieselbe Leidenschaft in bezug auf Hockey und Baseball zu empfinden und seinen Freunden wie ein Bruder verbunden zu sein. Er war damals tagsüber mit seinem ersten Ferienjob beschäftigt – in der Molkerei; er mußte die ankommenden Lieferwagen ausladen und die Flaschen für die Waschanlage sortieren. An den Abenden, nach dem Abendessen, spielten er und Eden in diesem zweiten Sommer, den sie zusammen verbrachten, manchmal Fangen oder entzogen sich dem Geschirrspülen, indem sie auf die Felder rannten. Aber zum ersten Mal stritten sie sich. Er sagte, er fände ihre frisch gestochenen Ohrlöcher barbarisch; sie drückte eine Zigarette aus und nannte ihn »kleines Kind«. Sie lachte ihn aus, als er die Top Ten nicht aufzählen konnte, und er warf ihr vor, den ganzen Tag nichts anderes zu tun, als auf ihrer Plastikliege im Garten zu liegen und Radio zu hören. Das sei keineswegs alles, was sie täte, sagte sie und zeigte ihm Ohrringe und Ringe, die sie bei Woolworth in der nächsten Ortschaft hatte mitgehen lassen. Sie steige am Morgen in den Bus, sagte sie, und steige dann wieder aus, wenn ihr danach sei. Sie sagte, sie würde sich das nächste Mal nach einer Timex für ihn umsehen, und er meinte gereizt: »Spar dir die Mühe«. In Wirklichkeit war er entsetzt. Diebstahl machte ihm angst. Als er die Woche vorher einen Zehndollarschein auf dem Boden des Lieferwagens gefunden hatte, den er gerade leerte, hatte er sofort den Fahrer ausfindig gemacht; allein schon den Zehner in der Hand zu halten hatte in ihm Schuldgefühle erweckt.

Sie trug Shorts und ein Oberteil und fing an, sich zu bräunen. Wenn sie rauchte, strich sie sich manchmal abwesend mit den Fingerspitzen über den Arm bis hinauf zur Schulter und wieder zurück. Die Geste hypnotisierte ihn. Sie ließ ihr Haar wachsen und hatte sich die Fingernägel lackiert.

Als es September wurde, war die Verwandlung abgeschlossen. Er erinnert sich an den ersten Schultag in jenem Jahr und daran, wie er auf den Bus wartete. Sie hatte sich verspätet. Er konnte das Fahrzeug als gelben Punkt in der Ferne sehen, der die gerade Straße von der Ortschaft herankam. Er drehte sich um und hielt sich die Hände wie einen Trichter vor den Mund und rief zum Haus hinüber: *Eden!*

Sie kam um die Ecke; aber sie rannte nicht, wie sie das früher noch getan hatte, sondern ging mit wiegenden Hüften, während sie sich den Schulterriemen einer Handtasche zurechtschob. Ehe sie seinem Blick begegnete, sah er ein Lächeln über ihr Gesicht huschen. Sie hatte offenbar Spaß an seiner Verwirrung. Jetzt, wo ihre Mutter sie nicht mehr sehen konnte, klappte sie die Handtasche auf und holte einen Lippenstift heraus. Sie öffnete die Lippen leicht und tippte etwas aus dem Mundwinkel weg. Er hatte sie noch nie mit Lippenstift gesehen. Ihr Haar war zur Seite gekämmt und hing ihr in einem langen Bogen über das eine Auge. Sie trug einen engen, geraden schwarzen Rock. Aber was ihn einen Augenblick lang in die Rotglut der Verwirrung stürzte, war ihre Bluse. Es war ein weißes kurzärmeliges Hemd mit einem Kragen – eine Schulmädchenbluse oder ein Hemd, wie man es im Sommerlager trug –, nur daß die Baumwolle dünn war und er erkennen konnte, daß sie unter dem Hemd einen Büstenhalter trug. Ihre Brüste waren über Nacht aufgeblüht, schien es, viel zu schnell für ihre schmale Gestalt; sie drängten gegen den Stoff. Der Bus kam polternd zum Stehen. Er kletterte schnell die Stufen hinauf, ging an ein paar Jungs vorbei, die er kannte, und setzte sich auf einen freien Platz neben dem Fenster. Zu spät wurde ihm sein Fehler bewußt.

Im Frühling hätte sie sich neben ihn gesetzt, und zwar viel ungestümer, als man das bei jemandem ihrer Statur für möglich gehalten hätte, und hätte, mit ihrem Kaugummi schnalzend, gefragt, wo zum Teufel er dieses windige Hemd her habe, und er hätte die Achseln gezuckt und sich nichts dabei gedacht, denn es *war* windig – ein dünnes weißes Hemd mit glitzernden Streifen –, und er trug es nur dieses eine Mal, um seiner Mutter eine Freude zu machen, die es in der vergangenen Woche gekauft hatte.

Statt dessen registrierte er den lüsternen Blick des Fahrers und das Staunen der anderen Jungen, als dieses Geschöpf, von dem er das Gefühl hatte, es überhaupt nicht mehr zu kennen, den Mittelgang entlangging und das Gleichgewicht hielt, indem es sich an den Metallstangen über den Ledersitzen festhielt, während der Bus sich wieder in Bewegung setzte. Dann sah er kurz lackierte Nägel aufblitzen und hörte das Rascheln ihres Rockes auf dem Ledersitz hinter ihm. Er starrte zum Fenster hinaus und war wütend auf sie.

Zum ersten Mal in seinem Leben spürte er in seinem Mund den metallischen Geschmack der Sehnsucht und des Betrogenseins. Und mit ihm stellte sich das Wissen ein, daß die Gestalt der Dinge, die man gekannt und für sicher gehalten hatte, über Nacht so verdreht werden konnte, daß man sie nicht wiedererkannte.

Ich glaube, du weißt es. Ich glaube, von ihnen allen bist du der einzige, der es weiß. Du sprichst, als wüßtest du es nicht, aber ich glaube, du weißt es. Ich höre dich schaben, schaben, und dann stellst du die Leiter um. Mein Fenster ist immer offen. Meine Welt ist, was ich höre. Ich kann dir genau sagen, welche Tageszeit es ist, das erkenne ich an den Geräuschen vor dem Fenster.

Mein Leben ist nichts als dies.

Sie wäscht mein Haar. Sie beugt meinen Kopf nach hinten ins Waschbecken. Ihre Hände sind rauh. Ich bin wie ein alter Mensch, für den sie sorgen muß.

Ich lausche deiner Stimme und der von T.J. Er steckt voll Lügen; man kann sie hören, wenn er lacht. Einmal war er mit mir in einem Wagen, und ich habe zugelassen, daß er meine Brüste anfaßte. Ich habe meine Bluse aufgemacht, und da waren andere Jungs bei ihm. Ich wette, das hat er dir nie gesagt.

Über dem Wasser lag ein Flimmern. Du saßest auf dem Boden, die Knie hochgezogen, und hattest die Arme um die Knie gelegt. Du ließest dein Haar wachsen, weil du weggehen wolltest, auf die Schule, hast du gesagt. Ich habe dich dazu gebracht, mich anzusehen.

Ich sagte: Angst?

Du hast den Kopf geschüttelt.

Du hast gesagt, ich hätte deine Schwester sein können.

Dritter Teil

Der Weg ist kurz, siebzig Fuß. Der Rasen fängt an zu trocknen, und er könnte schon jetzt mähen. Er denkt: *Das werd ich in einer Stunde machen.*

Er hat sich gewaschen, sich umgezogen: Khakihosen und ein frisches Hemd mit hochgekrempelten Ärmeln.

Er geht mit den Händen in den Taschen, geht einen Weg, den er in seiner Jugend, ohne zu denken, tausendmal zurückgelegt hat. Er hat ihren Wagen in der Einfahrt gehört, als er im Badezimmer war und sich wusch, und dann das leise Klappern einer Gittertür; sie kommt jeden Tag um viertel nach zwei nach Hause, man könnte die Uhr danach stellen. Ein Dutzend große rosigbraune Hortensienblüten sind über das lange Gras in der Einfahrt verstreut; der kleine Baum, stellt er erneut fest, hat während des Gewitters in der Nacht gelitten. Er kann sich nicht vorstellen, daß er noch lange halten wird. Seine Mutter hat ihn in dem Jahr gepflanzt, in dem sie und sein Vater das Haus kauften – mindestens vierzig Jahre ist das her –, und er hat ihn immer mit seiner Mutter in Verbindung gebracht, seine üppigen Blüten mit ihrem körperlichen Wohlergehen. Jetzt hat er das Gefühl, daß das Blattwerk für den jämmerlichen Stamm zu üppig geworden ist und bald umknicken muß.

Sein Herz schlägt zu schnell, als er an den hinteren Eingang kommt. Verstimmt atmet er tief durch und drückt die Schultern zurück. Als er den Fuß auf die erste Stufe setzt, spürt er, wie sie nachgibt – als hätte sie sich in all den Jahren nur an ihr Gewicht gewöhnt und könnte es nicht ertragen, auch nur mit einem Pfund mehr belastet zu werden. Es ist neunzehn Jahre her, seit er dieses Haus betrat – und als er an den Rahmen der Gittertür klopft, ist ihm bewußt, daß er wieder in eine Szene aus der Vergangenheit tritt, obwohl er aus den Begegnungen der letzten paar Tage weiß, daß es ganz anders sein wird, als er es in Erinnerung hat.

Sie kommt sofort an die Tür, vorsichtig und dann erschreckt. Ihre Augen flackern unwillkürlich, lösen sich voneinander, wie es bei Leuten der Fall ist, die einander nicht besonders mögen, aber den Zwang empfinden, höflich zu sein.

»Andy«, sagt sie, öffnet die Tür aber nicht.

»Ich bin gekommen, um Eden zu begrüßen«, sagt er beinahe zu vergnügt. Und mit diesem Gruß öffnet er die Tür und betritt die Küche. Edith zieht sich vor ihm zurück.

»Eden schläft«, sagt sie schnell.

Sie trägt immer noch das graurosa Seidenkleid, das sie schon am Vormittag getragen hat, eine Farbe, die sofort zu verblassen beginnt, als er ihr aus der hellen Sonne an der Tür ins Innere der Küche folgt. Die Jalousien über dem Ausguß und über dem Fenster, das zur Einfahrt hinausblickt, sind zugezogen; ein Umstand, der ihm bisher nicht aufgefallen ist. Der Eindruck ist der einer Küche, die für eine Saison geschlossen ist und darauf wartet, daß die Sommerbewohner hereinkommen. Er empfindet den Drang, die Jalousien hochzuziehen, die Küche und das Gesicht der Frau im Sonnenlicht zu sehen.

»Ich halte sie geschlossen, damit die Hitze nicht hereinkommt«, sagt sie, als sie seinen Blick zum Fenster bemerkt. »So ist es kühler.«

Er steht mitten auf dem Linoleumboden und wartet darauf, daß seine Augen sich dem Zwielicht anpassen, wartet auf irgendein Stichwort, aber sie gibt ihm keines.

»Darf ich mich setzen?« fragt er.

Mit einer seltsam nervösen Handbewegung deutet sie auf den Stuhl. Sie bietet an, ihm ein Glas Eistee zu machen. Sie steht am Ausguß, dann am Kühlschrank, holt Eis, wendet ihm immer noch den Rücken zu.

»Vielen Dank für alles, was Sie für meine Mutter getan haben«, sagt er, obwohl er nicht genau weiß, was eigentlich getan worden war.

»Ich habe wegen Ihrer Mutter ein schlechtes Gewissen«, sagt sie und dreht sich jetzt herum, mit zwei hohen Gläsern in der Hand. »Ich hätte es kommen sehen müssen. Einmal hat sie gesagt, sie hätte Kopfschmerzen. Und im Juni war ich auf dem Markt, als Carol – Sie erinnern sich doch an Carol Turner? –, als Carol sagte, Ihre Mutter sei am Tag zuvor im Laden ohnmächtig geworden. Aber ich dachte, es sei die Hitze, kein Anfall.«

Ein *Anfall.* Er hatte das Wort nicht mehr gehört, seit er von zu Hause weggegangen war und seine Mutter von seiner Großmutter sprach – um ihm zu erklären, warum sie krank war und er sie nicht besuchen konnte. *Sie hat diese Anfälle, Andy,* sagte seine Mutter. Und so war es bei seiner eigenen Mutter auch gewesen, nur daß niemand zu Hause war, der davon wußte.

»Wir erleben so etwas bei den Patienten im Pflegeheim«, sagt sie. »In Wirklichkeit sind es kleine Schlaganfälle, und es gibt Medikamente, die man einnehmen kann. Und ich hätte bemerken müssen ...«

»Es ist nicht Ihre Schuld«, sagt Andrew. Er nimmt einen Schluck Eistee; er ist aus Pulver gemacht und gezuckert, und das mag er nicht. Jetzt, wo seine Augen sich langsam der Düsterheit anpassen, kommt Farbe in die Wände: ein blasses Grün, erinnert er sich jetzt, ein Grün wie in Krankenhäusern oder Ämtern. Er erinnert sich daran, daß dieser ganz spezielle Grünton, von den Wänden reflektiert, die Hautfarbe verändert. Oder war das seine Mutter, die das sagte, während sie kritisch den Kopf schüttelte, und er selbst hatte es erst später bemerkt, als er Eden abholen kam oder sein wöchentliches Geld holte? Ein kränkliches Grün, denkt er jetzt, obwohl der Eindruck ohne Sonnenlicht gedämpft ist.

Die Küche ist in der Anordnung wie die seiner Mutter, und in beiden stehen dieselben Magic-Chef-Herde mit den abgerundeten Ecken, aber ansonsten gibt es wenig Ähnlichkeit. Auf den Arbeitsflächen oder dem Tisch deutet nichts darauf hin, daß hier jemand kocht oder hierherkommt – keine verkrustete Zuckerschale, kein Toaster mit Brotkrumen in der Ablageschale, kein mißlungener, von Kinderhand hergestellter Topflappen. An der Wand neben dem Kühlschrank, wo in der Küche seiner Mutter eine gerahmte Collage von Schnappschüssen hängt – die meisten von ihnen mit Billy als Baby –, gibt es hier nur eine Wanduhr aus Plastik. Und am verwirrendsten ist, wenn es vielleicht auch nur Andrew stört, der die fehlenden neunzehn Jahre in der Entwicklung dieses Hauses nicht miterlebt hat, daß es nichts gibt, was darauf hindeutet, daß Jim je hier war – keine Spur. Er erinnert sich, daß an den Haken hinter der Tür immer Jacken und Filzhüte hingen, daß eine Reihe schwerer Lederschuhe um den Herd standen, ein Stapel Magazine auf dem Tisch lag – *Life, Reader's Digest, Popular Mechanics* (letzteres ein Familienwitz in seinem eigenen Haus) – und Jims Obstschale, die nie leer war. Nicht nur, daß es kein Stück Obst im Zimmer gibt – da deutet nichts darauf hin, daß es hier überhaupt irgend etwas Eßbares gibt. Vielleicht ist es im Schlafzimmer oben anders. Er erinnert sich an die Kommode seines Vaters im Schlafzimmer seiner Mutter, die intakt gehalten wurde, als könnte sein Vater jeden Augenblick zurückkommen und die Gegenstände auf dem Leinendeckchen brauchen. Die Fenster haben keine Vorhänge, stellt er fest – nur die Jalousien. Er versucht sich zu erinnern, ob das immer so war.

»Dann werden Sie also verkaufen«, sagt sie. Sie nimmt einen

Schluck von ihrem Tee. Er erinnert sich an diese Eigenschaft von ihr: daß sie imstande ist, ganze Gespräche zu führen, ohne einen ein einziges Mal anzusehen. Er zwingt sich, ihr Gesicht zu studieren, und dabei sieht er in dem schwachen Licht wieder, wie es schon mehrfach geschah, das ausgeprägtere Profil der Frau, die sie einmal war, das sich über das Gesicht legt, das er gegenüber hat.

»Nun, ich werde verkaufen müssen«, sagt er und weiß, daß sein Blick ihr Unbehagen macht. »Es gibt jetzt keinen Grund mehr, es zu behalten.«

»Nein«, sagt sie und greift sich im Nacken ans Haar. »Nein, wohl nicht. Freilich, wenn neue Leute kommen ...«

Sie beendet ihren Gedanken nicht. Andrew wiederholt, was er schon früher gesagt hat: »Ich mache ein paar Dinge, um Ordnung zu schaffen – nicht viel, eigentlich nur etwas Kosmetik. Es macht mir nichts aus, auch bei Ihnen ein wenig auszuhelfen, wenn ich schon dabei bin. Das Gras natürlich. Und Ihre Hintertreppe sollte repariert werden. Das ist gefährlich. Sie könnten sich ein Bein brechen. Und dann könnte ich den Laden wieder anbringen, der von dem Fenster im Obergeschoß gefallen ist.«

»Oh«, sagt sie betroffen, »nein. Nicht den Laden. Ich ... ich hab ihn nicht mehr. Und es ist nicht notwendig. Die Stufen, wenn Sie wollen, ja. Ich bezahle natürlich.«

»Ich kann doch nicht –«

»Ich werde Sie bezahlen«, sagt sie und fällt ihm damit ins Wort.

Ihr Gesicht, das gealterte, zeichnet sich scharf vor ihm ab. Unter einer schwachen Puderschicht sieht er eine feine Kalligraphie von Linien um ihre Augen. Es fällt schwer, ihr in die Augen zu sehen; aber er würde sagen, wenn er jemandem von ihr erzählen würde (was er vielleicht nie getan hat), daß sie immer noch recht gut aussieht. Es ist nicht einfach nur, daß sie sich nicht sehr verändert hat (da scheinen all die tiefen Kerben zu fehlen, die das Gesicht seiner Mutter in den letzten paar Jahren so veränderten); da ist vielmehr etwas ganz Besonderes, das sie sich bewahrt hat – nicht nur ihre Haltung –, dieses Geduldige, Wartende. Er denkt auch an all das Sehnen, das in ihr war, das für einen Jungen so rätselhaft zu beobachten war. Wo geht das alles hin, fragt er sich, wenn ein Mensch stirbt, nach dem man sich sehnt?

Er wendet den Blick von ihr ab. Trotz der Jahre, trotz des Unbehagens hat er doch ein seltsam vetrautes Gefühl für diesen Raum. Manchmal, wenn er träumt, ist diese Küche hier der Hintergrund. Die Gestalten in seinen Träumen gehören nicht hierher: sein Chef bei der Arbeit; Billy; eine Frau, die er unterwegs gesehen hat. Sie versammeln sich in dieser Küche; oder mitten in einem anderen Traum verlagert sich plötzlich der Ort, und er befindet sich mit ihnen zusammen hier, und etwas, das anderswo anfing, geht hier weiter.

»Wie geht es Eden?« fragt er plötzlich. Seine Stimme ist lauter, als er beabsichtigt hatte.

Sie blickt auf den Ausguß. »Eden geht es nicht gut. Sie ermüdet leicht.« Der Satz klingt eingeübt oder als hätte sie ihn schon oft wiederholt.

»Ich würde sie gern sehen«, sagt er mutig.

Sie schüttelt den Kopf. »Das würde sie aufregen.«

»Ich würde sie nicht aufregen. Ich würde sie nur ...« Er sucht nach einem Wort. »Besuchen.«

»Nun, heute nicht.« Sie läßt die Eiswürfel im Glas klirren, und ihr Mund preßt sich zusammen. Sie schiebt das Kinn vor.

»Warum nicht?«

»Sie schläft. Und ich habe festgestellt, daß Erinnerungen aus der Vergangenheit sie aufregen«, sagt sie. »Manchmal muß ich mich tagelang damit abfinden.« Sie wischt sich eine imaginäre Haarsträhne aus der Stirn.

»Aber besucht sie denn niemand?« fragt er. (Seine Hartnäkkigkeit überrascht ihn. Warum ist er so unhöflich? Aber jetzt hat er angefangen und kann nicht aufhören.) »Geht sie manchmal aus? Es muß doch Programme geben, Blindenzentren.«

Sie steht auf und spült ihr Glas am Ausguß aus. »Ich bin *Krankenschwester*«, sagt sie und betont das letzte Wort, als würde das die Angelegenheit beenden. Als versuchte sie ihn wieder zum Nachbarkind zu machen. »Wie Sie wissen müssen, *war* Eden zu Anfang ein paar Jahre in einem Blindenheim, aber wir haben festgestellt, daß es besser für sie ist, hier bei mir zu sein. Wir führen hier ein ruhiges Leben, und das tut ihr gut.«

Er will ihr schon eine weitere Frage stellen, als er über sich ein Geräusch hört, wie wenn ein Stuhlbein über den Boden scharrt. Oder er bildet sich ein, ein Geräusch zu hören. Edith Close sagt nichts; er mustert sie scharf, um zu sehen, ob auch sie etwas gehört hat. Dann hört er ein anderes Geräusch, das Gewicht von Schritten auf den Dielen, die sich von einer Seite des Raumes zur anderen bewegen. Edens Zimmer in der Ecke liegt über der Küche. Oder hat sie jetzt ein anderes Zimmer?

Edith Close geht auf Andrew zu und streckt die Hand nach seinem Glas aus. »Reichen fünf Dollar die Stunde?« fragt sie.

Er blickt zu ihr auf. Er weiß, daß es keinen Sinn hat, zu widersprechen. Er weiß, daß sie ihn die Arbeit nicht machen lassen wird ohne irgendeine Gegenleistung. Er sagt: *Na schön.* »Und für die Treppen brauchen Sie Holz«, fügt sie hinzu. »Soll ich Ihnen jetzt das Geld dafür geben?«

Er schüttelt den Kopf. Er weiß, sie will, daß er jetzt geht.

Er steht auf, und dabei hört er Musik aus einem Radio. Er erstarrt und lauscht. Es ist eindeutig ein Radio. Sie hört es auch; er sieht, wie ihre Schultern kaum merklich nach vorn sinken, als wollte sie damit das Geräusch verdrängen. Er glaubt ein Stück von »Glory Days« zu hören, dann Stille, und dann die Stimme eines Discjockeys. Er blickt zur Decke.

Sie berührt ihn, eine Hand an seinem Ellbogen, und die Berührung erschreckt ihn. Ihre Finger an seiner Haut sind kalt.

»Ich muß zu einer Patientin«, sagt sie und steuert ihn zur Tür.

Und obwohl er weiß, daß das nicht die Wahrheit sein kann, obwohl er sagen möchte, daß Eden jetzt wach sein muß, erzeugt ihre Berührung – diese kalte, unwillkommene Berührung – in ihm das Gefühl, als wäre er wieder ein Kind, begierig, das Haus zu verlassen, aus jener dunklen Küche zu flüchten.

Sie geht mit ihm zur Tür. Die Radiostimme folgt ihnen, wird sogar deutlich lauter.

»Danke für den Eistee«, murmelt er.

Er geht die Treppen hinunter, mit einem angedeuteten Winken, und sie schließt schnell die Tür. Er vergißt die morsche Stufe, und sie bricht unter seinem Gewicht. Beinahe wäre er nach rückwärts gestürzt, auf den Kies, und er hält sich ungeschickt am Geländer fest. Beim Umdrehen zittern seine Hände. Er schiebt die Fäuste in die Taschen, um sich zu sammeln.

Er hat beinahe die Treppe zum eigenen Haus erreicht, als er am Hinterkopf ein Prickeln verspürt. Er bleibt stehen und dreht sich schnell um. Eins, zwei. Sieht zuerst am Rand einer Küchenjalousie, wie die Lamellen sich schnell verschieben, und dann in dem Fenster im Obergeschoß eine weichere Bewegung, verschwimmend, das schwache Bild eines blauen Kleides und eines dünnen weißen Armes.

Das Bild ist in der nächsten Sekunde verschwunden. Aber er steht da und starrt das offene Fenster an, sendet den Wunsch aus, das Bild möge sich wieder einstellen, kann nicht weggehen.

Sie kann nicht ans Fenster gekommen sein, um mich zu sehen, denkt er. *Sie muß gekommen sein, um gesehen zu werden.*

Er füllt den Benzintank des Rasenmähers und prüft den Ölstand. Er hat keine Ahnung, wie alt das Öl ist oder wann die Maschine zuletzt benutzt wurde, aber er ist zu ungeduldig, um noch einmal zur Tankstelle zu fahren. Als er sich vorbeugt, um das fünfte Mal an der Leine zu ziehen, legt er alles hinein, mehr aus Ärger als aus Vernunft, und die Maschine erwacht stotternd zum Leben. Es ist ein hartes, befriedigendes Geräusch, das die Stille zerschmettert. Er hofft, daß das laute Geräusch für die Frau hinter den heruntergezogenen Jalousien störend ist. Er holt tief Luft. Der Lärm beruhigt ihn. Es ist ein Geräusch, das sich gut anfühlt, das er verstehen kann – obwohl es Jahre zurückliegt, daß er den Rasen gemäht hat.

Die Arbeit, denkt er, ist in gleicher Weise befriedigend. Man schiebt den Rasenmäher einen geraden Gartenweg hinunter, man blickt hinter sich und sieht eine saubere Schwade, obwohl er diesmal nur die oberen zwei oder drei Zoll abschneidet – der Mäher ist hoch eingestellt, damit das feuchte Gras sich nicht im Schneidbalken verhängt. Er wirft das Gras seitlich aus; aber später wird er den Fangsack einhängen und noch einmal über den Rasen fahren, ihn kürzer stutzen und dabei das abgeschnittene Gras gleich einsammeln.

Die Sonne brennt ihm heiß und trocken auf das Gesicht. Er kann spüren, wie die Spannung in seinem Körper sich löst, während die Maschine seine Arme vibrieren läßt. Der Trick besteht darin, denkt er, in Bewegung zu bleiben, sich in dem Lärm zu bewegen, damit der Lärm die Gedanken in seinem Kopf und die Bilder hinter seinen Augen zudeckt, bis sie zu etwas Fernem, Greifbarem verblassen. Er will die Augen ganz schließen, aber das ist natürlich nicht möglich. Aber es würde ihm nichts ausmachen, denkt er, eine Sekunde lang inmitten des Lärms dazustehen, mit geschlossenen Augen, das Gesicht der Sonne zugewandt.

Ein phantastisch aussehendes Mädchen war sie. *Erinnerst du dich?*

Ich erinnere mich.

Manchmal hat er das Gefühl, als hätte er sie kaum gekannt, obwohl er sie jeden Tag sah. Aber er hörte, was über sie gesagt wurde. Und er kannte die Geschichten. Er beobachtete sie – so wie man vielleicht ein Haus, in dem man einmal gewohnt hat, beobachtet, wie es von neuen Besitzern verändert wird.

Er sah sie im Bus auf dem Weg zur Schule und zurück; im Hof begegnete er ihr in der Einfahrt; sah sie auf dem Flur in der Schule, wenn sie sich einen Schluck Wasser am Brunnen holte. Sie machte sich gern über ihn lustig, und er ließ es zu. Er wußte nicht, wie er sie daran hätte hindern sollen. Der Versuch, sich mit ihr auseinanderzusetzen, wie er das anfangs tat, als ihn ihr zunehmend schlechter Ruf beunruhigte, machte es nur schlimmer; er verlor die Wortgefechte. Die beste Art, sich gegen sie zu verteidigen, entschied er, war, sie zu ignorieren – obwohl sie darauf bestand, seinen Namen mit einer heiseren Stimme zu rufen, die gemeinsam mit ihrer Anatomie aufgeblüht zu sein schien und die unglücklicherweise durch den ganzen Schulbus reichte. Und manchmal, wenn er ehrlich mit sich war, fragte er sich, ob er den seltsamen Status, den ihre Aufmerksamkeit ihm eintrug, nicht in Wirklichkeit genoß.

Sie ist scharf auf dich.

Ist sie nicht. Ich kenne sie doch praktisch seit ihrer Geburt.

Sie läßt jeden ran, Mann. Perillo hat sie im August im Drive-in-Kino viermal begrapscht. Er sagt, sie hat Titten –

Sie ist doch erst dreizehn, Herrgott.

Sie treibt's, seit die Schule wieder angefangen hat. Wenn 'ne Biene es braucht, braucht sie es.

Warum laßt ihr sie nicht in Frieden?

Die in Frieden lassen? He, bist du auch ganz sicher, daß sie dich nicht auch ranläßt?

Es war, als veränderte sie sich, um zu ihrem Körper zu passen; als wüchse sie irgendwie in den Körper hinein, der sich für sie zu schnell entwickelte. Eine andere Erklärung hatte er nicht. Vielmehr dachte er, die Grundzüge waren noch da – ihre Dreistigkeit, ihre Unverfrorenheit –, aber sie hatten sich in eine neue Richtung entwickelt, so daß sie ihre Talente jetzt nicht dazu benutzte, zu den Jungs zu gehören, sondern um über sie Macht zu haben.

Manchmal, wenn er auf der hinteren Terrasse saß und so tat, als würde er Französisch lernen, sah er sie auf der anderen Seite des Kieswegs im Gras und fragte sich, wie es wohl wäre, mit ihr in einem Drive-in-Kino im Wagen zu sitzen. Er konnte dieses Bild nicht loswerden.

Der Gedanke hing in der Luft und floß durch seine Adern. Aber die Vorstellung beunruhigte ihn, fast ebenso wie wenn er daran dachte, daß seine Eltern es taten. Und manchmal hatte er Schuldgefühle, als hätte er sich irgendwie besser um sie kümmern müssen – obwohl das, *das wußte er,* verrückt war. Sie war seiner Sorge oder auch der aller anderen entwachsen, das stand fest.

Und wenn er so dasaß, hörte er manchmal laute Stimmen in der Küche der Closes, eine Mutter und eine Tochter, die einander wie Katzen anfauchten. Diese Streitigkeiten hatten sich allmählich im Laufe jenes Sommers und des Schuljahres entwickelt, das sich jenem peinlichen Tag auf dem Baseballplatz anschloß, wobei Eden damit anfing (wie es schien, den Streit heraufbeschwor), indem sie ihre Mutter mit ihrer provozierenden Kleidung und ihrem Verhalten herausforderte, bis Edith Close, die in dieser Art des Nahkampfes ein Neuling war, anfing, von ihrer Tochter zu lernen, und ihre Stimme in bisher unbekannte Regionen erhob – was, wie er sich vorstellte, der Verwirrung entsprang. Man kann einfach nicht einer stechenden Wespe gegenüber gleichgültig bleiben, dachte er.

Am Anfang waren er und seine Eltern von den lauten Stimmen nebenan etwas irritiert gewesen. Seine eigenen Eltern schrien einander – oder ihn – nur selten an. Aber dann, während die Wochen und Monate dahinzogen und die keifenden Stimmen zu keinem Waffenstillstand zu finden schienen, begann er sich an die nächtlichen Schlachten zu gewöhnen – so wie an das Rattern eines fahrplanmäßigen Zuges –, als wären auch sie Teil einer sich entwickelnden Landschaft.

Manchmal knallte dann die Gittertür zu, und Eden, mit geröteten Augen und mit fahrigen Handbewegungen, mit denen sie sich das Haar aus dem Gesicht wischte, entdeckte ihn auf der Terrasse. Dann stemmte sie manchmal die Fäuste in die Hüften und musterte ihn aus zusammengekniffenen Augen. Ebensogut war möglich, daß sie mit verblüffender Geschwindigkeit die Haltung und den Ausdruck völlig änderte und über den Hof zu ihm herübertänzelte, mit einem Lächeln um die Lippen und ein Päckchen Old Golds oder Winstons an sich pressend. Nach diesen Schlachten pflegte sie im vollen Angesicht ihrer Mutter zu rauchen und durch diese Geste ihre Animosität in die Länge zu ziehen. (Er konnte sich einfach nicht vorstellen, vor seinen Eltern zu rauchen; er dachte sogar daran, es ganz aufzugeben.) Sie kam dann zu den Stufen, auf denen er saß, lehnte sich an das Geländer und schüttelte eine Zigarette aus dem Päckchen und bot ihm eine an. Ihre Streichhölzer hatte sie immer in der Zellophanhülle. Manchmal zerzauste sie ihm dann das Haar, was ihn zur Weißglut trieb, und er schüttelte sie dann mit einer ruckartigen Kopfbewegung ab.

»Macht die Vorstellung heute abend Spaß?« würde sie etwa sagen.

Wenn Jim zu Hause war, gab es keinen Streit. Das lag nicht so sehr daran, daß Jim in seinem Haushalt Ordnung hielt; vielmehr kritisierte Edith in seiner Gegenwart ihre Adoptivtochter nicht und schluckte auch den Köder nicht, wenn Eden ihn vor ihr baumeln ließ, indem sie etwa einen zu engen Pullover trug oder einfach nicht zum Abendessen erschien oder gar erst um elf Uhr, eine Stunde nach dem vorgeschriebenen Zapfenstreich, nach Hause kam.

»Liebling«, sagte Jim dann immer in solchen Nächten und kam ihr auf der Treppe entgegen und hielt Eden auf, ehe sie das Haus betrat.

»Papa«, pflegte Eden darauf zu antworten, obwohl sie ihre Eltern, wenn sie sie nicht hören konnten, als Jim und Edith bezeichnete. Und Andrew hatte nie gehört, daß Eden Edith als ›Mutter‹ oder ›Mama‹ ansprach.

»Liebling, deine Mutter ist verärgert. Du hättest uns sagen sollen, wo du hingehst. Wir haben mit dem Abendessen auf dich gewartet.«

Eden legte dann immer raffiniert zerknirscht den Kopf etwas zur Seite und murmelte: »Tut mir leid, Daddy«, mit einer Stimme, die Andy nur selten hörte, der Stimme eines ganz gewöhnlichen vierzehnjährigen Mädchens.

Und Jim ließ sich sofort besänftigen und vom Charme seiner Tochter bezaubern und küßte sie auf die blonden Locken.

»Widerwärtig«, pflegte seine eigene Mutter Jims Unfähigkeit, seine Tochter zu disziplinieren, zu bezeichnen, wenn sie derartige Szenen von ihrem Küchenfenster aus beobachtete.

Eines Nachmittags in jenem letzten Frühjahr, erinnert er sich, war er damit beschäftigt, das Öl im Wagen seines Vaters zu wechseln, als er einen plötzlichen, besonders lauten Streitausbruch hörte, dem fast unmittelbar das Geräusch zersplitternden Glases folgte. Es war Sonntag, und Jim war seit Tagen unterwegs gewesen. Diesmal waren die Stimmen nicht langsam angeschwollen, hatte es keine Warnung vor dem heraufziehenden Gewitter gegeben. Bis zu dem Krach hatte Andy nicht einmal gewußt, daß Eden zu Hause war.

Der Streit war diesmal anders als je zuvor, und während er normalerweise den Lärm einfach zur Kenntnis nahm und sich dem wieder zuwandte, was er gerade machte, rutschte er diesmal unter dem Wagen hervor und setzte sich auf. Sein Vater, der an jenem Nachmittag mit den Leitungsrohren unter dem Ausguß beschäftigt war, kam zur Hintertür.

»Was zum ...«, sagte sein Vater.

Aber da war das Geschrei schon verstummt, und sein Vater wandte sich wieder von der Tür ab. Andy wollte gerade wieder unter den Wagen kriechen, als Edith Close aus dem Haus kam, mit einem Blazer bekleidet, die Handtasche unter dem Arm und den Mund zu einem schmalen Strich zusammengepreßt. Ohne Andy zur Kenntnis zu nehmen, ging sie die Einfahrt hinunter, bog an der Straße nach rechts und ging zu dem Baum, wo der Bus zu halten pflegte.

Andy saß auf dem Kies. Seine Hände waren ölverschmiert. Er stand auf und ging zum anderen Haus hinüber, zögerte unter der Treppe, wo Edith ihn von der Bushaltestelle aus nicht sehen konnte. Er wischte sich die Hände an den Jeans ab, lauschte, hörte nichts und stieg dann die Treppe hinauf. Es war April, erinnert er sich. Er trug zwei alte Flanellhemden seines Vaters. Edith hatte in ihrer Hast die Tür nicht geschlossen. Er drückte sein Gesicht an das Gitter und hielt sich die Hand über die Augen, um sie abzudunkeln.

Eden saß auf einem Stuhl am Tisch. Sie trug ein langes Nachthemd und einen Bademantel. Ihr Haar war zerzaust, ungekämmt, als wäre sie gerade aufgewacht. Sie weinte. Er hatte sie noch nie weinen sehen. Sie hob die Hand und griff sich an den Mundwinkel. Er erinnert sich daran, wie er damals dachte, wie klein sie doch in dem Stuhl aussah. Er erinnert sich daran, wie er den Wunsch verspürte, hineinzugehen und sich neben sie zu setzen. Er wollte klopfen, tat es aber nicht.

Im Mai seines Seniorjahres, im Frühjahr vor der Katastrophe, schien Eden sich einigermaßen bewußt und in einer Art und Weise, die jeden überraschte, für Sean entschieden zu haben. Andy sollte nie erfahren, was genau Eden zu seinem alten Freund hinzog, falls man überhaupt sagen konnte, daß sie hingezogen wurde. Manchmal fragte er sich nämlich, damals und auch später, ob es nicht zu dem perversen, selbstzerstörerischen Kurs paßte, auf dem sie sich schon seit fast einem Jahr befand, einen Jungen auszuwählen, der für seine Hitzköpfigkeit bekannt war.

Andy saß auf einer Bank im Umkleideraum, als T.J. es ihm sagte. Es war nach einem Baseballspiel, und Andy hatte ein Handtuch um die Hüften und versuchte, seine Unterhose zu entwirren, als T.J., der Andy den Rücken zuwandte, meinte: »Weißt du über Sean Bescheid?«

»Sean?«

T.J. schloß sein Kästchen auf und wühlte darin nach seinen Socken.

»Und Eden«, sagte er.

»Sean und Eden?« Andy begriff immer noch nicht. Hatten sie sich gestritten? Oder waren sie beim Rauchen auf dem Schulgelände erwischt worden?

»Nun, die beiden eben, zusammen, meine ich«, sagte T.J. Er sah Andy schnell an und blickte dann wieder weg und fing an, zwischen den Zähnen zu pfeifen.

»Du meinst, sie gehen miteinander?« fragte Andy. Er betonte das *gehen* ganz deutlich, als könnte es sich unmöglich auf die augenblickliche Situation beziehen.

T.J. kratzte sich an der Brust. »Ja. Genau das.«

Andy schüttelte den Kopf. Das mußte ein Irrtum sein.

»Das ist unmöglich«, sagte er. »Bist du sicher? Ich wüßte es doch, wenn es stimmte.«

»So?« sagte T.J. »Und warum?«

»Ich hätte sie zusammen im Haus gesehen oder irgend so etwas.«

»Nein, das hättest du nicht. Ihr Vater läßt bestimmt nicht zu, daß sie einen Jungen nach Hause bringt. Also hängen sie in Seans Wagen herum...« T.J. hielt inne, wollte seinem Freund Einzelheiten ersparen.

»Aber Sean hat doch Eden nie richtig gemocht«, protestierte Andy. »Von uns dreien –«

T.J. fuhr herum. »Weißt du, Andy-Boy, manchmal lebst du wirklich in einer Traumwelt, das schwöre ich dir. Du kriegst nicht mit, was vor deiner Nase passiert, weißt du das?«

»Ich weiß nicht, wovon du redest«, sagte Andy, den T.J.s plötzlicher Angriff verblüfft hatte.

»Von Eden rede ich«, sagte T.J. verzweifelt.

»Was ist mit Eden?«

»Jeder mit zwei Augen im Kopf konnte sehen, daß du immer derjenige warst, den sie am meisten gemocht hatte, und du bist entweder blind oder ein noch größeres Arschloch, als ich dachte.«

»Du mußt verrückt sein«, sagte Andy abwehrend. »Sie ist doch erst vierzehn. Sie war einfach eine von uns, wie eine Schwester...« Er hielt inne und merkte, daß er sich selbst widersprach.

»Oh, wirklich?« sagte T.J. und knöpfte seinen obersten Knopf zu und griff nach seiner Sporttasche. »Nun, das ist jetzt vorbei, nicht wahr?«

T.J. schwang sich die Tasche über die Schulter und ging auf die Tür zu. Er wartete nicht auf Andy und verabschiedete sich auch nicht von ihm.

Andy saß auf der Bank, die Unterhose in der Hand zerknüllt. Er versuchte sich Sean und Eden zusammen in einem Wagen vorzustellen, wie sie lachte und wie Sean nach dem Kragen ihrer Bluse griff. Aber irgend etwas in ihm wollte einfach nicht zulassen, daß das Bild Gestalt gewann. Er warf die Unterhose in den Schrank zurück und knallte die Tür mit dem Fuß zu.

»Scheiß drauf!« sagte er und zog sich die Hose an.

Von jenem Tag an hielt er nach Anzeichen Ausschau, daß die beiden etwas miteinander hatten. Und gelangte schnell zu dem Schluß, daß T.J. recht gehabt hatte: Er *war* blind. Denn wie hätte er sonst übersehen können, daß Sean immer der erste war, der sich nach einem Spiel angezogen hatte und zu seinem Wagen eilte; oder wie Sean sich grußlos an ihm vorbeischob und seit Wochen nicht mehr mit ihm geredet hatte? Oder wie Sean und Eden hinter der Turnhalle auf der Treppe saßen und in der dritten Pause rauchten, ganz dicht beieinander, so daß ihre Schultern sich berührten? Und während die Tage dahinstrichen, gab es deutlichere Zeichen: daß Eden beispielsweise Tag für Tag den Nachmittagsschulbus versäumte und zu spät zum Abendessen kam und sagte, sie sei zu Fuß von der Schule nach Hause gegangen, obwohl Andy wußte, daß Sean sie eine Viertelmeile vor dem Haus abgesetzt hatte. Und einmal kam Andy um die Ecke in einem leeren Korridor in der Nähe des Musikzimmers in der Schule und sah, wie Sean Eden mit dem ganzen Körper gegen die Ziegelmauer preßte. Sie küßten sich, und Andy konnte nicht mehr weg; er konnte sich nicht umdrehen, sich nicht zurückziehen. Er versuchte an ihnen vorbeizuschlendern, versuchte den Anschein zu erwecken, er sei ganz auf sein Mathematikbuch konzentriert. Eden löste sich genau in dem Augenblick von Sean, als Andy vorbeiging.

»Andy-Boy«, sagte Sean atemlos.

»Sean«, sagte Andy und ging weiter.

»Tag, Andy«, sagte Eden mit ihrer rauhen Stimme.

Er hörte sie hinter sich kichern.

Jetzt ging er Eden, so gut er konnte, aus dem Weg, blieb an der Gittertür stehen, wenn er sie aus dem Haus kommen sah, und bedrängte T.J., ihn die paar Wochen, bis die Schule zu Ende war, zu Hause abzuholen und nach der Schule nach Hause zu bringen. Sean führte Eden zum Abschlußball, aber Andy hatte sein eigenes Mädchen und gab aggressiv vor, sich viel besser zu amüsieren, als er das tatsächlich tat. Nachdem er sein Mädchen nach Hause gebracht hatte, fuhren er und T.J. stundenlang in T.J.s Wagen herum und betranken sich so, daß sie schließlich an einer verlassenen Seitenstraße parken mußten, ehe sie beide die Besinnung verloren. Als er nach sechs Uhr früh schließlich nach Hause kam und damit rechnete, daß ihn der Groll seines Vaters an der Tür erwarten würde, warf der nur einen Blick auf Andy, schüttelte betrübt den Kopf und ging wieder hinauf ins Bett.

Nur einmal war er in den Wochen vor den Schüssen mit Eden längere Zeit zusammen. Es war ein Montagnachmittag, erinnert er sich, sein freier Tag bei der Texaco-Tankstelle. In jenem Sommer arbeitete er immer bis spät, und seine Eltern ließen ihn an seinem freien Tag tun, was er wollte, was ihm große Freude machte, da diese Haltung darauf deutete, daß er jetzt ein Mann war – ein arbeitender Mann mit freien Tagen und Privilegien. An jenem Morgen hatte er lange geschlafen und als er in die Küche herunterkam, war seine Mutter bereits angezogen, mitten in ihrem Tagewerk. Es war der Sommer, in dem er *No Exit* und *The Stranger* las, um sich auf das College in Massachusetts vorzubereiten, und er hatte bei Tisch ein Buch bei sich. Draußen im Garten stand ein Aluminiumliegestuhl, auf dem es sich seine Mutter nachmittags manchmal mit einer Zeitschrift bequem machte; und so ging er nach dem Frühstück hinaus und legte sich darauf und schützte seine Augen mit dem Buch, das er sich über das Gesicht hielt, vor der Sonne. Es war nach zwölf, und an jenem Tag, erinnert er sich, brannte die Sonne erbarmungslos. Kaum hatte er sich hingelegt, als er auch schon sein Hemd aufknöpfte und sich mit dem Tuch Kühlung zufächelte.

Er schlief, als er ein großes Insekt über seinen Bauch kriechen spürte. Er setzte sich ruckartig auf, schlug danach und versuchte es wegzufegen. Und dann hörte er sie lachen – ein Lachen, das durch den Nebel seines Schlafes und den Schlag seines Herzens unangenehm und schrill klang. Er fiel auf den Liegestuhl zurück. Ihr Gesicht war über dem seinen, zu dicht an seinem eigenen, und schirmte die Sonne ab, so wie das sein Buch getan hatte.

»Faulpelz, steh auf. Die Sonne ist auf, die Hexe ist tot.«

»Was?«

»Andy, es ist fast ein Uhr.«

»*Du* brauchst reden.«

»Hast du Lust, schwimmen zu gehen?«

Sie trug enge weiße Shorts und eine blaue ärmellose Bluse. Ihre Arme waren gebräunt, und als sie sich zurückbeugte, stellte er fest, daß ihr Oberkörper, soweit er das sehen konnte, ebenfalls gebräunt war. Seine Augen schweiften zu ihren Brüsten und wieder weg. Er hoffte, daß sie es nicht gesehen hatte. Das war ein starker Reflex, von dem er sich zu kurieren versuchte – daß seine Augen, immer wenn er ein Mädchen ansah, sofort zu ihrem Busen wanderte statt zum Gesicht. Er begann instinktiv sein eigenes Hemd zuzuknöpfen.

»Nein«, sagte er. »Ich lese.«

Sie lachte. »Stimmt«, sagte sie. Sie hob sein Buch auf, das ihm ins Gras gefallen war, und blickte auf den Titel. *Der Mythos von Sisyphus.*

»Du liebe Güte, Andy, du entwickelst dich in einen richtigen Fiesling, weißt du das? Jedenfalls warst du seit Wochen nicht mehr schwimmen. Das weiß ich ganz genau. Es ist Sommer, falls du das noch nicht bemerkt hast.«

Sie setzte sich auf die Kante seines Liegestuhles. »Ich gehe nicht weg, bis du ja sagst. Ich langweile mich zu Tode, und ich brauche Gesellschaft.«

»Wo ist Sean?« fragte er. Der Name blieb ihm im Halse stecken. Sie hatten nie von Sean gesprochen.

»Ach der«, sagte sie zu beiläufig. »Wie soll ich das wissen?«

»Du solltest dir einen Job suchen«, sagte er, »wenn du dich so langweilst.«

»Ich bin doch erst *vierzehn*«, quengelte sie. »Und außerdem, was macht dir das denn aus?«

»*Ich* habe gearbeitet, als ich vierzehn war«, sagte er und bedauerte es im gleichen Augenblick, da er es gesagt hatte.

»Na schön, was soll's. Manchmal klingst du wie ein richtiges Arschloch, Andy, weißt du das?«

»Schon gut, schon gut«, sagte er und kapitulierte. »Wo?«

»Am Teich«, sagte sie. »Das Schwimmbad ist *total* widerwärtig. Ich schwöre, das Wasser ist einen Zentimeter dick mit Dreck bedeckt.«

»Also schön«, sagte er widerstrebend. »Ich hole meinen Badeanzug. Hol du deinen.«

»Ich hab ihn schon an«, sagte sie.

Diesmal konnte er seinen Blick gerade noch zurückhalten, aber seine visuelle Erinnerung war makellos. Das konnte nicht stimmen, dachte er. Aber das konnte er nicht gut sagen.

»Hör zu, ich mach dir einen Vorschlag«, sagte er. »Ein Kompromiß, okay? Ich geh mit dir zum Teich hinunter, und du kannst schwimmen. Ich werd dir Gesellschaft leisten, aber ich glaube nicht, daß ich selbst schwimmen mag.« In Wirklichkeit wollte er sich bloß nicht die Mühe machen, seine Badehose zu suchen, und die noch größere Mühe, seiner Mutter zu erklären, wo er hinging und mit wem.

Sie zuckte die Achseln. »Wie du willst«, sagte sie und stand auf.

Sie gingen durch die Maisfelder. Die Sonne brannte ihnen auf den Kopf, ihre Füße folgten einem Pfad, der ihm so vertraut war, daß er sicher war, er hätte ihn auch mit verbundenen Augen gefunden. Kaum hatten sie den Schatten der Bäume und Häuser hinter sich gelassen, wünschte er, er hätte doch seine Badehose mitgenommen. Bis sie hinkamen, würde er wahrscheinlich nach dem Wasser lechzen. Nun, was zum Teufel, dann würde er eben mit den Kleidern ins Wasser gehen; sie würden auf dem Nachhauseweg ohnehin in der Sonne trocknen.

Sie ging vor ihm, und es war unmöglich, die Art, wie sie sich bewegte, nicht wahrzunehmen – ihre schmalen Hüften, die unter den weißen Shorts hin und her wippten. Das Haar trug sie in einem Pferdeschwanz, und auch der wippte hin und her. Er dachte flüchtig an das, was man über sie redete. An das, was man über sie und Sean redete. Sätze drängten sich in sein Bewußtsein, und er mühte sich ab, sie von sich zu schieben.

Er war tatsächlich seit Wochen nicht mehr an dem Weiher gewesen, nicht, seit die Schule zu Ende gegangen war, und die üppige Vegetation dort überraschte ihn; hohe Scharlachlilien und alte Weinreben. Hier gab es wenigstens Bäume. Er setzte sich in den Schatten ins Gras, und zu seiner Überraschung setzte sie sich neben ihn.

»Ich dachte, du wolltest schwimmen gehen«, sagte er und sah sie an.

»Und?« Sie streckte die Beine im Gras aus und schlug sie dann übereinander. Sie schlüpfte aus ihren Turnschuhen. Er sah ihre Beine an. Sie waren gebräunt, golden bis hinauf zu ihren Shorts. Da war nichts mehr von all den Schrammen und Narben des Vorjahres. Alles, was er jetzt zu sehen bekam, war die lange glatte Form ihrer Beine und der rote Lack auf ihren Zehennägeln. Er riß den Blick davon los.

Das Wasser blitzte. Er hatte als Junge in diesem Weiher

schwimmen gelernt, höchstens fünf Jahre war er gewesen. Sein Vater hatte es ihm geduldig über viele Tage hinweg beigebracht. Obwohl Andy manchmal den Argwohn hegte, daß sein Vater ihm auf subtile Weise die Idee eingepflanzt hatte, es gäbe Blutegel im Teich – womit er den Vorgang des Schwimmenlernens beschleunigte. Er war von der Vorstellung, den Grund zu berühren, so erschreckt, daß er schon am ersten Tag gelernt hatte, im Wasser zu treiben. Das mit den Blutegeln stimmte übrigens nicht. Der Weiher war kristallklar, selbst wenn das Wasser die Farbe von Messing hatte; aber das kam von den Mineralien im Erdreich. Er dachte, daß er jetzt jeden Augenblick losrennen und hineinhechten würde, und dann würde sich das kühle Wasser über ihm schließen.

»Oh«, sagte sie. »Ameisen.« Sie drehte sich halb herum, um etwas von ihrem Schenkel zu fegen, und dabei berührte ihr nackter Arm den seinen. Die Berührung war elektrisch, galvanisierend, und er zuckte instinktiv vor ihr zurück.

»Wozu ist das?« fragte er plötzlich.

»Wozu ist was?« sagte sie gleichgültig.

»Dies hier«, sagte er und machte eine Handbewegung, die den sie umgebenden Raum einschloß.

»Ich weiß nicht, wovon du redest.«

»Nein?«

Vielleicht hatte er unrecht, dachte er. Vielleicht wollte sie wirklich bloß schwimmen. Aber wenn ja, warum saß sie dann so dicht bei ihm? Die Sonne spiegelte sich so im Wasser, daß ihm die Augen weh taten.

»Andy«, sagte sie. Darin lag eine Frage.

»Gehen wir ins Wasser«, sagte er schnell. Er beugte sich vor, wie um aufzustehen.

»Andy, fragst du dich je, wie es wäre?«

In seinen Ohren dröhnte es. »Wie *was* wäre?«

»Du weißt schon.«

»Nein, nichts weiß ich«, sagte er gereizt. »Du hast *gesagt,* du wolltest schwimmen.«

Er wußte, daß er bloß aufzustehen und auf das Wasser zuzugehen brauchte, und das wäre es dann. Aber statt dessen wartete er auf das, was sie jetzt sagen würde. Er wollte hören, was sie sagen würde. Obwohl er es nicht hören wollte. Weil er es hören wollte.

»*Ich* denke darüber nach«, sagte sie mit eigenartig leiser Stimme.

»Über *was* denkst du nach?« fragte er und bemühte sich, Gereiztheit in seine Stimme zu legen.

»Über uns.«

Die zwei Worte fielen wie ein Blatt ins Gras und lagen vor ihnen da – er immer noch vorgebeugt, um aufzustehen, sie mit übereinandergeschlagenen Beinen. Die Reflexe auf dem Wasser waren so grell, daß es weh tat, wie Kopfschmerzen. Rings um sie summten und brausten Insekten in der heißen Luft. Der Weiher wirkte im Sommer immer kleiner, dachte er, eingesäumt von all der Vegetation. Wenn man ihn jetzt so ansah, konnte er sich gar nicht vorstellen, daß man darauf Eishockey spielen konnte.

Sie schob sich vor ihn, auf den Knien, versperrte ihm den Weg zum Wasser.

»Eden«, sagte er.

»Wenn du willst, kannst du mich anfassen«, sagte sie. »Du kannst meine Bluse anfassen.«

Er sah ihre Bluse an. Das Sehnen in ihm war so tief und aufwühlend, daß seine Kehle ganz trocken wurde. Er konnte sehen, wie ihre Brüste gegen den Stoff preßten. Er konnte erkennen, daß sie unter der Bluse keinen Badeanzug und auch sonst nichts trug. Er hatte noch nie die Brüste eines Mädchens angefaßt, obwohl er das wollte und davon träumte. Ja, er hatte manchmal sogar davon geträumt, die ihren anzufassen. Jetzt träumte er davon, die Knöpfe zu berühren, sie langsam aufzumachen, einen nach dem anderen. Er blickte zu ihrem Gesicht auf. Ihre Augen, blaugrün, fixierten ihn.

Er wandte das Gesicht von ihr ab. Er sah nichts – nur ein grelles Schimmern. Die Farbe stieg ihm ins Gesicht, aber er konnte nichts dagegen tun. Er stemmte die Fäuste ins Gras.

»Eden«, sagte er erneut.

Ihre Hände bewegten sich. Er wußte, was sie tat, und erstarrte, tat so, als würde er es nicht wissen. Er wollte, daß sie es tat. Er wußte, was sie tat, und wollte es.

»Schau mich an«, sagte sie nach einer Weile.

Und langsam ließ er zu, daß er sich herumdrehte und sie ansah. Er zwang sein Gesicht, ruhig zu bleiben. Das war eine Art Prüfung, und er würde dafür sorgen, daß sein Gesicht ruhig blieb, ganz gleich, was geschah, obwohl er sich danach sehnte, sein Gesicht gegen ihre Haut zu pressen. Ihre Brüste waren sehr weiß, und das Weiße hielt ihn fest. Er konnte an ihrer Bräune erkennen, wie weit ihr Badeanzug sonst reichte. Er hob die Hand an die Stirn, um sich das Haar aus dem Gesicht zu wischen. Sein Gesicht blieb ruhig, aber seine Hand verriet ihn.

»Angst?« sagte sie.

Er schüttelte den Kopf, aber er log. Ihm schwindelte – er kam sich losgelöst vor und riesengroß und so, als schwebte er. Er wußte, daß er sie nur zu berühren brauchte.

Er hob das Gesicht und blickte zum Himmel auf. Die Sonne war von einer blendenden Krone umgeben. Und sie kniete da, vor ihm, wartete. Eine Minute noch, das wußte er, und sie würden beide verloren sein.

Er stand auf, etwas wackelig. »Ich geh jetzt schwimmen«, sagte er. Seine Stimme war tief, ihm selbst fremd. Er ging ans Wasser und beugte sich vor, um seine Turnschuhe auszuziehen. Dann richtete er sich auf und hechtete in den Weiher und schwamm, als hinge sein Leben davon ab, obwohl man das andere Ufer mit fünfzig Zügen erreichen konnte. Und als er es erreicht hatte, machte er kehrt und schwamm zurück, und noch einmal, und noch einmal, bis er kaum mehr den Arm über das Wasser heben konnte. Und dann schwamm er noch ein Stück weiter, trat in Wirklichkeit Wasser, bis er wußte, daß er jetzt ohne Gefahr heraussteigen konnte.

Als er an das Ufer kletterte und sich das Wasser aus den Ohren schüttelte, saß Eden mit hochgezogenen Knien da.

Sie hatte die Bluse zugeknöpft. Ihr Gesicht war verschlossen, und sie sah ihn nicht an. Und als er sie ansah, wußte er, daß er nicht das Richtige getan hatte. Sie sah klein und einsam aus, ein vierzehnjähriges Mädchen ohne Ziel. Jetzt wollte er ihre Haut berühren, ihr sagen, ja, er hätte von ihr geträumt, sie gewollt, und daß er oft an sie beide zusammen dachte, daß er etwas für sie empfand und daß er Angst gehabt hatte, es selbst für sich auszusprechen – aber er wußte nicht, wie er es sagen sollte.

»Du hättest meine Schwester sein können«, sagte er statt dessen.

Sie sagte nichts.

Sie gingen schweigend zurück. Sie war vor ihm. Das Hemd klebte ihm an der Brust und trocknete langsam. Sein Haar pappte ihm in Strähnen an der Stirn.

Als sie sich den Häusern näherten, fuhr sein Arm ruckartig nach vorn, und er versuchte ihre Hand zu nehmen. Da war etwas, was er ihr sagen wollte – er würde es ihr jetzt sagen –, aber sie wählte genau diesen Augenblick, nicht merkend, daß er nach ihr griff, um den Rest des Weges zu den Häusern zu rennen. Er beugte sich vor, wie um ihr nachzurennen, hielt dann aber inne. Er würde sie nicht einholen. Er erinnerte sich daran, daß sie ebenso schnell wie er rennen konnte.

In der darauffolgenden Woche meldete T.J. Andy, daß Eden Sean plötzlich den Laufpaß gegeben hätte. Es ging das Gerücht, sagte T.J., daß Jim das Paar eines Abends etwa hundert Meter vom Haus entfernt in Seans Wagen ertappt und Eden streng verboten hätte, sich je wieder mit Sean zu treffen. Aber T.J. hielt das für unwahrscheinlich, und Andy stimmte ihm zu. Obwohl Jim sich über die Jahre immer mehr zum Trinker entwickelt hatte – ganz besonders im letzten Jahr –, was ihn manchmal dazu brachte, sich Andys Vater zu schnappen und ihm stundenlang mit irgendeinem belanglosen Thema in den Ohren zu liegen oder brütend, mit einem Bier in der Hand, auf seiner Terrasse zu sitzen und darauf zu warten, daß Eden zum Abendessen nach Hause kam, hielt Andy es für praktisch unmöglich, daß Jim zu einer so entschiedenen disziplinarischen Maßnahme fähig sein könnte. Viel plausibler schien, daß Sean die Geschichte erfunden hatte, um sein Gesicht zu wahren. Allem Anschein nach war Eden einfach Seans überdrüssig geworden. Er hatte eine Weile einen nicht näher definierten Zweck erfüllt und war jetzt nicht mehr sehr interessant für sie – ein Schicksal, daß Sean in Weißglut versetzte. Zuerst belagerte er Eden mit Fragen und Bitten, aber als diese Bemühungen sie nicht bewegen konnten, entzündete sich seine Wut und wurde grenzenlos.

»Das Miststück krieg ich schon«, sagte er jedem, der es hören wollte, und sein Zorn wuchs von Tag zu Tag. »Das Miststück bring ich um!« schrie er, daß es durch seinen Wagen hallte. T.J. sagte ihm, er solle sich beruhigen und sich zusammenreißen. Später, als T.J. Seans endloser Tiraden müde geworden war, sagte er ihm, er solle gefälligst »erwachsen werden«. Aber Sean, wütend und von Sinnen, hörte nicht auf. Am Vormittag des letzten Tages im Juli baute er mit seinem Wagen auf der Straße von der Ortschaft zu Edens Haus einen Totalschaden und wurde wegen Geschwindigkeitsüberschreitung und Trunkenheit am Steuer festgenommen. An einem Morgen in der ersten Augustwoche fand ein Aushilfshausmeister, der das Schulgebäude betreute, im Ostflügel in der Nähe des Musikzimmers zwei eingeschlagene Fenster. Mitte August hatte Jim zweimal auf dem Polizeirevier angerufen, um sich über Sean zu beklagen, der tagelang auf der anderen Straßenseite gestanden war und darauf gewartet hatte, daß Eden das Haus verließ, um zur Busstation zu gehen.

Aber das war noch nicht das Schlimmste, sagte T.J. Andy eines Abends im August nach der Arbeit, als die beiden ins Kino gingen. Das Schlimmste war dies: Als Sean T.J. das erste Mal erzählt hatte, daß Eden nichts mehr mit ihm zu tun haben wollte, hatte Sean das Steuerrad seines Wagens so krampfhaft umklammert, daß seine Finger weiß geworden waren. Und dann hatte er tief geschluckt, als bekäme er keine Luft, und wie ein kleines Kind geweint.

Als er den Rasenmäher abschaltet, hört er das Telefon klingeln. Es ist seines in der Küche. Er fängt zu rennen an, springt die Treppe hinauf, läßt die Gittertür zuschlagen und erreicht es beim dritten Klingeln.

»Hallo?« sagt er atemlos.

»Du bist nicht in Form, Andy-Boy. Vielleicht solltest du doch joggen.«

»T.J.«

Andrew legt die Hand auf die Brust, als könnte er damit sein wild schlagendes Herz zu langsamerem Schlagen bringen.

»Was hast du denn gemacht?«

»Den Rasen gemäht«, sagt Andrew. »Ich bin zum Telefon gerannt.«

»Du solltest dir ein schnurloses besorgen. Wir haben eines im hinteren Garten.«

»Oh«, sagt Andrew. Ist es die Mühe wert, T.J. daran zu erinnern, daß er nicht die Absicht hat, in diesem Haus zu bleiben, und ihm von dem schnurlosen Telefon zu erzählen, das er und Martha in Saddle River hatten?

»Also hör zu. Ich habe mit Didi gesprochen. Kannst du Freitagabend rüberkommen?«

Andrew fängt zu rechnen an. »Was für ein Tag ist heute?« fragt er.

»Dienstag.« Dann eine Pause. »Bist du noch da?« fragt T.J.

»Ja«, sagt Andrew und denkt, wie leicht man doch den Zeitbegriff verliert, wenn man nicht ins Büro gehen muß. »Ja, da werd ich noch da sein. Ich hatte es vorgehabt.«

»Ausgezeichnet«, sagt T.J. »Erinnerst du dich an das Conroy-Anwesen?«

Andrew erinnert sich an eine Farm zwei Meilen östlich der Ortschaft, an blaue Luzernen, wie ein wogendes Meer, einen hohen, aluminiumglitzernden weißen Silo, ein Schiff inmitten endloser Farbenpracht. »Die Luzernenfarm, nicht wahr?«

»Genau. Jetzt stehen dort Häuser. Eine Art gehobene Reihenhausanlage. Water's Edge nennt es sich. Wir wohnen auf Tudor Lane, das zweite links, Nummer zwölf.«

»Okay.«

»Wir reden über deinen Hausverkauf, wenn du kommst«, sagt T.J.

»Okay.«

Wieder eine Pause. »Bei dir wirklich alles in Ordnung?«

»Na klar«, sagt Andrew.

»Schon gut, schon gut, ich glaube dir. Dann sehen wir uns gegen sieben, okay?«

Andrew stützt die Hände auf die Hüften und spürt, wie sein Herz langsam wieder in normalen Rhythmus gerät. Es ärgert ihn, aber T.J. hat recht: Er ist wirklich nicht in Form. Er gießt sich ein Glas Wasser ein und setzt sich auf einen Küchenstuhl, die Beine gespreizt. Er versucht sich auszumalen, wie auf der Conroy-Farm heute Häuser stehen – was die wohl mit diesem riesigen weißen Silo gemacht haben? –, als das Telefon wieder klingelt. Er denkt, es müsse T.J. sein, daß er ihm vielleicht die falsche Zeit gesagt hat, und so meldet er sich nur mit »Ja«, aber am anderen Ende ist eine Frauenstimme.

»Andrew?«

»Jayne«, sagt er etwas überrascht.

»Wie geht es Ihnen?« fragt seine Sekretärin. »Wie fühlen Sie sich?«

»Prima«, erklärt er zum dritten Mal in fünf Minuten. »Und vielen Dank auch für die Blumen«, fügt er hinzu. »Sagen Sie allen, ich lasse danken, aber ich weiß, daß Sie das waren.«

»Wir haben alle an Sie gedacht«, sagt sie. »Wir haben uns alle gefragt, wie es Ihnen wohl geht. Wir hatten nichts von Ihnen gehört, und da...« Er sieht Jayne in ihrem grauen Kostüm, der weißen Seidenbluse und dem kurzgeschnittenen Salz-und-Pfeffer-farbenen Haar deutlich vor sich. Ihr Schreibtisch ist jetzt ohne Zweifel makellos sauber aufgeräumt. Sie besitzt ein Talent, hat er sich oft überlegt, das Chaos des Büros zu absorbieren und es in saubere, einfache Päckchen aus gesundem Menschenverstand und Ordnung zu verwandeln.

»Es tut mir leid«, sagt Andrew. »Ich hätte anrufen sollen. Es klappte nicht mit der Beerdigung am Sonntag, und so war sie gestern, und ich hatte hier eine ganze Menge zu erledigen. Ich muß das Haus verkaufen, mich um die Sachen meiner Eltern kümmern. Es gibt sonst wirklich niemanden, der das machen könnte.« Er hält inne. Seine Stimme klingt nicht überzeugend, sogar für ihn selbst nicht.

»Geoffrey läßt Ihnen sagen, Sie sollen sich ruhig Zeit lassen, aber er hat sich gefragt... ob Sie vielleicht wissen, wann Sie wohl zurückkommen. Anscheinend gibt es Ärger mit der Agentur... Aber es hat keine Eile, sagt Geoffrey.« Andrew meint in Jaynes Stimme Verlegenheit zu hören. *Sehen Sie, ob Sie herausbekommen, wann er zurückkommt,* wird Geoffrey, sein Chef, gesagt und damit diese lästige Aufgabe ihr übertragen haben. *Sehen Sie, ob Sie ein Feuer unter seinem Hintern anzünden können.*

Andrew streicht sich mit den Fingern durch das Haar und sieht zum Fenster hinaus. Der Grasstreifen, den er sehen kann, sieht gut aus – kurz und sauber. Er könnte sagen: *Ich werde Freitag morgen im Büro sein,* ganz eindeutig, aber das will er nicht. Er könnte es leicht bis Freitag schaffen, denkt er; es gibt nichts, was ihn wirklich hier festhält. T.J. würde alles erledigen, wenn Andrew ihn darum bitten würde.

»Ich werde sehen, daß ich Anfang nächster Woche komme«, sagt er.

»Ich bin sicher, daß es ... eine Menge zu tun gibt«, sagt sie. »Sie sind bestimmt ganz erschöpft. Ich werde Geoffrey sagen, daß Sie ... vieles zu erledigen haben.«

»Ja.«

»Soll ich Montag oder Dienstag sagen?« fragt sie nach einer kurzen Pause.

»Sie können sagen ... Jayne?«

»Ja?«

»Ich brauche etwas Zeit«, sagt er, als dränge ihn etwas, sich zu entschuldigen. »Es ist schwer zu erklären. Ein paar Tage. Sagen Sie Geoffrey, Montag. Aber vielleicht geht es bis Montag noch nicht. Sie verstehen?«

Sie braucht nur eine Sekunde zu lang, um zu antworten. »Vollkommen«, sagt sie dann.

Er rollt die Augen zur Decke. Er liebt seine Sekretärin. Obwohl sie sehr streng sein kann, wenn er sich zu lange Zeit läßt, wichtige Anrufe zu erwidern, hat sie ihn schon unzählige Male decken müssen.

»Sie sind großartig, Jayne«, sagt er.

»Ich glaube, Sie haben sich etwas Ruhe verdient«, sagt sie. Er weiß, daß sie jetzt lächelt. »Und machen Sie sich keine Sorgen – ich kümmere mich um Geoffrey.«

Als Andrew den Hörer auflegt, lächelt er ebenfalls. Er schlägt einen kurzen Trommelwirbel auf der Kunststoffplatte des Küchenschranks und rollt dann die Schultern, um seine Muskeln zu entspannen. Noch eine Woche. Er hat das – völlig unlogische – Gefühl, einen Preis gewonnen zu haben.

Erst vor einer Woche war er mit der Leitung eines Projekts beschäftigt, das ihm schlaflose Nächte eintrug, eine schwerfällige Anzeigenkampagne für ein Schmerzmittel, für das er zuständig gewesen war – noch schlimmer: die seine Idee gewesen war. Eigentlich müßte er sich um das ins Stocken geratene Projekt Sorgen machen, denkt er, allein schon aus Gewohnheit, wenn aus keinem anderen Grund; aber es scheint ihm zu entfernt, um es ganz zu erfassen, so als hätte ihn allein schon die räumliche Entfernung hinreichend von seinem Büro distanziert. Er fühlt sich, als würde er die Schule schwänzen – fischen, anstatt ein Physikexamen abzulegen.

Und doch weiß er, daß er, realistisch gesehen, praktisch nichts tun kann, um seinen guten Ruf zu zerstören und die Rolle in der zurzeit laufenden Seifenoper im Büro zu ändern. Seit Jahren ist er der bescheidene Protegé gewesen – eine Rolle, die zu spielen ihm leichtgefallen ist, wo sie doch nur erforderte, daß er seine Arbeit tat und den Eindruck erweckte, ihr voll und ganz ergeben zu sein. Er weiß nicht sicher, weshalb er so erfolgreich gewesen ist, weil er in sich selbst immer einen gewissen Mangel an Biß bezüglich seines Ehrgeizes erkannt hat; er glaubt vielmehr, daß dieser Erfolg die Konsequenz einer weitgehend passiven Reise durch offene Türen war. Martha pflegte zu sagen, daß sich deshalb so viele veranlaßt sahen, ihm die Tür zu öffnen – so wie sie es oft getan hatte (woran sie ihn häufig erinnerte) –, weil er nicht den Anschein übermäßigen Hungers erweckte.

Er leert sein Glas Wasser, stellt es auf den Tisch und ist schon beinahe aus der Tür draußen, als das Telefon wieder klingelt.

»Jesus!« sagt er laut und vergnügt.

»Ich habe den ganzen Nachmittag angerufen«, sagt Martha sofort. »Wo bist du denn gewesen?«

Es ist so unvermeidbar wie der Einbruch der Nacht. Sooft er sich selbst auch versprochen hat, immun zu bleiben – der Klang von Marthas Stimme am Telefon löst eine chemische Reaktion in seinem Blut aus, die sich sofort auf seine Stimmbänder überträgt. Seine Stimme verkümmert, klingt hohl, stirbt.

»Martha.«

»Ich habe mindestens viermal angerufen. Ich dachte, du würdest Sachen sortieren.«

»Ich habe den Rasen gemäht«, sagt er leise. Er weiß mit der gleichen Sicherheit, mit der er die Wirkung kennt, die sie auf ihn hat, daß sie nur bei ihm so gereizt klingt.

»Oh. Nun, wir sind auf Nantucket«, sagt sie.

»Ja, das hast du ja vorgehabt.«

»Ich habe angerufen, um zu sehen, wie alles gelaufen ist.«

»Gut ist es gelaufen«, sagt er.

»Und das ist alles? Gut ist es gelaufen?«

»Was ist schon dabei«, sagt er. »Man sagt ein paar Worte, bringt jemanden unter die Erde, trinkt eine Tasse Kaffee, und ehe man sich's versieht, ist es vorbei.«

Auf der anderen Seite tritt eine kurze Pause ein. »Für mich klingt das, als würdest du dich nicht damit auseinandersetzen.«

»Ich setze mich damit auseinander. Wo ist Billy?«

»Hier neben mir. Willst du mit ihm sprechen?«

»Das weißt du doch.«

Er lehnt sich an den Kühlschrank und wartet auf den Klang der Stimme seines Sohnes.

»Papa?«

Die Stimme trifft seinen Magen wie ein kräftiger Schluck Whiskey, und die Wärme breitet sich aus.

»Tag, Billy. Was machst du gerade?«

»Ich rede mit dir.«

Andrew lächelt und nickt. »Das weiß ich, Billy. Was hast du gemacht, bevor du mit mir sprachst?«

»Ich und Mama und Nana haben Muscheln gesammelt. Äh – du weißt schon ... sag mal, weißt du, was Muscheln sind?«

»Sie haben eine schwarze Schale und kleben an Felsen im Wasser?« sagt Andrew.

»Genau. Und sie sind schwer abzukriegen. Du solltest meine Finger sehen. Und Nana wird mir zeigen, wie man sie kocht, und dann essen wir sie mit zerlassener Butter.«

»Klingt lecker«, sagt Andrew.

»Ich weiß nicht«, sagt Billy skeptisch. »Vielleicht mag ich sie gar nicht. Sie sehen eklig aus.«

»Du fehlst mir«, sagt Andrew, bemüht, sich seine Bewegung nicht anmerken zu lassen.

»Du fehlst mir auch, Papa. Wo bist du?«

»Bei Oma.«

Schweigen.

»Billy?«

»Mama sagt, Oma ist im Himmel.«

Andrew ist überrascht, weil Martha nichts von Religion hält. Oder jetzt doch? Oder war es einfach die bequemste Erklärung für den Tod, die man einem Siebenjährigen geben kann? »Das stimmt, Billy. Aber ich bin in ihrem Haus und packe ihre Sachen weg.«

»Oh«, sagt Billy. »Papa?«

»Was denn, Billy?«

»Das Auto verpackst du aber nicht.«

Er weiß, daß Billy den hölzernen Go-Kart meint, den Andrews Vater für ihn gebaut hatte, als er ein Junge war, und den Andrews Mutter für Andrews eigenes Kind aufgehoben hat. Als er seine Mutter einmal besuchte, als Billy fünf war, brachte er seinen Sohn auf den Schulparkplatz und zeigte ihm, wie man steuert.

»Nein, sicher nicht. Der steht in der Garage.«

»Mama möchte mit dir reden.«

»Billy?«

»Was, Papa?«

»Ich hab dich lieb.«

»Ich dich auch.«

Andrew kann das schmatzende Geräusch hören, wie Billy die Sprechmuschel des Telefons küßt. Er beugt sich vor, um dasselbe zu tun, aber die kleine Stimme ist zu schnell verschwunden. Er hört ein scharrendes Geräusch im Telefon und dann, wie Martha ihre Mutter bittet, Billy hinauszubringen. Andrew atmet tief durch.

»Also«, sagt sie. Er hört ein schwaches Seufzen. Ermüdung? Gereiztheit? Dann hört er einen schnellen Zug und das Geräusch, das entsteht, wenn man Zigarettenrauch ausbläst. Er kann sie so deutlich sehen, als stünde sie neben ihm: Jeans, ein weißes Hemd, ein um den Hals geschlungener Pullover, Sandalen, gebräunte Füße. Ihre Stirn wird jetzt ungeduldig gerunzelt sein. Den Kopf wird sie leicht zur Seite geneigt haben, weil sie ihr schulterlanges braunes Haar auf einer Seite gescheitelt trägt und ihr oft eine Haarsträhne ins Gesicht fällt.

»Er klingt...« Andrew atmet noch einmal durch. »Er klingt gut.«

»Er ist großartig«, sagt Martha. »Großartig. Er wollte mit dir reden. Er war ganz durcheinander, als ich ihm das von deiner Mutter sagte. Aber jetzt geht es ihm wieder besser.« Zug und Ausatmen.

Die Zigarette zwischen den Fingern haltend, wird sie jetzt das Haar aus dem Gesicht streichen. Er hat sie tausendmal am Telefon gesehen.

»Ich bin erleichtert«, sagt Andrew.

»Also hör mal«, sagt Martha. »Bist du auch ganz sicher in Ordnung?«

»Ich bin okay.«

»Wie lange wirst du dortbleiben?«

»Eine Woche noch.«

»Oh … Ich schätze, da gibt es nichts, was ich sagen könnte.«

»Nein. Wahrscheinlich nicht.«

»Wirst du kommen und Billy holen, wenn wir zurückkommen?«

»Das weißt du doch.«

»Also dann.«

Eine Pause.

»Andrew?«

»Was?«

»Das ist eigenartig, nicht wahr?« sagt sie.

»Was ist eigenartig?«

»Daß du das alleine machst.«

Jemand tritt in ein Zimmer und sagt hallo, und dein Leben nimmt einen Kurs, auf den du nicht vorbereitet bist. Es ist ein winziger Augenblick (fast – aber nicht ganz – belanglos), der Anfang von hunderttausend winzigen Augenblicken und ein paar größeren. Eine beliebige Samenzelle trifft eine beliebige zelle und wird dein Kind, das du mehr liebst als das Leben elbst. Und doch ist dieses Zusammentreffen, jener infinitesiale Anfang nicht erstaunlicher als die Teilung einer Zelle?

Er hat Martha bei einer Antikriegskundgebung in ihrem eniorjahr auf dem College kennengelernt. Kein bemerkensertes Zusammentreffen – sie hatte ihn lediglich gebeten, vor dem ROTC-Gebäude* Flugblätter zu verteilen, aber er hatte

* ROTC (Reserve Officers Trainings Camp): Ausbildungslager für Reserveoffiziere. (Anmerkung des Übersetzers.)

sich dennoch zu ihr hingezogen gefühlt, trotz oder vielleicht gerade wegen ihrer völligen Konzentriertheit. Es war ihre Wut, die ihm so auffiel, eine helle Wut, die eindeutig das Ziel hatte, den Krieg zu beenden – eine Wut, die Farbe in ihre Wangen zauberte, ebenso wie sie ihrer Sprache mit ihren breiten As und den anderen New-England-Eigenheiten einen ganz besonderen Ausdruck verlieh. Zuerst begnügte er sich damit, sie lediglich zu beobachten – in den Versammlungen, an denen er teilnahm, war sie wütend, ohne dabei schrill zu werden –, aber im Lauf der Zeit stellte er fest, daß er sich immer mehr an ihren politischen Projekten beteiligte. Jahre später, als er sich dann gezwungen sah, die Gründe zu untersuchen, die sie zusammengeführt hatten, so als rätselte er an einem unlösbaren mathematischen Problem, überlegte er, daß die Leidenschaft zwischen ihnen nicht etwa von dieser Zusammenarbeit ausgelöst worden war, sondern vielmehr, daß dieses Zusammentreffen sie einfach in eine Zukunft hatte treiben lassen, die ebensosehr von den Umständen wie von Wunsch oder Wollen bestimmt war. Gesetzt den Fall, sie hätten sich in ihrem Juniorjahr kennengelernt oder später, nach dem Examen, also zu einer Zeit, wo sie nicht gezwungen gewesen wären, die Gemeinschaftsschlafsäle zu verlassen und sich eine andere Bleibe zu suchen, hätten sie es dann auch für nötig gehalten, sich zusammen eine Wohnung zu nehmen?

Nicht daß er sie nicht geliebt hätte – das tat er oder glaubte es zu tun, obwohl sie mit den bewundernswerten Stacheln und Dornen ihres Zornes nicht immer leicht zu lieben war. Damals waren sie schon verheiratet und lebten im dritten Stock eines Mietshauses ohne Lift an der Fayette Street in Cambridge. Die Badewanne stand in der Küche. Martha studierte auf dem Bett. Er nahm einen Tisch am Fenster im Wohnzimmer. Nachts, wenn er mit seinen Studien fertig war, ging er immer ins Schlafzimmer, wo sie bereits im Sitzen mit einem Buch im Schoß eingeschlafen war. Er nahm dann immer vorsichtig, um sie nicht zu wecken, die Bücher und Papiere weg und legte sie auf einen Tisch neben dem Bett und schlüpfte behutsam neben ihr unter die Decke.

Danach beobachtete er sie manchmal und begann das Rechenexempel zu formulieren, das ihre Ehe sein würde. Denn schon damals fing ihre Wut an, ihre Zielgerichtetheit zu verlieren, diffuser zu werden. Der Krieg war zu Ende; es war jetzt schwieriger, ein Anliegen zu finden. Sie war häufig unzufrieden, mißmutig. Damals dachte er, es wäre mutig von ihr, diese ihre Bereitschaft, immer am Rande zu leben, aber später begann er mit einigem Widerstreben zu erkennen, daß sie nicht etwa deshalb so war, weil sie es wollte, sondern weil die Wut sie selbst war.

Er denkt jetzt, wie lange er dazu gebraucht hatte, dies zu begreifen, und wie oft er mit diesem Zug an ihr, für den sie nichts konnte und den sie auch nicht unter Kontrolle hatte, keine Geduld hatte. Als sie in New York an der East Side lebten, dachte er, ihre Wut sei die Folge davon, daß sie aus ihrer heimischen Umgebung gerissen worden war und daß sie keine bessere Stellung als die einer Englischlehrerin an einer Privatschule finden konnte. Aber als dann Billy gekommen war und sie nach Saddle River gezogen waren, hatte sich die Wut auf ihn gerichtet oder, genauer, auf ihre Ehe oder, noch genauer, auf den Umstand, zu jener ganz bestimmten Zeit und an jenem ganz bestimmten Ort verheiratet zu sein. Und unterdessen war die Wut ansteckend geworden, so daß er sich in ihrer Gegenwart auch Stacheln und Dornen zugelegt hatte, obwohl er in einer Auseinandersetzung nie so deutlich und so prägnant sein konnte wie sie und deshalb ihre verbalen Schlachten häufig verlor.

Früher dachte er, der Umzug hätte sie zerstört. Es hatte sich zufällig ergeben: Eine Tür hatte sich just in dem Augenblick geöffnet, als er sich das gewünscht hatte, und so war er hindurchgegangen. Es war an einem Nachmittag im letzten Jahr, das sie auf der Schule verbracht hatten – sie hatten beide auf Stellenangebote für das nächste Jahr gewartet –, als er nach einem bedrückenden Anfängerseminar, das er gehalten hatte, eine Art Erscheinung hatte. An jenem Tag, nachdem die Studenten das Klassenzimmer verlassen hatten, hatte er vor sich eine Zukunft aus endlosen ähnlichen Nachmittagen gesehen, eine Zukunft, die aus verstaubten Büchern und von Kreidestaub erfüllten Räumen bestand, und ihm war klargeworden, daß das überhaupt nicht das war, was er im Sinn hatte. Und doch hatte es noch ein paar Wochen gedauert, bis ihn Geoffrey angerufen und aufgefordert hatte, für ihn in der Pharmazeutikfirma zu arbeiten, bis der Plan Gestalt angenommen hatte. Geoffrey war sein Professor in einem Amerikanistikseminar, und Andrew war sein Lieblingsschüler gewesen – die beiden hatten häufig nach dem Seminar noch ein oder zwei Gläser Bier zusammen getrunken. *Braucht ja nicht für immer zu sein,* hatte Geoffrey am Telefon gesagt, weil er wußte, daß Andrew nach einer so langen Investition zögern würde, der akademischen Welt den Rücken zu kehren. *Kommen Sie einfach mal her, und probieren Sie's.* Und das hatte er, und die Firma hatte ihm so viel Geld angeboten, daß selbst Martha, was selten geschah, sprachlos gewesen war.

Bei dem Versuch, an sich und Martha in Saddle River vor ihrer Trennung zu denken, erinnert er sich an zuviel und doch nicht genug. Die Erinnerungen fluten über ihn herein wie Regen, aber ebenso wie Regen fallen sie auch zwischen seinen Fingern durch, ehe er sie packen kann. Früher hatte er gedacht, er könne sich nicht erinnern, weil sein Gedächtnis ihn im Stich ließe, aber jetzt glaubt er, daß das Vergessen ein Trick seines Bewußtseins ist, um ihn zu schützen. Sein Gedächtnis beschützt ihn vor guten Erinnerungen, die jetzt schmerzlich sind, und vor den schlechten, die ihn für sie beide verlegen machen.

Wenn ihre Nächte sehr schlimm waren, war er unfähig, sich an die guten zu erinnern. Oder wenn doch, dann waren sie wie Geschichten aus der Kinderzeit, die nicht länger Bedeutung oder Resonanz haben. Und doch konnte er, wenn es gute Zeiten gab, so spärlich sie sich auch gegen das Ende einstellten, absolut nicht an die Tage des Schweigens oder die Bitterkeit oder die Leere erinnern, die sich nur eine Woche zuvor ihren Streitigkeiten angeschlossen hatten, oder die Furcht – ein Bild, das nicht verblassen wollte –, daß die winzige Familie, die er geschaffen hatte, in ihren Wurzeln am Zerfallen war. Manchmal konnte er sich nicht einmal an die Worte erinnern, die in einem Streit nur einen Tag zuvor gefallen waren.

Sie wuchsen aus ihrer Liebe heraus, als ob die Liebe selbst immer ein endliches und meßbares Leben hätte, so wie die Kindheit. Und wenn man ihnen das am Anfang gesagt hätte, dann hätten sie sich vielleicht dafür entschieden, nicht zu heiraten und ein Kind zu haben, obwohl Andrew sich einfach nicht vorstellen konnte, je eine Entscheidung getroffen zu haben, die zu einer Welt ohne Billy führen würde. Und so blieben sie ein gutes Stück über die Zeit hinaus zusammen, als die Liebe schon zu Ende war, und gaben vor und hofften, daß alles nur eine zeitweise Unterbrechung sein würde, voll Angst vor der Zukunft. Bis zu dem Tag, als der Abgrund zwischen ihnen so tief geworden war, daß Martha, die mehr Mut besaß als er und weniger Angst hatte, sie würde Billy verlieren, schließlich zu ihrer Mutter zog, bis Andrew ausziehen konnte. Als er an diesem Abend nach der Arbeit heimkam, fand er einen traurigen Brief, der, wenn er ihm auch ein gewisses Maß an Erleichterung bot, ihn doch beinahe in den Wahnsinn getrieben hatte.

Und doch, waren dies nicht die besten Jahre gewesen – die Zeit, in der Billy ein Baby war, ein tolpatschiges Kleinkind, ein kleiner Junge, der sich in seinem Laufgitter aufrichtete, die Arme weit ausgebreitet, um seinen Vater zu begrüßen, der spät von der Arbeit nach Hause kam? Ein winziger Junge mit einem Handschuh, der ihm zwei Nummern zu groß war, ein Junge, der vergnügt jeden Ball verpaßte, den man ihm zuwarf, glücklich einfach darüber, mit seinem Vater zu spielen, so wie der Vater auch glücklich war, einfach mit ihm zu spielen.

Andrew sinniert über dieses Rätsel und fragt sich oft, ob dies nur ihm widerfuhr oder ob es die ganze Zeit geschieht, jedem widerfährt, der heiratet.

Und wie sehr hat er in all der Zeit an Eden gedacht? Sprudelte sie nicht in seinen Träumen an die Oberfläche?

Am Anfang, in der ersten Zeit in der Schule, fühlte er sich unbehaglich, wenn er ein Mädchen kennenlernte. Seinem Vergnügen nachzugehen, während Eden doch so angeschlagen war, kam ihm wie ein Akt gebrochener Loyalität vor. In den ersten Jahren, wenn er auf Besuch zu Hause war, quälte er seine Mutter mit Fragen, aber sie war eigenartig schweigsam und wechselte das Thema, als wollte sie ihn vor den Einzelheiten der schmutzigen und tragischen Affäre nebenan beschützen; vielleicht weil sie glaubte, diese Dinge könnten ihn von dem ablenken, was ihr wichtig erschien – seine Ausbildung. Als Martha anfing, ihn auf den Reisen nach Norden zu begleiten, stellte er fest, daß es ihm peinlich war, nach Eden zu fragen, außer ganz beiläufig. Und als sie dann nach New York gezogen waren (und die Reisen nach Norden noch seltener geworden waren), erfuhr er nur dann von Eden, wenn er einen Brief von zu Hause bekam – in jener Ära der Zehnstundentage im Büro und von Billys Geburt.

Und doch scheint ihm jetzt, daß Eden immer da war, eine Präsenz, die am Rand seiner Träume schwebte, ein Bruchstück eines Lebens, das er nicht völlig hinter sich gelassen hatte. Hier und da dachte er an sie, bei den unpassendsten Anlässen, beim Hockeyspiel mit seinem Sohn oder wenn er an einer Straßenecke ein Mädchen mit blonden Locken sah. Manchmal, wenn er an Eden und sich dachte, war das Bild, das sich bei ihm einstellte, das von zwei Zügen auf parallelen Geleisen, die außer Kontrolle dahinrasten, bis einer schließlich aus den Geleisen gesprungen war, während der andere, sein eigener, immer weitergerollt war.

Und dachte er in all der Zeit nicht auch häufig an Sean?

Am Nachmittag nach der Tragödie verließ Sean die Stadt – ob aus Leid oder Schuldgefühl, konnte niemand je mit Gewißheit sagen. Auch wußte niemand, wohin er gegangen war, denn er hatte keine Nachricht hinterlassen. Aber T. J.,der am Abend von Seans Verschwinden erfuhr, sagte Andy am Telefon im Vertrauen, er glaube, Sean sei nach Süden gegangen, nach New York.

Dies erwies sich als scharfsinnige Vermutung, die am zweiten Tag nach den Schüssen bestätigt wurde, als kurz nach dem Abendessen ein Beamter der Straßenpolizei in der Wohnung über der Fernsehwerkstätte erschien, um Seans Eltern davon in Kenntnis zu setzen, daß ihr Sohn beim Versuch, die 178. Straße in Washington Heights zu überqueren, von einem Auto tödlich verletzt worden war, dessen Fahrer anschließend Fahrerflucht begangen hatte. Der Junge hatte in einer irischen Bar an der Ecke zuviel getrunken, sagte der Beamte, und war nach Zeugenaussagen wie blind über die Straße gegangen. Was Sean an der Peripherie Manhattans gemacht hatte, sollte nie ans Licht kommen – ob er versehentlich an der George-Washington-Brücke aus dem Bus gestiegen war (in Unkenntnis der Tatsache, daß die Route noch weiter in die Innenstadt führte und es eine Haltestelle an der 42. Straße gab) oder ob er im Bus jemanden kennengelernt hatte, der ihm dieses Viertel empfohlen hatte. Aber wenn es so jemanden gab, so gab sich der oder die Betreffende jedenfalls nie zu erkennen. Tatsächlich hatte keiner der Zeugen Sean je zuvor gesehen.

Nach jenem Tag und auch später sollte Andrew oft über jene unheilvolle Busfahrt nachdenken und sich ausmalen, was Sean wohl auf der Fahrt nach Süden gedacht haben mochte, und sich fragen, wo Sean in jener Nacht geschlafen hatte und warum. Selbst heute noch, wenn er auf dem Henry Hudson Freeway nach Norden fährt und die George-Washington-Brücke sieht oder jene Brücke von New Jersey kommend überquert, muß er immer an Sean denken, sinnlos betrunken und allein in Washington Heights.

Die Ortschaft war erschüttert, als sie von den zwei Vorfällen erfuhr (seit zweiundvierzig Jahren hatte es keinen Mord mehr gegeben, und noch nie war jemand aus dem Ort in einen tödlichen Unfall mit Fahrerflucht verwickelt), und wartete darauf, daß Eden aufwachte, in der Hoffnung, sie würde die Teile dieses Puzzlespiels zusammenfügen können. Und als daher Eden aus dem Koma erwachte, das sie zehn Tage lang als stumme, schlafende Gefangene im Krankenhausbett festgehalten hatte und (von ihrer Mutter keine Sekunde lang aus den Augen gelassen), den einen Namen aussprach – ein einziges Mal, um ihn nie wieder zu bestätigen oder zu dementieren –, war niemand überrascht.

Am Morgen sieht er sich die Dachrinne an. Sie hat sich an einem Ende vom Haus gelöst und hängt durch, als würde sie jeden Augenblick ganz abbrechen. Sie muß repariert werden, obwohl er keine richtige Vorstellung davon hat, wie er das anpacken soll. Er geht an der Südseite des Hauses auf und ab und versucht logisch über das Problem nachzudenken. Er wird die Stützen inspizieren, die noch halten, sehen, wie sie befestigt sind, und dann dieses System über die ganze Länge der Dachrinne reproduzieren. Dabei ist es nicht etwa so, daß er nicht schon früher Reparaturarbeiten ausgeführt hatte; das hatte er sehr wohl und hat auch heute noch verschwommene Erinnerungen daran, wie er als Junge mit seinem Vater alles mögliche in Ordnung gebracht hat. Es ist nur so, daß er an diesem Morgen aus Gründen, die er selbst nicht so richtig durchschaut, gereizt ist und nach seiner schier stoischen Ruhe von gestern morgen gründlich aus der Fassung ist. Er nimmt an, daß es daher kommt, daß er in der Nacht so unruhig geschlafen hat. Als er um fünf Uhr morgens aufwachte und sich mit dem obersten Laken beinahe selbst erstickt hatte und unerklärlicherweise Lust auf ein Bier hatte, hatte er von einem blauen Kleid in einem Fenster geträumt. Er sieht zum anderen Haus hinüber. Das Fenster mit seinen vier vertikalen rechteckigen Scheiben ist kahl und leblos, als wäre das, was er dort sah, *wirklich* nur ein Traum und nicht etwa ein greifbares Bild gewesen.

Er nimmt die Leiter und lehnt sie an das Haus, sorgsam darauf bedacht, die Dachrinne nicht noch weiter zu lockern. Als er hinaufklettert, erkennt er zu seinem Entsetzen, daß sie voll von klebrigem Zeug ist – eine Mischung aus eingetrocknetem Schmutz und versteinerten Blättern. Jetzt könnte er seinen Vater brauchen, damit er ihm sagt, was er zuerst in Angriff nehmen soll: die Dachrinne säubern oder sie neu befestigen? Vielleicht schafft er es nicht, die Rinne mit dem zusätzlichen Gewicht und all dem Unrat am Haus zu befestigen; andererseits ist es gut möglich, daß er die ganze Struktur abreißt, wenn er beim Saubermachen zu viel Druck ausübt.

Die Arbeit ist unangenehm und lästig, ganz anders als das Vergnügen, das er gestern beim Rasenmähen empfand. Das Ergebnis stellt sich nicht so unmittelbar ein, nicht so offensichtlich. Niemand außer ihm wird auch nur erfahren, daß die Dachrinne repariert worden ist. Das Holz, wo er die Nägel einschlagen müßte, ist verfault; ein ganzes Brett sollte ersetzt werden, aber er denkt, wenn er die Stützen versetzt, könnte es vielleicht genügen, nur das vorhandene Holz zu benutzen. Sein Vater hätte das nicht so gemacht, das weiß er; das hätte seine Erziehung nie zugelassen. Aber er hat heute keine Geduld. Ganz besonders, als sich erweist, daß die einzige Kelle, die er findet, um damit die Dachrinne zu säubern (nachdem er beinahe eine Viertelstunde suchen mußte, um überhaupt eine Kelle zu finden), zu breit ist, um in den Trog zu passen.

Er kehrt gerade mit einem Meißel aus der Garage zurück, als er sieht, wie sie die Tür des Plymouth öffnet und sich hinter das Steuer setzt. Sie tut so, als hätte sie ihn nicht gesehen, und er winkt nicht. Er fragt sich, wie sie wohl an der jetzt eingebrochenen Treppenstufe vorbeigekommen ist; die muß er ganz entschieden heute reparieren. Er bleibt stehen, um sie zu beobachten. Sie legt den Rückwärtsgang ein und lenkt den Wagen auf die Straße. Dann wird es jetzt viertel vor zehn sein; er braucht nicht auf die Uhr zu sehen. Er blickt wieder zu dem Fenster in der Ecke auf. Er wartet, daß dort etwas Blaues sichtbar wird und wieder verschwindet – aber da bewegt sich nichts, da ist keine Spur von Leben irgendwo in jenem Haus.

Gegen Mittag hat er die Dachrinne zu Dreiviertel sauber. Seine Finger sind jetzt von Schrunden zerrissen, und die Hitze, die von den Dachpappschindeln aufsteigt, hat ihm rasende Kopfschmerzen eingetragen. Er preßt immer wieder die Stirn gegen die Dachrinne, um seine Augen ausruhen zu lassen, aber nur kurz. Er ist jetzt beinahe fertig und möchte Schluß machen.

Er schiebt die Leiter weitere zwei Fuß an der Hausseite entlang. Er klettert die Sprossen hinauf und neigt den Kopf etwas zur Seite, um damit das Pochen zu lindern. Vielleicht sollte er etwas essen oder zwei Aspirin nehmen. Was tut sie den ganzen Tag? fragt er sich und kann sich einfach nicht von der Vision im Fenster freimachen. Er forscht in seiner Erinnerung, um herauszufinden, ob es vielleicht Dinge gibt, die ihm entgangen sind, Einzelheiten, die ihm möglicherweise etwas Wichtiges verraten könnten – obwohl er sich nicht vorstellen kann, was das sein könnte, da er außer einer unbestimmten Form und einem Nachglanz von Farbe nichts sieht. Er hat immer noch den Geschmack des Bieres im Mund, das er zum Frühstück getrunken hat, und argwöhnt, daß das Bier der eigentliche Grund für die Kopfschmerzen ist und die gnadenlos grelle Sonne es nur noch schlimmer gemacht hat.

Er treibt den Meißel in das klebrige Zeug und schrammt sich erneut die Knöchel auf. Er zuckt zusammen, stößt wieder mit dem Meißel zu und lockert ein unerwartet großes Stück der klebrigen Masse. Ein fünfzehn Zentimeter langes Stück löst sich mühelos und raubt ihm das Gleichgewicht. Erschrocken greift er nach dem Dach, aber seine Hand gleitet ab und rutscht zur Dachrinne. Er klammert sich an ihr fest und hält damit seinen Sturz auf, aber dabei löst sie sich aus ihrer Halterung und nimmt das Fallrohr mit. Bei dem Mißgeschick hat Andrew zwei Sprossen der Leiter abgebrochen.

Er flucht und wirft den Meißel hinunter, wo er steckenbleibt, als hätte er gezielt. Zitternd klettert er die Leiter hinunter und versetzt dem verbogenen Fallrohr einen Tritt. Er stemmt die Hände in die Hüften und atmet tief durch. Irgend etwas drängt ihn, sich in den Wagen zu setzen, schnell zu fahren und auf ein oder zwei Stunden die Häuser hinter sich zu lassen. Er wird in der Stadt zu Mittag essen, beschließt er, in der Imbißstube.

Wieder eine Gittertür, die leise hinter ihm zuschlägt, und er war nie weg. Dieselbe orangefarbene Thekenabdeckung mit dem dünnen Muster aus weißen und blauen Bumerangs, dieselben hohen Drehhocker mit ihren roten Kunststoffsitzen, Hocker, die er und Sean und T.J. endlos kreisen ließen, während sie nachdachten, redeten und nach dem Training abkühlten – die

Art von Drugstore-Hocker, für die Billy jetzt sein Leben geben würde. Dieselben weißen Tassen, die Kellogg's-Schachteln neben dem Kaffee und der Kaugummiautomat – der ihm seine ersten Lektionen in bezug auf die Unzuverlässigkeit lebloser Gegenstände gelehrt hatte, indem er auf geheimnisvolle Weise Fünf-Cent-Stücke verschlang und sich dann weigerte, die fünf harten runden, farbigen Gummibälle auszugeben, für die er bezahlt hatte. Erstaunlich, denkt er, aber es ist tatsächlich dieselbe Maschine, immer noch fünf für einen Nickel, vielleicht der inflationssicherste Kauf in Amerika. Wenn Billy jetzt bei ihm wäre, würden sie es versuchen.

Aber natürlich ist es keineswegs dasselbe Lokal. Die vietnamesische Frau hinter der Theke nickt höflich, aber ohne ihn zu erkennen. Als er als Junge hierherkam, gehörte die Imbißstube Bud, und so nannten sie sie auch. *Wir sehn uns bei Bud's.* Und im Laufe der Jahre ist aus Bud's Bill's geworden und dann andere Namen und jetzt rätselhafterweise Al's – obwohl das kein echt vietnamesischer Name sein kann, denkt er. Das Lokal ist sauberer, als er es je in Erinnerung hatte – mehr ein Gefühl als ein echter Vergleich, weil er als Junge nicht auf so etwas achtete. Aber selbst der alte Deckenventilator ist, wie er sieht, blitzblank poliert worden.

Die Spezialitäten stehen auf einer schwarzen Schiefertafel: Beefeater-Sandwich mit Pommes frites / Vollkornsandwich mit Truthahn, Avocado und Sojasprossen – und dieses zweite Angebot ist, abgesehen von den neuen Besitzern, der einzige wirkliche Hinweis darauf, wieviel Zeit verstrichen ist. Er setzt sich auf einen Hocker an der Theke. Die vietnamesische Frau nickt, und er nickt zurück. Er bestellt Truthahn und Pepsi.

Am anderen Ende der Theke ist ein Rascheln zu hören. Ein älterer Mann in einem grauen Jogginganzug nimmt sein Sandwich und sein Glas Milch, geht zu dem Hocker neben Andrew und stellt sein Essen auf die Theke.

»Andy?«

Andrew erhebt sich und schüttelt die ausgestreckte Hand des Mannes. »Inspektor DeSalvo.«

»Schon lange nicht mehr. Vor sechs Jahren pensioniert. Art. Nennen Sie mich Art. Darf ich mich zu Ihnen setzen? Ich bin jeden Tag hier. Immer um dieselbe Zeit – auf demselben Sender. Meine eigene Gesellschaft fängt an, mich zu langweilen.«

»Aber gern. Bitte.«

Die vietnamesische Frau bringt Andrew ein hohes Glas mit Pepsi, voll bis zum Rand. Im Glas ist kein Eis. Andrew und DeSalvo betrachten das Pepsi.

»Manche Dinge lassen sich einfach nicht übersetzen«, sagt DeSalvo, und Andrew lacht.

»Das mit Ihrer Mutter tut mir leid«, sagt DeSalvo. »Ich erinnere mich gut an sie.«

»Danke.«

»Bleiben Sie lang hier?«

»Nein. Ein paar Tage noch. Nur um einiges einzupacken und das Haus herzurichten.«

»Verkaufen Sie?«

Andrew nickt. DeSalvos Haar ist stahlgrau und kurzgestutzt wie das eines Römers. Seine Wangen sind mit feinen grauen Stoppeln bedeckt, die einige der Pockennarben an seinen Wangen überdecken. Aber seine Augenbrauen sind immer noch dick und buschig und schwarz. Unter dem Jogginganzug ist sein Körper rund und formlos; der Mann ist fett geworden. Seine Stimme klingt keuchend, aber seine Augen sind immer noch überraschend blau und hart.

»Mein Junge war Ihnen voraus – fast drei, vier Jahre?«

Andrew nickt. »Nicky. Wie geht's ihm?«

»Keine Ahnung«, sagt DeSalvo müde. »Kinder. Sie können einem ganz schön weh tun. Haben Sie Kinder?«

»Einen Sohn, Billy. Er ist sieben.«

»Ein großartiges Alter. Echt. Aber später machen sie einen fertig. Bei Nicky waren's Drogen. Er hat seinen Job verloren. Seine Frau und die Kinder haben ihn verlassen. Mensch, ich kann es ihr wirklich nicht übelnehmen. Jetzt ist er sauber, aber jetzt nützt's nichts mehr. Das Spiel ist aus, und er ist nicht mal dazugekommen, sich anzuziehen.«

»Sein Leben kann man ändern«, meint Andrew vorsichtig.

»Klar, als ob ich das nicht wüßte. Meine Frau weint sich jede Nacht in den Schlaf: Ihre Enkel sind in Kalifornien. Läuft Ihr Junge Schlittschuh?«

»Nicht richtig«, sagt Andrew. »Er lebt in New Jersey. Die Teiche dort frieren im Winter nicht sehr lange zu. Hockey ist dort keine solche Leidenschaft wie hier oben.«

Die Vietnamesin bringt Andrew sein Sandwich, das mit Sojasprossen belegt ist und erstaunlich appetitlich aussieht.

»Er lebt in New Jersey und Sie nicht?«

»Ich lebe in New York City.«

»Dann sind Sie wohl geschieden oder so was?«

Andrew nickt.

DeSalvo schüttelt den Kopf. »Ich sag meiner Frau immer: ›Du bist gesund und hast deine Familie, und der Rest ist Bockmist.‹«

Andrew nickt wieder und hat das Gefühl, einen leichten Tadel entgegengenommen zu haben.

»Jedenfalls«, meint DeSalvo, »sehen Sie so aus, als ob es Ihnen gutginge. Ich hab Ihren Wagen gesehen. Sie sehen gut aus. Treiben Sie Sport?«

Andrew lächelt. »Nein«, sagt er.

DeSalvo dreht sich um und mustert ihn. »Sie haben sich kaum verändert. Als ich Sie das letzte Mal sah, so vor – was denn, zehn, fünfzehn Jahren?«

»Eher zwanzig. Das letzte Mal war wahrscheinlich in jener Nacht – Sie wissen schon – mit der Schießerei.«

»Waren Sie bei der Leichenschau?«

»Nein«, sagt Andrew. »Nachdem meine Mutter und ich die ganze Zeit zusammengewesen waren, reichte denen ihre Aussage.«

»Ja, jetzt erinnere ich mich. Ist lange her.«

Die vietnamesische Frau taucht mit einer Tasse Kaffee für DeSalvo auf.

»Beschäftigt mich immer noch, dieser Fall«, sagt DeSalvo. »Mächtig beschäftigt er mich sogar, ehrlich gesagt. Ich sag's Ihnen ganz ehrlich: Wir haben da richtigen Mist gebaut. Da gab es einiges, was wir schneller hätten tun können – zehn, fünfzehn Minuten haben wir verloren. Macht einen riesigen Unterschied. Und wir hätten sofort auf den jungen O'Brien losgehen sollen. Ihn zumindest verhören und festnehmen sollen, dann hätte der nicht abhauen können. Sah ja ganz nach einem heißblütigen Scheißkerl wie O'Brien aus – Sie wissen schon, ein Junge, den sie abgewiesen hat, und das hat ihn wild gemacht. Dann geriet er in Panik und hat den Vater erschossen. Als sie daher sagte, Sie wissen schon, dieses eine Mal mit der Schwester, daß er es war, waren wir darauf vorbereitet. Aber da war er natürlich bereits tot, also war das Problem erledigt.«

Er nimmt einen Schluck von seinem Kaffee. Dann stellt er die Tasse hin.

»Haben Sie das Mädchen gesehen?«

»Eden?«

»Ja.«

»Ich bin mir nicht sicher. Vielleicht habe ich sie gestern am Fenster gesehen.«

»Eine verdammte Geschichte, wirklich. Hat von dem Schro. noch einiges abgekriegt. Die sagen, dabei sei etwas Wichtiges hinter ihren Augen beschädigt worden. Was genau, hab ich vergessen. Mir hat sie immer leid getan, selbst vorher schon. Man muß ja sagen, eine heiße Nummer war die schon, ehrlich, und sie hätte schlimm werden können, wirklich schlimm. Ich hab sie zweimal wegen Ladendiebstahls geschnappt. Aber Mumm hat sie gehabt, und ich hab sie gemocht. Irgendwo war bei ihr eine Schraube locker, das ist alles. Wirklich jammerschade.«

DeSalvo beugt den Kopf nach vorn und massiert sich den Nacken. »Jetzt ist wieder so ein Moment, wo ich einen für eine Zigarette umbringen könnte«, sagt er. »Ich mußte vor einem Jahr das Rauchen aufgeben. Aber was mich wirklich stört, sag ich Ihnen. Nehmen Sie 'ne Tasse Kaffee?«

Andrew nickt. DeSalvo gibt der Vietnamesin ein Zeichen und malt eine Tasse Kaffee in die Luft.

»Was denn?« fragt Andrew.

»Können Sie mir erklären, warum sie völlig nackt war?« sagt DeSalvo. »Wenn so ein Bursche ein Mädchen vergewaltigt, dann wartet er doch nicht, bis es sich ausgezogen hat. Das können Sie mir ruhig glauben, ich habe genug von der Sorte gesehen.«

»Aber um Mitternacht hatte sie doch ganz sicher nur einen Pyjama oder ein Nachthemd an«, sagt Andrew.

»Wir haben ein Sommernachthemd, einen Schlüpfer und ein Buch neben dem Bett gefunden. Sie hatte gelesen.«

»Gelesen?«

»Ja. Ein richtig hochgestochenes Buch. Reardon hat es gekannt. Sie hatte es übrigens aus der Bücherei gestohlen. Lassen Sie mich nachdenken ... *Der Mythos vom Vesuv* oder so etwas Ähnliches. Sagt Ihnen das etwas?«

Der Mythos des Sisyphus? Andrew sieht DeSalvo scharf an. Er weiß nicht genau, welches dieser Details ihn mehr beunruhigt – das Buch oder die Verschämtheit der Unterhose.

»Vielleicht hat er sie mit vorgehaltener Waffe zum Ausziehen gezwungen«, sagt Andrew und überlegt, denn auch er hat sich immer vorgestellt, daß Eden nackt unter dem Laken lag.

»Ja, das könnte sein. Aber daran erinnert sie sich nicht. Sie erinnert sich an überhaupt nichts. Sie hat damals kein Wort gesagt und tut es heute noch nicht, soweit mir das bekannt ist. Aber denken Sie einmal darüber nach. Ich grüble jetzt seit neunzehn Jahren darüber.«

Das Gespräch mit DeSalvo treibt Andrew die Schweißtropfen auf die Stirn, und er spürt, wie ihm der Schweiß zwischen den Schulterblättern hinunterrinnt. Ein oder zwei Sekunden lang hat er dasselbe Gefühl, das er manchmal hat, wenn er weiß, daß ihm gleich übel wird. Der Ventilator dreht sich langsam über seinem Kopf, während er neben sich, ein Stück hinter DeSalvo, das Klirren von Löffeln und Messern auf Porzellan hört. Männer beim Essen, eine mittägliche Arbeitspause oder vielleicht sogar eine Pause von zu Hause, vielleicht der Höhepunkt des Tages, etwas, worauf man sich den ganzen Tag gefreut hat, auf das Stück Blaubeerkuchen, hausgemacht, wie eine verdiente Belohnung. Er trägt die Hose und das Hemd, die er gestern getragen hat, als er Edith besuchte, und er spürt, wie das Hemd am Rücken und in den Achselhöhlen feucht wird. Er blickt auf die Uhr neben der Schiefertafel mit den Sonderangeboten, ein rundes Zifferblatt in einem nachgemachten Kupferkessel. Die Uhr zeigt fünf Minuten vor zwei. Aber vielleicht stimmt sie nicht. Er sieht auf die eigene Uhr. Dasselbe. Fünf Minuten vor zwei.

Ist das möglich?

Er muß es versuchen.

Er steht abrupt auf, greift in die Hosentasche. Er zieht sein Scheckbuch heraus, ein Bündel Geldscheine und etwas Kleingeld. Der kleinste Schein ist ein Zehner. Er legt ihn auf die Theke.

»Streichen Sie den Kaffee«, sagt er zu der Vietnamesin. Er muß es laut sagen, weil sie am anderen Ende der Theke steht.

Ein oder zwei von den Männern blicken auf, und DeSalvo sieht ihn plötzlich an.

»Was zum ...?«

»Ich habe gerade gesehen, wie spät es ist. Herrgott, ich bin ein Idiot. Ich sollte schon im Haus sein, weil mein Büro um zwei Uhr anruft, ein Konferenzgespräch«, sagt Andrew und improvisiert dabei verzweifelt. »Die fressen mich mit Haut und Haar.«

»Mit *dem* Wagen schaffen Sie es«, sagt DeSalvo. »Aber unter uns gesagt, Matheson hat eine Radarfalle vor dem Gansvoort-Grundstück aufgebaut. Ich kann das mit der Buße erledigen. Aber wenn die Sie aufhalten, kostet Sie das Zeit.«

»Danke für den Tip.«

Andrew winkt ihm zu und geht hinaus. Er trabt über die Straße zu seinem Wagen. Ihm ist danach, zu rennen, aber er zwingt sich, nur mit gemessener Eile zu seinem Wagen zu gehen, als ginge es wirklich nur um ein Konferenzgespräch.

Aber als er sich hinter das Steuer schiebt, kann er sich kaum mehr zurückhalten. Er fragt sich nicht, *warum;* das einzige, worauf es jetzt ankommt, ist hinzukommen. Er muß es schaffen. Er legt den Gang ein, drückt aufs Gaspedal, vollführt vor dem Schnellimbiß eine verbotene Wende und hinterläßt wie ein Junge, der gerade Fahren gelernt hat, einen schwarzen Gummistreifen auf der stillen Straße. Er sieht auf die Uhr. Ein Uhr achtundfünfzig. Auf dieser geraden, schmalen Strecke aus der Ortschaft heraus läßt es sich in zwei oder drei Minuten schaffen; er weiß das noch von einer verrückten Wettfahrt mit Sean, als sie in ihrem Seniorjahr waren und die beiden nebeneinander um Mitternacht auf der Straße dahinrasten – er im Wagen seines Vaters und mit einem Stoßgebet auf den Lippen, daß auf der Straße kein Hund oder sonst etwas Größeres sein würde.

Er läßt seinen Verstand mit der rasenden Maschine eins werden, weil er weiß, wenn er jetzt zuläßt, daß er über das nachdenkt, was er gerade tut, wenn er sich selbst vor seinem inneren Auge sehen kann, wird er zu zweifeln beginnen, und sobald er zweifelt, wird er verloren sein. An der Gansvoort-Farm verlangsamt er die Fahrt auf bedrückende sechzig Kilometer und späht zum Seitenfenster hinaus, ob er einen Streifenwagen in dem Wald verrosteter alter 55er Chevys entdecken kann, die Gansvoort über die Jahre gesammelt hat, aber er sieht nichts. Fünfhundert Meter nach der Farm treibt er den Wagen wieder auf hundert. Hundertzehn. Hundertzwanzig.

Er fährt genau hundertdreißig, als er die Häuser in der Ferne erkennen kann. Er sieht auf die Uhr. Zwei Uhr zwei. Er schleudert in die Einfahrt, erzeugt dabei einen Kugelhagel von Kies. Der Plymouth ist noch nicht zurück. Er hat gewußt, daß er noch nicht da sein würde.

Er wirft sich aus dem Wagen, überspringt die geborstene Stufe und probiert die Küchentür. Sie öffnet sich. Erst jetzt kommt ihm in den Sinn, daß sie hätte versperrt sein können.

Der abrupte Wechsel von hellem Sonnenlicht in Dunkelheit in der düsteren Küche macht ihn blind. Er bewegt sich eher instinktiv und nach der Erinnerung aus seiner Kindheit als nach der Sicht, macht seinen Weg durch ein mit Tüchern verhängtes Eßzimmer, durch das Wohnzimmer, wo er sich das Schienbein an einem niedrigen Tisch anstößt, zum vorderen Teil des Hauses, wo er weiß, daß ein Flur und die Treppe ins Obergeschoß sein werden.

Die Erinnerung trügt ihn nicht. Er erreicht den Flur und biegt um die Ecke. Er steht am Fußende der Treppe. Er blickt nach oben.

Sie ist da, wartet oben an der Treppe.

»Ich bin's, Andrew«, sagt er.

»Ich weiß«, sagt sie.

Unter einer hochgezogenen Jalousie neben ihr fällt ein Lichtbalken herein. Sein Herz, das so schnell geschlagen hat, daß er überzeugt ist, gleich einen Herzanfall zu bekommen, pocht laut in seinem Brustkasten. Ihr Haar ist lang, reicht ihr fast bis zur Hüfte, fällt in weichen Wellen von den Schultern. Das Blond, an das er sich erinnert hat, hat sich jetzt in dunkle Bronze verwandelt – durch Vernachlässigung, durch die Zeit. Sie trägt einen weißen ärmellosen Jerseypullover und blaue Shorts, die ihr eigentlich zu groß sind. Er glaubt an ihren Händen graue Flecken wie von Farbe oder auch etwas anderem zu erkennen. Die Haut ihrer bloßen Arme und Beine ist weiß wie Elfenbein, makellos, das reine Weiß von Porzellan, oder so scheint es ihm wenigstens, wie er das lange Weiß ihrer Beine vom Fuß der Treppe aus sieht.

Sie dreht den Kopf oder neigt ihn, wie um ein Geräusch aufzufangen. Etwas Licht vom Fenster fällt dabei auf ihr Gesicht. Ihre Augen, auch wenn sie blicklos sind und den Anschein erwecken, als starrten sie auf einen Punkt irgendwo über seiner rechten Schulter, sind noch von demselben lebhaften Blaugrün, einer beunruhigenden Farbe. Sie bewegt die Hand, um sich das Haar zurückzuschieben, und die Bewegung läßt an der Schläfe neben dem rechten Auge ein zartes Netz von winzigen weißen Narben erkennen. Er sieht jetzt, daß dieses Auge etwas mandelförmiger als das andere ist, daß das Augenlid etwas in die Länge gezogen ist, schief wirkt.

»Sie wird gleich kommen«, sagt Eden.

Ihre Stimme ist seltsam, tonlos, so als würde sie sie nur selten gebrauchen.

»Ich weiß. Ich werde wiederkommen«, sagt Andrew.

Er setzt den Fuß auf die unterste Stufe, aber sie schüttelt den Kopf. Sie ist vierzehn und dreiunddreißig und ragt über ihm auf, so substanzlos wie ein Traum, schöner als alle Frauen, die er je gesehen hat.

Er möchte die Treppe hinaufsteigen, um ihr Gesicht deutlicher zu sehen. Er möchte ihre Narben und ihr Auge ansehen. Er möchte die weiße Haut ihres Armes berühren.

»Dafür ist nicht genug Zeit«, sagt sie und zieht sich zurück.

Der Wagen glitt schnell über die Straße, und dann hörte ich den Kies.

Wenn ich dir nichts erzähle, wirst du von mir weggehen.

Du hast das Schimmern im Wasser durchbrochen, und ich dachte, du würdest ertrinken. Ich habe gebetet, daß du ertrinken solltest. Dein Hemd ist naß und klebt an deiner Haut.

Dein Gewicht ist auf der Stufe. Bist du endlich gekommen, um mich zu holen?

Deine Stimme kommt durch einen Nebel, aber ich kenne deine Stimme und habe sie all die Jahre gehört. Du wirst so sein, wie ich dich geträumt habe.

Ich hörte, wie du den Wagen langsam an seinen Platz brachtest. Du standest da und sahst auf mein Fenster. Du bist ein Junge mit Armen so dünn wie Holz. Dann hörte ich ihren Wagen auf der Straße. Du gingst nicht hinein. Du sahst zu, wie sie aus dem Wagen stieg, aber du hast sie nicht angesprochen.

Dieses Zimmer ist sehr lang und leer.

Dein Vater war ein mutiger, aber ein törichter Mann.

Vierter Teil

Es regnet, ein heißer, fetter Regen, der bald enden und die Würmer an die Oberfläche treiben wird, so daß später, wenn er aus dem Haus tritt und auf dem Rasen oder dem Kies steht, die Erde nach ihnen riechen wird. Gestern abend war er endlich in dem A & P in der Nähe des Einkaufszentrums, und heute morgen hatte er zum ersten Mal seit beinahe einer Woche wieder ordentlich gefrühstückt – Cornflakes, Toast, Orangensaft, Kaffee –, und die Mahlzeit erinnerte ihn an seine normalen Tagesabläufe, sein reguläres Leben. Der Regen trommelt und klatscht gegen die Fensterscheiben im Zimmer seiner Mutter, und er entdeckt zu spät, daß er über Nacht ein Fenster offengelassen hat. Er wischt die nasse Fensterbank mit einem Handtuch aus dem Badezimmer ab. Die Papiere seiner Mutter liegen auf dem Bett, ein wirrer, chaotischer Haufen Papier, den er gestern abend nach dem Essen endlich unter dem Bett gefunden hat, in einer Schachtel, die gewöhnlich dazu benutzt wurde, die Winterwollsachen aufzubewahren. Sie hatte nicht gewußt oder auch nur geahnt, daß sie vielleicht sterben würde, dessen ist er sicher, denn die Papiere sind völlig ungeordnet, und da sind keine kleinen Notizen über die Lebensversicherung oder die Hypothek oder denen man entnehmen könnte, wo der Schlüssel für das Bankschließfach ist.

Er steht vor ihrem Schreibtisch, die Hände an den Messinggriffen der obersten Schublade. Der Schreibtisch ist ein schweres viktorianisches Eichenmöbel. Er hat nie in diese Schublade gesehen, und für ihn haftet ihr etwas Verbotenes an, er fühlt sich wie ein Kind, das sich in die Geheimnisse der Erwachsenen stiehlt. Sein Vater hatte eine ähnliche Schublade – hat die immer noch, vermutet Andrew, da er bis jetzt den Schreibtisch seines Vaters noch nicht in Angriff genommen hat –, die Andrew als Junge eines Nachts, als seine Eltern im Kino waren, erforscht hatte. Er muß jung gewesen sein, höchstens neun oder zehn, denn er erinnert sich an die prickelnde Entdeckung eines Päckchens Kondome und an das Wissen, daß sie in irgendeiner Weise mit Sex zu tun hatten, aber ohne zu verstehen (weil er es seinem Verstand nicht gestattete, das Bild zu entwerfen), worin exakt diese Verbindung bestand. Und war überzeugt – er lacht jetzt, wie er daran denkt –, daß sein Vater sie lediglich für jemand anderen aufbewahrte.

Die Schublade gleitet lautlos auf, als wäre sie erst gestern eingewachst worden. Der Inhalt ist präzise und sauber, Rechtecke und Quadrate verschiedener Größe, so angeordnet, daß sie alle in ein intimes Puzzle passen. Er weiß jetzt, daß ihr Herz nicht in ihren Papieren war, die die Zeichen der Gleichgültigkeit und der Vernachlässigung tragen, sondern hier in ihrer obersten Schublade – wo ihre Schätze ausgelegt sind, als sollten sie ihr oder jedem anderen, der etwa diese Schublade öffnen könnte, sagen können: *Dies bin ich.* Da ist ein vergilbtes elfenbeinfarbenes Satinnachthemd, sorgfältig zusammengefaltet in der linken Ecke, und darauf liegt eine Perlenkette mit einer mit Brillanten besetzten Schließe, ein Geschenk, das sein Vater ihr in ihrer Hochzeitsnacht gemacht hatte. Hinter dem Nachthemd liegt ein kleines rosafarbenes Schmucketui und rechts davon ein dünnes Päckchen Briefe mit Poststempeln aus den Jahren 1943 und 1944: Briefe seines Vaters aus Frankreich aus dem Zweiten Weltkrieg. In der rechten Ecke sind seine eigenen Babysachen: ein handbestickter Strampelanzug, ein Paar winzige braune Lederschuhe, ein Babybuch mit Notizen und Fotografien, die zwischen den Seiten herausstehen. Er hat dieses Buch schon einmal gesehen; er erinnert sich an den Abend, als seine Mutter es hervorholte, um es Martha zu zeigen, als Martha sechs Monate mit Billy schwanger war, und wie vollendet er sich damals vorgekommen war, mit seiner Mutter und seiner Frau in vertrauter Zweisamkeit und seinem Kind, das bald kommen würde.

In der Mitte der Schublade liegt ein beigefarbener Aktendeckel; er ist ebenfalls übervoll und verlangt danach, daß jemand ihn aufschlägt. Und so tut er es. In der Mappe liegen Zeitungsausschnitte, hauptsächlich von ihm in seiner Hockeyuniform, und Zertifikate und Papiere, die die Entwicklung eines Jungen durch die Kindheit dokumentieren; ein selbst ausgeschnittenes Herz für seine Mutter, eine Rechtschreibearbeit aus der zweiten Klasse mit hundert Punkten und ein Brief mit der Mitteilung, daß er einen Bezirkspreis gewonnen hat.

Er preßt die Handflächen auf die Augen und reibt sie. Dies waren ihre Schätze: das Nachthemd aus ihrer Hochzeitsnacht, Erinnerungsstücke an ihr einziges Kind, die Meilensteine der Kindheit ihres Jungen. Keine geheimen Liebesbriefe von einem anderen Mann; keine geheimnisvollen Ringe mit rätselhaften Inschriften; keine Röhrchen mit Beruhigungsmitteln; keine gewagte Unterwäsche; keine Tagebücher mit Hinweisen auf Anfälle von Wut oder Verbitterung. Obwohl sie ganz sicherlich einen inneren Monolog geführt haben muß, wird er ihn nie hören; sie hat die greifbaren Beweisstücke der einfachen Freuden beiseite geschafft, die er sich für sie ausgemalt hat. Er sitzt auf dem Bettrand und starrt ausdruckslos auf die offenstehende Schublade. Was wird er mit diesen Dingen tun? fragt er sich hilflos. Wohin wird er sie bringen?

Es gibt jetzt so viel, das er seine Mutter fragen und ihr sagen möchte, so viel Ungesagtes aus diesem letzten Dutzend Jahren, in denen sein eigenes Leben, seine eigenen ichbezogenen Sorgen – sein Ehrgeiz, seine zerfallende Ehe, seine Vaterschaft – ihn dazu veranlaßten, weniger und weniger an sie zu denken, als wäre sie nicht so wichtig, wie sie es gewesen war, eine Erinnerung, die bereits anfing zu verblassen; wobei dieses Haus in paradoxer Weise weiter und weiter in die Ferne zurückwich, obwohl man es heute auf der Schnellstraße eine Stunde schneller aus der Stadt erreichen konnte als vor einem Jahrzehnt.

Als er ein Junge war, gab es eine Zeit, wo er häufig dachte, daß er unter keinen Umständen den Tod seiner Eltern überleben könnte; daß er, falls sie etwa gemeinsam bei einem Autounfall sterben sollten, seinerseits ins Nichts versinken würde. Heute kann er es nicht ertragen, an den Tod seines Sohnes zu denken oder ihn sich vorzustellen, wenn er, wie dies manchmal geschieht, vor Angst halb gelähmt von Kindern mit Leukämie liest oder solchen, die aus offenen Fenstern fallen. Als Billy fünf war, wurde einer seiner Schulfreunde von einem Schulbus erfaßt und getötet, während die Mutter von der Haustür aus zusah. Der Junge, dem man eingeschärft hatte, immer vor dem Bus herumzugehen, war statt dessen dahinter gerannt – niemand wußte, warum, nur daß er erst fünf war –, und die Fahrerin (eine junge Frau, selbst Mutter und völlig unbescholten) hatte ihn rückwärts überfahren. Die Schule hatte für eine Woche einen Psychiater eingestellt, um mit Billy und den anderen Kindern im Bus zu fahren, für den Fall, daß eines von ihnen beunruhigende Anzeichen erkennen lassen sollte, daß es die Tragödie zu sehr mitgenommen hatte. Aber es waren nicht etwa die Kinder, die den Psychiater brauchten, dachte Andrew, es waren die Eltern, so wie er, die einander und ihren Freunden und Kollegen am Telefon die Geschichte immer wieder erzählten, im Büro oder in der Küche, und dies tagelang, als könnten sie damit den Schrecken bannen.

Er geht ans Fenster, von einem Sonnenstrahl auf dem Boden

angezogen. Obwohl es immer noch regnet, ziehen die Wolken am Himmel schnell dahin und erlauben der Sonne hier und dort zwischen ihnen hervorzulugen. Der Regen wird jetzt jeden Augenblick aufhören, das weiß er, und er wird nach draußen gehen. Er liebt die Erde frisch nach dem Regen, hat sie immer geliebt.

Sie wird auf ihn warten.

Er sieht auf die Uhr. Fünf Minuten nach neun. Nur noch eine Stunde. Er könnte sich mit der Dachrinne beschäftigen, um sich die Zeit zu vertreiben.

Er lehnt sich ans Fenster, die Hände in den Taschen, und sieht zum anderen Haus hinüber. Die Sonne huscht wie ein vorüberfliegender Vogel über das Dach und ist gleich wieder verschwunden.

Er fragt sich, wo sie jetzt wohl wäre, wenn die Schüsse nicht gefallen wären; wenn der Mann, der sie vergewaltigte, sich nicht in Edens Zimmer geschlichen hätte und Jim seinerseits nicht hinter ihm hergerannt wäre – wer würde sie dann jetzt wohl sein? Wild, wie DeSalvo andeutete? Eine verheiratete Frau mit zwei Kindern, eingezwängt in eine lieblose Ehe? Eine Kellnerin? Eine Hure? Oder hätte sie sich gerettet – oder hätte jemand sie gerettet –, so daß sie jetzt glücklich verheiratet vielleicht in Boston lebte? Oder als Schauspielerin in Los Angeles wäre? Oder arbeiten würde, vielleicht in New York, so wie er? Hätten sie sich zufällig an einer Straßenkreuzung oder in einer Bar begegnen können?

So wie sie ist, denkt er, ist sie seltsam rein – unberührt. In mancher Hinsicht muß sie immer noch vierzehn sein.

Er wartet an seiner eigenen Küchentür, so daß man ihn nicht sehen kann, vom Gitter verdeckt. Es ist viertel vor. Noch ein paar Sekunden, und dann wird Edith Close die Tür öffnen, die er beobachtet, die Treppe hinuntergehen und in den Plymouth steigen. Er sieht wieder auf die Uhr, das zehnte Mal in einer Viertelstunde, und kommt sich dabei ein wenig lächerlich vor. Ein erwachsener Mann, der sich hinter einer Gittertür versteckt, weil er einer alternden kraftlosen Frau nicht gegenübertreten will.

Er sieht ein Stück rosafarbenen Baumwollstoff, Gold, das an einem Handgelenk aufblitzt. Natürlich. Vernünftig. Edith Close ist vorn aus dem Haus gegangen, um nicht auf die verfaulte Treppe am Hinterausgang treten zu müssen. Sie hat die Sonne im Rücken, und er kann ihr Gesicht nicht sehen, obwohl sie dem Anschein nach nicht in seine Richtung blickt. Dann hat Eden also nichts von ihm erzählt. Nicht daß er es angenommen hätte. Er sieht Edith Close nach, wie sie ihren Wagen vorsichtig auf die Hauptstraße hinauslenkt, so wie er es in dieser Woche einige Male gesehen hatte, so wie sie es jeden Tag tut, nach dem, was seine Mutter ihm erzählt hatte. Jetzt, auf den Ort gerichtet, legt sie den ersten Gang ein und fährt die Straße hinunter zum Pflegeheim.

Obwohl er jetzt gehen könnte, wartet er noch eine Weile hinter der Tür. Eine dichte, friedvolle Stille senkt sich über die zwei Häuser – oder bildet er sich das vielleicht nur ein? Er hört ein Summen – im Sommer ist in den Maisfeldern in der Ferne immer ein Summen zu hören, das beständige Zirpen und Brummen der Insekten, aber das ist Teil der Stille, der Stille zweier einsamer Häuser weitab von der Ortschaft, wo nur hin und wieder ein Wagen vorbeibraust oder, ganz selten, eine menschliche Stimme das Schweigen bricht. Er schließt die Augen und lehnt den Kopf an die Gittertür, lauscht gespannt, wie Eden es vielleicht tut, in dieser einzigen Welt, die ihr zugänglich ist, so kakophonisch und durchdringend wie der Lärm der Stadt, wenn er so hören könnte wie sie, wenn er die unterschiedlichen Laute und ihre Bedeutung herausfiltern könnte.

Edith Close wird nicht umkehren, um sich einen Pullover zu

holen oder eine vergessene Handtasche, konstatiert er. Sie hat es diese Woche kein einziges Mal getan – warum also heute? Er läßt die Tür zuknallen, um seine Absicht anzukündigen, und geht über das schwammige, feuchte Gras, das seine alten Turnschuhe durchtränkt. Anders als gestern, geht er jetzt langsam und bewußt, und als er die verfaulte Treppenstufe erreicht, steigt er vorsichtig über sie hinweg.

Er klopft einmal leicht an die Tür und öffnet sie fast im gleichen Augenblick. Er tritt ohne Eile in die Küche, und wieder macht ihn die Finsternis beinahe blind. Dann sieht er sie, ein Bild in der Schale eines Fotografen, das langsam Gestalt annimmt.

Später, in der Nacht im Bett, unfähig einzuschlafen, oder vor dem Kühlschrank, wo er sich nach einem Bier bückt, wird Andrew sich wieder an die abrupte Überraschung ihrer Gegenwart erinnern, ihren Rücken, der am Ausguß lehnt, ihre über der Brust verschränkten Arme. Nicht daß er sie nicht erwartet hätte – er hatte gewußt, daß sie auf ihn warten würde; es war vielmehr, daß ihre Nähe nach all den Jahren ihn zutiefst beunruhigte, so als wäre ein Bruchstück eines Traumes, eines Traumes, von dem er vor Jahren geglaubt hatte, ihn verloren zu haben, plötzlich Wirklichkeit geworden.

»Hallo«, sagt sie.

Sie hält sich ganz still, und ihr Blick ist scheinbar auf ein Fenster neben ihm gerichtet.

»Ich wollte dich sehen«, sagt er. Er schüttelt den Kopf. »Mit dir sprechen, meine ich.« Er steht mitten auf dem Linoleumboden und weiß nicht, ob er sich an den Tisch setzen und es sich bequem machen soll oder nicht. Sie hat ihn nicht dazu aufgefordert. Vielleicht, denkt er, hat sie jetzt keinen Sinn dafür, so wie er, wie peinlich ein Gespräch ist, das steif und stehend von Angesicht zu Angesicht geführt wird. Obwohl sie ihn nicht sehen kann, fühlt er sich vor ihr unwohl. Seine Arme und

Hände sind Anhängsel, die nicht zu ihm zu gehören scheinen. Er faltet sie über der Brust in einer unbewußten Parodie ihrer Haltung.

»Das dachte ich. Ja«, sagt sie nur.

Ein kurzes Atemholen, das ihr nicht entgehen kann, verrät seine Nervosität.

»Und wie geht es dir?« fragt er. Es ist eine alberne Frage, und sie tut ihm im gleichen Augenblick leid.

Sie zuckt kaum sichtbar die Achseln. »Mir geht es immer gut«, sagt sie ruhig.

Er sucht nach dem nächsten Satz, so als müßte er einen Weg aufspüren, der ihn aus einem ihm nicht vertrauten Wald ins Freie führen soll. Doch was er auch auswählt, scheint ihm lahm und nichtssagend.

»Es ist lange her«, sagt er.

Sie gibt ihm keine Antwort, sondern dreht den Kopf herum, so daß sie ihn jetzt ansieht, und zwar so scharf, daß er sich flüchtig fragt, ob er vielleicht etwas falsch mitbekommen hat – und sie trotz allem doch sehen kann. Ihr starrer Blick ist kompromißlos. Er versucht sich vorzustellen, was sie »sieht«: Seine Anwesenheit muß für sie eine Stimme in einem weiten, tintenblauen Meer sein.

»Deine Mutter ist tot«, sagt sie.

Ihre Worte verblüffen ihn. Der Satz ist kahl, schmucklos, fast gefühllos. Aber dann merkt er, daß er das mag. Daß er keinen Ausdruck des Mitgefühls hören möchte, daß er nicht zum hundertsten Mal *Es tut mir leid* hören will. Die Sache ist einfach: Seine Mutter ist tot, nur das hat sie gesagt.

»Ja. Wir hatten die Beerdigung. Deine Mutter kam. Hat sie es dir erzählt?«

»Sie erzählt mir … gewisse Dinge. Aber das hast du immer getan.«

»Was?«

»Sie meine Mutter genannt.«

»Nun, sie ist es .. «

»Nicht.«

Er nickt. Dann wird ihm klar, daß sie das Nicken nicht sehen kann. »Richtig«, sagt er.

Es wird eine Weile dauern, bis ich gelernt habe, mit ihr zu reden, denkt er. Alles muß in der Stimme liegen.

»Jim ist hier gestorben«, sagt sie.

Wieder ein kahler Satz, einer, der ihn überrascht. Während seiner drei kurzen Besuche in diesem Haus hat Andrew nicht daran gedacht, aber er weiß natürlich, daß es so ist. Jim ist in diesem Haus gestorben, auf dem Boden, im ersten Stock, und Andrews Vater hatte ihn gefunden. Plötzlich sieht er ein viel zu lebendiges Bild: Edith Close, wie sie von den Sanitätern der Ambulanz zu Boden gepreßt wird, Eden, mit einem blutdurchtränkten Handtuch um den Kopf, sein Vater, mit dem Gewehr schlaff neben seinem Bein.

»Du hast eine Frau und ein Kind«, sagt sie, und ihr Blick gleitet ein paar Grad von seinem Gesicht ab.

Vielleicht liegt es daran, daß sie so lange allein gewesen ist, daß ihre Sätze auf diese knappe Form zusammengeschrumpft sind, denkt er. Sie hat die Etikette des Gesprächs verloren, weil sie, wie er annimmt, keine Erfahrung darin hat, Konversation zu machen. Wäre das jetzt T.J. oder sonst jemand gewesen, wäre der Satz lockerer gewesen: »Ich höre, du bist verheiratet« – irgend etwas vertrauter Klingendes.

»Nein«, erklärt er und versucht ihr mit ebenso ehrlichen Sätzen zu antworten. »Ich habe einen Sohn, aber keine Frau. Wir leben getrennt. Ich lebe allein, und Billy, meinen Sohn, sehe ich am Wochenende.«

»Ich werde keinen Sohn haben«, sagt sie.

Sie sagt es schnell, ohne Emotion, und trotzdem erschreckt es ihn. Er möchte sagen, viel zu glatt, *natürlich wirst du,* wie er es zu allen anderen sagen würde, aber was sie sagt, klingt so wahr, daß er keine Antwort formulieren kann.

Er tritt von einem Fuß auf den anderen, blickt auf seine Füße und sieht dann wieder sie an. Er versucht es in sich aufzunehmen. All die hier verbrachten Jahre. All die Tage in diesem Haus, während er weg war; all die Jahre, während er auf dem College, in der Stadt, in seinem Heim in Saddle River war. Er denkt an das, was er hatte – die Erwachsenenspielzeuge, den Tand, die mit Farbe und Menschen und Arbeit erfüllten Tage, während sie nur dies hatte. Er denkt, wer kann auch nur das angesammelte Gewicht eines einzigen Tages ermessen: hundert Farben, die man mit einem Blick durch ein Küchenfenster sieht; ein Dutzend Leben, denen man bei einem einzigen schnellen Gang durch ein Büro begegnet; die reiche Fülle einer Mahlzeit mit Frau und Kind. Während ihre Tage ihm im Kontrast dazu verarmt erscheinen – schwerelos, gleichförmig, keiner vom anderen zu unterscheiden. Oder täuscht er sich? Gibt es in ihrem langsamen Universum ein Leben, das ebenso reich, ja reicher als das seine ist?

Und doch hat er trotz all seiner Vorurteile das deutliche Gefühl, im Nachteil zu sein. Hier ist eine Realität, auf die er nicht vorbereitet ist – eine, die nur wenig mit den Winzigkeiten des Lebens gemein zu haben scheint, das er hinter sich gelassen hat. Es ist mit dem Gefühl im Einklang, denkt er, das er in letzter Zeit hatte, wie er sich manchmal im Urlaub fühlt, wenn die Arbeitswelt angehalten ist und sich Stunde um Stunde weiter entfernt, so daß sie wie etwas aus einer anderen Zeitspanne seines Lebens erscheint, so daß er nicht länger sicher sein kann, welches sein *wirkliches* Leben ist, jenes oder dieses. Seine jetzige Welt, definiert durch die zwei Häuser, weitab vom Vorführraum und dem Lärm der Telefone, weit von dem Thai-Restaurant, wo er gewöhnlich zu Mittag ißt, und den lockeren Reden der Männer in Büros. Seine Welt ist dieses winzige Stück Geographie und die drei Frauen, die es die ganzen neunzehn Jahre bewohnt haben, die er nicht hier war. Er sieht sie prüfend an. Er ist wie ein Voyeur, sieht, was sie nicht sehen kann. Sie ist größer, stellt er fest, aber keineswegs sehr groß – vielleicht einen Meter sechzig oder einen Meter zweiundsechzig. Ihre Arme und Beine sind schlank, ihr Bauch nicht existent, wie bei einem Mädchen. Wenn man ihr auf der Straße begegnete, würde es unmöglich sein, ihr Alter zu schätzen.

Mit ihrem zerzausten Haar und den über der Brust verschränkten Armen könnte sie eine junge Hausfrau sein, denkt er, barfuß, in alten Kleidern, die sich von den Tellern im Ausguß abwendet und ihrem Mann zu, während die Kinder draußen im Hof spielen und man sie durch das Fenster sehen kann. Wieder bemerkt er die graue Substanz an ihren Händen. In mancher Hinsicht ist sie erstaunlich gewöhnlich. Was hatte er erwartet? Jemand Zurückgebliebenen? Deformierten? Eine Person aus einem Traum? Rapunzel im Turm?

Und doch ist sie überhaupt nicht langweilig. In der Art, wie sie redet, wie sie den Kopf zur Seite neigt, als wollte sie dem Schweigen einen Hinweis entnehmen. Ihre Sprache ist anders – zu direkt und dann auch zu rätselhaft, als wäre sie eingeübt, aber nie gesprochen. Er denkt daran, wie er manchmal im Geist ganze Dialoge übt, die nie wirklich stattfinden.

»Wie siehst du jetzt aus?« fragt sie.

Er stößt ein kurzes Lachen aus, mehr um die Spannung zu lösen, als weil ihn die Frage amüsiert. Er stützt die Hände in die Hüften.

»Nun«, sagt er, »ziemlich gleich, wenn auch älter und gebrechlicher.« Er lächelt. Kann sie sich daran erinnern, wie er einmal aussah, nach all diesen Jahren der Dunkelheit, des Nichts? Kann sie sich erinnern, wie irgendein menschliches Gesicht aussieht?

»Hier und da verrunzelt«, fährt er fort. »Ein paar graue

Haare. T.J. sagt, ich sei nicht in Form, und er hat sicherlich recht.«

Als er den Namen ausspricht, zuckt sie kaum merkbar zusammen, aber er ist sicher, daß er sich nicht irrt.

»Siehst du mich an?« fragt sie.

»Ja«, sagt er.

»Wie sehe ich jetzt aus?«

»Oh«, sagt er. Ist es möglich, daß sie es nicht weiß? Natürlich ist es möglich, denkt er. Außer, daß sie sich durch Berührung sehen kann oder daß Edith geduldig ihre Gesichtszüge beschrieben hat. Aber er kann sich nicht vorstellen, daß Edith das tut. Würde Edith ihr die Wahrheit sagen?

»Du bist etwas gewachsen«, fängt er an, »aber du siehst jünger aus als die meisten Frauen deines Alters. Du bist schlank. Dein Gesicht ist fast genauso, wie ich mich erinnere, mit Ausnahme des – äh – Auges und deiner Gesichtsfarbe, und die ist blaß. Deine Haut ist sehr weiß. Ungewöhnlich weiß.«

Diese Weiße macht ihn vorsichtig, wird ihm bewußt, erinnert ihn daran, daß er ein Eindringling ist – als wäre er zu tief auf den Meeresgrund zugetaucht und hätte in einer Höhle unter dem Meer ein Geschöpf gefunden, das nicht dafür bestimmt war, das Licht zu sehen oder gesehen zu werden. Er tritt einen Schritt näher auf sie zu – er will ihr Gesicht klarer sehen –, und eine Diele unter dem Linoleum ächzt unter seinem Gewicht.

»Sag mir, wie das Auge ist«, sagt sie.

»Es ist …« Er schluckt. »Es ist etwas in die Länge gezogen, mehr wie eine Mandel geformt als das andere. Und daneben ist ein Stück Haut, das glatter ist als der Rest. Und dann scheint da ein kleiner Fleck ganz leichter Vertiefungen zu sein. Na ja …«, sagt er und fängt an, unsicher zu werden. »Ich meine es so. Es sieht nicht ganz normal aus, aber es ist nicht … auch nicht unattraktiv. Ich versuche ganz genau zu schildern.«

»Danke«, sagt sie.

»Scheint dir das so, wie du dich selbst siehst? Wie du von dir selbst denkst, meine ich?«

»Ich wußte nicht, daß meine Haut weiß ist«, sagt sie. »Ich kann mir das wirklich nicht vorstellen.«

»Nein«, sagt er.

Sie lehnt sich an den Ausguß, überkreuzt die Knöchel. Ihre Knochen sind zart. Es überrascht ihn, daß er sie mit dem Begriff zart in Verbindung bringt: In seinen Gedanken war sie immer zäh und kräftig, obwohl er vermutet, daß er sich diesen Eindruck aus ihrem Verhalten aufgebaut hat.

»Vielleicht habe ich nicht genau das gesagt, was ich meinte«, sagt er. »Du bist wirklich sehr schön.«

Er denkt, er sieht ein Lächeln über ihre Lippen huschen, und als es schnell vorbei ist, merkt er, daß er enttäuscht ist. Er will ein echtes Lächeln, denkt er.

Aber die Wahrscheinlichkeit dafür scheint gering. Der Besuch erweist sich als schwieriger, als er sich ausgemalt hat. Solche Begegnungen sind immer voll Spannung und Verlegenheit – die Notwendigkeit, sich selbst darzustellen; der Versuch, in den Erinnerungen ein Stück Glut der alten Empfindungen zu finden –, aber diese Begegnung hat keine Regeln. Welche Erinnerung könnte er heraufbeschwören, ohne Furcht, sie zu verletzen? *Erinnerungen aus der Vergangenheit belasten sie,* hat Edith gesagt. Ist das die Wahrheit?

»Was machst du denn den ganzen Tag?« platzt es aus ihm heraus, weil er einen Augenblick lang das Schweigen und ihre Gefaßtheit nicht ertragen kann.

»Was machst *du* den ganzen Tag?« gibt sie schnell zurück.

»Ja«, sagt er und nickt. Dann lächelt er wieder. So ist es besser.

Er hebt die Hand, reibt sich mit der Handfläche über die Wange. Er hat eine Idee. »Hast du je ...?« fragt er. »Ich habe gehört oder davon gelesen und mich gefragt ... Würdest du gern, ich meine, würde es dir helfen, mein Gesicht zu berühren?«

Er ist dankbar dafür, daß sie ihn jetzt nicht sehen kann. Das ist eine der tausend Täuschungen, die die Sehenden den Blinden vormachen können. Oder haben sie auch Möglichkeiten, die Sehenden zu täuschen? Hören sie Dinge, von denen wir nicht wissen, daß wir sie gesagt haben? Er fragt sich, ob sie die Hitze in seinem Gesicht wird fühlen können.

Sie zuckt die Achseln.

Das Schweigen in der Küche ist so vollkommen, daß er das Pfeifen des Kühlschranks hören kann.

Er geht auf den Ausguß zu, bleibt einen Augenblick stehen und greift dann nach ihrer Hand. Ihre Finger sind kühl, und als er sie berührt, ist die Berührung so persönlich, daß er das Gefühl hat, sie könnte ihm das Gleichgewicht rauben, und er fast die Hand zurückzieht. Aber statt das zu tun, zieht er ihre Hand von ihren Ellbogen weg. Sie leistet keinen Widerstand. Er führt ihre Hand an sein Gesicht, an seine Wange, in einer ganz unnatürlichen Bewegung. Er hat das Gewicht ihrer Hand in der seinen, aber als er seinen Griff löst, läßt sie ihre Finger auf seiner Haut.

Zuerst scheint sie gelähmt, und er will schon nach oben greifen, als sie ihre Finger langsam über seinen Backenknochen bewegt, an seinen Nasenrücken. Er schließt die Augen. Er fühlt, wie ihre Berührung auf seine Stirn zuwandert. Sie ist ganz langsam, sehr leicht, sehr tastend. Sie fährt seinen Haaransatz entlang, hält inne, fährt wieder zur Stirn hinauf und auf der anderen Seite hinunter. Dann scheint sie im Begriff, die Hand zurückzuziehen, tut es aber nicht. Sie bewegt ihre Hand auf die Augenbrauen zu und streicht ganz zart mit den Fingern über seine Augenlider. Ihre Berührung ist kühle Luft, die über sein Gesicht streicht. Sie gleitet über seine Nase zu seinem Mund, zieht seine Lippen nach, streicht mit den Fingern darüber, taucht dann unter sein Kinn an seine Kehle, daß ihn innerlich ein Schauder durchläuft. Er weiß, daß sie dieses Zittern spüren muß, aber sie läßt sich nichts anmerken. Sie befingert seinen Hemdkragen, streicht dann mit der Hand über seine Schultern und löst sich schließlich von ihm.

Als er die Augen aufschlägt, hat sie den Kopf von ihm abgewandt und die Arme wieder vor sich verschränkt.

Er atmet langsam und tief ein.

»Sehe ich so aus, wie du mich dir vorgestellt hast?« fragt er.

»Nein«, sagt sie.

Er legt die Hand an ihren Kopf und dreht sie herum, so daß sie ihn ansieht.

»Was ist?« sagt sie.

»Beweg dich nicht«, sagt er.

Er schließt die Augen. Er beginnt an der Wange, wie sie, und macht dieselbe Reise wie sie. Es ist eine Landkarte, an die er sich immer in allen Einzelheiten erinnern wird, eine, von der er weiß, daß er sich noch nach Jahren an jede Einzelheit erinnern wird. Ihre Haut ist glatt und trocken. Er fühlt ihr mandelförmiges Augenlid, die seidige Haut daneben mit den winzigen Punkten. Ihr Mund ist warm und feucht, und als er ihn berührt, beißt sie sich auf die Unterlippe. Er versucht ihr Gesicht auf diese Weise zu »sehen«, sich ein Bild zu formen. Es ist ein anderes Bild, denkt er, als das, das seine Augen sehen. Ihre Haut fühlt sich voller an, die Lippen sind kräftiger. Er läßt seine Hand unter ihr Kinn wandern, an ihre Kehle, läßt seine Finger in der Vertiefung dort ruhen. Er fährt ihre Schultern nach.

Dann wendet er sich ab und geht zum Tisch. Er setzt sich und streicht mit der Hand über das leicht klebrige Öltuch.

»Was kann ich dir bringen?« fragt er und wechselt das Thema und weiß in dem Moment, da er die Frage ausspricht, daß sie herablassend ist. »Du mußt doch irgend etwas brauchen.«

»Nein«, sagt sie.

»Nein – was?«

»Bring mir nichts.«

»Warum?«

»Dann weiß sie, daß du gekommen bist«, sagt sie.

»Und wenn sie es weiß?«

Sie zuckt erneut die Achseln, gibt ihm keine Antwort. »Was willst *du*?« fragt sie.

Er sieht sie an. »Ich will überhaupt nichts, nur mit dir reden«, sagt er.

»T.J. und Sean und andere, viele andere, wollen immer etwas. Du nicht?«

»Sean ist tot«, sagt er. »Und T.J.?« Er schüttelt den Kopf. Wenn sie das meint, was er denkt, kann sie sicher nicht T.J. meinen, dessen ist Andrew sicher.

»In T.J.s Stimme sind Lügen«, sagt sie. »Die kann ich hören wenn er lacht.«

Er ist verwirrt. Ihr Sprung aus der Gegenwart in die Vergangenheit macht ihn benommen, und es kostet ihn Mühe, sie zu verstehen. Es ist, als gäbe es keine Zeit, als würden sich Vergangenheit, Gegenwart und Zukunft ineinandermischen, als wäre ein zwanzig Jahre zurückliegender Tag ebenso lebendig und allesverzehrend wie die Sorgen dieses Morgens oder die von morgen früh.

»Was meinst du damit – T.J. lügt? Worüber lügt er?« fragt er.

»Über sich«, sagt sie.

Er studiert sie. »Als du mich fragtest, wie du jetzt aussiehst ...«, sagt er.

»Ja?«

»Da ist noch etwas, was ich sagen wollte und dann nicht gesagt habe.«

Sie hebt leicht den Kopf, sagt aber nichts.

»Dein Haar ist sehr zerzaust.«

Sie wendet sich ab, stützt die Hände auf den Ausguß.

Er geht auf sie zu, berührt ihr Haar. »Ich könnte es für dich bürsten, jetzt, meine ich.«

Sie schüttelt den Kopf.

Aber das macht nichts, weil er eine andere Idee hat.

Jetzt, wo sein Handeln ein Ziel hat, stellt sich Kompetenz bei ihm ein, ist ihm die Küche nicht länger fremd, lediglich ein Spiegelbild seiner eigenen.

Sie kommt mit zwei Handtüchern in die Küche, mit einem Kamm, einem Lappen und dem Shampoo, so wie er es ihr gesagt hat. Sie legt alles auf den Tisch. Als er sie bat, die Sachen zu holen, hat sie protestiert, und als sie das Zimmer verließ, war sie so lange weg, daß er dachte, sie würde vielleicht nicht zurückkommen. Sie steht am Tisch, als würde sie ihn ansehen. Seine Hände zittern – und er ist wiederum froh, daß sie ihn nicht sehen kann. Um seine Hände zu beruhigen, nimmt er die Teller aus der Spüle und schrubbt den Ausguß mit Ajax, bis er glänzt. Er legt eines der Handtücher über den Rand, wie ein Kissen, und legt Shampoo und Lappen auf das Abtropfbrett. Dann prüft er das Wasser. Als es so ist, wie er es will, geht er zu ihr.

»Ich kann das gut«, sagt er. Das ist natürlich eine ungeprüfte Behauptung. Er hat nie jemandem außer Billy das Haar gewaschen, und das waren die kurzen Stoppeln eines Jungen. Er führt sie zu einem Stuhl, den er seitlich an die Spüle gestellt hat, und bringt sie in sitzende Position. Langsam, gegen leichten Widerstand, schiebt er ihre Schultern zurück, so daß ihr Hals auf dem Handtuch am vorderen Rand der alten Porzellanspüle ruht. Er kann die Spannung in ihren Schultern spüren, eine Spannung, die in seine Finger, seine Handflächen eindringt.

»Ganz ruhig«, sagt er. »Versuch dich zu entspannen.«

Ihr Hals ist gebogen, und seine Augen folgen der langen

weißen Kurve bis zum Kragen ihrer Bluse. Er schiebt den Arm unter ihre Schultern, und dabei berührt sein Kinn ihre Stirn, und er hebt sie einen Augenblick lang hoch, während er ihr Haar über den Rand der Spüle bringt. Ihr Haar ist eine wirre Masse, die die Spüle ausfüllt. Zuerst lähmt ihn der Anblick der wirren Flut aus Messing und Gold beinahe; ihm scheint, als hätte er kein Recht, es zu berühren. Er dreht das Wasser auf, läßt es durch seine Finger und ins Haar laufen. Er sieht, daß er nicht ihren ganzen Kopf damit naß machen kann, also sucht er in den Schränken nach einem Krug. Er findet einen und füllt ihn mit dem warmen Wasser. Als er es über ihren Kopf gießt, zuckt sie zusammen, so als hätte sie erwartet, daß es zu heiß oder zu kalt sei. Er verteilt es erneut. »Ist es gut so?« fragt er.

Sie murmelt etwas, das er für Zustimmung hält.

Er gießt das Wasser langsam, bis ihr ganzer Kopf naß ist. Er hebt ihr Haar mit beiden Händen, fühlt sein Gewicht. Er öffnet die Shampooflasche und verteilt einen großen Teil des Inhalts über ihren Kopf. Dann gräbt er die Finger in ihr Haar – es ist so dick, daß seine Finger sich verlieren – und massiert die Seife in ihre Kopfhaut, anfangs langsam, um ihr keine Angst zu machen oder ihr weh zu tun, und als sie nicht protestiert, kräftiger. Ein leichtes Seufzen entweicht ihr, und dieses Seufzen, denkt er – hofft er –, ist ein wohliges Seufzen. Erleichtert sieht er, daß ihr Gesicht anfängt, weicher zu werden, ihre Muskeln sich lockern, so daß sie jetzt mit geschlossenen Augen fast wie eine Schlafende aussieht. Er läßt sich mit seiner Massage Zeit, weil er die gelöste Stimmung nicht stören will. Etwas von dem Seifenschaum rinnt über ihre Wangenknochen, und er wischt ihn mit dem Finger weg. Er erinnert sich daran, wie er Billy in der Spüle badete, wie er den Kopf des Säuglings mit einer Hand hielt, während er ihn mit einem Waschlappen einseifte. Er erinnert sich, wie er später mit Billy in die Badewanne stieg, als sein Sohn zwei und drei Jahre alt war, an seine eigenen langen haarigen Beine, die die ganze Wanne ausfüllten, und Billy, der sich zwischen sie kuschelte. Billy spritzte ihn damals immer mit einer Wasserpistole an, und die beiden erfanden Lieder, während Martha ihnen von der Tür aus zusah. Es war immer seine Aufgabe, Billy zu baden.

Erst als er nach der zweiten Wäsche beginnt, die Seife auszuwaschen, lösen sich die Knoten, und als er das zweite Mal spült, sieht das Haar so aus, als könnte er es jetzt mit einem Kamm bewältigen. Er drückt das überflüssige Wasser sachte heraus und wickelt ein großes Handtuch um ihren Kopf und hebt ihre Schultern vom Spülenrand. Ihre Bluse ist am Kragen und an den Schultern naß. Ihr Körper ist jetzt schwer, wie der eines schläfrigen Kindes. Er steht vor ihr, um ihr Haar zu trocknen. Ihr Gesicht ist nur wenige Zentimeter von seinem Körper entfernt. Er kann ihren warmen Atem durch sein dünnes Sommerhemd fühlen. Ein flüchtiges Bild drängt sich ihm auf: wie er ihren Kopf zu sich hinzieht, so daß ihr Mund seine Haut berührt.

Er zieht einen Küchenstuhl heran und beginn ihr Haar auszukämmen. Es ist ein mühsamer Vorgang, der dadurch noch erschwert wird, daß er ihr nicht weh tun will und so etwas noch nie getan hat. Er lernt es, das Haar über der Stelle, wo er die Knoten auskämmt, festzuhalten; auf die Weise spürt sie den Zug an der Kopfhaut nicht. Er scheitelt es in der Mitte, weil er nicht weiß, wie er es sonst machen soll.

»Am besten trocknest du es in der Sonne«, sagt er. Seine Stimme ist belegt. Er räuspert sich. »Wir setzen uns auf die Stufen. Dort sollte Sonne sein.«

»Ich gehe nie hinaus«, sagt sie. »Und wir haben nur noch fünfundzwanzig Minuten.«

Er sieht auf die Uhr. Sie hat recht. »Woher weißt du das?« fragt er.

Wieder zuckt sie die Achseln. »Das weiß ich einfach«, sagt sie.

»Ich höre es. Die Dinge klingen zu unterschiedlichen Zeiten unterschiedlich.«

Er öffnet die Tür und führt sie auf die hintere Terrasse. Er sagt ihr, daß die unterste Stufe zerbrochen ist, und sie sagt, daß sie das weiß – sie hat ihn gestern fluchen hören. Er lacht. Sie sitzen auf der obersten Stufe, Seite an Seite. Er sitzt, mit den Ellbogen auf den Knien. Ihre Schultern berühren sich beinahe.

»Warum hast du das für mich getan?« fragt sie.

»Ich weiß nicht«, sagt er.

Sie sitzen schweigend da. Er wünscht sich, er könnte sie fragen, woran sie denkt, aber er weiß, daß ihr die Frage unangenehm wäre, also stellt er sie nicht. Ihr Haar beginnt zu trocknen und die Farbe von seidigem Mais anzunehmen, zuerst an den Enden und dann am Scheitel, es ringelt sich an den Spitzen und um ihr Gesicht. Es war aufdringlich, das zu tun, denkt er, voll Risiko – eine Tat, die nicht nur uneigennützigen Motiven entsprungen ist, wenn er sie hinterfragen sollte, was er aber vielleicht nicht tun wird. Zumindest paßte es überhaupt nicht zu ihm, obwohl es ihm in diesen Tagen einige Probleme bereitet, zu erkennen, was zu ihm paßt und was nicht. In all den Jahren seiner Ehe hat er kein einziges Mal Marthas Haar gekämmt, geschweige denn es gewaschen.

»Ich muß jetzt hineingehen, und du mußt gehen«, sagt sie, als nur noch fünf Minuten übrig sind.

Sie steht auf, und er steht mit ihr auf.

»Eden ...«

»Jetzt wird sie es wissen«, sagt sie schnell.

»Das darf aber doch nichts ausmachen, oder?«

Sie gibt ihm keine Antwort, sondern bewegt sich auf die Tür zu.

»Ich komme wieder«, sagt er.

Er parkt vor dem Fernsehreparaturladen. Er weiß nicht, was ihn dazu veranlaßt hat, in diese Richtung zu fahren; aber jetzt, wie er so ins Schaufenster des Ladens schaut, scheint ihm, daß er tatsächlich hierher kommen wollte, um O'Brien zu sehen und ihm guten Tag zu sagen.

Die Tür ist nicht versperrt, aber als er das Geschäft betritt, ist der Raum so still, so ruhig, daß er zuerst denkt, Henry O'Brien sei nicht da. Der Laden scheint sich in neunzehn Jahren nicht sehr verändert zu haben, abgesehen von einer dicken Staubschicht, die alle Fernseher und Radios und Bildröhren und die anderen Gegenstände bedeckt. Sogar die Fernsehgeräte selbst scheinen alt – alle gebraucht, ein paar tragbare darunter, einige größere Modelle. Von früher kann er sich nicht an den Staub erinnern, auch nicht an diese tödliche Stille in einem heißen, staubigen Raum an einem Sommertag. Als Junge war er in dem Laden fasziniert von jenen glänzenden, geheimnisvollen, schier unergründlichen Stücken, die zu jenem aufregenden Bereich gehörten, der sich Technologie nannte; und als er etwas älter war und manchmal wartete, daß Sean mit seinem Vater um den Zapfenstreich oder ein Darlehen von fünf Dollar feilschte, fühlte er sich oft unbehaglich und hoffte nur, daß Sean die Flucht schaffen würde, ehe sein Vater wütend wurde.

»Hallo!« ruft Andrew.

Er hört ein Murmeln, eine Bewegung im Hinterzimmer. Er geht auf das Geräusch zu.

»Hallo!« ruft er wieder.

Er glaubt einen Gruß zu hören und späht durch die offene Tür. Henry O'Brien sitzt an einem großen Stahlschreibtisch mit kleinen Elektroteilen, weißen Quittungen, Kaffeebechern aus Pappe, einem Aschenbecher, der mit Zigarettenstummeln und Kaugummipapier übervoll ist. Andrew kann zuerst nur den Kopf des Mannes sehen – das rötliche Haar, das jetzt heller geworden und mit grauen Strähnen durchsetzt ist und oben bereits dünner wird –, bis der Mann aufblickt und die Augen zusammenkneift, um Andrew besser sehen oder Gesicht und Körper einordnen zu können. Die Augen sind gerötet und wäßrig, wie von dauerndem Tränen.

»Ich kenne Sie«, sagt O'Brien. »Warten Sie einen Augenblick.«

Andrew kann die Gedanken des Mannes über sein Gesicht verfolgen: Ein Kunde? Nein. Ein Mann aus dem Ort? Nein. Dann das kurze Aufflackern von Schmerz in den Augen, der Augenblick des Erkennens.

»Andy.«

»Ja.«

»Richtig. Ihre Mutter ist gestorben.«

»Ja.«

»Meine Frau ...«

»Ich weiß. Es tut mir leid.«

»Haben Sie einen Auftrag für mich?«

In dem Laden gibt es keine Klimaanlage, nicht einmal einen Ventilator, und das Hinterzimmer ist stickig und von Zigarettenrauch erfüllt. O'Brien trägt ein T-Shirt mit einem Loch an der Schulter. Seine Haut ist rosa, fleckig, und er hat die Stoppeln von ein paar Tagen auf den Wangen. Andrew kann erkennen, daß der Kaffeebecher an O'Briens Ellbogen mit einer klaren, bernsteinfarbenen Flüssigkeit gefüllt ist.

»Nein«, sagt Andrew. »Ich bin nur vorbeigekommen, um guten Tag zu sagen.«

»Ach so.«

Das ist eine unerwartet mürrische Reaktion, und sie verblüfft Andrew. Warum reagiert er so? fragt er sich jetzt.

O'Brien fordert ihn nicht auf, Platz zu nehmen. Er nimmt einen langen Schluck aus dem Kaffeebecher. Er mustert Andrew prüfend. »Sie haben's gut getroffen«, sagt O'Brien und sieht Andrew aus zusammengekniffenen Augen an.

»Ich denke schon«, sagt Andrew.

»Besser als mein Junge.«

»Nun ...«

»Die haben ihn ans Kreuz geschlagen, wissen Sie? Oder vielleicht wissen Sie es nicht; Sie sind hier weggegangen, auf diese hochgestochene Schule. Aber ihn haben sie hier ans Kreuz geschlagen – obwohl er bereits tot war. Die wollten einen Sündenbock, und den haben sie bekommen. Seine Mutter haben sie umgebracht.«

»Ich ...«

»Der Junge hat nie ein Verfahren bekommen.«

O'Brien nimmt einen wütenden Schluck aus dem Kaffeebecher, aber er bekommt ihn in die falsche Kehle, und er hustet und fängt dann zu würgen an. Als er seine Stimme zurückgewinnt, klebt Speichel in seinen Mundwinkeln, und Andrew hat den Eindruck, daß der Mann das, was er sagt, ausspucken will.

»In diesem Land«, sagt O'Brien heiser, »gilt man so lange als unschuldig, bis einem die Schuld bewiesen ist. Aber so wie die Leute mich hier ansehen, weiß man, daß die ihr Urteil schon vor langer Zeit gefällt haben.«

»Ich bin sicher ...!!«

»Ist alles ohnehin ihre Schuld«, sagt O'Brien und wischt sich mit dem Handrücken über den Mund. »Ich gebe ihr die Schuld.«

»Wem?«

»Dieser Hure. Diesem Miststück.«

Andrew sagt nichts. Er spürt, wie die Hitze in seinem Hals aufsteigt, bis hinter seine Ohren.

»Sie war es. Zuerst hat sie ihn scharfgemacht, und dann wollte sie nichts mehr von ihm wissen. Verrückt hat sie ihn gemacht. Und dann so seinen Namen zu nennen ...«

Ein Schweigen hängt wie Zigarettenrauch zwischen den zwei Männern.

»Sie war erst vierzehn«, sagt Andrew leise.

»Vierzehn. Hundertundvierzehn. Für mich macht das keinen Unterschied. Wenn sie nicht gewesen wäre, wäre mein Sohn jetzt hier.«

»Nun, es tut mir leid, daß ich ...«, fängt Andrew an.

»Ist das Ihr Wagen?«

Andrew dreht sich um und sieht die Heckpartie des schwarzen BMW vor der Ladentür. Das Licht draußen ist im Gegensatz zu der Dunkelheit im Inneren so hell, daß es dem Wagen eine fast surreale Aura verleiht. Aus dieser Perspektive und im Kontrast zu dem schäbigen Kram draußen im Laden wirkt der Wagen unverzeihlich protzig.

»Ja«, sagt Andrew.

O'Brien saugt an seinen Zähnen.

»Nun, ich glaube, ich werde ...«, sagt Andrew und dreht sich um, um O'Brien anzusehen, der sich absichtlich wieder vornübergebeugt und einem kleinen Stück Metall zugewandt hat, aus dem eine Unzahl Drähte ragen. Andrew weiß, daß ihn sein Bestreben zu dem Laden geführt hat, mehr über Sean zu erfahren, über den Morgen, an dem Sean die Ortschaft verlassen hat, aber er sieht ein, daß er hier keine Antwort finden wird.

»Ja, tun Sie das ...«, sagt O'Brien, ohne aufzublicken.

Andrew dreht sich um und geht durch den Laden hinaus. Bitterkeit hängt in der Luft wie Staub. Draußen angelangt, bleibt er einen Augenblick lang auf dem Bürgersteig stehen und läßt die Morgenhitze seinen Kopf durchtränken, fühlt sich in der grellen Sonne staubig und grau und leicht schuldig. Er blickt zu dem Mann hinüber, der die Tankstelle betreibt, und winkt ihm zu. Der Mann winkt zurück. Obwohl Andrew den Mann nicht kennt, niemanden von den Leuten kennt, die mit der alten Tankstelle zu tun haben, ist das freundliche Winken so aufmunternd, daß Andrew sich dabei ertappt, wie er noch einmal winkt.

Andrew scheint es, daß sich, abgesehen von dem Winken, nichts auf der Straße bewegt.

Das Haus ist jetzt ein Labyrinth von Pappkartons, einige halbvoll, einige mit Klebeband verschlossen, einige leer und noch darauf wartend, daß Andrew über ihren Inhalt entscheidet. Müde, noch müder, als er das in der ganzen Zeit hier war, vor Erschöpfung fast gelähmt, schlängelt er sich zwischen dem Durcheinander von Kartons die Treppe hinauf in sein altes Zimmer. Es ist schon nach zwei Uhr nachts. Er hat die ganze Nacht hindurch gearbeitet, eine schier brutale Selektion vorgenommen, einige wenige wertvolle Gegenstände in Kartons verpackt, die er mit in die Stadt nehmen wird, und das meiste dafür bestimmt, mit dem größeren Mobiliar im Haus versteigert zu werden, und einen Teil weniger begünstigter Dinge der Heilsarmee zugewiesen. Die Heilsarmee und der Auktionator werden in ein paar Tagen kommen, um alles abzuholen, hat man ihm am Telefon gesagt. Er braucht nur die Kartons mitzunehmen, die er für sich und Billy behalten möchte.

Er schaltet das Licht in seinem Zimmer ein und knipst es sofort wieder aus. Er geht zu dem Bett am offenen Fenster, setzt sich, beugt den Kopf etwas vor und sieht hinaus. Die Nacht ist stockfinster, wie eine Höhle. Keine Sterne. Kein Mond. Er hört die Zikaden im Gras. Leben Zikaden im Gras? fragt er sich. Auf der anderen Seite der Einfahrt ist das andere Haus und unter seinem Fenster der Hortensienbaum. In der undurchdringlichen Dunkelheit kann er beides nicht sehen. In der Dunkelheit, denkt er, ist er ebenso blind wie sie.

Der Discjockey im Radio, ein Discjockey, der für sieben Uhr früh zu laut, zu heiser und zu ausgelassen ist, verkündet Andrew, während dieser seine Cornflakes ißt, daß die Hitze zurückgekommen ist – eine Tatsache, die keiner Erwähnung bedarf. Die Schwüle hat sich bereits über das Land gelegt und ist ins Haus eingedrungen wie ein unwillkommener Besucher, der sich auf ein träges Nickerchen vorbereitet. Im August, überlegt Andrew, ist die Hitze nie sonderlich weit entfernt, sie hängt immer am Horizont und wartet darauf, daß die kurzen, wie zum Spott auftretenden Perioden kühler, sauberer Luft sich auflösen und verschwinden.

Die Aussicht auf einen drückend heißen Nachmittag bringt eine neue Ordnung in seine Prioritäten. Zwei Aufgaben, die er sich vorgenommen hat – den Kräuter- und den Blumengarten zu säubern und mit dem Streichen der Südwand zu beginnen –, müssen schon in den frühen Morgenstunden erledigt werden. Später, nachdem er wieder Eden besucht hat (ein Besuch, der seinem Tag eine Richtung gibt, ihm eine gewisse Dringlichkeit verleiht, die er noch nicht ganz definieren kann), wird er ein Spirituosengeschäft ausfindig machen und eine Flasche Wein kaufen, um sie am Abend T.J. mitzubringen. Er wünscht sich, es wäre ihm eine vernünftige Ausrede eingefallen, um heute nicht zu dem Abendessen gehen zu müssen – obwohl er sich darauf freut, in Erfahrung zu bringen, wie T.J.s Kinder sind. Beim Nachdenken darüber fasziniert ihn, so wie das stets bei ihm gewesen ist, die Aussicht darauf, zu erfahren, wie das Leben eines anderen, eines, das er einmal beinahe so gut wie sein eigenes kannte, sich entwickelt hat.

Er ißt den Rest seiner Cornflakes und geht in die Garage, wo er ein paar alte schmutzverkrustete Gartenhandschuhe und eine kleine Hacke findet. Er wühlt in den Schubladen und merkt, daß er auch diese Dinge wird einpacken müssen.

Er geht vor dem Kräutergarten in die Hocke und versucht ihn zu entziffern. Der Garten ist eine ineinander verwachsene Masse aus verschiedenen grauen Grüntönen, die bereits in Braun übergehen: Einige Kräuter, wie Salbei und Rosmarin, erkennt er sofort; andere könnten Oregano oder Bohnenkraut oder Thymian sein. Er beschließt, daß alle, gleichgültig, welcher Gattung sie auch angehören, der gleichen Kur bedürfen – jäten, zurechtstutzen und gießen. Und so fängt er an, arbeitet flott, hofft, die Sache schnell hinter sich zu bringen, um sich dem Blumenbeet und der Malerarbeit zuwenden zu können.

Er ist gerade dabei, eine kleine Pflanze zurechtzustutzen, bei der es sich sogar um Unkraut handeln könnte, obwohl er das nicht glaubt, als er ein leichtes Stupsen zwischen den Schulterblättern spürt. Die Berührung ist so unerwartet, daß er zusammenzuckt, geduckt herumfährt, die Hacke in der Hand.

»Sie behauptet, sie hätte es selbst gewaschen, wozu sie durchaus imstande ist, aber ich weiß, daß Sie es getan haben.«

Edith Close ragt über ihm auf. Ziemlich schwerfällig und mit einem Knacken im linken Knie steht er auf, um sich ihr zu stellen. Sie trägt ein Sommerkleid und eine beige Strickjacke, die sie sich über die Schultern gelegt hat.

Ihm will keine Antwort einfallen. Es *war* eine anmaßende Handlung, und im Augenblick will ihm keine Rechtfertigung einfallen.

»Und das Ganze hinter meinem Rücken«, sagt sie.

»Ich habe nichts hinter Ihrem Rücken getan«, protestiert er.

»Sie sind hingegangen, als ich nicht da war.«

»Nun ja, aber ...«

»Nun, eben.«

»Mir hat sie den Eindruck gemacht, daß es ihr gutgeht«, sagt er, in dem Versuch, das Thema zu wechseln.

Sie hat eine Handtasche über den Arm gehängt. Ihre eine Hand hat sie an der Hüfte über die andere gelegt; eine Haltung, wie sie ältere Frauen häufig annehmen und wie er sie nie an einer jüngeren Frau gesehen hat, einer Frau beispielsweise von Marthas Generation. Er stellt sich die belanglose Frage, ob dies vielleicht eine Geste ist, die Frauen sich beim Altern angewöhnen.

»Ich hätte gedacht, daß Ihre Mutter Ihnen mehr erzählt hätte«, meint sie.

»Was erzählt?«

»Sie wissen, daß Eden weg war?«

»Ja. In einem Krankenhaus und dann in einem Blindenheim.«

Sie schüttelt den Kopf. »Eden ist bei dem ... Vorfall ... schwer verletzt worden.«

Sie blickt auf den Riemen ihrer Handtasche, als sähe sie ihn zum ersten Mal. »Zuerst dachten wir, es sei körperlich«, fuhr sie fort. »Sie wurde mehrmals operiert. Sie wollte nicht reden – mit mir nicht und auch mit sonst niemandem. Wir dachten, es stünde in Beziehung zu den Verletzungen. Aber die Verletzungen gingen ... tiefer.«

Er sieht ihr zu, wie sie ihre Handtasche berührt – ein Talisman. »Die Kopfverletzung hat sie sehr krank gemacht«, sagt sie. »Das Heim, in dem sie war, war genaugenommen kein Blindenheim.« Sie blickt zu ihm auf, mustert ihn scharf, will seine Reaktion sehen. »Es war eine psychiatrische Klinik.«

Er erinnert sich, wie Eden gestern ohne jeden Zusammenhang sagte, *Jim ist hier gestorben.* Er erinnert sich daran, wie er dabei dachte, daß dies eine seltsame Bemerkung sei.

»Sie hat sich erholt«, fährt Edith fort. »Nicht schnell, aber nach einer Weile. Sie erreichte einen Punkt, wo ich das Gefühl hatte, daß sie nach Hause kommen könnte. Man hatte das Gefühl, *ich* hatte das Gefühl, daß ich hier ebensogut für sie sorgen könnte. Aber sie braucht *Ruhe*«, sagt Edith heftig und furcht dabei die Stirn. »Sie darf nicht gestört werden. Man darf sie nicht an die Vergangenheit erinnern. Wir sprechen nie davon. Ich würde es vorziehen, wenn Sie auch nicht davon sprechen würden. Ich würde vorziehen, daß Sie sie überhaupt nicht besuchen. Sie erinnern sie an die Vergangenheit. Sie können sogar Erwartungen in ihr wecken, Hoffnungen«, sagt sie, und ihre Stimme hebt sich dabei, als wolle sie sicherstellen, daß er begreift, wie wichtig ihr das ist. »Und dann werden Sie wieder weggehen. Und wo wird sie dann sein?«

Er spürt wieder, wie ihm die Hitze ins Gesicht steigt. Er möchte sie lächerlich finden, albern, aber das kann er nicht. Statt dessen ist das, was sie zu ihm sagt, auf unbehagliche Weise bewegend und peinlicherweise zutreffend. Er hat nämlich tatsächlich gehofft, bei Eden Erwartungen zu wecken, wenn auch nur im Unterbewußtsein, und er kann nicht leugnen, daß er wieder weggehen wird. Und warum sollte er angenommen haben, daß Edith sich in neunzehn Jahren nicht verändert haben kann? In ihrer Hilflosigkeit wurde Eden vielleicht sofort für Edith gleich viel anziehender. Oder vielleicht hat die Lücke, die Jims Tod in ihrem Leben hinterlassen hat, ihr schließlich doch erlaubt, sich auf ihre Tochter zu konzentrieren. Und doch möchte er trotz dieser plötzlichen Gedanken glauben, daß es Eden guttut, wenn er sie besucht.

»Glauben Sie nicht, daß Sie jetzt überreagieren?« sagt er und überrascht sich selbst, nicht nur mit seiner Grobheit, sondern auch mit dem Wort selbst, denn für ihn ist das ein Begriff, den er mit Psychologengefasel in Verbindung bringt, eines, das Martha ihm gegenüber gern benutzte, ein Wort, das er normalerweise verabscheut. Aber er ist in Auseinandersetzungen nie präzise gewesen. Die Worte, die ihm in einem hitzigen Wortwechsel in den Sinn kommen, sind nicht exakt genug, und auf die Weise wird er häufig hilflos, wie ein Kind, das ein Erwachsener in die Enge treibt.

»Sie ist *meine* Tochter«, sagt Edith, und es ist, als würden ihre Worte die Luft um sie festklammern.

Der plötzliche Wutausbruch wirkt überraschend in dem stillen Garten.

Im nächsten Augenblick ist diese Aufwallung vorbei. Sie sammelt sich, es ist eine Folge subtiler Bewegungen, und sie wird dabei zwei Zentimeter größer, steht aufrechter da, sammelt ihre Gesichtszüge, bis sie so sind, wie er sie in ihrer Küche sah – ruhig, kühler und wenn auf der Hut, sogar noch kontrollierter. Er mustert sie fasziniert.

»Andy«, sagt sie, als wäre sie der Mühe müde geworden, dem Nachbarjungen Manieren beizubringen, »Sie müssen das von meinem Standpunkt aus sehen. Eden und ich sind eine *Familie.*« Sie übertreibt die Betonung des letzten Wortes, aber ihre Stimme klingt geduldig. »Sie ist alles, was ich jetzt habe, und ich bin alles, was sie hat. Daran ist vieles, was Sie unmöglich verstehen können. Sie waren beinahe *zwanzig* Jahre weg …«

Er wird der Chance, ihr zu antworten, beraubt (oder enthoben). Das Geräusch eines langsamer werdenden Wagens, der in die Einfahrt einbiegt, läßt sie beide aufblicken. Ein kleiner weißer Toyota rollt über den Kies. DeSalvo stemmt sich aus dem niedrigen Fahrersitz. Manche Fahrzeuge, denkt Andrew, sind für manche Männer einfach zu klein.

DeSalvo winkt und geht auf Andrew zu.

»Sind Sie noch rechtzeitig zu Ihrem Gespräch gekommen?« fragt DeSalvo kurzatmig. Er bewegt sich langsam in der Hitze. »Sie haben Ihr Scheckbuch auf der Theke liegenlassen.«

»Du liebe Güte«, sagt Andrew. Dann dreht er sich um. »Sie kennen doch Mrs. Close.«

DeSalvo wirft Edith Close einen Blick zu und nickt. »Wie geht es Ihnen?« fragt er.

»Gut, danke«, sagt sie.

»Ich kann nur sagen, muß ja ein verdammt wichtiger Anruf gewesen sein«, sagt DeSalvo und dreht sich wieder zu Andrew herum und reicht ihm das Scheckbuch. »Sie haben 'ne Menge Geld auf dem Konto.«

»Oh«, sagt Andrew peinlich berührt. »Sie haben nachgesehen.«

»Ja, was soll's«, sagt DeSalvo. »Ich seh immer nach. Ich hab

Sie gleich angerufen, aber da hat sich niemand gemeldet. Ich hätte es gestern schon gebracht, aber ich mußte meine Frau ins Krankenhaus bringen. Probleme mit ihrer Hüfte. Und dann war ich die ganze Nacht dort festgehalten. Ich hab in dem Imbiß Bescheid gesagt, daß man Ihnen sagen sollte, ich habe es, falls Sie angerufen hätten.«

»Ich hoffe, Ihrer Frau geht es gut«, sagt Andrew.

DeSalvo kratzt sich an der Brust. »Die werden eine Nadel hineinstecken, aber der Arzt sagt, in einem Monat ist sie wieder in Ordnung.«

»Ich muß jetzt zurück«, sagt Edith Close und geht in weitem Bogen um die zwei Männer herum. Sie geht langsam den Kiesweg hinunter auf ihre Haustür zu. Sie geht so, als wüßte sie, daß sie ihr nachblicken.

»Eine schwierige Person«, sagt DeSalvo.

Andrew blickt ihr nach und nickt.

Um dreiviertel elf ist er schon fast eine Stunde in seiner Küche im Kreis herumgelaufen. Das halbleere Bier, das er in der Hand hält, ist warm, ein leeres steht auf dem Tisch. Sein T-Shirt ist am Rücken und unter den Achseln feucht. Die Schwüle lastet bereits schwer. Sein Gesicht fühlt sich vom fehlenden Schlaf wie Sand an. Eine Dusche würde ihm jetzt guttun, das weiß er, aber etwas hält ihn davon ab, die Küche zu verlassen, als würde sich eine Antwort schließlich dann einstellen, wenn er nur lange genug in der Küche bliebe.

Die Liste der Dinge, die er sich vorgenommen hat, scheint ihm jetzt eine größere Last als am Morgen, aber er kann sich nicht darauf konzentrieren. Die Sachen aus der Küche, mit Ausnahme der gerahmten Collage mit den Schnappschüssen, die er behalten wird, und der Hoosier-Schrank, der bei der Versteigerung verkauft werden wird, gehen alle an die Heilsarmee. Eine am Ende in ihre Bestandteile aufgelöste Familie. Das muß die ganze Zeit geschehen, denkt er, jeden Tag, in jeder Ortschaft und jeder Stadt in Amerika.

Und wer wird dann in diesem Haus leben? fragt er sich. Ein junges Ehepaar auf der Suche nach einem erschwinglichen Zuhause für den Anfang, ein Ehepaar, in dessen Vorstellung dieses Haus mehr Charme haben wird, als es wirklich besitzt, ein Ehepaar, das es mit nachgemachten ländlichen Antiquitäten möblieren wird? Er malt sich die Frau aus, ihr braunes Haar mit blonden Strähnchen, ihre athletische und doch geschmeidige Gestalt in Khakishorts und einem voluminösen T-Shirt, damit beschäftigt, die Wände neu zu tapezieren – als könnte sie damit ihre Träume sichern.

Ich sollte mich wieder an die Arbeit machen, sagt er laut. Er spielt den Satz ab wie ein altes Tonband, das ihn in Wirklichkeit gar nicht mehr interessiert, das er aber dennoch wieder hören möchte, nur für alle Fälle. Jeder Tag, den er fern seiner Arbeit verbringt, macht ihm den Gedanken, dorthin zurückzukehren, immer fremder. In diesem Augenblick kann er sich einfach nicht vorstellen, je wieder die Lust oder die Ausdauer zu haben, einen Zehnstundentag in einem dreißigstöckigen Gebäude zu überleben, obwohl er weiß, daß er das muß. Er muß zurückkehren, und zwar bald.

Es ist die Hitze und die Erschöpfung, sagt er sich, wenn auch nicht ganz überzeugt. Das wird vorübergehen.

Er lehnt sich an den Kühlschrank, trinkt das Bier aus und setzt sich wieder in Bewegung. Er sollte duschen, sich rasieren, die Haare waschen. Die Haare waschen. Seine Fingernägel sind schwarz. Die Kniepartie seiner Jeans hat grüne Grasflecken. Grasflecken gehen nicht mehr raus, hat Martha hundertmal gesagt und Billys Overalls dabei in die Höhe gehoben.

Der Wein muß noch besorgt werden, erinnert er sich und versucht sich wieder auf seine Liste mit Aufgaben zu konzentrieren. Die Südwand muß gestrichen werden.

Ich habe Eden gesagt, ich würde zurückkommen, aber was ist, wenn Edith recht hat? fragt er sich wieder. Und dann noch einmal.

Er öffnet die hintere Tür ohne klares Ziel.

Dann hat er es. Er wird mit dem Wagen eine Runde drehen, ein oder zwei Stunden fahren und nach zwei Uhr zurückkehren. Er wird sich in den Wagen setzen und sich bewegen, wegbleiben. Wird morgen oder übermorgen auf ein kurzes Lebewohl hineinsehen. Die Sache bleibenlassen, vergessen.

Erleichtert, vorwärts zu kommen, eilt er die Stufen hinunter, geht mit schnellen Schritten auf den BMW zu. Er legt die Hand auf die Tür. Er streckt sich, als er in der Vordertasche seiner Jeans nach den Schlüsseln greift. Die Schlüssel sind nicht da. Sie liegen in der Küche, auf dem Küchenschrank.

Das habe ich gewußt, sagt er zu sich.

»Ich dachte schon, du würdest nicht kommen.«

»Fast wäre ich auch nicht.«

»Sie hat dir gesagt, du solltest wegbleiben.«

»Sie ist sehr besorgt um dich.«

»Das glaubst du.«

»Ja, das glaube ich.«

»Warum bist du dann hier?«

»Nun, ich glaube, daß sie um dich besorgt ist, aber ich bin nicht überzeugt, daß sie recht hat.«

»Ich habe ihr gesagt, daß ich es mir selbst gewaschen habe, aber sie hat mir nicht geglaubt. Es war der Scheitel, den bekomm ich nie richtig hin.«

Ihr Haar ist frisch gebürstet und der Scheitel, den er ihr gestern gezogen hat, immer noch gerade.

»Ich möchte dich etwas fragen«, sagt er.

»Was denn?« sagt sie nach einer Weile.

»War es sehr schlimm?« sagt er. »Am Anfang. Ich meine, ich wußte bis heute nie genau, was passiert ist, wo du warst.«

Sie zögert. »Es gibt Dinge aus der Zeit, an die ich mich nicht erinnern kann«, sagt sie. »Und was ist schlimm? Schlimmer als vorher? Schlimmer als jetzt?«

»Du mußt Jim sehr geliebt haben«, sagt er.

»Er war mein Vater.«

»Ich weiß.«

»Nein, du weißt es nicht.«

Ihm scheint, daß sie sich heute mit ihrem Aussehen einige Mühe gegeben hat. Sie trägt ein blaues Sommerkleid, vorn mit weißen Knöpfen, und einen Gürtel. Ihre Füße, sieht er, sind immer noch nackt. Als er die Küche betrat, saß sie am Tisch, das Gesicht zur Tür. Am Nasenrücken, an den Backenknochen und an der Stirn ist ein rosafarbener Schimmer zu erkennen, von der Sonne gestern. Es war nicht der Scheitel, der seine Anwesenheit verraten hat; es war die Sonne.

»Du hast getrunken«, sagt sie.

»Zwei Bier.«

»Das habe ich lange nicht mehr gerochen.«

»Ich hatte leider keine Zeit, mich frischzumachen«, lügt er. »Ich habe im Garten gearbeitet.«

»Ich weiß. Ich habe sie mit dir reden hören.«

»Ich bitte um Entschuldigung, wenn ich ...«

»Wenn du riechst, als ob du schwer gearbeitet hättest? Das macht mir nichts aus. Das ist interessant.«

Er überlegt, ob er anbieten sollte, das Mittagessen für sie zu machen. Er fragt sich, was sie ißt. Gestern hat keiner von ihnen beiden etwas von Essen erwähnt.

»Ich denke, wir sollten einen Spaziergang machen«, sagt er.

»Nein.« Sie glättet das Kleid über ihren Schenkeln.

»Das wäre gut. Durch die Maisfelder. Wie in alten Zeiten.«

»Es gibt keine alten Zeiten.«

»Nun, dann eben nur für jetzt.«

»Ich gehe fast nie hinaus.«

»Das hast du gestern gesagt. Warum?«

»Was gibt es draußen, wofür man hinausgehen könnte?«

»Du brauchst keine Angst zu haben. Ich werde dich halten, dich führen.«

»Ich habe keine Angst«, sagt sie.

»Sie geht nie mit dir hinaus, oder?«

Sie zuckt die Achseln. »Wenn es nötig ist.«

»Paß auf«, sagt er.

»Was?«

»Wir werden es tun.«

Einmal draußen angelangt, ist es, als hätte in den paar kurzen Minuten, die er in der Küche war, irgendeine unsichtbare Hand die Hitze ein paar Grad höher gedreht, so daß sie gerade noch nicht völlig unerträglich ist. Oder vielleicht ist es so, daß die düstere Küche mit ihren heruntergezogenen Jalousien und ihrer grünen Farbe den unerwarteten Vorteil hatte, so etwas wie natürliche Klimatisierung zu liefern. Was auch immer die Ursache ist, jedenfalls treffen das grelle Licht und die Hitze auf Andrew wie ein Schlag, als er die Tür öffnet, ein doppelter Angriff, der ihn ernsthaft überlegen läßt, ob er mit ihr hinausgehen sollte.

Fast im gleichen Augenblick bilden sich auf seiner Stirn, seiner Oberlippe und unter seinen Brustwarzen Schweißtropfen. Es ist wirklich Hitze, die Art von Hitze, die einen Mann, nur Augenblicke nachdem er ein sauberes T-Shirt angezogen hat, durchtränkt und die Kinder dazu treibt, unter Rasensprengern Erfrischung zu suchen. In dem Schnellimbiß werden die Männer unter dem sich abmühenden Ventilator an der Decke schwitzen. Das Schwimmbad in der Ortschaft wird eine Masse von Farbe und Körpern sein, und in den Hinterhöfen der Häuser näher bei der Ortschaft werden alte Frauen Würde und Anstand in den Wind schlagen und sich statt dessen in grünweißen Plastikliegestühlen räkeln und ihre fast nackten weißen Beine, weiß mit purpurfarbenen Adern, einem verstohlenen Luftzug im Schatten darbieten.

Die Hitze läßt in ihm den Wunsch aufkommen, zum Teich zu gehen – sein Körper äußert das Bedürfnis, seinen Durst zu stillen –, und dieser Wunsch verdrängt die Vorsicht. Er hält die Hintertür auf und greift nach ihren Ellbogen, führt sie auf die Treppe. Natürlich sieht er sofort, daß das grelle Licht ihr nichts ausmacht. Ihre Augen sind ganz weit geöffnet, ein Starren in die Weißglut, das ihn entnervt, wo er doch die eigenen Augen zu schmalen schmerzenden Schlitzen zusammengekniffen hat, um sich vor der Sonne zu schützen. Er wünscht, er hätte eine Sonnenbrille bei sich, um die Augen zu bedecken. Es ist, als hätte ihr Blick, dem dieses Licht überhaupt nichts ausmacht, sie nackt gemacht, und es drängt ihn, sie zu beschirmen.

»Ich werde dich aufheben und dich über die Stufe tragen«, sagt er.

Neben ihr, den linken Arm um ihre Hüfte geschlungen, hebt er sie über die verfaulte Treppe. Als er sie absetzt, nimmt er ihre Hand.

»Erinnerst du dich an den Weg zum Teich?«

Sie schüttelt den Kopf.

»Bleib einfach dicht bei mir. Wir werden langsam gehen.«

»Ich will das nicht«, sagt sie.

Mit einer mehr angemaßten als überzeugenden Autorität führt er sie über das frischgemähte Gras in südlicher Richtung auf den Rand der Maisfelder zu. Das Gras fängt bereits an einzelnen Stellen an braun zu werden. Er hat es für die Jahreszeit zu kurz geschnitten, zu kurz für die Hitze.

Sie bewegt sich widerstrebend, seine Hand spürt leichten Widerstand, ein Zurückschrecken vor jedem Schritt. Ihre Hand, die er in der seinen hält, ist wie die eines Kindes, das nicht mit ihm Schritt halten kann oder nicht mit einem Erwachsenen Schritt halten will. Er versucht mit seinem Griff Zuversicht zu vermitteln, hält ihre Hand fest, gibt ihrem Widerstand nicht nach. Er sieht ihr Gesicht an. Das zu helle Licht macht es in seiner Klarheit scharf, die Narbe zeichnet sich deutlich ab, und die blaugrünen Augen sind lebhaft und starr. Jetzt fühlt er, wie fremdartig dieser Ausflug für sie ist, dieses Nachvollziehen einer Reise aus der Kindheit, damals mit den leichten, unbedachten Bewegungen eines Mädchens. Jetzt muß es für sie sein, als würde man ihn mit verbundenen Augen durch eine fremde Stadt führen, mit Gefahren, die jeden vorsichtigen Schritt erwarten, einem Gefühl völliger, beängstigender Hilflosigkeit, wenn der Führer nicht wäre.

Er schließt die Augen und versucht ihren Weg so zu empfinden, wie sie das muß. Sofort ist ihm ein Gefühl ungeheurer Hitze oben am Kopf bewußt und die drückende Stille der Mittagsstunde. Er fühlt sich unbehaglich, sein Schritt ist unsicher, und diese Unsicherheit verrät sich durch seine Hand, denn er fühlt, wie ihr Widerstand stärker wird. Und als er die Augen aufschlägt – er kann, denkt er, bestenfalls zehn oder fünfzehn Schritte getan haben – sieht er, daß er bereits vom Kurs abgekommen ist.

Am Rand der Maisfelder kann er gerade noch den Weg zum Teich ausmachen. Er ist mit wilden Brombeerbüschen und Bittersüß überwachsen. Die jungen Leute gehen jetzt nur mehr selten hin, stellt er sich vor; vielleicht hier und da ein Junge, der einen Weg vom Teich aus erforscht und plötzlich auf die zwei isoliert dastehenden Farmhäuser stößt und erkennt, wie weit er vom Weg abgekommen ist.

Die Hitze erzeugt leichten Kopfschmerz hinter seinen Augen. »Wir müssen hintereinander gehen«, sagt er und wischt sich mit dem Hemdzipfel die Stirn. »Ich werde die Hand hinter mich halten, und du kannst sie nehmen. Ich werde ganz langsam gehen, damit du nicht stolperst.«

»Wo sind wir?« fragt sie.

»Streck die Arme aus«, sagt er.

Das tut sie und berührt die trockenen Maisblätter.

»Erinnerst du dich an das?« fragt er.

Sie betastet eines der Blätter, gibt ihm aber keine Antwort.

Als sie sich wieder in Bewegung setzen, geht sie noch vorsichtiger als vorher. Einmal legt sie die Hand auf seinen Rücken, wie um sich zu stützen. Sie kommen nur langsam von der Stelle, schwerfällig. Er fragt sich, ob es besser wäre, wenn er hinter ihr ginge, mit der Hand auf ihrer Schulter, und sie lenkte.

Eine Fliege beginnt ihm um den Kopf zu summen und läßt nicht von ihm ab, sosehr er auch mit der freien Hand nach ihr schlägt. Die Hitze in den Maisfeldern, ohne jeden Schatten, ist drückend. Er fühlt, wie die Hitze ihm seine Zuversicht nimmt. Einen Augenblick lang hat er Angst, sie anzusehen. Was, wenn Edith recht gehabt hat, fragt er sich, wenn ihr diese Expedition zuviel ist? Und könnte es sein, daß die Sonne ihr in irgendeiner Weise, mit der er nicht gerechnet hat, schadet?

Sie antwortet mit einem Schrei auf seine unausgesprochene Frage. Ihre Hand entgleitet der seinen. Als er sich umdreht, sieht er, daß sie sich niedergekauert hat, er sieht einen glänzenden Gegenstand nahe bei ihrem Fuß. Es ist der Verschluß einer Bierdose, dessen scharfer Rand sich nach oben biegt.

»Mein Gott«, sagt er, »wir haben deine Schuhe vergessen. Ich hätte daran denken müssen. Laß mich das ansehen.«

Sie sitzt auf dem Boden und reibt sich den Fußballen. Er nimmt ihren Fuß in die Hand und untersucht die Sohle. Er kann kein Blut sehen, keinen Schnitt.

»Ich würde jetzt gern umkehren«, sagt sie.

Er zieht sie hoch. »Wir müssen dir Turnschuhe besorgen«, sagt er. »Hast du keine Turnschuhe?«

»Kauf mir keine Turnschuhe«, sagt sie.

»Ist schon gut«, sagt er und überlegt. »Ich kann sie in meinem

Haus aufbewahren. Wir können sie hervornehmen, wenn ich mit dir weggehe.« Er sagt das, als wäre bereits entschieden worden, daß sie in Zukunft wieder gemeinsame Spaziergänge machen würden.

Aber sie hört es. »Bald wirst du weggehen«, sagt sie.

»Nun, nicht ... nicht sofort.«

»Wenn sie weiß, daß du wieder da warst, wird sie nicht zur Arbeit gehen.«

Er grübelt darüber nach.

»Ich kann auch vorsichtig sein, wenn du das kannst«, sagt er.

Sie gibt ihm keine Antwort.

»Ich muß heute abend zu T.J.«, sagt er. »Und ich habe gar keine Lust.«

»Du magst T.J. nicht«, sagt sie.

Das überrascht ihn. »Ich weiß nicht. Er und ich sind jetzt anders.«

»Das sind wir auch«, sagt sie. Sie dreht sich herum. Sie wehrt seine Hand ab und streckt statt dessen die Arme aus, läßt sich von den Maiskolben lenken.

Im Autoradio auf dem Weg zum Einkaufszentrum hört Andrew, daß die Hitzewelle, die noch den größten Teil der kommenden Woche andauern soll, in diesem Teil des Staates Rekordwerte erreichen wird. An diesem Abend und während der Nacht, sagt der Sprecher, werden Temperaturen um dreißig Grad erreicht werden.

Anschließend greift der Sprecher wieder die Schlagzeile des heutigen Tages auf, die Andrew verpaßt hat. Das dreizehnjährige Mädchen, das man nach einer Vergewaltigung am frühen Morgen in der Scheune ihres Vaters gefunden hat, ist im Bezirkskrankenhaus an seinen Verletzungen gestorben. Andrew starrt die Digitalanzeige seines Radios an. Die Polizei, erklärt der Sprecher, hat keine Verhaftungen vorgenommen, aber der sechzehnjährige Freund des Mädchens, der sie allem Anschein nach als letzter lebend gesehen hat, ist zur Einvernahme festgenommen worden.

Dann verliest der Ansager in lebhafterer Stimme, einer Werbestimme, die Andrew gut kennt, eine Anzeige für Garten- und Poolgeräte, für die ein Schlußverkauf veranstaltet wird. Andrew tritt aufs Gaspedal und jagt den Wagen auf siebzig. Nicht mehr lange, und Billy wird dreizehn sein. Eden war vierzehn. Gerade vierzehn. Aber sie ist ihren Verletzungen nicht erlegen. Ein Zitat aus einem Buch, das Eden auf der High School gut gefallen hat, drängt sich in sein Gedächtnis. Er kann sich nicht genau daran erinnern. Er hatte nie ein besonders gutes Gedächtnis für Zitate. Aber es besagte irgendwie, daß es keinen großen Unterschied zwischen den Leuten auf der Farm und den Leuten auf dem Friedhof gab und daß die auf dem Friedhof eigentlich besser dran seien. Das Buch hieß *Ethan Frome,* und er hat es an einem Sonntagnachmittag im Januar an seinem Schlafzimmerfenster gelesen, als Hausaufgabe. Er erinnert sich noch ganz deutlich daran, wie die Welt draußen vor dem Fenster damals aussah – eine Schneedecke, die das dünne Winterlicht eines Januartages düster erscheinen ließ – und wie die Landschaft damals so gut zu dem Buch paßte, das er las. Er malt sich mit unwillkommener Klarheit das Gesicht der Mutter an diesem Morgen aus, als man ihr vom Schicksal ihrer Tochter berichtete. In New York hat er sich an die Zeitungs- und Radioberichte über getötete Kinder, sexuellen Mißbrauch von Kindern, Kindsraub und dergleichen gewöhnt, um nicht zu sagen, er ist ihnen gegenüber abgestumpft. Und diese Berichte haben ihn angewidert und vorsichtig gemacht und ihn dazu gebracht, um Billy mehr Angst zu haben, als seine Eltern um ihn hatten. Aber dieser Bericht, den er in seinem BMW auf dem Weg zum Einkaufszentrum hört, keine zehn Meilen von der Scheune entfernt, wo man das Mädchen aufgefunden hat, neunzehn

Jahre nachdem Eden vergewaltigt und angeschossen wurde, ist am allerschwersten aufzunehmen. Obwohl er über unterschiedliche sexuelle Neigungen etwas Bescheid weiß, sogar eine gewisse Toleranz hat für Vorlieben, die er selbst nicht teilt, kann er sich doch keine Begierde vorstellen, die einen Mann dazu bringen könnte, ein Kind sexuell zu mißhandeln und es dann zu töten. Noch kann er sich ganz ausmalen, obwohl man sagen könnte, daß ein ähnlicher Akt viele seiner Träume und Visionen als Erwachsener geformt haben mag, wie ein solcher Akt der Gewalttätigkeit hier stattfinden könnte. Die Umgebung ist es, denkt er, diese täuschend verschlafene, jeglicher Gewalt fremde Umgebung, die eine solche Nachricht so unbegreiflich macht. Er dreht die Lautstärke seines Radios auf, so daß eine Rocknummer – ein Musikstück, das er noch nie gehört hat, ein lautes, atonales Musikstück mit ihm unverständlichen Worten – seine Ohren füllt.

Allem Anschein nach sind sämtliche Frauen des ganzen Bezirks, die keinen Swimmingpool und keine Klimaanlage haben, im Einkaufszentrum zusammengeströmt. Es ist innen klimatisiert, so daß man binnen Minuten das Wetter vergessen kann. Junge Mädchen im Schulalter zu dreien und vieren mit Paketen beladen, schieben sich in Trauben von einem Laden zum nächsten, befühlen die Waren, reißen ihre Witze darüber und machen aus dem Einkaufszentrum eine Freizeitbeschäftigung für den Nachmittag. Babys in Kinderwagen lassen ihre Mütter nicht aus den Augen, die auf Betonbänken sitzen, Eiskrem essen und Zigaretten rauchen und hier und da den Kinderwagen träge anstoßen und darüber nachdenken, was sie zum Abendessen nach Hause bringen sollen, um in der Hitze nicht kochen zu müssen. Männer gibt es in dem Einkaufszentrum fast überhaupt keine, beobachtet Andrew, und die wenigen, die er sieht, tragen kurzärmelige Hemden und Krawatten, Geschäftsführer der verschiedenen Läden, nimmt er an. Oder vielleicht auch Sicherheitsbeamte in Zivil. Er selbst trägt immer noch sein schweißdurchtränktes T-Shirt und seine Jeans mit den Grasflecken, und inmitten all der sauberen Frauen und Babys und Mädchen wirkt seine Erscheinung irgendwie unpassend.

Das Einkaufszentrum ist ein langes Rechteck, dessen Mittelstreifen von Bäumen gesäumt ist. Zu beiden Seiten reihen sich die Läden aneinander. Er geht die ganze Strecke hinauf und hinunter. Es gibt vier Geschäfte, in denen Schuhe verkauft werden, das Sears-Warenhaus am einen und das von Caldor's am anderen Ende nicht mit eingerechnet. Außerdem gibt es noch einen Laden, in dem Glückwunschkarten verkauft werden, einen für Bücher, einen für Videospiele und schließlich einen, in dem nachgemachte alte Bauernmöbel angeboten werden. Die meisten anderen Geschäfte verkaufen Damenbekleidung, aber keine Schuhe.

Er fängt mit dem meistversprechenden Laden an, einem für Sportbedarf, und ihm wird klar, daß er Edens Schuhgröße nicht kennt. Er greift sich einen Turnschuh, der so aussieht, als wäre er für einen Astronauten oder von einem Astronauten entworfen, und liest die Größe: 38. Das kommt ihm richtig vor. Er fühlt sich zu einem Regal mit einfachen Turnschuhen aus Segeltuch in Weiß, Rosa und Blau hingezogen, aber eine Verkäuferin mit drahtigem Haar, die der Anblick eines einigermaßen jungen männlichen Wesens aus ihrer nachmittäglichen Starre gerissen hat, steuert Andrew von den einfachen Turnschuhen zu einer Reihe von High-Tech-Laufschuhen an der linken Wand.

»Jogging? Nein, ich glaube nicht«, sagt Andrew, der sich die in subtilen Blau- und Grautönen gehaltenen Laufschuhe mit dicken Sohlen an Eden nicht vorstellen kann. An Martha, ja, da wären sie perfekt. Seine Augen schweifen begehrlich zu dem

Regal mit den einfachen Segeltuchschuhen, aber die Verkäuferin, offenbar von seiner kurzzeitigen Unaufmerksamkeit angestachelt, stürzt sich in eine Diskussion über die Technologie, die hinter (oder, besser gesagt, in) einem Paar weißsilbernen »Laufschuhen« steckt. Um die Verkäuferin nicht zu beleidigen, die sich zwischen ihn und das Regal mit den Segeltuchschuhen gestellt hat, murmelt er etwas, daß er sich nur umsehen wolle, und verläßt den Laden.

Andrew geht in sämtliche Schuhgeschäfte und die Schuhabteilungen von Sears und Caldor's. Einige der Geschäfte sucht er zweimal auf, läßt sich mit der Wahl Zeit, ist unfähig, eine Entscheidung zu treffen, unfähig, sich auf einen Schuh festzulegen, den er für perfekt hält. Er möchte wirklich, daß die Schuhe genau die richtigen sind, und überprüft jedes Angebot mit einer Gründlichkeit, wie er sie bislang nur bei Ausflügen in Spielzeugläden an den Tag gelegt hat, wenn es darum ging, Geburtstagsgeschenke für Billy zu kaufen. Er befingert Segeltuchschuhe ohne Schnürsenkel und überlegt, ob sie nicht vielleicht eine vernünftigere Wahl wären. Dann denkt er, daß hohe Schuhe vielleicht praktischer sein könnten. Dann wird ihm bei Caldor's plötzlich bewußt, daß Farbe ohne Belang ist, und das veranlaßt ihn, in einer Geste der Ungläubigkeit über seine eigene Dummheit den Kopf in den Nacken zu werfen. Eine Zeitlang sieht er sich trotz seiner natürlichen Antipathie von den endlosen Regalen mit Sechzig-Dollar-Laufschuhen angezogen, und er läßt sich die Feinheiten von Senkfußeinlagen erklären. Einige Male geht er an dem ersten Schuhgeschäft vorbei, das er aufgesucht hatte, in der Hoffnung, die Verkäuferin dort könnte Pause machen. Schließlich, nach schier endloser Zeit, und nachdem er bei Burger King einen Hamburger und einen Milchshake zu sich genommen hat, geht er zielstrebig in das erste Schuhgeschäft und dort auf das Regal mit den einfachen Segeltuchschuhen zu. Er läßt der ehrgeizigen Verkäuferin keine Zeit, ihn aufzuhalten, greift sich das Paar blauer Turnschuhe und sagt: *Größe achtunddreißig, bitte,* mit einer Stimme, die er normalerweise dazu benutzt, um Taxifahrern Anweisungen zu erteilen. Er argwöhnt, sie könnte ihn damit überlisten, daß sie lächelnd aus dem Lager kommt und sagt, sie seien ausgegangen. Aber vielleicht interessiert sie sich weniger für ihn, als er annahm, denn sie kommt eine Minute später mit einer Schachtel zurück. Er sieht nach, ob sie tatsächlich blau und Größe 38 sind, was der Fall ist. Er bezahlt für die Schuhe und geht mit der Schachtel unter dem Arm hinaus.

Dann ist die Sonnenbrille an der Reihe.

Die Suche nach der Sonnenbrille nimmt nicht so viel Zeit in Anspruch, aber als er dann an der Kasse Schlange steht und mit anhört, wie ein Mädchen einem anderen höchst geheimnisvoll schildert, wie es seine blaue Seidenbluse verbrannt hat, sieht er auf die Uhr und stellt fest, daß es bereits dreiviertel sieben ist. Um sieben soll er bei T.J. sein. Und dabei hat er noch nicht einmal den Wein. Er wird hetzen müssen, den Wein kaufen, zum Haus zurückfahren, ein sauberes Hemd anziehen, keine Zeit zu duschen und sich zu rasieren. Trotzdem wird er zu spät kommen.

Er bezahlt die Sonnenbrille und strebt dem Ausgang zu. In dem Moment, in dem er die Tür öffnet, trifft ihn die Hitze, als wäre er gegen eine Mauer gerannt. Beinahe sieben und immer noch glutheiß.

Er geht ohne Eile zu seinem Wagen und summt dabei ein Lied, das er in einem der Geschäfte gehört hat. Er hat die Turnschuhe und die Sonnenbrille und wird sie ihr morgen geben.

Er drückt den Klingelknopf neben T.J.s Haustür, dreht sich um und blickt die Straße hinunter. Jedes Haus ist in seiner Konstruktion mit dem daneben identisch. Jegliche Individualität, soweit es die überhaupt gibt, besteht nur aus der Farbe oder den falschen Scheiben in diesem oder jenem Fenster. Auf dem Schild an der Einfahrt stand: »Water's Edge – Center-Hall Colonials«, aber die Häuser haben wenig mit denen im Kolonialstil gemein, die Andrew vor Jahren in Massachusetts kennengelernt hat. Selbst die Einfahrt und die Rasenpartie und die Redwood-Terrassen hinter den Häusern wirken so, als wären sie aus derselben Maschine gekommen. Wie leicht kann es einem Mann doch passieren, überlegt er, eines Nachts spät betrunken nach Hause zu kommen, in die falsche Einfahrt zu biegen und an der falschen Tür mit den Schlüsseln herumzufummeln? Oder eine unversperrte Tür zu öffnen und ins falsche Bett zu steigen, neben die falsche Frau?

»Andy-Boy, Junge«, sagt T.J. und öffnet die Tür und läßt dabei einen Schwall eisiger Luft entweichen. »Komm schnell herein, ehe die Hitze ins Haus dringt.«

T.J. trägt einen weißen Baumwollpullover und hat die Ärmel bis zu den Ellbogen hochgeschoben, dazu Khakihosen mit einer Unzahl von Taschen. Die Hose sieht aus, als wäre sie dafür bestimmt, auf einer Safari getragen zu werden. Andrew überreicht ihm die in eine Papiertüte gehüllte Weinflasche. Er ist, verschwitzt wie er war, in ein sauberes Hemd geschlüpft. Seine Fingernägel sind noch schwarz, und er hat sich nicht rasiert. T.J. hebt die Brauen, sagt aber nichts. Der eisige Hauch der Klimatisierung, einer Klimatisierung, bei der man sich fühlt, als wäre es Ende November, läßt Andrew frösteln.

Aber er ist zu desorientiert, um sich ganz und gar auf die Kälte konzentrieren zu können. Die zwei Seiten des Flurs, in den T.J. ihn gedrängt hat, sind verspiegelt. Andrew hat das Gefühl, als schwebte er, als wäre er nicht an den festen Boden gebunden. Zwei schwarze Treppen (oder ist es nur eine, die sich im Spiegel wiederholt?) erwecken den Anschein, als stiegen sie ohne jegliche Stütze ins Obergeschoß. Ein Kronleuchter in

Schwarz und Gold wiederholt sich schwindelerregend Hunderte von Malen im Spiel der Spiegel, die andere Spiegel reflektieren. Ein auf Hochglanz polierter schwarzer Sessel ist das einzige Möbelstück im Flur, und obwohl auch er viele Kopien hat, strebt Andrew auf ihn zu, um sich zu stützen.

»Andy-Boy«, sagt T.J.

»T.J.« sagt Andrew.

»Also, was willst du trinken?« fragt T.J., noch ehe sie den Flur verlassen haben.

»Trinken?«

T.J. runzelt die Stirn. »Na, du weißt schon, ein Cocktail, ein Bier. Bist du in Ordnung, Junge? Wirkst etwas verstört.«

»Doch, ich bin schon in Ordnung«, sagt Andrew und greift nach der Sessellehne. »Wirklich. Ich habe mich verspätet, hatte keine Zeit mehr zu duschen. Ich wollte mich nicht noch mehr verspäten als ...« Der Satz verhallt, als er plötzlich sich und T.J. in der gegenüberliegenden Wand entdeckt. Er wirkt benommen wie ein Gefangener, den man aus einer abgedunkelten Zelle in ein Zimmer gebracht hat, in dem das Licht zu hell ist.

T.J. mustert ihn ein wenig argwöhnisch. »Wäre ein Erdbeer-Daiquiri okay, Andy-Boy? Didi hat zwei vorbereitet.«

»Fein«, sagt Andrew. »Fein.«

»Okay. Also. Dann führ ich dich mal ein wenig herum, und dann gehn wir in die Küche.«

T.J. greift nach einem schwarzen Handgriff im Glas und geht an der Spiegelwand vorbei ins Wohnzimmer. Andrew folgt ihm und stellt zu seiner Erleichterung fest, daß hier nur eine Wand verspiegelt ist. Seine Orientierung dauert aber nur einen Augenblick, bis ihm klar wird, daß der Boden, auf dem er steht, schwarzer Marmor ist oder ein Material, das Marmor ähnelt, und daß der größte Teil des Mobiliars im Raum ebenfalls schwarz ist; ein Effekt, der dazu führt, daß er ein kleines Tischchen übersieht und sich das Schienbein daran anstößt.

Die nicht verspiegelten Wände sind mit goldgesprenkelter Tapete bedeckt. Auf einem schwarzen Kaffeetisch stehen ein übergroßer goldener Aschenbecher und eine goldene Vase. An der gegenüberliegenden Wand türmt sich eine riesige Konsole mit einem ungeheuren Fernsehschirm auf, ähnlich dem im Vorführraum in seiner Firma, und darunter ist, wie in einem abgedunkelten Cockpit einer 747, eine Anordnung von Instrumenten mit Digitalanzeigen zu erkennen.

»Letzter Stand der Technik«, sagt T.J., der Andrews Blick gefolgt ist. »Wir haben allein hier zwei Videorecorder, und die Kinder haben ihre eigenen, und wir haben noch einen im Schlafzimmer. Das Bild ist phantastisch. Willst du es sehen?«

T.J. greift sich eine der drei Fernbedienungen auf dem Kaffeetisch und drückt einen Knopf. Nichts passiert.

»Warte mal. Es muß die andere sein.«

Er nimmt sich die zweite Fernbedienung und drückt einen Knopf. Wieder nichts.

»Da haben die Kinder wieder Unfug getrieben«, sagt T.J. etwas verwirrt und greift nach dem dritten. Er drückt einen Knopf. Ein lebensgroßes Bild des Talkmasters einer abendlichen Talkshow erscheint auf dem Bildschirm.

»Klasse, hm?« sagt T.J.

»Klasse«, nickt Andrew. Ein paar Augenblicke lang denkt er über das Ausmaß an Technik und Kosten nach, deren es bedurfte, ein lebensgroßes Abbild des Talkmasters in T.J.s Wohnzimmer zu zaubern.

T.J. tritt durch einen offenen Türbogen in einer der goldgesprenkelten Wände, und als Andrew ihm folgt, findet er sich in einem Speisezimmer, wie er vermutet, während seine Hand unwillkürlich über den langen schwarzen Lacktisch in der Mitte streicht. Er entdeckt sein Spiegelbild in einer weiteren Spiegelwand auf der anderen Seite. Ein schwarzgoldener Lüster ähnlich dem im Flur hängt von der Decke.

»Wir stehen auf Schwarz und Gold«, sagt T.J.

Die Feststellung scheint eine Antwort zu fordern. »Und auf Spiegel«, sagt Andrew.

»Nun ja, Spiegel sind klasse. Da sieht alles viel größer aus.«

»Auf jeden Fall«, sagt Andrew.

T.J. öffnet eine weitere versteckte Tür. »Hier ist er!« verkündet er jemandem auf der anderen Seite.

Andrew hört die weibliche Stimme, noch ehe er ihre Besitzerin sieht.

»Andy!«

Er tritt in einen Raum, der ganz in Schwarz und rostfreiem Stahl gehalten ist, einen Raum, bei dem es sich, wie er aus dem reichlich vorhandenen rostfreien Stahl schließt, um die Küche handeln muß. Didi Hanson, jetzt Jackson, umarmt ihn. Er nimmt einen weißen Baumwollpullover wahr, identisch mit dem T.J.s. Sie tritt zurück und hält ihn auf Armeslänge von sich.

»Da sieh mal einer an!« sagt sie.

Andrew ist einen Augenblick lang um Worte verlegen. »Schön, dich zu sehen«, stammelt er. »Euer Haus ist ... Ich finde, Euer Haus ist ...«

»Ja, nicht wahr?« sagt sie und greift nach einem schaumig wirkenden rosafarbenen Getränk, das auf einer Theke aus rostfreiem Stahl wartet, und reicht es ihm. Er sieht den Kühlschrank aus rostfreiem Stahl, vor dem Didi steht. Einen solchen Kühlschrank hat er auch einmal besessen, denkt er.

Didis Haar ist immer noch blond in kurzen Locken, eine Frisur, wie er sie seit Jahren nicht mehr an einer Frau gesehen hat. Riesige goldene Ohrringe baumeln von ihren Ohrläppchen. Sie trägt ebenfalls Safarihosen. Als sie die Hand bewegt, klirrt ein goldenes Armband. Er nimmt einen Schluck von dem Erdbeerschaum. Das Frösteln, das schon im Korridor begonnen hat, erfaßt seinen ganzen Körper, als die eiskalte Flüssigkeit seinen Magen erreicht.

Zu schnell, ehe er sich darauf einstellen kann, hüllt Didi ihn wieder ein und drückt den Kopf unter sein Kinn. Dabei stößt sie an seinen Arm, und er bemüht sich, das Glas an ihrem Rücken ruhig zu halten. Ein Tropfen von dem rosafarbenen Schaum fällt auf ihren weißen Pullover.

»Das mit deiner Mutter tut mir schrecklich leid«, murmelt sie an seinem Hemd. Sie steht reglos da, unbehaglich lange, dann drückt sie ein wenig zu und läßt ihn los.

Andrew fällt keine Antwort ein. Hat sie seine Mutter überhaupt gekannt?

»Also Kumpel«, sagt T.J. und schlägt Andrew auf die Schulter. »Dann laß uns jetzt über dein Haus reden, während uns Didi ein Feinschmeckeressen macht.«

»Nun, wir werden nur grillen«, sagt Didi und wirft Andrew einen nachsichtheischenden lächelnden Blick zu. Das Lächeln ist identisch mit dem Lächeln ihrer Jugend – eine strahlende Vorstellung, die ihm immer zu angestrengt vorkam.

»Komm, sieh dir an, wo ich wohne«, sagt T.J. und lenkt Andrew zu einer weiteren Tür.

So bemerkenswert die schwarzen und verspiegelten Interieurs der anderen Räume gewesen waren, ist für Andrew doch nichts so überraschend wie der Raum, in den T.J. ihn führt. Es ist, als wären sie beim Durchschreiten der Tür in ein anderes Zeitalter eingetreten, ein völlig anderes Haus. Andrews Mutter hätte den Raum wahrscheinlich als Bude bezeichnet, ein mit Kiefernbrettern verschaltes Zimmer mit einem »Early-American«-Sofa mit Ahornrahmen und kariertem Bezug. Neben dem Sofa stehen zwei passende Lehnsessel. Auf dem Boden liegt ein rostfarbener Zottelteppich, und in einer Ecke steht auf einem Drahtgestell ein kleiner Fernseher. In einer anderen Ecke fällt Andrew eine Vitrine mit Gewehren auf.

»Das hier ist das Familienzimmer«, sagt T.J. »Hier halten wir uns die meiste Zeit auf.«

Durch eine Glasschiebetür kann Andrew die aus Redwoodbrettern bestehende Terrasse sehen, auf der ein Gasgrill steht, ganz ähnlich dem, den er und Martha in Saddle River hatten. Andrew fragt sich, wann, wenn überhaupt, die anderen Räume je benutzt werden.

T.J. setzt sich in einen Sessel und kippt die Lehne zurück. Er nimmt einen langen Schluck von seinem Drink.

»Wir werden hundertdreißig verlangen. Sind die Möbel weg?«

Andrew starrt T.J. an. Er braucht ein paar Sekunden, bis ihm klar wird, daß T.J. von Andrews Haus spricht.

»Beinahe«, sagt er und setzt sich in den anderen Sessel. »Es ist alles veranlaßt.«

»Kannst du jemanden bekommen, der einmal richtig saubermacht? Wenn du willst, kann ich ein paar Leute empfehlen.«

»Sicher. Ganz wie du meinst.«

»Ich möchte Mitte nächster Woche anfangen. Bis dahin bist du doch weg, oder?«

»Vielleicht«, zögert Andrew. »Ich hoffe wenigstens.«

»Ich möchte gern loslegen. Schnell neue Leute reintun. Ich glaube, es wird ziemlich schnell gehen. Bis Anfang September jedenfalls sollte sich etwas rühren. Komm Montag ins Büro, dann klären wir noch ein paar Dinge.«

»Soll mir recht sein«, sagt Andrew.

»Du richtest es doch her, oder?«

»Ich mache ein paar Dinge. Die Hitze lähmt mich etwas.« Andrew sehnt sich nach der Hitze und blickt begehrlich nach draußen. »Wo sind deine Jungs?« fragt er.

»Bei einem Freund am Pool. Vielleicht kommen sie, ehe du wieder weggehst.«

»Jagen deine Jungs?« fragt Andrew. Hinter T.J.s Kopf steht eine Vitrine mit den Gewehren. »Ich wußte gar nicht, daß du so viele Gewehre hast.«

T.J. dreht den Kopf herum und sieht den Schrank an. »Die hab ich immer schon«, sagt er. »Erinnerst du dich nicht? Wir haben als Jungs doch gejagt.«

»Von damals erinnere ich mich nur an den Karabiner. Ich wußte gar nicht, daß du auch Schrotflinten hast.«

»Die gehörten meinem Vater. Er hatte seinen Gewehrschrank im Keller. Abgeschlossen. Ich geh jetzt hier und da mit Tom junior auf die Jagd, aber es macht ihm nicht so viel Spaß wie mir damals. Dir hat es auch keinen großen Spaß gemacht, jetzt wo ich daran denke, oder?«

»Nein, ich glaube nicht. Mir war eher die Geschicklichkeitsübung wichtig, aber es gefiel mir nie, wenn ich dann die Tiere tot daliegen sah.«

»Ja, mein Junge ist auch so. Gelegentlich tendiert er zur Weichheit – aber damit will ich dir nicht zu nahe treten.«

Andrew hat nicht das Gefühl, daß T.J. ihm zu nahe getreten ist. Er denkt, daß T.J.s Sohn ihm wahrscheinlich gefallen würde.

»Du hast es zu was gebracht«, sagt Andrew in das Schweigen hinein, um das Thema zu wechseln.

»Kann mich nicht beklagen, wirklich nicht. Natürlich hab ich Hypotheken bis über die Ohren, aber haben wir die nicht alle? Hab das Haus günstig bekommen. Kannte den Bauunternehmer, bin sozusagen rechtzeitig eingestiegen. Aber den eigentlichen Blick hat Didi. Hat richtig was zum Herzeigen draus gemacht. Fabelhafter Geschmack, findest du nicht?«

»Bemerkenswert«, sagt Andrew.

»Sie hätte spielend Innenarchitektin werden können, mit dem Geschmack, aber wir haben uns dafür entschieden, daß sie zu Hause bei den Kindern bleibt. Arbeitet deine Frau?«

»Martha? Nein, eigentlich nicht. Aber in Zukunft. Sie fängt im Herbst an einer Privatschule in New Jersey als Lehrerin an.«

»Dein Sohn ist jetzt wie alt?«

»Sieben.«

T.J. nickt. »Genau«, sagt er. »Prima Alter. Er muß dir sehr fehlen.«

»Tut er auch«, sagt er.

Andrew und T.J. greifen gleichzeitig nach ihren Gläsern. T.J. leert das seine. Er beugt sich vor, als wollte er aufstehen.

»Soll ich dir noch einen holen?«

Andrew hält sein Glas in der Hand und sieht hinein.

»Als wir Kinder waren ...«, sagt er.

Da ist etwas, was er T.J. fragen möchte, eine Frage, die er stellen muß, wenn Didi nicht im Zimmer ist. Es ist eine Frage, die ihn seit gestern beschäftigt hat. Aber jetzt, in T.J.s Bude (oder Familienzimmer), scheint ihm die Frage zu vorlaut, zu persönlich.

»Als wir Kinder waren, was?« sagt T.J.

»Als Eden ... diese Phase hatte, vor Sean ... hast du da mit ihr ...? Ich meine, habt ihr beide je ...?«

T.J. sieht Andrew mit ebenso glasigen Augen an, wie Andrew sie vor einer Minute hatte. Dann schüttelt er den Kopf.

»He ...« T.J. zieht das Wort in die Länge, als hätte es vier Silben. »Hat das nicht jeder?« sagt er und grinst.

»Das hast du nie erzählt.«

»Du hast mich nie gefragt.«

»Das ist keine Antwort.«

»He, was soll das, ist das ein Verhör?«

»Tut mir leid«, sagt Andrew. »Wirklich, es geht mich auch nichts an.«

»Oh, das macht nichts«, sagt T.J. und macht eine weitausholende Handbewegung mit dem Glas in der Hand. »Wahrscheinlich erinnerst du dich nicht daran, aber du warst damals recht reizbar, wenn es um Eden ging. Wie ein älterer Bruder. Ich meine, man läuft nicht herum und sagt dem älteren Bruder irgendeines Mädchens, daß man seine Schwester vögelt, selbst wenn es dein bester Freund ist. Nicht daß wir das je getan hätten.«

»Dann habt ihr also nicht?«

»Nun, genaugenommen nicht«, sagt T.J. »Und ich will dir noch etwas sagen. Ich will dir ja keine Illusionen nehmen, aber ich war nicht der einzige. Bei weitem nicht ...«

T.J. lehnt sich in den Sessel zurück und hält sich das Glas an die Stirn. »So wie die Dinge sich für sie entwickelt haben, schätze ich, ist es ja ganz gut, daß sie so früh angefangen hat. Aber ich will dir etwas sagen. Damals war mir das nicht bewußt, weil ich zu unerfahren war, um es zu wissen, und außerdem – wie soll ich das ausdrücken? – zu *beschäftigt,* um über ihren Gemütszustand nachzugrübeln. Aber jetzt, wenn ich daran zurückdenke, dann hat es ihr nie richtig Spaß gemacht. Ich würde nicht sagen, daß sie es gemacht hat, weil sie scharf darauf war, verstehst du. Es war mehr eine Art Nummer, die sie abzog. Oder als würde sie etwas dazu treiben. Das ist das Gefühl, das ich bekam – als würde sie dazu getrieben, als versuchte sie etwas aus sich herauszubrennen. Aber es ist natürlich so, wenn man sechzehn oder siebzehn ist, wen interessiert dann schon, was die sich dabei denken, solang sie einen nur ranlassen, oder? Aber wie gesagt, jetzt, wenn ich darüber nachdenke ...«

Andrew sieht T.J. an. Didi klopft draußen von der Terrasse an die Glastür. Sie trägt eine Platte mit kleinen Steaks zum Grill. »Paß auf die Steaks auf«, signalisiert sie T.J., legt sie auf den Grill und verschwindet wieder in die Küche.

»Nun, du weißt ja, wie sie damals war«, sagt T.J. und steht auf. »Hast du sie schon gesehen?«

»Nein«, lügt Andrew.

Ein Bild von Eden, so wie sie jetzt ist, in ihrem blauen Kleid mit den weißen Knöpfen, das Haar gewaschen und sauber gescheitelt, füllt den Raum zwischen ihm und T.J. Er spürt, wie ihm das Glas weggenommen wird.

»Ich werd mal nachgießen«, sagt T.J. und sieht dabei Andrew an.

Sie essen von Tabletts im Familienzimmer. Andrew überlegt, wie wichtig man wohl sein muß, um in das verspiegelte Speisezimmer zu dürfen. Aber ihm ist es recht, hier zu essen, von hier aus kann er wenigstens die Wärme draußen sehen und sich vorstellen. Trotzdem friert er so, daß ihm das Besteck in den Fingern zittert.

Didi serviert eine Flasche süßen, schäumenden rosa Weins zu den Steaks, und Andrew fragt sich, was wohl aus dem passablen Roten geworden sein mag, den er mitgebracht hat. Didi, entdeckt er, hat eine Begabung für Small talk; ein Talent, das Andrew zu schätzen beginnt, als der Abend sich in die Länge zieht und seine eigenen Konversationskünste versiegen. Sie plaudert liebenswürdig, reagiert auf Andrews höfliche Fragen nach ihren beiden Söhnen, nach dem Sommerlager, aus dem sie gerade zurückgekommen sind, nach dem Boom für neue Häuser in der Ortschaft. Sie lanciert ihrerseits ein paar höfliche Fragen. Wie er jetzt wohnt? Wie es ist, in New York City zu wohnen? Was er beruflich macht? T.J. macht ihn verlegen, indem er Didi Andrews Titel nennt und es fertigbringt, ihn wesentlich bedeutsamer hinzustellen, als er tatsächlich ist. T.J. schafft es auch, anzudeuten, daß Andrew eine Menge Geld verdient, was Didi zu faszinieren scheint. Sie mustert ihn mit neuem Respekt. Dann erkundigt sie sich nach dem alten Haus, fragt, was er damit macht, fragt, ob er Eden gesehen habe. Das Lügen bereitet ihm keine Schwierigkeiten.

Nein, sagt er wieder. Nein, er hat sie nicht gesehen.

»Wir nannten sie immer – eigentlich schrecklich –, wir nannten sie immer Goldleckchen.«

»Was?«

»Nun, du weißt schon – nicht Goldlöckchen – Leckchen.«

Didi wird rot.

»Oh«, sagt Andrew.

»Ich höre, sie ist entstellt«, sagt Didi mit einem Ausdruck, den Andrew für Ekel hält.

T.J. wirft seiner Frau einen Blick zu. Andrew will etwas sagen, klappt dann aber den Mund wieder zu. Er stellt seinen Teller weg, nimmt einen Schluck des rosa Weins und stellt das Glas auf den Boden.

»Ich gehe kurz auf die Terrasse hinaus«, sagt er. »Ehrlich gesagt, ich bin am Erfrieren.«

T.J. und Didi sehen ihn an, als hätte er gerade vorgeschlagen, aus dem Fenster zu springen. »Aber sicher«, sagt T.J., der sich gleich wieder fängt. »Wie du meinst.«

Andrew öffnet die Tür einen Spalt und zwängt sich hindurch, um nur ja keine heiße Luft hereinzulassen. Er geht an das Geländer am Rand der Terrasse. Die Hitze hüllt ihn ein wie ein warmes Bad. Er steckt die Hände in die Taschen und blickt die Reihe von Redwoodterrassen hinter den Häusern hinauf und hinunter. Die Stille bedrückt ihn. Das Gras hat nichts von der Symphonie, die er hinter seinem eigenen Haus im Freien wahrnimmt. Es gibt auch überhaupt keine Menschenstimmen – nur das Dröhnen der Klimaanlagen. Die Tür hinter ihm gleitet auf und klickt wieder zu. T.J. steht neben ihm, jetzt in einem kurzärmeligen T-Shirt anstelle des weißen Baumwollpullovers.

»Tut mir leid wegen dem Spruch«, sagt T.J. »Sie hat es nicht böse gemeint, sich nur erinnert.«

»Das macht nichts», sagt Andrew.

»Sie geht dir immer noch unter die Haut, wie?«

»Wer?«

»Du weißt schon, wer.«

»Eden? Nein, das liegt Jahre zurück.«

Nebenan läßt jemand einen Hund hinaus. Der Hund macht sofort kehrt und winselt, um wieder hineingelassen zu werden.

»Heiß hier draußen«, sagt T.J.

»Ja. Tut mir leid, daß du meinetwegen herauskommen mußtest.«

»Du wirst bald in die Stadt zurückfahren?«

»Ja.« Andrew dreht sich um, setzt sich auf das Geländer. Er sieht T.J. an. »Manchmal denke ich freilich, ich wüßte, ehe ich zurückfahre, gern, was wirklich in jener Nacht passiert ist.«

»In welcher Nacht?«

»Die Nacht, in der man auf Eden geschossen hat. Die Nacht, in der ihr Vater ums Leben kam.«

T.J. verschränkt die Arme über der Brust und sieht auf seine Füße hinab.

»Zum Beispiel«, sagt Andrew, »habe ich mich immer gefragt, warum Sean, wenn er es nicht war – und nehmen wir doch einmal an, daß er es nicht getan hat –, warum er die Stadt so schnell verlassen hat.«

T.J. blickt zu dem heißen sternenlosen Himmel auf. Er steckt die Hände in die Tasche. Er sieht Andrew an.

»Vielleicht, weil er dachte, daß die Leute es ihm anhängen würden. Er war manchmal nicht besonders intelligent.«

»Aber wie wußte er denn davon?«

»Jeder wußte es.«

»So schnell? Hast du an jenem Morgen mit Sean gesprochen?«

»Worauf willst du hinaus?«

Andrew blickt durch die Glastür, sieht die Gewehrvitrine in der Ecke.

T.J. hatte Zugang zu Schrotflinten, denkt er.

Jetzt fang ich an, den Verstand zu verlieren, denkt er.

Er schüttelt den Kopf. »Vergiß es. Diese Ortschaft fängt an, mich verrückt zu machen. Ich muß in die Stadt zurück.«

»Schon gut«, sagt T.J. »Du warst unter Druck, mit dem Tod deiner Mutter und all dem.«

Andrew stellt einen Fuß auf das Geländer. »Wo ist das Wasser?« fragt er.

»Welches Wasser?«

»Das hier heißt doch Water's Edge.«

»Oh, das. Das ist nur ein Name. Du weißt doch, wie es mit diesen Siedlungen ist. Tudor Hills Fox Run, Waverly Manor. Das soll so klingen, als wäre es irgendwo in England.«

Andrew sagt nichts. In der Stille hören sie beide ein kleines Flugzeug am Himmel.

»Du hast sie doch gesehen, oder?« sagt T.J.

Andrew zögert, zuckt die Achsel und nickt dann.

»Sei vorsichtig«, sagt T.J.

»Woher hast du es gewußt?«

»Immer, wenn du lügst, streichst du dir übers Haar. Das verrät dich sofort. Das hast du immer getan.«

»Danke für den Tip.«

»Wie ist sie denn?«

Andrew sieht seinen alten Freund an. »Das ist schwer zu sagen. In mancher Hinsicht ganz gewöhnlich. Aber nicht eigentlich.«

»Wie sieht sie aus?«

»Gut. Gut sieht sie aus. Da ist eine Narbe, aber sie sieht ... gut, sie ist nicht entstellt.«

»Das hatte ich nicht angenommen. Ich sagte dir doch, ich hab sie ein paarmal in einem Wagen sitzen sehen – nur im Vorbeihuschen. Da wirkte sie auch ganz normal auf mich, nur so, als würde sie schlafen oder so.«

Andrew setzt den Fuß auf den Boden und richtet sich auf. »Ich werd jetzt gehen«, sagt er. »Ich bin ganz erschöpft. Sag Didi ...«

»So früh? Sie hat wahrscheinlich eine Nachspeise«, protestiert T.J. Aber etwas in Andrews Gesicht läßt es ihn sich anders überlegen. »Ja, klar, ich werd es ihr sagen.«

Andrew schüttelt T.J. die Hand. Die beiden Männer sehen einander an, ohne sich loszulassen.

»Daß du mir nur ...« T.J.s Stimme verhallt.

»Daß ich was?« sagt Andrew.

»Sei vorsichtig«, sagt T.J. »Man kann nie wissen.«

»Was wissen?«

T.J. läßt Andrews Hand los. »Weiß nicht. Es war eine lange Zeit. Das hier ist nicht deine Welt, das sehe ich. Du wärst besser dran, wenn du wieder zu deinem Job zurückkehren würdest, zu deinem Jungen ...«

Andrew nickt. »Wir sehen uns dann Montag«, sagt er.

Er winkt, während er die Verandastufen hinuntergeht. Er geht um das Haus herum zu seinem Wagen. Als er hinter dem Steuer sitzt, schiebt er eine Miles-Davis-Kassette hinein und dreht die Lautstärke auf. Als er auf die Straße hinausfährt, fährt ein anderer Wagen in T.J.s Einfahrt. Zwei Jungs steigen aus. Die Jungs, in T-Shirts, das Haar feucht und zerzaust, jeder mit einem feuchten Handtuch in der Hand, gehen hinten auf das Haus zu. Keiner geht durch die Vordertür ins Haus.

Als er zu seinem eigenen Haus zurückgekehrt ist, geht er bewußt durch alle Räume, öffnet dabei jedes Fenster, läßt die Nachtluft – schwer, würzig – ins Haus. Binnen Sekunden ist seine Haut feucht. Er geht ins Badezimmer, zieht sich aus und dreht das Wasser in der Dusche auf heiß. Er tritt in die dampfende Duschkabine. Später, saubergeschrubbt und nackt, schaltet er in der Küche das Licht an. Die Küche ist leer; sie wirkt kahl. Andrew hebt einen Karton von einem Stuhl und setzt sich auf den Stuhl. Er beugt sich vor, um den Karton zu öffnen. Der Reihe nach nimmt er die einzelnen Gegenstände wieder aus dem Karton und stellt sie auf den Küchentisch. Als der Karton leer ist, holt er ein Bier aus dem Kühlschrank. Er trinkt das Bier langsam und genüßlich, betastet dabei immer wieder die Gegenstände auf dem Tisch.

Das feuchtschwüle Wetter ist jetzt, um fünf Uhr morgens, gerade erträglich. Andrew nimmt eine Tasse Kaffee, geht hinaus, um sich hinter das Haus auf die Terrasse zu setzen, und denkt, vielleicht könnte eine verirrte Morgenbrise vorbeikommen. Der Himmel wirkt perlig, mit einem Hauch von Rosa am Horizont. Er hat tief geschlafen, gleich nachdem er ins Bett gegangen war, ist aber zu früh aufgewacht und war zu munter, um wieder einzuschlafen. Die Landschaft ist still und friedlich, wenn man von den ersten Vögeln absieht. Und doch weiß Andrew, daß es binnen einer Stunde unbehaglich heiß und feucht sein wird. Er denkt kurz an all das, was er vielleicht am Morgen tun könnte, um sich die Stunden zu vertreiben, bis der Plymouth wegfährt.

In der Ferne hört er ein Dröhnen – ein kleines Flugzeug so früh am Morgen? fragt er sich –, aber als das Dröhnen näherrückt, erkennt er, daß es eine Maschine, ein Fahrzeug ist. Dann sieht er es auf der anderen Straßenseite. Ein roter Traktor, der die ersten Strahlen der Morgensonne auffängt, ein alter roter Traktor mit seinem Fahrer, MacKenzie, in korallenfarbenes Licht gehüllt, der zwischen den Maisfeldern herankommt. Andrew geht mit seiner Kaffeetasse ans Ende der Einfahrt und erreicht sie gerade, als der Traktor im Begriff ist, umzukehren und in eine Furche einzubiegen, die parallel zur Straße läuft. MacKenzie, der das Land auf der anderen Seite bearbeitet, seit Andrew sich erinnern kann, legt den Leerlauf ein, winkt Andrew zu und bedeutet ihm dann gestikulierend, er solle über die Straße kommen.

Aus der Nähe ist das Dröhnen des Traktors zu laut, um ein Gespräch zu erlauben, also steigt Andrew neben dem Farmer auf die Sitzbank.

»Hab dich doch nicht etwa geweckt, oder?« fragt MacKenzie.

»Nein, überhaupt nicht«, sagt Andrew.

»Bei dieser Hitze muß ich früh raus«, sagt MacKenzie und

streckt die Hand aus. Andrew nimmt die Kaffeetasse in die linke und schüttelt des andern Hand. Er sieht MacKenzie an. Der Farmer, ein hochgewachsener, hagerer Mann, selbst jetzt noch, Mitte der Sechzig, hat ein langes verwittertes Gesicht. Unter seinen Augen, die von wäßrigem Blau sind, sind tief eingegrabene blasse Halbmonde aus winzigen feinen Linien. MacKenzie trägt ein kariertes kurzärmeliges Sommerhemd und eine Mütze, auf deren Schild Budweiser steht.

»Das mit deiner Mutter tut mir leid.«

»Danke«, sagt Andrew.

»Wie ich höre, ist es schnell gegangen«, sagt der Bauer.

»Ja.«

»Gut. So ist's am besten.« MacKenzie holt ein Päckchen Carltons aus der Hemdtasche, zündet sich eine Zigarette an, inhaliert tief. »Tatsächlich hab ich erst gestern an deine Familie gedacht«, sagt er. »Hast du von dem Mädchen gehört?«

»Dem Mädchen?«

»Gestern haben sie ein Mädchen gefunden. Dreizehn ...«

»Ja, richtig«, sagt Andrew. »Das hab ich gehört.«

»Dabei kam mir in den Sinn ...«

»Ja. Mir auch. Schlimme Geschichte.«

»Ja. Und anscheinend glauben die, es war ihr Freund«, sagt MacKenzie. »Genau wie damals.« Der Farmer nimmt einen tiefen Zug von seiner Zigarette. Er hält sie wie einen Pfeil zwischen Daumen und Zeigefinger. »Aber meine Felder haben die trotzdem ziemlich zugerichtet.«

»Wieso?« fragt Andrew und nimmt einen Schluck von seinem inzwischen lauwarm gewordenen Kaffee.

»Nun, eines Morgens kamen die hierher, mit sechs Leuten und dann mit zwei Traktoren und haben die Hälfte meiner Felder umgegraben, ehe sie aufgegeben haben. Keiner hat mir etwas dafür gegeben. Du mußt damals schon weg gewesen sein.«

»Ja, wahrscheinlich«, sagt Andrew. »Ich erinnere mich nicht daran.«

»Arbeitest du in New York?«

»Ja.«

»Und das gefällt dir?«

»Bis jetzt schon. Wie geht's Sam?« fragt Andrew und lenkt damit auf MacKenzies Sohn.

MacKenzie stützt die Ellbogen auf die Knie und legt beide Hände auf die Stirn. Der Rauch von der Zigarette, die er immer noch zwischen den Fingern hält, kräuselt unter dem Schirm seiner Budweiser-Mütze hervor.

»Nicht mehr da.«

Zuerst denkt Andrew, MacKenzie meint damit, sein Sohn sei tot.

»Das tut mir leid«, sagt er. »Das hab ich nicht gewußt. Wann ist es passiert?« Andrew versucht sich zu erinnern, ob seine Mutter je den MacKenzie-Jungen erwähnt hat. War er nach Vietnam gegangen? Dort gestorben?

»Nein, nicht tot«, sagt MacKenzie. »Nur nicht mehr da.«

Andrew wartet, daß MacKenzie erklärt oder nicht erklärt.

»Ich und meine Frau wachten eines Morgens auf. Das war sein zwanzigster Geburtstag. Er hatte das Geld aus der Schreibtischschublade genommen. Sich ein Geburtstagsgeschenk gemacht. Nicht einmal einen Brief hat er hinterlassen.«

Andrew versucht sich den Jungen vorzustellen, den er kannte, einen Jungen, für den er immer Mitleid empfand, weil er nie Sport treiben durfte. Statt dessen zwang ihn sein Vater, auf der Farm zu arbeiten, brauchte ihn zu Hause.

»Wissen Sie, wo ...«

»Kein Wort. In sechzehn Jahren kein Wort.« MacKenzie wirft die Zigarette auf den Boden. »Ich kümmere mich um diese Felder, aber warum, kann ich dir nicht sagen. Ich hab jetzt keinen, dem ich sie einmal hinterlassen kann.«

Andrew blickt über die Felder und spürt die Hitze, die bereits vor ihnen aufsteigt. Er fragt sich, ob dort draußen immer noch irgendwo eine Waffe vergraben liegt, unter den suchenden Zinken der Ackergeräte. All diese Väter und ihre Söhne, denkt er. DeSalvo, sein Sohn drogenabhängig und jetzt geschieden; O'Brien, sein Sohn mit siebzehn tot; MacKenzie, sein Sohn für immer weggegangen. Er denkt an Billy, und ein stechender Schmerz durchzuckt ihn dabei.

»Nun«, sagt MacKenzie, »ich glaube, ich mach jetzt besser weiter, ehe die Sonne höhersteigt. In meinem Alter kann man hier draußen einen Hitzschlag bekommen.«

»Ich denke, bei der Hitze kann man in jedem Alter einen Hitzschlag bekommen«, sagt Andrew und springt vom Traktor. »Gruß an Ihre Frau.«

»Bleibst du hier, oder gehst du wieder weg?« fragt MacKenzie.

»Ich geh wieder weg«, sagt Andrew und muß schreien, um sich verständlich zu machen. »Bald.«

»Dann viel Glück«, sagt der Farmer und legt wieder den Gang ein und poltert langsam den Weg hinunter.

Andrew wartet, bis ein Lkw vorbeigefahren ist, und überquert dann die Straße. Im Haus der Closes ist noch nichts zu hören. Er blickt zu seinem eigenen hinüber und denkt an seinen Vater. Er fragt sich, ob sein Vater damit zufrieden war, wie sein Sohn im Leben vorwärtskam, oder ob er ihn auch für verloren hielt wie Sam MacKenzie.

Aber da ist niemand mehr, den er fragen kann.

Sie sitzt im selben Stuhl, trägt wieder das blaue Kleid mit den weißen Knöpfen. Er bemerkt, daß der Scheitel heute schief ist, aber daß ihr Haar frisch gebürstet ist. Er hält das neue Paar Turnschuhe und die Sonnenbrille.

Er ist erleichtert, sie in der Küche sitzen zu sehen. Er hat sich vorgestellt, sie könnte in ihrem Zimmer sein, nicht bereit, herunterzukommen, mit ihm zusammenzutreffen.

»Hat sie etwas gesagt?«

Eden schüttelt den Kopf.

»Ich hab dir etwas mitgebracht«, sagt er.

Er legt die Sonnenbrille auf den Tisch und bückt sich mit den Turnschuhen. Er nimmt einen Fuß in die Hand. Er hat Socken vergessen, stellt er fest, aber das macht nichts. »Es sind Turnschuhe«, sagt er und hält ihren Fuß umfaßt und schiebt ihn in den Schuh.

Er paßt, wenn auch nicht perfekt, so doch einigermaßen. Er zieht die Schnürsenkel straff und zieht ihr dann den anderen Schuh an. Er steht auf und betrachtet ihre Füße. Die blauen Turnschuhe heben sich von ihren langen weißen Beinen ab.

»Das hättest du nicht tun sollen«, sagt sie.

Aber er ist stolz auf seine Erwerbung. Als sie noch Kinder waren, denkt er, trugen Mädchen häufig Turnschuhe ohne Socken. Das war damals Mode.

»Und das hier hab ich dir auch mitgebracht«, sagt er. Er nimmt die Sonnenbrille vom Tisch und setzt sie ihr auf die Nase. Er schiebt ihr Haar über die Ohren, damit die Bügel halten.

»Wozu ist die?« fragt sie.

»Sie hat dunkle Gläser«, sagt er. »Um deine Augen vor der Sonne zu schützen. Ich habe mir Sorgen gemacht, daß die helle Sonne ihnen weh tun könnte.«

»Nichts kann ihnen weh tun«, sagt sie.

»Wie fühlen sie sich an?« fragt er.

»Wie fühlt sich was an?«

»Die Turnschuhe.«

»Gut.«

»Dann laß uns gehen.«

Etwas in ihr verspannt sich. »Wohin?«

»Ich geh mit dir zum Teich.«

»Warum?« fragt sie.

»Es ist heiß«, sagt er. »Und mir ist nach Schwimmen zumute. Und ich möchte ihn sehen. Ich hab ihn seit Jahren nicht mehr gesehen.«

»Der Teich«, sagt sie.

»Du erinnerst dich daran?«

»Ich erinnere mich daran.«

Sie dreht den Kopf. Das Haar fällt ihr ins Gesicht und verdeckt eine Gesichtshälfte, so daß sie mir ihrer weißen Haut und der dunklen Brille, mit dem langen fahlen Haar und in dem einfachen blauen Kleid wie ein Filmstar aussieht, der zum ersten Mal wieder in der Öffentlichkeit auftritt, nach einem langen Aufenthalt in einem Rehabilitationszentrum.

»Das ist zu gefährlich«, sagt sie.

»Gefährlich? Sei nicht albern«, sagt er und weiß, noch während er es sagt, daß seine Bemerkung zu oberflächlich ist, zu flapsig.

Er nimmt ihre Hand; ihre Finger sind kühl. Er spürt eine rauhe Substanz an ihren Fingern und sieht sie an. »Was ist das?« fragt er und reibt über eine graue Stelle.

Sie zögert. »Das ist Ton«, sagt sie. »Ich ... ich mache Dinge daraus. Das hat man mir beigebracht, als ich weg war.«

»Was für Dinge?« fragt er.

»Oh«, sagt sie. »Einfache Dinge. Formen.«

Er zupft an ihr, um sie zum Aufstehen zu bringen.

»Wir werden so gehen wie gestern«, sagt er. »Nebeneinander, bis wir an den Weg kommen, und dann ich vorn und du hinter mir.«

Sie entzieht ihm die Hand, läßt aber zu, daß er nach ihrem Ellbogen greift. Sie sieht wie ein Filmstar aus, denkt er, den man vielleicht zu früh hinausgelassen hat.

Die Sonne brennt von einem zinkweißen Himmel auf sie

herunter. Das Gras erscheint nicht mehr grün in dem grausamen Licht. An der hinteren Treppe hängen die Blätter eines alten Fliederbusches schlaff und welk herunter. Am Morgen hat er im Radio gehört, daß es in manchen Teilen des Bezirks infolge der Hitze bereits zu Stromausfällen gekommen ist. Das öffentliche Schwimmbad der Ortschaft hat gestern Rekordzahlen gemeldet. Ein Tennisturnier in einem Ferienlager in der Nähe ist verschoben worden. Mindestens eine ältere Frau ist an einem Hitzeschock gestorben.

Er wirft einen Blick auf Eden neben sich, auf die winzigen Schweißperlen auf ihrer weißen Stirn. Er starrt ihre kleinen blauen Füße an, die im schlaffen Gras Abdrücke hinterlassen. Die Zeit hat den Abstand zwischen ihnen verkürzt. Seit seinem siebzehnten Lebensjahr ist er nur mehr wenig gewachsen, während sie jetzt ein paar Zentimeter größer ist. Trotzdem reicht ihr Kopf ihm kaum bis zur Schulter.

Mit der freien Hand zieht er die Sonnenbrille aus der Hemdtasche und setzt sie auf. Er knöpft sein Hemd vorn auf und zieht es aus der Hose. Er wünscht, er würde Shorts tragen. Er hat gesagt und dabei improvisiert, er würde mit ihr zum Teich gehen, weil er schwimmen möchte; aber in Wahrheit war er bis zu diesem Augenblick überhaupt nicht auf die Idee gekommen. Er hat nicht einmal eine Badehose mit. Und doch ist der Gedanke, ins Wasser zu springen, jetzt, wo er ausgesprochen ist, verführerisch. Er fragt sich, ob kleine Jungs dort sein werden, die im Teich Abkühlung vor der Hitze suchen – oder ob die Jungs es heutzutage vorziehen, in ihren klimatisierten Häusern zu bleiben und sich Videos anzusehen. Er denkt an T.J.s verspiegelten Flur und sein eigenes Büro im siebenundzwanzigsten Stock in New York.

Als sie den Weg erreichen, macht sie eine Bewegung, um seine Hand von ihrem Ellbogen zu lösen. Sie betastet die Maishalme zu ihrer Linken.

»Ich kann so gehen«, sagt sie. »Das ist einfacher für mich.«

Er geht langsam vor ihr her. Jenseits des Punktes, den sie gestern erreicht hatten, wird der Weg manchmal von kleinen Hügeln, abgebrochenen Maiskolben und ineinandergewachsenem Gestrüpp versperrt. Er zieht sein Hemd aus, um sich damit Kühlung zuzufächeln, und benutzt es schließlich als Handtuch, um sich die Stirn abzuwischen. Wenn er sich umdreht, um sie zu beobachten, wie er das oft tut, sieht er, daß Eden vorsichtig, aber mit gleichmäßigen Schritten geht, ohne sichtliche Furcht und ohne Zögern. Er versucht von ihrem Gesicht abzulesen, was sie wohl denken mag, aber er sieht nur die dunkle Brille und ihren Mund und kann daraus keine Schlüsse ziehen. Es scheint, als würde sie sich nur auf die Landkarte konzentrieren, die ihre Finger lesen, und darauf, wie ihre Füße sich bewegen.

Tief inmitten der Maisfelder – etwa auf halbem Weg zum Teich, schätzt Andrew – bleibt er einen Augenblick lang stehen, damit sie aufholen kann, und in diesem Augenblick wird ihm das Geräusch bewußt, ein eindringlicher Hymnus von Insekten und kleinen Bewegungen, hier und da vom Rascheln einer trockenen Garbe oder dem Flattern eines Vogels durchbrochen.

Der Weg ist kürzer, als er ihn in Erinnerung hat, und mündet in einen grasbedeckten Uferstreifen. Hinter dem Uferstreifen blitzt das Wasser wie poliertes Messing. Lange Schlingpflanzen haben die Bäume eingehüllt, und der Schatten am Rande des Wassers ist tiefer, als er ihn von vor Jahren in Erinnerung hat. Ein dickes Gestrüpp von wildwachsenden roten Lilien am Ufer, zwischen denen das goldfarbene Wasser schimmert und glitzert, läßt ihn voll Freude über ihre Schönheit und der schuldererfüllten Erkenntnis, daß sie das alles nicht sehen kann, stehenbleiben. Sollte er ihr diesen Anblick schildern, fragt er sich, oder macht es das noch schlimmer?

Allein kann sie nicht weitergehen, da ihr die Orientierung

der Maishalme fehlt, also nimmt er ihre Hand und führt sie zu einem grasbedeckten feuchten Stück Ufer unter dem höchsten Baum, dem, der am meisten von Schlingpflanzen überwuchert ist und der deshalb den kühlsten Schatten liefert. Sie setzt sich, lehnt sich an den Baum, streckt die Beine vor sich aus. Sie greift nach dem Saum ihres Kleides und zieht ihn an ihr Gesicht, wischt sich die Stirn, die Oberlippe damit ab. Ihre Schenkel, die jetzt unbedeckt sind, sind weiß, mit einem feinen Flaum goldener Härchen bedeckt. Sie schiebt ihr Kleid über ihre Beine und bedeckt sich wieder.

»Du kannst es mir sagen«, sagt sie.

»Dir was sagen?« fragt er.

»Wie es aussieht. Ist es so, wie es war?«

Er mustert die Landschaft um sie. »Ja«, sagt er, »aber noch intensiver. Die Bäume sind mit Lianen bedeckt. Das Wasser ist genauso. Erinnerst du dich an die Farbe?«

Sie schüttelt den Kopf.

»Es ist wie Gold«, sagt er, »von den Mineralien.«

»Gold«, wiederholt sie.

»Und hier ...« Er steht auf und geht zu den Lilien und bricht eine ab und bringt sie zurück. Er legt sie in ihre Hand.

»Erinnerst du dich an die?« fragt er. »Es sind Lilien. Rot. Sie sind wilder und dichter an den Ufern gewachsen. Es ist schwer zu sagen, ob in letzter Zeit jemand hier war. Es gibt keinerlei Abfälle zu sehen, und nichts ist zertrampelt.«

Die Symphonie von vorher ist hier nicht so laut. Sie fühlt die langen purpurfarbenen Blütenblätter.

»Du wirst schwimmen«, sagt sie.

»Oh, ich weiß nicht«, sagt er und hebt einen Stein auf. Er blickt auf das Wasser. Er würde gern schwimmen. Die Oberfläche des Teiches ist gläsern, glatt, nur winzige Kreise künden von Wasserkäfern.

»Du könntest auch kommen«, sagt er. »Du könntest in deinem Kleid schwimmen. Es würde in der Sonne trocknen, während wir zurückgehen, und du könntest dich umziehen, ehe sie nach Hause kommt.«

Sie schüttelt den Kopf. »Ich brauche nicht zu schwimmen. Ich fühle mich hier ganz wohl.«

Er wirft den Stein von einer Hand in die andere. Sie lehnt den Kopf gegen den Baumstamm, und er kann nicht sagen, ob sie hinter der dunklen Brille die Augen offen oder geschlossen hat. Ihre Hände liegen in ihrem Schoß bei der Blume, die jetzt bereits anfängt in der Sonne zu welken. Selbst im Schatten ist die Hitze entnervend.

Er wirft den Stein ins Wasser. Er steht auf und öffnet seine Gürtelschnalle. Das metallische Geräusch hallt zu laut in der Stille. Er schlüpft aus seinen Kleidern und läßt sie in einem Haufen zu Boden fallen. Dann legt er seine Uhr darauf. Er geht an den Rand des Wassers.

Das Wasser an seinen Knöcheln ist kühl, aber nicht kalt. Er watet hinaus, bis ihm das Wasser an die Hüfte reicht, und läßt sich dann langsam nach vorn sinken, bis er im Wasser treibt. Er hebt die Arme und fängt an zu kraulen, schwimmt gemächlich ans andere Ufer. Die Distanz scheint ihm länger als früher, als er noch ein Junge war, aber das schreibt er dem Umstand zu, daß er nicht in Form ist.

Er taucht mit dem Kopf unter, fühlt, wie die Kühle die Hitze aus seinem Hirn verdrängt. Er versucht die Strecke zurück im Brustschlag, sieht sie durch das Wasser, das ihm jedesmal von der Stirn rinnt, wenn er auftaucht, um Luft zu holen.

Er wendet und schwimmt wieder zum anderen Ufer, denkt, daß die rhythmischen Schwimmstöße sich gut anfühlen. Aber nach der vierten Strecke beginnen seine Arme zu ermüden. Er erreicht das Ufer dicht bei ihr, wendet und überlegt, ob er es noch einmal versuchen soll, hält dann aber inne und stellt sich ins brusttiefe Wasser. Er sieht zum anderen Ufer hinüber, plätschert gemächlich im Wasser, spürt die Kieselsteine, wenn er die Füße auf den Boden setzt, und dann den tonähnlichen Boden am Grund des Tümpels. Er hebt die Füße wieder vom Boden, läßt sich langsam im Wasser treiben, mal über und mal unter den Wellen, und läßt dabei Luftblasen aufsteigen. Das Wasser schließt sich über seinem Kopf, bricht wieder, wenn er auftaucht, um Luft zu holen.

Er liegt flach auf dem Rücken, und das Wasser spült über seinen Bauch. Es kostet ihn kaum Mühe, seine Zehenspitzen über die Wasserfläche zu heben. Er rudert gemächlich mit den Händen. Wenn er die Augen zusammenkneift, kann er am weißesten, schmerzendsten Teil des Himmels eine Korona ausmachen. Sie erinnert ihn an etwas, aber er kann die Erinnerung nicht festhalten. Er schließt die Augen, läßt auch seinen Kopf treiben, läßt seine Stirn und die Augen unter die Wasseroberfläche sinken, so daß nur noch Mund und Nase zum Atmen frei sind. Die Empfindung ist köstlich: die heiße Sonne auf den freiliegenden Körperteilen und die Kühle darunter.

Hinter seinen Augen flackern Bilder, leuchten auf und verschwinden wieder. Ein Blatt, von der dahinter scheinenden Sonne durchsichtig gemacht ... Eden, die den Kopf wendet und lächelt ... Die Sonne, die sich in T.J.s Brille spiegelt ... Ein blitzender Reflex der Sonne in den Stoßstangen seines Wagens ... Billy mit Pennies in der Hand ... Ein Fenster irgendwo, das einen rostfarbenen Sonnenuntergang spiegelt ...

Ein Fisch gleitet unter seiner linken Schulter durch und erschreckt ihn. Er versucht sich aufzurichten, verliert das Gleichgewicht, wird von dem Wasser in seinen Augen geblendet. Seine Zehen stoßen an einen Felsbrocken auf dem Grund des Teiches. Es ist kein Fisch, es ist ihre Hand. Sie steht brusttief vor ihm im Wasser. Sie trägt ihr Kleid. Ihre Arme sind ausgestreckt, um ihr Gleichgewicht zu halten, aber ihm scheint, daß sie nach ihm greift.

Er faßt nach ihrer Hand, zieht daran. Sie schwimmt. Ihr Rock bläht sich auf, umgibt sie wie ein Fallschirm. Er führt sie, als wäre es ein Tanz, bis er keinen Boden mehr unter den Füßen hat und schwimmen muß. Er schwimmt auf der Seite, hält ihren Ellbogen, läßt sie paddeln und stützt sie. Er weiß nicht, was sie ins Wasser geführt hat – die Hitze, der Wunsch, nicht allein gelassen zu werden –, aber er ist froh, neben ihr zu sein, die Konzentration in ihren Gesichtszügen zu sehen, während sie sich in dem fremden Element bewegt. Er fragt sich, ob sie in den neunzehn Jahren auch nur einmal geschwommen ist.

Ein Drittel des Weges quer über den Teich löst sie sich von seiner Hand, hebt die Schultern und schneidet das Wasser mit schnellen Kraulstößen. Sie taucht das Gesicht ins Wasser, legt es zur Seite, um Luft zu holen, wiederholt die Bewegungen in perfektem Rhythmus. Von ihr zurückgelassen, schwimmt er schwerfällig nach, um aufzuholen. Vor Jahren war sie eine ausgezeichnete, unermüdliche Schwimmerin, die durch ihr Tempo ausglich, was ihr an Kraft fehlte.

»Jetzt mußt du wenden«, sagt er, als sie dem anderen Ufer nahe sind.

Sie wendet, legt sich auf den Rücken, krault jetzt mit eleganten Zügen auf dem Rücken. Er sieht zu, wie ihr weißer Arm immer wieder mit mathematischer Präzision aus dem messingfarbenen Wasser auftaucht. Ihr Haar schwimmt um sie, und ihre Beine bewegen sich auf und ab und treiben sie dahin.

»Jetzt kannst du stehen«, sagt er, als sie dem Ufer nahe sind.

Doch sie vollführt eine geschickte Wende und strebt wieder dem anderen Ufer zu. Er sieht ihr einen Augenblick lang zu, überlegt, ob er neben ihr bleiben soll, für den Fall, daß sie ermüdet und in Panik gerät; aber ihre Züge sind so gelöst, daß er wie hypnotisiert ist, wie angewurzelt. Er läßt sie ziehen.

Sie schwimmt ein Dutzend Mal hin und zurück, und er ist es zufrieden, ihr zuzusehen. Schließlich steht sie auf und schiebt sich das Haar aus dem Gesicht. Ihr Atem geht schnell. Sie reibt sich das Wasser aus den Augen.

»Du bist immer noch die Beste«, sagt er.

Sie lächelt, ein echtes Lächeln.

Sie hat sechs Meter von ihm entfernt Halt gemacht. Er versucht zu ihr zu kommen, aber das Wasser hält ihn auf. Sie dreht sich um und geht schnell auf das Ufer zu. Er sieht ihr zu, wie sie das Wasser aus ihren Haaren drückt und sich dann suchend durch das Gras bewegt, bis sie mit den Füßen einen von der Sonne beschienenen Flecken findet. Sie legt sich hin, ohne ihr Kleid auszuziehen.

Er stemmt sich aus dem Teich und stellt sich zu ihren Füßen auf, blickt auf sie herab.

»Ich glaube nicht, daß du das tun solltest«, sagt er.

Er meint, das Kleid schmutzig machen. Es ist feucht, und der Schmutz wird dann haftenbleiben. Aber er meint noch etwas anderes. Ihr Gesicht ist glatt, völlig gelöst. Die kleinen Knoten von Spannung, die er früher dort gesehen hat, sind verschwunden.

Sie gibt ihm keine Antwort. Er studiert sie. Er betrachtet ein Gemälde in einem Museum, ein Gemälde einer Frau mit Alabasterhaut in einem blauen Kleid auf trockenem Gras – ein Meisterwerk, das niemand außer ihm je sehen wird. Ihr Haar liegt wirr neben ihr. Er sieht die weichen Vorsprünge ihres Schlüsselbeins, ihre Brustwarzen unter dem feuchten Stoff. Er sieht den hohlen Raum unter dem Kleid, wo die Spalte zwischen ihren Brüsten sein muß.

Er kauert neben ihr nieder. Weiß sie, daß er da ist? fragt er sich. Kann sie seine verkrampfte Haltung »sehen«, verkrampft und ungeschickt wegen seiner Nacktheit? Er berührt ihr feuchtes Haar, ihre Stirn. Sie zuckt nicht zusammen, entzieht sich ihm nicht, und er nimmt dies als Zeichen dafür, daß sie wartet. Er berührt ihr Schlüsselbein über dem obersten Knopf ihres

Kleides. Er hört einen Laut, so als würde ihr ein leiser Seufzer entweichen, und dann hat es den Anschein, als würde sie den Rücken beugen.

Er nimmt seine Hand weg. Eine Stimme rät ihm zur Vorsicht, sagt ihm, daß es kein Zurück gibt, wenn er das tut. An dem, was er tut, ist nichts Beiläufiges, sie ist buchstäblich ein Kind. Er sieht sie als Kind, spürt wiederum die geheime Furcht in sich, als wäre er im Begriff, etwas anzufassen, was er nicht sollte. Bilder aus seiner Kindheit kommen zurück: Eden, wie sie zum Bus rennt, sich am Teich über ihn lustig macht; wie sie sich gegen eine Ziegelmauer preßt.

Er öffnet den ersten Knopf, küßt die Haut darunter. Es scheint ihm, als würden ihre Beine unter ihrem Kleid sich zusammenschieben. Sie hebt eine Hand, läßt sie dann fallen. Der nasse Stoff spannt über ihren Brüsten. Er löst den zweiten Knopf, weiß, daß er jetzt nicht mehr aufhören kann, und schiebt den Stoff zurück. Er kniet nieder, senkt den Kopf, um sie zu küssen. Und während er das tut, spürt er ihre Hand an seinem Rücken.

Sie bewegt sich von ihm weg, rollt sich dabei zur Seite, erhebt sich auf die Knie, steht auf und schlüpft aus ihrem Kleid und ihrer Unterwäsche. Sie ist glatt, gutgeformt, aber nicht muskulös. Ihre Brüste hängen schwerer, als er sie aus seinen Träumen in Erinnerung hat, und irgendwie ist das für ihn beruhigend. Ihre Schultern sind dünn, und an der Stelle, wo ihr Oberarm am Körper ansetzt, ist eine Höhlung. Ihre Beckenknochen sind ausgeprägt. Um ihn spiegelt sich die Sonne grell im Wasser und im Blattwerk und läßt ihn kurz schwindeln. Sein Mund ist nur wenige Zentimeter von ihrem flachen Bauch entfernt, und er läßt sich sie dort küssen. Er läßt seinen Mund an ihr entlanggleiten, während sie vor ihm auf die Knie geht. Er umschlingt sie mit den Armen, zieht ihr Gesicht an seinen Hals. Er ruft ihren Namen, eindringlich, als würde er ihr über den Teich hinweg zurufen oder zurück über die Jahre. Ihr Name, so ausgesprochen, läßt sie schaudern, und in dem Augenblick verliert sie ihre Sicherheit. Er fühlt sie zerbrechen. Es ist eine subtile Bewegung in ihren Schultern, ein Loslassen, so daß er ihr Gewicht tragen muß. Sie beginnt zu weinen. Er preßt sie fester an sich. Er ist froh, daß sie weint. Da ist zuviel, um das sie weint, aber er ist froh und kann nicht aufhören, ihren Namen zu sagen. Er küßt sie. Er macht sie ihren Mund öffnen. Er schiebt sein Knie zwischen ihre Schenkel. Sie zieht einmal ihren Mund weg, um Luft zu holen. Er spürt jetzt kein Zögern mehr, nichts, was ihm zur Vorsicht rät. Dies ist es, wohin ihn seine Träume geführt haben.

Sie hat es vor mir gewußt, denkt er. *Sie hat es vor Jahren gewußt, als ich noch ein Junge war.*

Sie scheint jetzt keine Angst zu haben, obwohl sie gesagt hat, daß es gefährlich sein würde, zum Teich zu gehen, und er sie mißverstanden hat. Jetzt, wo er sein Gleichgewicht verloren hat, zieht er sie mit sich ins Gras. Ihr Schenkel gleitet wie Seide über den seinen, und ihr Haar verbirgt ihre Gesichter wie ein kühles Zelt. Um sie ist Hitze und die Feuchte des Grases, und eine Krähe krächzt gereizt aus einem Baumwipfel. Sie klammert sich an ihn, und er fühlt die traurige Verzückung der neunzehn Jahre, die sie verloren hat, aber sie ist zu scheu, um ihn zu lenken, oder weiß nicht, wie sie es tun soll, und so sucht er sich selbst seinen Weg, versucht behutsam zu sein, versucht in ihr nicht ein Kind zu sehen.

Später wird er sich erinnern, wie sich ein Zittern von ihrem Bauch erhob und hinausebbte bis zu ihren Fäusten an seinem Rücken. Aber er wird sich noch an ihre unerwartete Zerbrechlichkeit erinnern. Sie gibt keinen Laut von sich; eine Stille, die er als berauschend empfindet.

Nachher liegt sie in seiner Armbeuge. Er streichelt über die feinen Härchen auf ihrem Oberarm. Sie riechen beide wie der

Teich. Möglicherweise schläft sie; er kann es nicht erkennen. Er will nicht sprechen. Im Geiste borgt er einen Satz von ihr aus, einen, der ihm immer gefallen hat. *Ich fühle mich gerade wohl,* sagt er zu sich.

Sein Körper ist müde, und er hält es für möglich, daß er mit ihr einschlafen könnte – etwas, vor dem er sich hüten muß. Er weiß nicht, wie spät es ist, vermutet aber, daß sie höchstens noch eine Stunde übrig haben, wenn überhaupt so viel. Er fragt sich, ob sie auch hier die Zeit bestimmen kann, wo sie in Jahren nicht gewesen ist, wo die Geräusche sich von jenen in den Häusern unterscheiden müssen.

Er hört ein Rascheln in den Büschen. Ein kleines Tier, vermutet er. Bis er den Jungen sieht. Der Junge ist elf, zwölf. Er kommt ganz nahe bis an den Rand der Lichtung, bleibt stehen, als er Andrew und Eden sieht. Er hat braunes Haar und eine Brille und Sommersprossen unter seiner sommerlichen Bräune. Er hat ein Handtuch um den Hals. Seine Brust ist nackt. Er starrt Andrew an. Andrew erwidert seinen Blick, bewegt sich aber nicht. Dann macht der Junge kehrt und huscht durch das Unterholz davon, so wie er gekommen ist.

Andrew lächelt und wünscht bei sich, daß der Junge sich sein ganzes Leben an diese Szene erinnern möge.

Nach einer Weile legt er ihren Kopf ins Gras und löst sich von ihr. Seine Uhr liegt drüben bei seinen Kleidern, und als er nach der Zeit sieht, ist er etwas bestürzt, als er erkennt, daß sie nur noch vierzig Minuten übrig haben.

»Eden«, sagt er, weckt sie. »Wir müssen jetzt gehen. Schnell.«

Sie stützt sich auf einen Arm. Sie scheint benommen, desorientiert. Er hilft ihr aufstehen und holt das immer noch nasse Kleid aus dem Gras. Das Kleid ist schmutzig, zerdrückt. Sie hebt das Kleid über ihren Kopf und schlüpft mit den Armen hinein, und in diesem Augenblick hat er seine ersten Zweifel. Das Kleid hängt an ihr und läßt sie plötzlich sehr verletzbar aussehen. Sie steigt in ihren Schlüpfer. Ihr Haar ist feucht und zerzaust, mit Grashalmen darin und Schmutz. Ihr Gesicht ist vom Schlaf zerdrückt. Eine Minute lang scheint sie ihm wie jemand, den zu berühren er kein Recht hatte.

»Ich weiß nicht, wo der Baum ist und wo meine Schuhe sind«, sagt sie.

Er findet die Turnschuhe und die Sonnenbrille an der Stelle, wo sie sich ursprünglich gesetzt hatte, reicht sie ihr aber, anstatt sie ihr selber anzuziehen. Die lockere Zuversicht, die er vorher empfand, oder besser das aufgeputschte Selbstbewußtsein – das, wie er fürchtet, manchmal an Herablassung grenzte – hat ihn verlassen. Sie ist wieder ein von ihm losgelöstes Ding.

»Wenn wir zurückkommen«, sagt er und bemüht sich wieder um einen Tonfall der Autorität, die er nicht empfindet, »werde ich das Kleid nehmen und es waschen und es dir morgen zurückgeben. Dein Haar sollte auf dem Rückweg völlig trocknen. Du mußt es nur gut ausbürsten und etwas anderes anziehen. Aber wir müssen uns beeilen.«

Sie nickt und läßt ihn ihre Hand nehmen. Er drückt ihre Hand fest, um die Intimität aufs neue einzufangen, die sie gerade verlassen hat. An den Maisfeldern geht sie vor ihm und bewegt sich diesmal schneller und geübter. Er beobachtet ihre ausgestreckten Arme, ihre Finger, die sachte an den Maisstauden entlangstreichen. Auf der anderen Seite der Felder nimmt er wieder ihre Hand und rennt fast mit ihr zu den Häusern zurück. Nach seiner Rechnung haben sie nur noch fünf Minuten Zeit. Hier, auf vertrautem Grund, kann auch sie die Zeit erkennen, das sieht er in ihrem Gesicht.

In der Küche angelangt, beginnt sie ihr Kleid aufzuknöpfen. Sie schiebt ihr Hemd auf die Hüfte und tritt dann in einer Bewegung aus dem Kleid und ihrer Unterwäsche. Sie reicht Andrew das Bündel wie ein Kind, das seiner Mutter die Kleider gibt, ehe es ins Bad geht. Er nimmt sie, von der Leichtigkeit gerührt, mit der sie dies getan hat, und davon, wie sie ihre Nacktheit nicht mit den Armen bedeckt. Und dann ist er auch, wenn auch in anderer Weise und tiefer, von ihrer Schönheit bewegt, ihrer Schönheit, die in dieser armseligen Küche unpassend wirkt, ihren Füßen in den blauen Turnschuhen, die so fest auf dem abgetretenen Linoleumboden stehen. Er lechzt danach, zu verweilen, sie wieder zu berühren. Er küßt sie auf die Schultern, streicht ihr mit der Hand über den Rücken. Ihm will nichts einfallen, was er jetzt sagen kann.

»Jim war mein Vater«, sagt sie ruhig.

Er tritt zurück, ohne ihre Schulter loszulassen. »Ich weiß.«

»Nein. Du verstehst nicht«, sagt sie. »Ich gebe dir etwas.«

Er schweigt. »Was sagst du?« fragt er nach einer Minute.

»Ich war sein Kind.«

»Er war dein richtiger Vater?«

»Deshalb haßt sie mich.«

Was sie damit sagen will, ist klar, aber sein Verstand lehnt sich dagegen auf, kann es nicht verarbeiten.

»Wie ist das möglich?« fragt er. »Ich kann mich noch an den Tag erinnern. Ich war da, als sie dich in den Garten brachte.«

»Das Mädchen, das mich aussetzte, war jemand ..., mit dem er zusammengewesen war.«

»Mädchen?«

»Sie war sechzehn.«

»Wie kommt es, daß du das weißt? Hast du das all die Jahre gewußt?«

Sie neigt den Kopf zur Seite, lauscht. »Das ist alles«, sagt sie. Sie entwindet sich seiner Hand, und dann sieht er zu, wie sie durch die Tür entschwindet. Halb erstarrt geht er durch die Hintertür hinaus, die Treppen hinunter und über den Hof zu seiner eigenen Hintertür. Er ist gerade mit seinem Bündel im Haus, als er den Plymouth in die Einfahrt biegen sieht.

Er läßt das Kleid in die Waschmaschine fallen. Der Keller ist kühler als der Rest des Hauses. Er hofft, daß sie sich rechtzeitig daran erinnert, daß sie noch die Turnschuhe trägt. Er sieht die Maschine an und versucht sich für die richtige Wassertemperatur und den passenden Waschzyklus zu entscheiden. Aber er kann sich nicht recht entscheiden. Er drückt Knöpfe. Die Maschine bäumt sich auf, erwacht und beginnt dann rhythmisch unter seiner Hand zu pulsieren.

Oben in der Küche ist die Luft stickig, zu dick zum Atmen. Zwanzig nach zwei. Die heißeste Zeit des Tages. Er sitzt am Küchentisch, greift sich mit der Hand an die Stirn, sieht zu ihrem Haus hinüber. Er sieht Jim auf der Treppe sitzen, darauf wartend, daß Eden nach Hause kommt. Jims langes, flächiges Gesicht wird kurze Zeit scharf sichtbar und verblaßt dann wieder. Andrew hätte gesagt, und die Leute sagten das auch, daß Eden Edith glich, nicht Jim. Aber jetzt hätte er gern das Gesicht gesehen, um nach Ähnlichkeit zu suchen. Aber alles, was sich einstellen will, ist das Bild von Größe, Schlaksigkeit, ein lockerer Charme, wenn er nicht betrunken war. All die Jahre, und niemand wußte es. Oder doch? Hat seine Mutter es geahnt? Hat Edith es ihr gesagt? Er sieht den Rücken seiner Mutter am Ausguß, leicht nach vorn gebeugt, die Hände in einem Wasserstrahl unter dem Hahn. Ein Sehnen nach seiner Mutter, mit dem er nicht vertraut ist, verkrampft ihm den Magen. Er geht an den Kühlschrank, denkt, daß er etwas essen sollte, wählt statt dessen ein Bier, das einzige, was ihm zur Verfügung steht. Immer noch am Kühlschrank stehend, schüttet er es in sich hinein, wie eine Cola, und nimmt sich sofort das nächste.

Schon verwischen sich seine Erinnerungen an Jim, verändern ihre Gestalt, um diese neue Information einzugliedern. Er denkt an eine Szene, an die er sich aus seiner Kindheit erinnert – Jim, wie er mit Geschenken für Eden, die auf der Schaukel sitzt, von einer Geschäftsreise zurückkehrt –, aber jetzt bedeutet diese Szene etwas anderes. Tatsächlich ist alles, was Jim betrifft, jetzt anders, verschiebt sich etwas, weicht etwas anderem.

Die Hitze und sein leerer Magen und das zu schnell getrunkene Bier erzeugen in ihm ein Gefühl von Leichtigkeit. Er beginnt in der Küche auf und ab zu gehen, von der Anrichte zum Tisch, ganz langsam. Er zieht sein Hemd aus, legt es über einen Stuhl. Er kann immer noch den Teich an seiner Haut riechen. Er stellt sich vor, daß er auch Eden noch auf seiner Haut riechen kann. Er läßt sie in sein Bewußtsein eintreten, und sein Kopf ist von dem Bild wie benommen. Er kostet ihre Haut, erinnert sich daran, wie ihre Schultern sich anfühlten, als sie zerbrach. Ihr Haar war dicht, beschattete ihn. Und dann lag sie auf dem Rücken, bäumte sich ihm entgegen, als könnten sie ineinander verschmelzen. Sie war entspannt, völlig entspannt, und so still. Nichts, um ihm zu zeigen, was sie empfand, nur das Zittern.

Er lehnt sich an den Ausguß, nimmt den Kopf in beide Hände. Sein Kopf schmerzt im Nacken und an den Schläfen.

Sie erinnern sie an die Vergangenheit, hatte Edith gesagt; Sie werden Hoffnungen in ihr wecken, Erwartungen.

Er denkt an Billy, der auf ihn wartet, ihn braucht. Er denkt an Jayne in seinem Büro, an seine Arbeit, zu der er zurückkehren muß. Er sieht seine Mutter, die sich jetzt umdreht, um ihn anzusehen, um ihn zu fragen, was er immer noch hier täte. Aus dem Keller kann er hören, wie die Waschmaschine in den Spülzyklus schaltet.

Er glaubt zu wissen, daß er sie nicht hätte lieben sollen. Er fühlt sich trocken und leer. Er hat das getan, was Edith gefürchtet hatte, mit Recht gefürchtet hatte. Er blickt auf. Zum ersten Mal wirkt der Raum auf ihn genau so, wie er ist; nicht länger ein Ort, an dem Erinnerungen aufbewahrt werden – nur eine schäbige, verblaßte, lieblose Küche.

Er kann die Stille nicht ertragen. Er schaltet das Radio ein, fast so laut es geht, und rennt die Treppe hoch, nimmt mit jedem Schritt zwei Stufen. In seinem Zimmer schlüpft er in ein Hemd und Khakihosen. Er leert die Schubladen aus, stopft seine Unterwäsche und Socken in seine lederne Reisetasche. Im Korridor rutscht er auf dem Läufer aus und schnappt sich eine Schachtel mit Erinnerungsstücken vom Bett seiner Mutter. So vollbeladen, geht er die Treppe hinunter, zur Hintertür hinaus, läßt sie zuknallen. Er stellt den Koffer und den Karton in den Kofferraum des BMW. Wieder zurück in der Küche, läßt er die Tür erneut zuschlagen. Im Zimmer seiner Mutter ist ein weiterer Karton und einer im Wohnzimmer. Er trägt sie zum Wagen hinaus. Ungeduldig zwängt er die Kartons in den Kofferraum. Er schwitzt stark. Der Stoff fühlt sich feucht an seiner Wirbelsäule an. Er kehrt in die Küche zurück, öffnet den Kühlschrank, denkt daran, alle Lebensmittel wegzuwerfen, die verderben könnten; statt dessen nimmt er sich wieder ein Bier und schließt schnell die Tür. Er nimmt den Telefonhörer auf, beginnt, T.J.s Nummer zu wählen, legt den Hörer wieder auf. Er wird T.J. morgen aus der Stadt anrufen.

Er findet seinen anthrazitfarbenen Anzug in dem Schrank im Schlafzimmer, greift sich eine weitere Schachtel im Zimmer seiner Mutter. Dann zieht er die Küchentür zu, läßt die Gittertür ein letztes Mal knallen. Er wirft den Anzug und den Karton auf den Rücksitz, wobei ein Teil des Inhalts herausfällt.

Er steckt den Schlüssel ins Zündschloß, aber er verklemmt sich. Er zerrt daran, versucht es erneut. Ein Schmerz schießt bohrend durch seine rechte Schläfe. Er legt den Rückwärtsgang ein. Er fährt im Sitz herum, um rückwärts hinauszufahren, läßt die Kupplung zu schnell kommen und würgt den Motor ab.

Er schlägt mit der linken Hand aufs Steuer.

Er sieht seine Mutter auf sich zukommen, und da ist etwas

Wichtiges, das er ihr sagen will, aber das Bild verblaßt, ehe er sie erreicht. Er sieht Billy unter der Tür des Hauses in Saddle River stehen, Andrew dabei beobachtend, wie er an dem Tag, an dem er auszog, seine Sachen packte. Er fühlt Eden zerbrechen, etwas beklagend, was er nicht begreifen kann. Sein Kopf sinkt unter die Oberfläche, und er weiß, daß er im Begriff ist, zu ertrinken. Billy ruft ihm etwas zu, aber er kann die Worte durch das Wasser nicht hören. Er darf sie nicht verlassen, nicht jetzt, wo sie ihn zum Ertrinken bringt. Er läßt zu, daß das Wasser über seinem Kopf zusammenschlägt. Er spürt das Gewicht seines eigenen Körpers. Er gestattet sich die Empfindung des Sinkens, des Loslassens.

Er lehnt den Kopf an die Kopfstütze und öffnet die Augen. Er stellt fest, daß er geweint hat.

Er sieht, daß er den Rasenmäher neben der Garage hat stehenlassen. Eine Wespe fliegt durch sein offenes Fenster und beginnt innen an der Windschutzscheibe entlangzukriechen. Er atmet tief ein, schaudert in einem letzten Kampf. In der Ferne, aber nicht weit von ihm, sind Maisfelder, und über ihnen flimmert die Hitze.

Du denkst, meine Welt sei schwarz. Aber das ist sie nicht. Wenn meine Augen offen sind, ist da dicker Nebel. Dunkler Nebel, der zu weißem Nebel wird, wenn ich ans Fenster gehe und die Sonne am Himmel steht. Ich kann ihn hell machen und dann dunkel. Der Nebel wird dunkel, wie vor einem Regen.

Du bist etwas Warmes, das über mir schwebt.

Du hast meinen Namen gesagt, und bis dahin hatte ich vergessen, wie er klingen konnte. Hungrig warst du auch, noch mehr, als du sagen konntest. Du bist nicht wie die anderen, nicht wie meine Erinnerungen, aber ich habe immer gewußt, daß du nicht so sein würdest.

Jetzt habe ich Angst, von dir zu träumen.

Ich hörte deine Tür zuschlagen. Und noch einmal. Und ich dachte, du würdest mich verlassen.

Im Wasser war ich frei.

Ich war sein Kind, ich wußte es und wußte es doch nicht. Sie hat mich damit verbrannt, als sie dachte, die richtige Zeit wäre gekommen.

In meine Welt kommt Licht, aber auch Dunkelheit.

Fünfter Teil

Sie liegt auf der Seite, von ihm abgewandt, das eine Knie angewinkelt, das andere Bein ausgestreckt, und er zeichnet mit den Fingerspitzen kleine Muster auf ihren Rücken. In den sechs Tagen, die sie miteinander am Teich hatten, hat er das über sie gelernt – und, nimmt er an, hat sie dies über sich selbst gelernt: daß sie es mag, wenn man ihr sanft den Rücken streichelt, nachdem sie zusammengewesen sind.

Sie liegen auf einer Baumwolldecke, die er jeden Tag mitbringt, und sie haben den kühlsten Teil der Lichtung gefunden. Manchmal staunt er darüber, daß sie bis jetzt noch niemand entdeckt hat, abgesehen von dem Jungen mit der Brille, der sie an jenem ersten Tag sah und weglief. Er läßt die Hand über ihre Seite gleiten, an ihrer Hüfte entlang. Ihre Haut ist glatt wie Glas, trotz der Hitze und der Feuchtigkeit. Er würde gern sein ganzes Leben hier liegen, denkt er, und nur diese Handbewegung wiederholen. Sie hebt eine Schulter, läßt sie dann wieder fallen. Das soll ihm sagen, daß er ihr weiter den Rücken streicheln soll. Sie sagt ihm, was sie mag, nicht mit Worten, sondern mit kleinen Bewegungen und Gesten, und er hat sich auf diese Art der Kommunikation eingestellt, läßt sich von ihr dirigieren. Diese Sprache ist ihm neu, ist aufregend für ihn und steigert sein Wohlbehagen. In all den Jahren mit Martha hat sie nie gesagt, was ihr gefiel, so als müßte er blind ihre Wünsche ahnen, in der Hoffnung, sie richtig zu verstehen, obwohl er sich daran erinnert, daß sie zu oft von ihm enttäuscht schien.

In den heißen Tagen, die er mit Eden zusammen war, haben sie sich gegenseitig über ihre Wünsche nichts vorgemacht. Ebenso wie sie nicht die Gabe besitzt, Belanglosigkeiten zu sagen, versteht sie es auch nicht mehr, sich schüchtern zu geben. Am Sonntag, dem ersten Tag, nachdem sie am Teich gewesen waren, wartete sie in der Küche auf ihn. Er hatte die Decke mitgebracht, von der er ihr erzählt hatte. Sie gingen schweigend zum Teich, und als sie die Lichtung erreicht hatten und er vor Begierde beinahe benommen war, begann er sofort ihr beim Ausziehen der Bluse, der Shorts und der Turnschuhe zu helfen. Seine Begierde war wie eine scharfe Messerschneide – er fühlte nur, daß er ihr zu viele Stunden fern gewesen war –, und dem entsprach etwas in ihr, das gleichzeitig verkümmert und großzügig war. Und obwohl in ihr eine Art von Zurückhaltung ist, die er noch nicht überwinden kann – Dinge, die sie sieht und die ihm noch unklar sind –, ist ihre Intimität intensiv, ganz anders als alles, was er bisher gekannt hatte. Erst viel später erinnert er sich in jener Mittagsstunde an die Decke, die verlassen am Rande der Lichtung lag. Er schüttelte sie aus und entfaltete sie, um darauf auszuruhen, und begann an jenem Tag ein Verhaltensmuster, das darin bestand, daß sie nachher ruhten und dann schwammen.

Als sie an jenem Sonntag schwamm, zwang er sich, mit ihr Schritt zu halten. Er wollte nicht, daß sie ihn hinter sich zurückließ. Zweimal beim Schwimmen rief sie etwas, was er nicht ganz verstehen konnte, und als sie dann innehielt und so heftig atmete, daß er sehen konnte, wie ihre Rippen sich hoben und senkten, lachte sie fast. Ein erstaunliches Glück, denkt er, daß sie den Teich wiedergefunden hatten und damit gemeinsam etwas entdeckten, was ihr so viel Vergnügen bereitet.

Manchmal haben sie geredet, obwohl ihn, wenn er ihr fern

ist, überrascht, wie lange ihr Schweigen anhält, so als hätten sie Jahre zusammen, die sich weit in die Zukunft erstreckten, eine Zukunft, in der sie einander all das enthüllen können, was es zu wissen gibt. Gelegentlich verspürt er den Drang, ihr Fragen zu stellen, um ihre Geheimnisse zu verstehen, um vielleicht zu einer anderen Art der Intimität zu gelangen, aber er hat gelernt, daß – selbst in der kurzen Zeit, die sie zusammen hatten – Fragen sie aus dem Gleichgewicht bringen, sie dazu veranlassen, sich ihm zu entziehen. Was sie gibt, gibt sie dann, wenn sie es will, kleine Päckchen Wissen.

»Sie hat es mir im Frühling gesagt, im letzten Frühling«, sagte sie, als sie am Sonntag zu den Häusern zurückgingen.

Er fing bereits an, sich ein paar Sekunden Zeit zu nehmen, um zu ergründen, wovon sie redete.

»Das mit Jim, meinst du?« fragte er.

»Wir haben gestritten, und sie hat es mir an den Kopf geworfen. Ich griff nach einem Glas und warf es nach ihr. Ich habe gar nicht erst versucht, sie zu treffen, und es zerbrach im Ausguß.«

Er war nicht sicher, aber er dachte, er würde sich vielleicht an jenen Tag erinnern, einen Tag, an dem er unter dem Wagen arbeitete und Glas splittern hörte.

»Warum gerade dann?« fragte er. »Warum hat sie so lange gewartet und es dir dann doch gesagt?«

»Sie hatten gemeinsam beschlossen, es mir nie zu sagen, wegen dem, was er getan hatte. Aber sie konnte es nicht länger ertragen. Sie wollte, daß ich wußte, wie er war«, sagte sie. »Damit ich ihn mit anderen Augen sehen sollte.«

Er hat ihr auch Päckchen gegeben, wenn auch Päckchen anderer Art. Eines Tages bereitete er eine Art Picknick aus Thunfisch, Brot und Trauben und kaltem Wasser in einer Thermosflasche und Keksen aus einer Bäckerei zum Nachtisch. Am

Dienstag brachte er ihr ein goldenes Halsband, das sie beim Schwimmen trug. An einem anderen Tag brachte er ihr, nachdem er den ganzen Bezirk danach abgesucht hatte, aus einer Bücherei in einer fast zwanzig Meilen entfernten Ortschaft ein Buch in Blindenschrift. Es war *My Antonia.* Sie hatte ihm auf seine Frage gesagt, daß man ihr im Krankenhaus Blindenschrift beigebracht hatte, aber daß sie seit Jahren kein Buch mehr gehabt hätte, nicht seit Edith aufgehört hatte, Bücher mitzubringen, nachdem Eden ins Haus zurückgekehrt war. Er beobachtete sie dabei, wie sie die vorstehenden Punkte betastete und versuchte, sich an die Buchstaben zu erinnern. Jeden Tag hat er ihr das Buch gebracht und ihr beim Lesen zugesehen. Er wollte, daß sie das Buch mit nach Hause nehmen und in einer Schublade verstecken sollte, aber sie sagte nein, sie wollte nicht riskieren, daß Edith herausfand, daß sie zusammengewesen waren.

»Sie muß etwas ahnen«, sagte er.

»Sie sagt nie etwas. Ich bin sehr vorsichtig.«

»Warum sagen wir es ihr nicht einfach und bringen es hinter uns?«

»Ihr was sagen?«

»Nun, daß wir immer, wenn wir es wollen, zusammensein werden.«

»Dann wird sie nicht mehr weggehen. Sie wird nicht zur Arbeit fahren.«

»Aber warum?«

»Sie hat Angst vor dir.«

»Angst vor mir? Das ist doch lächerlich.«

»So einfach ist das nicht«, sagte sie.

Sein Leben ist jetzt von einer Einfachheit, wie er sie bislang für unmöglich gehalten hätte. Er lebt für die Stunden zwischen zehn und zwei. Er wacht früh, bei Morgendämmerung, auf und arbeitet am Haus. In den kühlsten Stunden des Tages hat er die

Gittertür repariert, die Dachrinne fertiggemacht, die hintere Terrasse gestrichen und den Balken über dem Kamin im Wohnzimmer mit Sandpapier bearbeitet. Manchmal wird ihm vage bewußt, daß er all diese Arbeiten verrichtet, um das Haus verkaufen zu können. Aber in den sechs Tagen, seit er versuchte wegzufahren und es nicht geschafft hat, hat er sich einfach davon abgehalten, an die Zukunft zu denken. Er kann sich jetzt nicht vorstellen, in den BMW zu steigen und für immer wegzufahren, noch ist er imstande, die Folgen abzuschätzen, die eintreten werden, wenn er es nicht tut. Demzufolge hat er sich fest entschlossen, nicht darüber nachzudenken, jeden Tag auszukosten, wie er kommt, seine Tage einfach zu erleben, ohne jeden Plan. Aber er hat festgestellt, daß die Dinge in den Schachteln angefangen haben, wieder herauszukommen, sich allmählich über das Haus zu verteilen. Und am Morgen ist er wie geplant zu T.J.s Büro gefahren, aber nicht, wie T.J. das vorgehabt hatte, um den Schlüssel abzuliefern; statt dessen sagte er T.J., der sich in einem grauen Sessel drehte und ihn argwöhnisch musterte, daß er noch ein paar Tage brauche, um sämtliche Reparaturarbeiten an dem Haus fertigzustellen. Er hatte das Gefühl, er sei es seinen Eltern schuldig, das Haus in gutem Zustand zu hinterlassen, erklärte er ziemlich fadenscheinig. T.J. hatte seinen Sessel mit einem knackenden Geräusch hochschießen lassen und war aufgestanden und hatte sich den Gürtel zurechtgezogen. »Mir soll's recht sein«, hatte er gesagt, ohne Andrew dabei anzusehen. »Wenn du wirklich weißt, was du tust.«

Seine Nachmittage verlaufen ebenso rhythmisiert wie die Vormittage. Jeden Tag, nachdem er und Eden zusammengewesen sind, fährt er in das Einkaufszentrum, um Geschenke für sie auszusuchen, die sie nicht behalten kann. Als Folge dieser Gewohnheit ist er ein Stammkunde des Einkaufszentrums geworden. Er hat ein pfirsichfarbenes Baumwollkleid gekauft und eine Ausgabe von *Ethan Frome,* die er ihr vorzulesen beabsichtigt. Er hat ihr eine Schachtel Pralinen gekauft, die sie eines Tages nach dem Schwimmen gemeinsam verschlangen. Er hat ihr Sonnenschutzcreme für ihr Gesicht und einen breitkrempigen Strohhut gekauft. Heute hat er ihr etwas ganz Besonderes mitgebracht, seinen bisher genialsten Kauf.

»Ich gehe schwimmen«, sagt sie, streckt sich und setzt sich auf.

»Ich komme mit«, sagt er.

»Nein, ich kann es allein.«

Er will schon protestieren, läßt es aber bleiben. Es gibt überhaupt keinen Grund, sie nicht allein schwimmen zu lassen. Ihr Richtungssinn ist geradezu unheimlich. Er hat festgestellt, daß sie jeden Tag an genau derselben Stelle wieder aus dem Wasser gekommen ist, wo sie hineingestiegen ist. Er fragt sich, wie sie es macht: Ertastet sie sich den Weg mit den Füßen, oder hört sie ihn?

Auf einen Ellbogen gestützt, sieht er ihr zu, wie sie in den Teich geht, bis zur Hüfte hineinwatet, sich dann nach vorn beugt und anfängt, zur anderen Seite zu kraulen. Es macht ihm Spaß, ihr beim Schwimmen zuzusehen. Ihre Schwimmstöße sind sauber, geradezu mathematisch exakt, und er ist stolz darauf, daß ihre Kräfte jeden Tag wachsen. Sie schafft jetzt spielend zwanzig Längen, und wenn sie mehr Zeit hätten, würde sie vielleicht dreißig schaffen.

Er legt sich zurück, die Hände unter dem Kopf. Er denkt, er könne ganz schwach in der Ferne den Donner grollen hören. Die erdrückende Hitzewelle, die jetzt schon acht Tage anhält, hat alle Rekorde gebrochen. Es ist, als wartete der ganze Ort samt Umgebung mit angehaltenem Atem, daß die Belagerung abgebrochen wird. Er hofft, daß das, was er gehört hat, Donner ist und daß das Gewitter bald kommen wird, diesen Nachmittag, und daß es viel Regen mit sich bringt. Er malt sich den

Regen aus, wie er vom gesprungenen Boden abprallt, wie er aus den feuchten Blättern tropft, ihm auf Gesicht und Schultern fällt, während er mit geschlossenen Augen das Gesicht dankbar dem Wolkenbruch entgegenwendet ...

Er zuckt beim Aufwachen zusammen und ist verstimmt darüber, daß er eingedöst war. Er hat keine Ahnung, wie lange er geschlafen hat: Sekunden? Minuten? Er steht schwerfällig und zu schnell auf und fühlt sich dabei ausgehöhlt. Seine Blicke suchen den Teich ab. Nirgends eine Spur von Eden. Er sieht sich auf der Lichtung um, aber da ist sie auch nicht. Er ruft ihren Namen; das erste Mal zögernd, das zweite Mal abrupt. Und dann rennt er an den Rand des Wassers.

»Eden!« schreit er, als hätte er sich über sie geärgert.

Die Teichoberfläche ist von gespenstischer Glätte.

»Herrgott!« schreit er jetzt und stürzt sich in den Teich. Sein Herz hängt locker in seiner Brust. Seine Lungen sind riesige Ballons, die gegen seine Rippen pressen. Das Wasser ist zäh wie Sirup. Es ist wie in den Alpträumen, die er als Junge hatte, wenn er in seinen Träumen nicht schnell genug laufen konnte. »Herrgott!« schreit er und weiß nicht, in welche Richtung er schwimmen soll.

Zu seiner Rechten sieht er eine kleine Welle, dann eine Hand. Sie schießt keine sechs Meter neben ihm aus dem Wasser, keucht. Sie lächelt. Sie lauscht nach ihm. Dann winkt sie in die Richtung, in der sie ihn vermutet.

»Was zum Teufel machst du?« herrscht er sie ärgerlich an und versucht Atem zu holen.

»Ich schwimme bloß«, sagt sie, von seinem Ton überrascht. »Was ist denn?«

»Ich dachte, du ...«

Er macht kehrt und schwimmt zurück zum Ufer. Er hält sich die Brust, wo sein Herz schlägt, und geht um die Lichtung herum, die andere Hand auf die Hüfte gestützt. Sie folgt ihm nicht, bleibt im Wasser. Als er sich dem Ufer nähert, sieht er, daß sie mit den Fingern Wellen macht, über das Wasser streicht. Er rennt in den Teich, zieht die Füße in die Höhe, bis das Wasser ihm über die Knie reicht. Dann wirft er sich nach vorn. Er taucht vor ihr auf, hebt sie hoch, wirft sie in die Luft und läßt sie mit dem Bauch ins Wasser platschen. Sie kommt wieder hoch, prustet, bespritzt ihn mit Wasser. Er taucht, packt sie am Knöchel, zieht sie hinunter. Dort hält er sie fest, küßt sie, aber sie stößt nach seinen Schultern, steigt wieder auf. Als er auftaucht, lacht sie. Er packt sie um die Hüften, zieht sie auf den Rücken, gleitet über sie. Sie dreht sich ruckartig herum, drückt seinen Kopf unter Wasser und springt über ihn hinweg. Als er sich aufrappelt, sieht er, daß sie bereits auf halbem Weg zum Ufer ist. Triefend rennt sie ins Gras, tastet schnell mit den Füßen nach der Decke und setzt sich, zieht die Knie an.

»Manchmal bist du ein rechtes Arschloch, weißt du das, Andy?«

Das Wort ist wie ein Lied, von dem er dachte, er würde es nie wieder hören. Es hebt ihn hoch, macht ihn so leicht wie das aufblasbare Spielzeug eines Kindes in einem Planschbecken. Er läßt sich vergnügt im Wasser treiben, sieht sie an und huscht dann aus dem Wasser zur Decke. Er setzt sich neben sie.

»Ich bin eingeschlafen«, sagt er. »Und als ich aufwachte, war ich ganz verwirrt. Ich dachte, du wärst ...«

»Ertrunken?«

»Ja.«

Sie berührt ihn an der Schulter, streicht mit der Hand über seinen Arm. »Es tut mir leid«, sagt sie.

»Ich fühle mich einfach ...« sagt er.

»Ich bin für mich selbst verantwortlich.«

»Es ist mehr als das.«

»Das ist jetzt schwer zu glauben«, sagt sie. »Aber einmal wünschte ich, *du* würdest ertrinken.«

Er blickt auf den Teich, dessen Wasseroberfläche jetzt wieder wie Glas und golden aussieht. »Ich liebe dich«, sagt er.

Sie drückt seinen Arm. »Du glaubst mich zu kennen, aber das ist nicht wahr.«

»Ich weiß genug.«

»Ich könnte sagen, ich liebe dich auch, aber ich weiß nicht, was das ist.«

»Ich schon«, sagt er.

»Ich wünschte, ich könnte dein Gesicht sehen, wenn du mich liebst«, sagt sie nach einem langen Schweigen.

Er dreht sich herum und sieht sie an, lacht schallend. Dann legt er den Arm um ihre Schulter.

»Ich bin froh, daß du das nicht kannst«, sagt er. »Wahrscheinlich sehe ich dabei lächerlich aus.«

Nach einer Weile sieht er auf die Uhr. »Ich hab dir etwas mitgebracht«, sagt er. »Ich sollte es dir jetzt besser geben.«

Sie protestiert jetzt nicht mehr, wenn er ihr Geschenke macht, und das gefällt ihm. Er greift nach dem Plastikbeutel, den er mitgebracht hat.

»Es ist ein batteriebetriebener Kassettenrekorder«, erklärt er und nimmt ihre Hand und läßt sie den kleinen rechteckigen Gegenstand betasten. »Er ist ganz leicht zu bedienen, und ich habe dir ein paar Bücher auf Band mitgebracht, die du dir anhören kannst.« Er holt die Kassetten aus dem Beutel. »Kurzgeschichten von Tschechow«, liest er. »Und *Smiley's Leute* von John le Carré. Sie hatten keine große Auswahl.«

Sie betastet die Knöpfe an dem Kassettengerät.

»Und hier ist das Beste daran.« Er holt ein Paar Kopfhörer aus der Tüte. Er schiebt ihr das Haar hinter die Ohren, stülpt ihr die Kopfhörer über und stöpselt sie ein. »Hör dir das an«, sagt er.

Er drückt die Tschechow-Kassette in den Rekorder. »Du mußt nicken, wenn die Lautstärke richtig ist«, sagt er. Er dreht langsam an dem Stellrad, und sie nickt. Er sieht ihr zu, wie sie lauscht. Dann drückt er den Stop-Knopf und zieht ihr die Kopfhörer von den Ohren.

»Wenn du die benutzt, kann niemand das Band hören. Du kannst es in deinem Zimmer abspielen, und sie wird dich nicht hören. Das Gerät ist klein, also läßt es sich leicht verstecken.«

»Ich weiß nicht«, sagt sie vorsichtig.

»Du kannst mir vertrauen. Hier, gib mir deine Hand, dann zeige ich dir, wie man es bedient.« Er nimmt ihre Finger und zeigt ihr, wie man die Knöpfe liest. Play, Stop, Eject, Record, Play. Sie hält den schwarzen Kasten, lauscht den Worten der Kassette. Wenn er die richtigen Kassetten finden kann, kann er ihr eine ganze Welt geben, die für sie all die Jahre verloren war.

Sie drückt den Stop-Knopf, nimmt die Kopfhörer ab.

»Wann fährst du weg?« fragt sie.

Wegfahren. Das ist eine Frage, der er sechs Tage lang aus dem Weg gegangen ist. »Ich weiß nicht«, sagt er.

»Du wirst gehen müssen. Du hast ein Leben, in das du zurückkehren mußt. Du hast einen Beruf und einen Sohn.«

Er läßt sich auf die Decke zurückfallen und reibt sich die Augen mit dem Handrücken. »Ich will jetzt nicht darüber reden«, sagt er.

»Jetzt hast *du* Dinge, über die du nicht reden willst.«

»Das ist etwas anderes.»

Sie legt das Tonbandgerät beiseite und schlägt die Beine übereinander, stützt ihr Gewicht auf eine Hand.

»Am Anfang«, sagt sie, »schlief ich. Dann weinte ich lange Zeit. Und dann fühlte ich mich schuldig und wußte, daß das die Strafe war.«

»Die Strafe wofür?«

»Dafür, daß ich so gewesen war.«

Er bleibt stumm.

»Du erinnerst dich doch«, sagt sie.

Er grübelt über dieses Geständnis nach. Das ist wieder ein Stück, ein kleiner Teil des Puzzlespiels. Sie hat es ihm gegeben, denkt er, weil sie möchte, daß er ihr etwas sagt; daß er ihr einen Hinweis darauf gibt, welche Gestalt ihre Zukunft haben wird. Aber es hat die entgegengesetzte Wirkung. Es irritiert ihn, veranlaßt ihn plötzlich, mehr wissen zu wollen, so als hätte sie sich nur über ihn lustig gemacht.

»Das reicht nicht«, sagt er, ohne sie anzusehen. »Sag mir, wer.«

»Es gibt nicht ...«

»Sag mir alles.«

»Es gibt nicht mehr.«

»Das glaube ich nicht. War es Sean?«

»Ich erinnere mich nicht.«

»Du weißt aber doch, daß du es gesagt hast. Jemand hat dir gesagt, daß du es gesagt hast.«

»Ich weiß, daß ich es einmal gesagt habe, aber ich erinnere mich nicht. Ich habe keine Erinnerung an jene Zeit. Bitte, tu das nicht.« Beim letzten Satz hebt sich ihre Stimme.

Selbst mit geschlossenen Augen ist die Sonne hinter seinen Augenlidern so grell, daß er sie zusammendrücken muß. Er setzt sich schnell auf, weiß, daß er zu weit gegangen ist. Er berührt ihren Schenkel und bemerkt, daß ihre Hand zittert.

»Es tut mir leid«, sagt er.

Sie sitzt völlig reglos da – obwohl er weiß, daß in ihrem Inneren ein Sturm toben muß, den er nur ahnen kann. Diese scheinbare Gelassenheit, denkt er, ist eine perfekt entwickelte Fähigkeit, ein Mittel, um mit zuviel Dunkelheit zurechtzukommen, zuviel Stille, zu vielen schlimmen Erinnerungen.

»Ist das Donner?« fragt sie.

Er lauscht und hört nichts. »Ich weiß nicht. Vorher hab ich etwas wie Donner gehört. Aber hoffentlich ist es welcher. Dann hört diese schreckliche Hitze vielleicht auf.«

»Ich will nicht, daß sie aufhört«, sagt sie.

»Warum?«

»Weil dann alles anders sein wird, und wir werden dann auch anders sein.«

Er läßt seinen Arm über ihren Rücken gleiten und zieht sie herunter, so daß sie jetzt auf ihm liegt.

»Wir haben keine Zeit«, sagt sie. »Das fühle ich.«

Er streckt den linken Arm aus und sieht an ihrem Kopf vorbei auf die Uhr. »Es ist genau sieben Minuten nach eins«, sagt er. Er küßt sie, zieht ihren Kopf mit den Unterarmen auf sein Gesicht herunter. Sie bewegt sich leicht, rückt sich zurecht, um Platz für ihre Brüste, ihre Hüftknochen zu finden.

»Ich glaub, der Platz hier mag uns«, sagt sie. »Ich glaube, er will, daß wir hierbleiben.«

Und wie er an ihrem Kopf vorbei auf die Bäume über sie sieht, glaubt er, daß was sie gesagt hat, wahr ist – daß an dem Teich und der ihn umgebenden Lichtung ein unverkennbares Wohlwollen ist. Früher hat er ihnen die Spiele der Kindheit geschenkt, und jetzt, Jahre später, vernachlässigt und überwuchert, bietet er ihnen als Liebenden Zuflucht.

Als er seine Küche betritt, vollbeladen mit Einkaufstüten aus dem Supermarkt und einem Plastikbeutel aus dem Einkaufszentrum, der an einem seiner Finger baumelt, klingelt das Telefon. Er läßt seine Einkäufe auf den Küchentisch fallen und nimmt den Hörer ab.

»Andrew?«

»Jayne.«

»Sie klingen außer Atem.«

»Oh, das ist nichts. Wie geht es Ihnen?«

»Gut geht es mir, Andrew. Ich glaube, die eigentliche Frage ist: Wie geht es Ihnen?«

»Besser. Besser«, sagt er vage.

»Man hat mich gebeten, Sie anzurufen ...«

»Ich weiß. Ich hätte mich melden sollen.«

»Sie *kommen* doch zurück?« sagt sie.

»Ja. Bald. Ist es sehr schlimm?«

»Alles, was schiefgehen kann ...«

»Und Geoffrey?«

»Das übliche. Aufgelöst.«

Durch das Küchenfenster kann Andrew am westlichen Horizont eine lange Decke angelaufener Silberwolken heranrücken sehen.

»Jayne, ehe Sie noch etwas sagen – ich habe beschlossen, etwas von meinem Urlaub zu nehmen. Ich habe noch eine ganze Menge gut, aber ich denke an vielleicht eine Woche oder zehn Tage.«

Auf der anderen Seite herrscht Stille.

»Jayne?«

Er denkt, man hätte sie vielleicht getrennt. Aber gerade als er auflegen will, hört er eine Männerstimme in der Leitung.

»Andrew.«

Das eine Wort läßt Geoffrey, seine ganzen ein Meter neunzig, deutlich vor ihm erscheinen. Er steht jetzt bestimmt an Jaynes Schreibtisch, und die Hand, die den Hörer nicht hält, zupft am Krawattenknoten. Andrew kann die schwarze Pilotenbrille mit den rauchgrauen Gläsern sehen, den ordentlich gestutzten schwarzen Schnurrbart mit den grauen Sprenkeln, die schwarzen Wing-Tip-Schuhe auf Hochglanz poliert.

»Geoffrey.«

»Mein herzliches Beileid wegen Ihrer Mutter.«

»Danke.«

»Aber das ist nicht der Grund meines Anrufs.«

»Nein.«

»Jetzt ist gar keine Zeit für einen Urlaub. Die Agentur bricht unter diesem Projekt buchstäblich zusammen. Vielleicht müssen wir sogar sehen, daß wir den Auftrag wieder loswerden und mit jemand anderem anfangen. Wir brauchen Sie, Andrew, um die Zügel zu straffen, um diese Geschichte unter Kontrolle zu bringen. Das Produkt ist schon seit sechs Wochen fertig.«

»Ich weiß.«

»Dann werden Sie also kommen. Morgen?«

»Nein.«

»Wann dann?«

»Nicht.«

»Wie bitte?«

»Ich kann nicht. Nicht jetzt sofort. Es tut mir leid, Geoffrey.«

Langes Schweigen.

»Ich glaube, Sie sollten noch einmal darüber nachdenken, Andrew. Überlegen Sie sich, was ich gesagt habe.«

»Das werde ich.«

»Ich will, daß Sie morgen wieder hier sind. Rufen Sie mich noch einmal an, sobald Sie darüber nachgedacht haben. Wenn das vorbei ist, können Sie einen Monat Urlaub machen.«

»Es geht nicht um den Urlaub an sich, Geoffrey. Es ist nur so, daß ich hier im Augenblick einfach nicht weg kann.«

»Ich würde wirklich ungern sagen, daß Sie Ihre Stellung riskieren.«

»Nein.«

»Wir wollen nicht, daß Sie das als Aspekt Ihrer Überlegungen betrachten.«

»Nein.«

»Also drängen Sie mich jetzt nicht in die Ecke, okay, Kumpel?«

»Nein.«

»Ist das alles, was Sie zu sagen haben?«

»Ich glaube schon. Das hat nichts mit Ihnen persönlich zu tun, Geoffrey. Ich will wirklich keine Schwierigkeiten machen.«

»Dann tun Sie es auch nicht.«

»Ich rufe wieder an.«

»Tun Sie das.«

Andrew hält den Hörer noch lange am Ohr, nachdem er das Klicken am anderen Ende gehört hat. Dann legt er auf und geht ans Fenster, um die Wolkendecke am Horizont besser sehen zu können. Er hört den langen, rollenden Donner in der Ferne diesmal ganz deutlich. Es ist, als würde eine Stadt auf eine näherrückende Armee warten, die sie befreien soll.

Im Büro muß es schlimmer aussehen, als er dachte, daß Geoffrey ihn so unter Druck setzt – obwohl Andrew weiß, daß es sich fast mit Sicherheit um eine leere Drohung handelt. Er hätte viel länger fahnenflüchtig sein müssen, als daß Geoffrey ihn gehen lassen würde; doch dieses Wissen ist eigenartig enttäuschend. Jetzt entlassen zu werden wäre eine Erleichterung für ihn, würde ihn der Verantwortung für die Zukunft entheben.

Das Telefon klingelt wieder.

»Andrew?«

Die chemische Reaktion in seinem Kehlkopf drückt seine Stimme um eine halbe Oktave.

»Martha.«

»Wo bist du?«

»Hier natürlich.«

»Ich meine, warum bist du nicht in der Stadt? Du wolltest dir doch nur eine Woche nehmen.«

»Ich habe beschlossen, eine Weile zu bleiben, etwas Urlaub zu nehmen.«

»Urlaub? Aber was ist mit Billy? Er hat dich erwartet.«

Andrew zuckt zusammen. Diese Tatsache, die sechs Tage lang in seinem Hinterkopf lauerte, von seinen Bemühungen um das Haus zurückgedrängt und auch dadurch, daß er sich um Eden gekümmert hat, schiebt sich aus ihrem Winkel hervor und erfüllt Andrews ganzes Bewußtsein.

»Nur noch eine Woche«, sagt er mit einer Stimme, die wieder eine Spur kräftiger geworden ist. Er räuspert sich. »Ich muß hier noch einiges ausmisten.«

»Andrew.«

»Was?«

»Du klingst so seltsam. Ist alles in Ordnung?«

»Nein. Eigentlich nicht.«

»Was ist denn los?«

»Ich kann jetzt nicht darüber reden. Tut mir leid. Sag mir, wie es Billy geht.«

»Großartig. Er ist braungebrannt und gesund. Aber ich glaube, du wirst mit ihm reden müssen.«

»Ich weiß. Gib ihn mir.«

Er wartet, alle Fasern angespannt, auf die Stimme seines Sohnes.

»Papa?«

»Tag, Billy. Was machst du?«

»Ich und Mama bauen mit meinen Legosteinen ein Schlachtschiff. Ich kann nicht hinaus, weil es regnet. Kommst du mich jetzt holen?«

»Nein, Billy. Heute nicht. Ich bin noch in Omas Haus.«

Andrew hört einen langen Seufzer, wie von einem alten Mann. Der Seufzer dringt in seinen Körper ein, trifft ihn bis auf die Knochen.

»Billy?«

»Aber morgen kannst du kommen?«

»Ich kann morgen nicht. Aber bald. Ich komme, sobald ich kann. Ich hab dich lieb, und du fehlst mir.«

»Ich hab dich auch lieb, Papa.«

»Ich war heute in einem Teich schwimmen. Rate mal, welche Farbe das Wasser hat.«

»Grün?«

»Es ist golden.«

»Sind Fische drin?«

»Eine Unmenge Fische.«

»Können wir da mal hingehen?«

»Sicher. Wir werden sehen.«

»Opa war mit mir im Meer fischen.«

»Hast du etwas gefangen?«

»Nee. Na ja, eigentlich schon. 'ne Menge Seetang.«

»Sei schön brav, ja, Billy?«

»Okay.«

»Dann komm ich bald.«

»Okay.«

»Darf ich jetzt Mama noch mal haben?«

»Okay. Wiedersehn, Papa.«

»Wiedersehn, Billy. Ich hab dich lieb.«

Andrew läßt sich neben dem Telefon in den Sessel fallen.

»Du weißt also nicht, wann du herkommen wirst«, sagt Martha. Ein tiefer Atemzug, und dann ein Ausatmen. Sie hat sich, während er mit Billy sprach, eine Zigarette angezündet.

»Ich sag dir Bescheid.«

»Weißt du, Jayne hat heute morgen hier angerufen. Sie wollte wissen, ob ich wisse, was eigentlich los ist.«

»Gar nichts ist los. Ich bin nur erschöpft, das ist alles. Ich brauche Zeit.«

»Sagst du. Ich werd versuchen, mit Billy klarzukommen. Aber warte nicht zu lang. Du bist noch nie einfach nicht gekommen, wenn du es versprochen hattest. Ich weiß nicht, ob er das versteht.«

»Laß mir noch eine Woche. Ganz bestimmt nicht mehr. Bis dahin bin ich hier sicher klargekommen.«

»Du klingst nicht so, als würde es dir gutgehen.«

»Aber es geht mir gut. Das ist ja das Komische daran.«

»Ich weiß nicht, wie ich das verstehen soll«, sagt sie. »Sehr viel Sinn macht es nicht, was du sagst.«

»Mach dir keine Sorgen. Alles wird in Ordnung kommen. Gib Billy einen Kuß von mir.«

»Andrew?«

»Ja?«

»Paß auf dich auf.«

Er steht auf und geht sofort zum Kühlschrank. Er nimmt ein Bier heraus, reißt die Dose auf, hält sie mit einer Hand, während er mit der anderen die Einkäufe aus den Tüten holt und sie im Kühlschrank und den Schränken verstaut. Ein Karton Eiskrem, den er ganz vergessen hat, ist undicht geworden, und sein Inhalt ist in die Tüte gelaufen. Als er halb fertig ist, öffnet er die Gittertür und tritt ins Freie. Von hier aus kann er fast den ganzen Horizont sehen, wo die Armee heranrückt. Das Gewitter kommt nur langsam näher und fängt gerade erst an, die Blätter in den Bäumen rascheln zu lassen. Bald werden die Blätter den Rücken wenden und silbern glänzen, während die Wolken über die Sonne gleiten. In der Ferne kann er einen Blitz sehen und wieder ein dumpfes Donnergrollen hören.

Das Telefon klingelt wieder. Er regt sich nicht von der Stelle. Es klingelt sieben Mal, dann hört es auf. Als er sicher ist, daß der Anrufer aufgegeben hat, kehrt er in die Küche zurück und wirft die leere Bierdose in den Papierkorb. Er hat die Küche auf dem Weg ins Schlafzimmer fast durchquert, als das Telefon wieder zu klingeln anfängt.

»Andy-Boy.«

»T.J.«

»Alles klar, Kumpel? Ich hab schon gedacht, du wärst inzwischen abgehaun.«

»Noch nicht ganz.«

»Nun, ich hab jedenfalls gute Nachrichten für dich.«

»Was denn?«

»Deine Nachbarin hat gerade angerufen. Edith Close. Sie will auch verkaufen. Sie zieht sofort aus, sagt sie. Das ist phantastisch. Jetzt, wo beide Häuser zu verkaufen sind, können wir einen viel besseren Preis herausschlagen.«

Die ganze Nacht hindurch rütteln Gewitterstürme an der Ortschaft, stürmt eine Welle nach der anderen gegen ihre Tore an, verhält eine Weile und beginnt dann aufs neue. Die Scharmützel – obszöne Lichtspektakel außerhalb seiner Gittertür, immer wieder durchsetzt mit ohrenbetäubendem Donner – zerreißen Andrews Träume, lassen ihn vor Morgendämmerung ein Dutzend Mal auffahren und aufwachen. Am Morgen hat sich nichts verändert, nur daß sich ein grauer Lichtvorhang hebt, der das wilde Tosen der Bäume erkennen läßt und den mit Unrat übersäten Rasen – Äste, Zweige, Blätter und abgefallene Blütenblätter. Er wacht ein letztes Mal auf, mit trockenem Mund und von einer hartnäckigen Feuchtigkeit durchtränkt, die nicht verschwinden will. Die Laken auf seinem Bett sind von zu vielen Tagen stickiger Feuchte klebrig. Er wälzt sich aus dem Bett und schlüpft in die Jeans, das Hemd und die Turnschuhe, die in einem Haufen auf dem Boden liegen. Er taumelt in das düstere Badezimmer, knipst den Schalter an und ist einen Augenblick lang verwirrt, als die Deckenlampe nicht aufflammt. Dann, um sich zu vergewissern, daß nicht nur eine Birne ausgebrannt ist, greift er hinter sich nach dem Lichtschalter im Flur und findet auch dort nur einen toten Stromkreis. Er geht mit schweren Schritten die Treppe hinunter, durch das Wohnzimmer, in die Küche hinaus und bleibt dort nur einen Augenblick, um ein Glas Wasser zu trinken.

Draußen fühlt die Luft sich geladen an: Er bildet sich ein, eine schwache Spur von Ozon zu riechen. Es regnet nicht, aber ein Blick zum Himmel über der Ortschaft verrät ihm, daß die Stille täuscht, weil die Wolkendecke nirgends durchbrochen ist. Er geht den Kiesweg hinunter, vorbei an einem verblaßten grünen Laden, der in der Nacht von einem oberen Fenster im

Haus der Closes heruntergefallen ist. An der Straße bleibt er stehen. Er hat kein Ziel, nur den Drang, die zwei Häuser eine Weile zu verlassen, um denken zu können. Zu seiner Rechten liegt die Ortschaft mit ihren Reihen von Wohnstraßen, die sich weiter und weiter an der geraden Straße entlang vorschieben, auf sein Haus zu. Zur Linken führt ein fast freier Straßenstreifen durch Weideland und Maisfelder in die nächste Ortschaft. Er biegt nach links. Er geht auf dem Asphalt, die Hände in den Taschen, und zieht sich hier und da in den Straßengraben zurück, wenn er ein Fahrzeug kommen hört. Er staunt über den Schutt auf der Straße und fragt sich, wo die Drähte gerissen sind, die den Stromausfall zur Folge hatten. Er fragt sich auch, ob der Imbiß geöffnet worden ist, ob T.J. und seine Frau in ihrer isolierten Kapsel überhaupt wahrgenommen haben, daß Stürme das Land gebeutelt haben. Er versucht sich vorzustellen, wie sie wohl ohne ihre Klimaanlage überleben werden, falls auch sie ohne Elektrizität sind. Er fragt sich, ob die Frauen und ihre Babys sich bereits darauf vorbereiten, zum Einkaufszentrum zu gehen, oder ob sie heute zu Hause bleiben werden.

So schlendert er lange Zeit dahin, vielleicht fünf oder sechs Kilometer, ehe ihm bewußt wird, wie weit er gegangen ist. Er hat es fertiggebracht, nicht zu intensiv nachzudenken, und das, erkennt er jetzt, ist, was er die ganze Zeit wollte. Er hat einen Punkt auf der Straße erreicht, wo zu beiden Seiten nur Getreidefelder sind. Ein Donnergrollen überrascht ihn, weil er den Blitz gar nicht bemerkt hat, der ihm vorangegangen ist. Es scheint ihm, daß der Donner ganz nahe ist, ein Stück links von ihm. Auch der Himmel verdunkelt sich, so als wollte es schnell wieder Nacht werden. Er denkt jetzt, daß er umkehren sollte, daß er in seinem halbbenommenen Zustand zu weit gegangen ist. Es ist unsinnig, das weiß er, wenn sich ein weiterer Sturm ankündigt, auf einer offenen Straße zu gehen, weitab von jeder schützenden Zuflucht.

Er will schon kehrt machen, als er mitten auf der Straße, keine fünfzehn Meter entfernt, einen kleinen Gegenstand sieht, der ihm den Eindruck macht, als gehörte er nicht dorthin, etwas, das nicht wie ein Ast von einem Baum oder eine Maisstaude aussieht. Er kneift die Augen zusammen und versucht zu erkennen, was es ist, hin- und hergerissen zwischen dem Wunsch, nachzusehen, und dem, zu seinem Haus zurückzukehren. Er tritt ein paar Schritte vor, um deutlicher zu sehen, und glaubt, er könne die Umrisse eines Tieres ausmachen. Es bewegt sich ein wenig, hebt den Kopf. Andrew tritt näher, bis er es erkennen kann. Ein bleistiftdünner Blitz in den Maisfeldern zu seiner Linken beleuchtet die Szene: die nasse Straße, die in Wellen wogenden Felder, die zusammengekauerte Gestalt. Er spürt Regentropfen im Haar, auf den Schultern – die Ankündigung eines weiteren Gewitters – und gleich darauf einen prasselnden Regenschauer. Er rennt auf den Umriß zu, kauert sich daneben zu Boden. Der Kopf eines Beagle wendet sich ihm zu, die Augen ruhig und traurig.

Der Hund sieht Andrew an, als erwarte er von ihm eine Erklärung dieser Kalamität, und legt dann den Kopf wieder auf den Boden, beobachtet den Mann dabei immer noch. Ein Blitzschlag scheint keine dreißig Meter von Andrew entfernt die Straße zu treffen und erschreckt ihn. Das Krachen des Donners kommt so plötzlich und so gewaltig, daß der Hund erneut den Kopf hebt. Andrew sieht, daß die Hinterbeine des kleinen Geschöpfes zequetscht sind, und auf dem Asphalt ist ein Blutfleck zu erkennen, vielleicht einen Meter lang – der Regen fängt bereits an, ihn wegzuwaschen –, dort, wo das Tier versucht hat, sich wegzuschleppen. Andrew blickt die Straße hinauf und hinunter. In der Ferne, von der Ortschaft herkommend, sieht er die Scheinwerfer eines Fahrzeugs. Wieder ein Blitzschlag, und dann noch einer, ein Paar zackiger Drähte, die den ihn und den Hund umgebenden Raum durchschneiden, lassen ihn unwillkürlich schaudern. Er hat schon immer, auch als Junge, Angst vor Blitzen gehabt. Er beugt sich nieder und versucht, die Arme unter den Hund zu schieben. Der Hund gibt einen schwachen, klagenden Laut von sich. Die Scheinwerfer des Wagens sind jetzt deutlicher, kommen schnell auf ihn zu. Andrew hebt das Tier auf, spürt das leblose Gewicht hinten. Der Hund hebt den Kopf, versucht mit der Nase Andrews Gesicht zu erreichen. Er trägt ihn zu einer grasbedeckten Stelle neben der Straße und legt ihn, so behutsam er kann, hin. Der Wagen zischt vorbei und bespritzt Andrew und den Hund mit feinem Wasserstaub. Das Zentrum des Gewitters ist jetzt direkt über ihnen, schleudert seine Blitze mit voller Wucht. Andrew kauert sich nieder, um kein Ziel abzugeben, und legt sich dann neben den Hund auf dem Bauch ins Gras. Der Donner ist so laut – oder seine plötzliche Furcht vor den ihn begleitenden Blitzen so lähmend –, daß er sich nicht von der Stelle bewegen kann, höchstens um den Kopf mit Armen und Händen zu bedecken. Er entschließt sich, nicht hinzusehen, weiß aber mit angehaltenem Atem, daß rings um sie Blitze über die Felder tanzen. Er spürt ein Prickeln im Nacken bei der Vorstellung, sein freiliegender Rücken wäre ein elektrisches Feld, das sich einladend diesem wütenden Sperrfeuer darböte. Er streckt die Arme vor sich aus, spürt die Erde. Der Donner schwillt an wie das Crescendo eines wahnsinnig gewordenen Orchesters. Er preßt die Stirn ins Gras und wartet.

Als er hört, wie der Donner nachläßt, richtet er sich langsam zum Sitzen auf. Er versucht sich mit den Ärmeln den Regen aus dem Gesicht zu wischen. Die Augen des Hundes sind geschlossen. Er legt die Hand auf den Kopf des Tieres, streichelt den leblosen Körper. Der Hund hat zu hecheln aufgehört, atmet überhaupt nicht.

»Es ist schon gut«, sagt er und streicht über das nasse Fell. Der Regen weicht sie beide auf, ohne Rücksicht auf Leben oder

Tod. Er denkt über das Schweigen des Hundes am Rande des Todes nach. Haben seine Hinterläufe nicht weh getan? fragt er sich.

Und dann, so völlig durchnäßt, daß er anfängt zu frösteln, denkt er über Verletzungen und getanes Unrecht nach. Die Gedanken strömen warm und vertraut in sein Gehirn; das war es, wovon er die ganze Nacht zu träumen versuchte: ein Auskundschaften, das durch das nächtliche Chaos des Gewitters immer wieder unsanft verhindert wurde.

Kann man ein Unrecht tilgen, wiedergutmachen? fragt er stumm.

Und wer von uns ist nicht irgendwie angeschlagen? fragt er laut.

Er denkt an T.J., der seinen Glauben an die Ethik materieller Dinge verloren hat.

Er denkt an Martha, die von frühester Jugend an von einer Wut besessen war, die sich weder erklären noch sie loslassen wollte.

Er denkt an Geoffrey mit seinen Wing-Tip-Schuhen und seinen teuren dunklen Anzügen, der zehn Stunden am Tag dem Schauspiel im obersten Stockwerk eines Gebäudes aus Glas und Stahl ergeben ist.

Und er denkt an sich selber, der sich so lange im selben Unternehmen engagiert hatte und dafür das aufgab, was ihm das Wichtigste war – das tägliche Vatersein für seinen Sohn.

Ist Eden stärker angeschlagen als er selbst? fragt er sich. Mehr als alle anderen? Und war es eine Torheit, sich vorzustellen, er könne, indem er sie liebte, die Schmerzen ihrer Vergangenheit lindern? Oder sie die seinen?

Ein verrosteter grüner Pickup-Truck rauscht an Andrew vorbei, hält an, gerät auf dem feuchten Asphalt beinahe ins Schleudern und setzt zu der Stelle zurück, wo Andrew sitzt. Ein Mann in mittleren Jahren in einem T-Shirt, das einmal weiß war, und einem braunen Filzhut lehnt sich über den Beifahrersitz und kurbelt das Fenster herunter. Andrew kann die grauen Stoppeln auf seinen Wangen sehen und einen fehlenden Eckzahn.

»Das Ihr Hund?« fragt er.

Andrew schüttelt den Kopf.

»Was wollen Sie damit machen?«

»Ihn begraben«, sagt Andrew.

»Nun, dann werfen Sie ihn hinten auf. Wohnen Sie hier in der Gegend?«

Andrew nickt, sagt ihm, wo er wohnt.

»Steigen Sie ein«, sagt der Mann.

Er begräbt den Hund unter dem Hortensienbaum. Im Regen ist das ein mühsamer, qualvoller Prozeß, weil das Loch, das er mit dem Spaten gräbt, sich immer wieder mit Wasser füllt und an den Seiten einbricht. Es muß ein großes Loch sein und ziemlich tief, damit der Hund hineinpaßt und auch um streunende Tiere davon abzuhalten, ihn auszugraben. Als es wieder zu blitzen anfängt, muß er sich in die Küche zurückziehen, um dort eine Tasse Kaffee zu trinken. Er sieht zum Fenster hinaus auf den Hund und das halb gegrabene Loch. Die Blitze werden seltener, und er geht hinaus, um weiterzugraben. Hier und da wünscht er, er hätte sich nicht dazu entschlossen, weil er weiß, daß er jetzt denken muß, planen, Listen machen für die unmittelbare Zukunft. Er hat Angst davor, eine Idee zu haben und sich später nicht daran erinnern zu können. Aber als das Loch schließlich gegraben ist und er den Hund hineingelegt und wieder Erdreich über den Kadaver gehäuft hat, ist er froh, daß er es getan hat.

Als er die Küche betritt, sitzt sie nicht auf dem Stuhl. Sie steht am Ausguß und dreht sich sofort herum, als er die Tür öffnet.

Ihr Gesicht scheint erregt, schwer zu durchschauen. Sie trägt einen langen blauen Bademantel und reibt sich die Arme mit den Händen, als wäre ihr kalt. Er hat sich den ganzen Morgen Sorgen gemacht, Edith würde nicht zur Arbeit fahren. Und als er schließlich hörte, wie der Plymouth angelassen wurde, hob er dankbar den Kopf zur Decke.

»Was ist los?« fragt er sofort. Er geht nicht zu ihr, er fühlt, daß sie das jetzt nicht will.

»Sie hat das Tonbandgerät gefunden.«

»Wie?«

»Ich dachte, sie würde ein wenig schlafen. Das hat sie gesagt. Ich habe die Kopfhörer aufgesetzt und mir die Geschichten angehört, als sie ins Zimmer kam. Ich hätte sie, lange bevor sie mein Zimmer erreichte, hören müssen, aber mit den Kopfhörern konnte ich das nicht.«

»Das tut mir leid.«

»Sie hat es genommen.«

»Was hat sie gesagt?«

»Sie hat gar nichts gesagt. Sie ist nur weggegangen.«

»Weißt du, daß sie das Haus verkaufen will?«

Sie nickt. »Ich habe sie telefonieren hören. Aber woher weißt *du* es?«

»Sie hat T.J.s Agentur angerufen.«

»Ah.«

»Komm zum Stuhl herüber und setz dich«, sagt er. »Wir müssen reden.«

»Was gibt es denn jetzt zu reden?«

»Gehen wir hinauf«, sagt er, »in dein Zimmer. Ich möchte mich mit dir hinlegen und so mit dir reden.«

»Nein«, sagt sie schnell, »nicht in mein Zimmer. Ich setze mich auf den Stuhl.«

Sie geht zum Stuhl und setzt sich etwas widerstrebend, als müßte sie sich jetzt einen Vortrag anhören, den sie nicht über sich ergehen lassen will. Sie faltet die Hände im Schoß. Ihr Gesicht, das sieht er jetzt, ist an der Oberfläche ausdruckslos geworden, und sie müht sich ab, ein Gesicht darunter im Zaum zu halten.

Er greift nach ihrer Hand, und sie überläßt sie ihm widerstrebend.

»Heute abend«, sagt er, »werde ich endgültig alles im Haus einpacken. Wenn ich morgen komme, werde ich dir packen helfen. Dann werden wir in meinen Wagen steigen und in meine Wohnung nach New York fahren. Wir werden Edith eine Nachricht hinterlassen. Wenn wir dann in der Stadt sind, lasse ich mich auf kurze Zeit von meiner Firma beurlauben. Wir werden für dich ein gutes Blindenprogramm aussuchen, aber wir werden zusammensein, zusammenleben.«

Er improvisiert jetzt. Bis zu diesem Augenblick war er außerstande, über die Fahrt nach Süden hinaus zu denken.

Sie fängt an den Kopf zu schütteln.

»Was?« sagt er.

Sie sagt nichts, aber er kann spüren, wie sie sich weiter zurückzieht, Zentimeter um Zentimeter.

»Was ist?« fragt er eindringlicher.

»Das kann ich nicht tun«, sagt sie. »Ich kann hier nicht weg.«

»Aber warum?«

»Ich wüßte nicht, wie man das macht.«

»Ich werde jeden Schritt des Weges bei dir sein. Es braucht auch nicht die Stadt zu sein, wir können überallhin fahren.«

»Du hast einen Sohn«, sagt sie. »Und ich habe Edith.«

»Du hast Edith?« fragt er ungläubig.

»Ich brauche Edith, und sie braucht mich. Es gibt hier Dinge, die du nicht verstehst, Dinge, die mich betreffen, die dir gar nicht gefallen würden, wenn du sie wüßtest.«

»An dir ist nichts, womit ich nicht fertig würde. Ich liebe dich. Das habe ich dir gesagt. Das ist einfach.«

»Nein, genau das ist es«, sagt sie. »Es ist überhaupt nicht einfach.«

Sie entzieht ihm ihre Hand, steht auf und geht wieder zum Ausguß.

»Ich werde hier nicht ohne dich wegfahren«, sagt er. »In meinem Leben gibt es nichts Wichtigeres für mich.«

Sie läßt die Schultern nach vorn sinken, stützt ihr Gewicht auf ihre Hände, die den Ausgußrand umfaßt halten. Unter dem Bademantel kann er die Umrisse ihres Rückens und ihrer Hüften sehen. Ihr Haar ist zerzaust, nicht gebürstet. Im Ausguß stehen Teller und Schüsseln, die sie noch nicht abgespült hat. Sie streicht mit den Handflächen über den Porzellanrand. Sie greift nach dem Wasserhahn und streicht mit dem Handrücken darüber.

Die Stille macht ihn unruhig. Er spürt, daß er im Begriff ist, an Boden zu verlieren. »Ich werde nicht ohne dich wegfahren«, sagt er erneut, »und ich werde nicht zulassen –«

Sie fällt ihm ins Wort. Sie dreht sich blitzschnell herum, so daß der Ausguß jetzt hinter ihr ist. »Ich habe es mir anders überlegt«, sagt sie. »Ich will jetzt hinaufgehen.«

Er vermutet, daß sie das tut, um ihn aufzuhalten, um ihn von seinem Ziel abzulenken. Aber er stellt sich vor, daß sie, wenn sie neben ihm liegt, einfach nicht anders können wird, als ihm zuzuhören.

Er folgt ihr durch das Eßzimmer, das Wohnzimmer, die Treppe hinauf und, im Obergeschoß angelangt, durch eine dunkle Tür.

Ein Blitz, der durch das einzige Fenster hereinleuchtet, erhellt das Zimmer, beleuchtet Hunderte verblaßter rosafarbener Rosen an den Wänden. Die Tapete ist vergilbt und abgeblättert und läßt eine andere, grauere Tapete darunter erkennen. Vor Jahren, als Eden vielleicht noch ein Baby war, dachte jemand daran, die strenge Tapete mit einer zu überkleben, die besser zu einem kleinen Mädchen paßte, deckte aber, weil er nichts vom Tapezieren verstand, wie das bei Jim und Edith der Fall war, die eine Tapete nur mit der anderen zu. Eigenartigerweise hat der Betreffende auch die schräge Decke über dem Bett mit tapeziert, aber dort haben sich ganze Partien abgelöst, so daß darunter zerbröckelnder Verputz offen daliegt. Das Bett ist unter die Mansarde gezwängt, mit einer Seite an der Wand und mit nur wenig Zwischenraum über der Bettkante bis zum Mansardenansatz. Das Bett hat kein Kopfteil, nur ein weißlackiertes eisernes Fußteil, das an so vielen Stellen abgewetzt ist, daß es eher gesprenkelt als lackiert wirkt. Eine abgewetzte rosafarbene Chenille-Überdecke ist ordentlich bis zum Kopfkissen hochgezogen. Der Boden, breite Dielen, ist schokoladebraun gestrichen. Auf der anderen Seite des Zimmers steht ein kleiner Schreibtisch aus Ahornholz mit einer fleckigen grünen Schreibunterlage darauf. Auf der Schreibunterlage steht ein Radio, und davor liegt eine Haarbürste. Neben der Haarbürste ist eine zugeklebte Plastiktüte, in der sich offenbar feuchter Ton befindet. Auf dem Stuhl vor dem Schreibtisch liegt das blaue Sommerkleid.

Wieder ein Blitz, dem fast unmittelbar dröhnender Donner folgt. Er sieht zum Fenster hinaus, in den Regen und auf die hin und her peitschenden Bäume. Der Vorhang oben am Fenster ist eingerissen, und er sieht, daß die Scheiben schon lange nicht mehr geputzt worden sind.

Fast Mittag, und es ist so finster wie in der Abenddämmerung.

Dies ist das erste Mal, daß er als Erwachsener in ihrem Zimmer ist, obwohl er manchmal als Junge hier war, wenn Eden sich einen Baseballhandschuh oder ihre Fäustlinge holte. Damals war das Zimmer nicht kahl, wenigstens nicht so, wie er es in Erinnerung hatte. In jenen Tagen stand ein Plattenspieler auf dem Schreibtisch, und darüber hinaus war er mit Schallplatten und ihren Sportgeräten übersät. Aus dem Schrank hingen Kleiderärmel und Hosenbeine. In der Ecke, daran erinnert er sich, bewahrte sie ihren Hockeyschläger und die Schlittschuhe auf. Er muß auch einmal an einem stürmischen Tag wie diesem hiergewesen sein, denkt er, aber er kann sich nicht im geringsten daran erinnern, was sie hier taten. Er erinnert sich undeutlich an endlose Monopoly-Spiele, die sich weit über den Punkt hinausdehnten, wo er froh gewesen wäre, sich geschlagen zu geben, wenn er es nur fertiggebracht hätte – oder gingen sie an verregneten Tagen in *sein* Haus?

Er sieht sich wieder im Zimmer um und kehrt damit zur Gegenwart zurück. Jetzt erdrückt es ihn beinahe. Er malt sich aus, wie sie hier sitzen muß und sich die Dunkelheit auf sie senkt. Er fragt sich, ob er imstande sei, das zu ertragen, oder würde er ein Licht finden müssen? Es gibt ein Licht, eine Wandlampe über der Tür. Sie muß für Edith sein, wenn sie abends herkommt.

Er beobachtet Eden, wie sie sich auf den Bettrand setzt, als überlegte sie gerade, und dann legt sie sich hin, dicht an die Wand. Sie hebt leicht ein Knie, und der Bademantel öffnet sich dabei. Sie streckt einen Arm aus, um ihm damit zu bedeuten, daß er zu ihr kommen soll. An ihrer Haltung ist etwas Unbehagliches. Er versucht in ihrem Gesicht zu lesen. Schon ist sie Lichtjahre von ihm entfernt.

Er setzt sich auf den Stuhl am Schreibtisch. Er würde gern wissen, was sie in den Schubladen aufbewahrt, wo die »Dinge« sind, die sie macht. Das Radio ist alt mit einem runden braunen Plastikgehäuse und einem Stecker. Er wünscht, sie könnten in die Küche zurückgehen und noch einmal von vorn beginnen.

»Ich bin einsam hier hinten«, sagt sie.

Die Stimme ist eine, die er Jahre nicht gehört hat. Er erinnert sich so deutlich an den Nachmittag, als wäre er in diesem Augenblick am Teich. *Du kannst meine Bluse anfassen,* sagte sie, und die Stimme war dieselbe. Aber damals war er ein Junge und widerstand ihr.

Er beugt sich vor, um seine Schnürsenkel zu lösen; von dem langen Marsch auf der Straße sind sie immer noch naß. Er denkt an den Hund unter dem Baum. Er würde ihr gern von dem Hund erzählen. Er zieht sein Hemd aus, schnallt seinen Gürtel auf. Er legt seine Kleider auf den Stuhl.

Er geht zum Bett, legt sich neben sie. Er denkt nur, daß er sie halten will, sie zurückholen. Aber als er sich auf sie zubewegt, ächzt das Bett plötzlich laut in das Schweigen hinein – die alten Eisenfedern, die gegen das zusätzliche Gewicht eines Mannes protestieren. Gestern, denkt er, hätten sie zusammen gelacht, aber jetzt läßt das Geräusch sie erstarren, als hätte sie einen schlimmen Fehler gemacht, als hätte sie dieses Echo nicht vorhergesehen. Seine Hand greift nach ihrem Rücken, versucht sie an sich zu ziehen, aber sie bleibt steif in seiner Umarmung.

»Eden«, sagt er, aber sie antwortet ihm nicht.

Er kann ihre Furcht fühlen – oder etwas wie Furcht, spürt es in den Sehnen und Muskeln ihres Rückens. Die Furcht ist ansteckend und wandert seinen Arm hinauf, zu seiner Brust. Erschrocken meint er, er könne den Strom mit einer beherzten Geste aufhalten oder indem er sie fester an sich drückt, und preßt unsanft ihre Hüften unter die seinen. Das Bett ächzt erneut. Er küßt sie, aber ihr Mund ist leer.

»Was ist?« fragt er, und wie eine Wolke ballt sich die Furcht in seiner Brust zusammen.

Er hebt ihre Arme und preßt ihre Hände hinter das Kissen.

»Was ist?« fragt er noch einmal und schüttelt ihre Handgelenke.

Sie hebt ein Knie, wie um ihn von sich zu schieben, aber er preßt ihr Bein mit dem seinen nieder und drückt sie auf das Bett. Er schaut auf ihr geschlossenes Auge, das Mandelauge. Sie wendet das Gesicht ab.

»Wer war vor mir hier?« flüstert er ihr hart ins Ohr.

Sie stößt einen kleinen Schrei aus und dreht sich zur Wand. Er läßt sie los, schlingt aber den Arm um ihren Bauch und zieht ihre Pobacken zu sich heran. Seine Hand greift ihr von hinten an den Hals, beugt sie nach vorn. Er schiebt den Bademantel hoch, bis er an ihrer Taille zusammengeschoben ist. Eine Empfindung, so schnell wie ein Tritt, zieht durch seine Brust, als er sie so weiß und verletzlich vor sich sieht. Aber ihn lenkt jetzt nicht mehr Vernunft, nur noch seine Furcht. Während er mit der freien Hand ihren Hüftknochen festhält, dringt er von hinten in sie ein. Sie schreit wieder auf, als ob er sie verletzt hätte, aber er glaubt nicht, daß er ihr weh getan hat. Es ist etwas anderes, dem sie sich widersetzt. Er kann die Knöpfe ihrer Wirbelsäule von den Pobacken nach oben wandern sehen, bis sie unter ihrem Bademantel verschwinden. Er schiebt seine Hand an die Stelle, wo ihr Schenkel in ihre Hüfte übergeht, und hält sie fest.

»Sag mir, wer es war«, drängt er, und seine Stimme ist jetzt lauter geworden, flüstert nicht mehr.

Sie greift nach dem Bettrand an der Wand, um sich festzuhalten, und er sieht, wie ihre Schulter zittert vor Anspannung. Hinter ihrer Schulter sieht er die verblaßte Tapete mit den Rosen und den winzigen Rissen. Aber er ist plötzlich verwirrt, ist nicht mehr in ihrem Bett, sondern im Teich, und greift nach ihrer Hand, weil sie untergegangen ist.

»Ich habe ihm gehört!« schreit sie hinaus. Die Stimme ist angespannt, schrill.

»Wem?« sagt er heiser an ihrem Rücken. Er hält sie jetzt fest an sich gepreßt, taucht unter die Wasseroberfläche, um zu ihr zu kommen, hat sie fast erreicht.

»Jim.«

Es ist wie ein Klagelaut, der quer über den Teich zu ihm herübereilt. Er bricht durch die Wasserfläche. Der Schrei erreicht ihn, braust in seinen Ohren wie der Wind. Er nimmt den Namen, sieht ihn an, erinnert sich an ihn.

Er hält inne, und seine Augen erfassen jetzt plötzlich wieder die blauen und weißen Streifen des Stoffes. Sein Körper gleitet wie von selbst von ihr weg.

Er gibt einen Laut von sich, wie jemand, der auftaucht, um nach Luft zu schnappen. Er rollt sich auf den Rücken.

Draußen blitzt es wieder, aber das ist nichts, und er nimmt es kaum wahr. Der Donner ist schwächer als vorher, als sie das Zimmer betraten. Der Sturm, denkt er, muß weiterziehen. Die Scheiben klirren in dem lockeren Fensterrahmen, als würde die letzte Bö sich verabschieden. Er blickt zu ihrem Schreibtisch hinüber, auf die Kleider auf dem Stuhl, auf das Stück Ton auf der Schreibunterlage. Seine Augen schweifen zu der Mansardendecke direkt über ihm zurück. Er sieht mit zusammengekniffenen Augen die Tapete an. Jetzt sieht er die winzigen Löcher, die den zerbröckelten Putz umgeben. *Natürlich,* denkt er, *von dem Schuß.* Und da werden noch andere winzige Löcher im Zimmer sein.

Er zwingt sich dazu, sich aufzusetzen. Er steht auf und geht durch das Zimmer zum Fenster. Zuerst leistet es ihm Widerstand, dann öffnet es sich. Auf dem Rasen zwischen den beiden Häusern kann er kleine Wirbel von Ästchen und Blättern sehen, die der Wind zu Staubfontänen aufpeitscht. Am Horizont ist ein heller Lichtsaum unter der Wolkenbank zu erkennen.

Ihr Bademantel ist immer noch bis zur Hüfte hochgeschoben. Er geht zum Bett zurück und beugt sich darüber. Er löst ihre Hand vom Bett, wo sie sich festkrallt. Er schiebt den Mantel über ihre Beine. Dann geht er zum Stuhl und setzt sich.

Er sieht zu, wie sie sich auf den Rücken dreht. Sie wischt sich mit der Handfläche Schweiß von der Schläfe. Schon deutet sich durch das offene Fenster ein Hauch von Kühle in der Luft an.

Zu beiden Seiten des Schreibtisches sind Schubladen, die

untersten sind dabei die tiefsten. Er öffnet die Schublade zu seiner Rechten; in ihr ist ein Wald grauer Tongebilde. Er nimmt eines der kleinen Stücke heraus und stellt es auf die Schreibunterlage. Es ist eine nackte Frauenfigur, die auf einem Stuhl mit gerader Lehne sitzt, ähnlich dem, auf dem er gerade sitzt. Ihr Kopf ist nach vorn gebeugt und ihr langer Rücken gekrümmt. Das eine Bein ist ausgestreckt, das andere gebeugt. Die Skulptur ist vielleicht dreißig Zentimeter hoch, aber er kann die feinen Eindrücke neben einem Auge ausmachen. Das Haar strömt hinten über die Stuhllehne. Die Ähnlichkeit ist verblüffend, aber es ist nicht nur die Ähnlichkeit – es ist die erstaunliche Weichheit des Körpers vor dem kantigen Stuhl.

Er sieht zu Eden auf dem Bett hinüber. Sie muß gehört haben, wie er die Schublade aufzog. Er zieht die nächste heraus. Es ist wieder ein Selbstporträt, eine Frau in einem Sommerkleid mit Knöpfen vorn, die sich bückt, um ein Hemd aufzuheben. Er streicht mit den Fingern über die Rockfalten und bewundert die Art und Weise, wie sich der Rock an der gebückten Frau vorn öffnet.

»Die sind wunderbar«, sagt er.

Sie sagt nichts, wendet ihr Gesicht leicht ab.

»Das hast du gemeint«, sagt er.

Er holt eine weitere Figur aus der Schublade. Es ist eine Frau im Nachthemd, die auf der Seite liegt.

»Sie bringt mir Ton«, sagt sie. »Aber nach einer Weile trocknen sie, und dann brechen sie.«

»Aber man könnte sie doch im Ofen brennen, oder? Oder in Metall reproduzieren? Sie sind wunderschön.« Er empfindet so etwas wie Erleichterung darüber, daß sie dies hatte – und dann eine andere Empfindung: Bewunderung, daß sie in diesem kahlen Raum solche Schönheit schaffen konnte.

Sie preßt die Arme an sich, als wäre ihr wieder kalt. Sie setzt sich auf. Wieder pfeift ein Windstoß gegen das Fenster.

»Es tut mir leid«, sagt er. »Ich hätte dich nie so zwingen dürfen.«

»Schon gut«, sagt sie.

Er streicht mit den Fingerspitzen über das Nachthemd aus Ton. »Ich habe heute morgen einen Spaziergang gemacht«, sagt er, »und dabei fand ich einen Hund, der mitten auf der Straße lag. Ein Wagen hatte ihn überfahren, und er konnte sich nicht mehr bewegen. Aber er lebte noch. Ich trug ihn an den Straßenrand. Ich habe mich danebengelegt, während ein Gewitter über uns hinwegtobte, und als ich mich wieder aufsetzte, war er tot.«

Sie zieht sich den Mantel um die Beine.

»Ein Mann kam mit einem Pickup-Truck vorbei und ließ mich den Hund mit nach Hause nehmen. Ich habe ihn heute morgen unter dem Hortensienbaum begraben.«

Sie drückt die Schultern nach vorn und reibt sich die Arme.

»Aber der Hund hat die ganze Zeit keinen Laut von sich gegeben«, sagt er. »Kannst du dich an irgend etwas erinnern – das Schlittschuhlaufen, die Eisenbahngleise, den Baseball?«

Sie reckt das Kinn vor, als würde sie nachdenken.

»Heute morgen«, sagt er, »nachdem ich jenen Hund fand, erinnerte ich mich an den Tag, an dem der Puck dich am Backenknochen traf. Erinnerst du dich? Sean hatte ihn geschlagen, und er traf dich unter dem Auge. Dein Gesicht wurde weiß, aber du hast nicht geweint. Das werde ich nie vergessen. Keinen Ton hast du von dir gegeben.«

Sie steht auf und geht ans Fenster, wendet ihm den Rücken zu. Ihre Arme hat sie an die Brust gepreßt.

»Er war immer in meinem Bett«, sagt sie, »von Anfang an. Als ich klein war, legte er sich zu mir, um mich zu wärmen, und manchmal schliefen wir Seite an Seite.«

»Du brauchst es mir nicht zu sagen«, sagt er.

Sie reibt mit einem Finger an einer Fensterscheibe. »Es gefiel ihr nicht, daß er bei mir war, aber sie konnte nichts dagegen tun. Sie selbst wollte mich nicht berühren.«

Er beobachtet sie vom Stuhl aus. Sie zeichnet perfekte Kreise auf das Glas.

»Als ich älter war, sagte sie ihm, er solle es nicht mehr tun, ich sei zu alt dafür. Da konnte sie es sagen, also hörte er auf damit. Aber dann fing sie an, nachts zu arbeiten, und er kam, wenn sie weg war. Damals fing es an, als wir beide wußten, daß wir uns vor ihr versteckten.«

So, wie wir es getan haben, denkt er plötzlich, sagt es aber nicht.

Sie wendet sich ihm zu, lehnt sich an den Fenstersims. »Ich habe nie nein gesagt, das erste Mal nicht und auch später nicht. Ich konnte es ihm nicht abschlagen. Ich konnte es keinem abschlagen.«

Er reibt die Figur, die er in den Händen hält. Es gibt nichts, was er sagen kann. Er könnte sagen: *Es war nicht deine Schuld,* aber der Satz scheint ihm bedeutungslos, das Wort *Schuld* ohne Bezug. Es ist eine Art von Intimität, die er nicht ganz begreift. Er weiß, daß dieses unnatürliche Leben, das sie gelebt hat, Folgen haben muß, und vielleicht könnte man sagen, daß das sie so gemacht hat, wie sie damals war; aber das wären nur vage Vermutungen ohne tieferes Verständnis.

Sein Blick fällt auf die schokoladenfarbenen Fußbodenbretter zu ihren Füßen. Irgendwo auf diesen Brettern ist Jim gestorben, und Edith hat ihn gefunden. Und dann hat sein Vater sie alle gefunden. Der Boden schwankt unter ihm, als er versucht, Jim vor sich zu sehen. Er wird seine Erinnerungen an Jim revidieren müssen. Und die an Edith auch, denkt er benommen.

»Wußte sie es?« fragt er.

Sie antwortet ihm nicht direkt. Sie lehnt den Kopf ans Fenster. »Ich hatte all diese Jahre, um mich zu fragen, *warum,* und ich kenne die Antwort noch immer nicht. Damals kannte ich die

Antwort eher; ich konnte sie fühlen. Jetzt kann ich es nicht. Sie wies ihn nicht ab, das war es nicht. Er mochte junge Mädchen. Er mußte etwas trinken, ehe er zu mir kam, aber er war immer vorsichtig und sanft und hat mir nie weh getan. Es war nicht so, wie du denkst. Ich weiß nicht, wie du es nennen würdest. Ich erinnere mich jetzt nicht einmal mehr an sein Gesicht.«

Er stellt die Figur auf die Schreibunterlage und geht auf Eden zu. Er legt die Hände auf ihre Schultern, zieht ihren Kopf an seine Brust. Er hat Angst, die Frage zu formulieren, weiß, daß ihre Antwort unwiderruflich und für immer sein wird. Aber er muß es wissen.

»Du wirst jetzt mit mir kommen«, sagt er. Er versucht es beiläufig zu sagen, obwohl sie hören muß, wie sein Herz unter seiner Stimme rast.

Sie läßt ihn nicht warten. Sie nickt, eine kleine Geste.

Der Ballon in seiner Brust dehnt sich aus, platzt. Er hebt sie hoch, überrascht sie damit beide und trägt sie zum Bett. Sie ist schwerelos, widersetzt sich ihm nicht länger. Er legt sie behutsam auf die rosafarbene Überdecke. Er sitzt auf der Bettkante, blickt auf sie hinab, hält sie am Handgelenk fest. Dann beugt er sich über sie, küßt sie, während er den Gürtel ihres Mantels löst. Seine Hände finden ihre Haut, und sie rutscht, um ihm Platz zu machen, damit er neben ihr liegen kann. Er versucht ihre Arme aus dem Mantel zu befreien, und sie hilft ihm. Sein Bauch und seine Brust sind von Wärme durchflutet – sie muß die Hitze spüren, die von seinen Poren ausstrahlt. Er gleitet über sie, und sie befühlt sein Gesicht, liest ihn. Er kostet das Salz am Rande des Mandelauges. Sie murmelt etwas, das er nicht ganz ausmachen kann. Er glaubt, sie sagt seinen Namen in sein Ohr. Sie öffnet ihre Schenkel und lenkt ihn, und während sie ihn in sich hineinzieht, fühlt er, wie sich mehr Liebe in ihm sammelt, als er für möglich gehalten hätte. Sie schiebt sich ihm langsam entgegen: Es gibt keine Zeit, mit der man das messen könnte. Ihre

Arme halten seine Schultern von unten umfaßt. Er fühlt, wie ihr Fuß sich um seine Wade legt. Bald werden sie auf der Fernstraße nach Süden fahren, auf die Stadt zu. Er wird ihr Kleider kaufen, und sie wird sie tragen, und sie wird ihre Porträts in Edelmetall gießen. Er wird alles wiedergutmachen; er wird ihr geben, was man ihr genommen hat. Das Bett ächzt vergnügt und laut unter ihrem doppelten Gewicht. Er sieht zwei Gestalten in einem leicht obszönen Stück vor sich, das er vor Jahren gelesen hat, und will ihr dieses Bild schildern. Er beugt den Kopf vor, um ihre Brüste zu küssen. Er will ihr von der Fahrt nach Süden erzählen, von alledem, was vor ihnen liegt. Er ist voll von Bildern, wie ein Kaleidoskop. Sie sind mit Billy zusammen, und Andrew macht für sie alle drei Pfannkuchen. Sie liegen unter der Steppdecke seiner Mutter auf seinem Bett in der Stadt und trinken Wein. Sie sind in einer Konzerthalle. Er läßt seinen Mund an ihrem Hals entlanggleiten, greift mit den Händen unter sie, um sie festzuhalten.

Aber sie schiebt seine Schultern von sich. Er versteht nicht. Er ist verwirrt, zu schnell von ihr weggeschoben, von den Bildern weg. Er fühlt, wie ihre Fingernägel sich in seine Haut graben.

Er richtet sich auf, um ihr Gesicht zu sehen, und es ist von Schrecken erfüllt. Er hört jetzt, zu spät, was sie gehört hat, auf den Bodenbrettern. Er wirbelt herum, zur Tür.

Edith steht auf der Schwelle, mit etwas Großem, Fremdem in den Armen – ein Anblick so unbegreiflich und bedeutungslos in dem Universum, das sie gerade geschaffen haben, wie ein Code, den er nie entziffern wird. Er müht sich um Klarheit und Verständnis. Er hört Eden hinter sich aufschreien. Instinktiv hebt er den Arm, die Hand, um sich von der Erscheinung unter der Tür zu trennen, während sie das große fremde Ding näher an sein Gesicht hält. Er will schreien, *Halt,* und vielleicht tut er es auch. Dann erreicht das Adrenalin seine Schenkel, seine Waden. Er springt auf.

Es ist der Sprung eines Athleten, eines Verteidigers auf dem Fußballplatz, eines Torhüters, den sein Wille vom Eis hochkatapultiert, um den Puck zu fangen. Er wird den Ball erreichen, den Puck fangen. Er weiß es. Ein Versagen ist undenkbar.

Aber die Waffe gilt nicht ihm.

Sechster Teil

Die Luft ist beißend wie kaltes Wasser. Selbst an diesem zweiten Samstag im September kann er seinen Atem sehen, den Dampf, der von der Kaffeetasse aufsteigt. Die Ahornbäume nehmen in der Sonne bereits eine durchscheinend rosa Farbe an, und er weiß, daß unten am Teich die Birkenblätter die Farbe von Messing haben werden.

Er findet T.J. im Speisezimmer des Hauses der Closes. Er steht da, die Hände in den Taschen, und mustert die leeren Wände. Man hat die Vorhänge und Jalousien des Zimmers entfernt, so daß die Sonne die frischgeputzten Fenster glänzen läßt. Ein paar letzte Überreste der alten Tapeten füllen eine Plastiktüte an der Tür.

»Die hab ich dir gebracht«, sagt Andrew und reicht T.J. ein Paar schmutziger Jeans und ein altes blaukariertes Flanellhemd. »Und eine Tasse Kaffee hab ich dir gebracht.«

»Danke.« T.J. umfaßt die Tasse mit beiden Händen. »Ich habe Didi angerufen und ihr gesagt, daß ich eine Weile mit dir hier draußen sei. Die Küche sieht übrigens großartig aus. Wie eine Anzeige für Rustikales Wohnen oder so was.«

Andrew lacht. Aber er ist mit der Küche zufrieden. Er hat die grüne Farbe an den Wänden und Schränken abgeschabt und alles weiß lackiert. Das rissige Linoleum hat er entfernt und den alten Dielenboden darunter wieder hergerichtet. Die Gardinen hat er weggeworfen und den Tisch und die Stühle der Heilsarmee gestiftet. Die Küche ist jetzt unverfälscht und einfach und wartet darauf, daß neue Besitzer eintreten und sie sich zu eigen machen. Es gefällt ihm, in der Mitte der Küche zu stehen und dort seinen Morgenkaffee zu trinken. Er bedauert nur, daß Eden nicht sehen kann, was er getan hat. Sie hat mit nackten Füßen den seidenen Glanz der Bodendielen ertastet, die Farbe an den Schränken berührt und den frischen Duft von neuer Farbe im Zimmer gerochen. Aber wenn er ihr ins Gesicht blickte, konnte er sehen, daß für sie der Raum immer noch grün und dunkel war und immer noch zu viele Erinnerungen enthielt. Danach hat er sie nicht noch einmal aufgefordert, seine Arbeit zu »sehen«, und sie ist nicht in ihr Haus zurückgekehrt, nicht einmal, als er ihr eigenes Zimmer leerte und ihre Habseligkeiten einpackte. Sie wohnt jetzt bei ihm im anderen Haus, auf der anderen Seite des Gartens.

T.J. leert die Tasse und stellt sie auf den Fenstersims. Andrew sieht zu, wie T.J. seine braune Lederjacke auszieht, seine teuren Safarihosen und den grellen grün und blau gemusterten Pullover. Er schlüpft in das Flanellhemd, das Andrew gebracht hat, und zieht den Reißverschluß der Jeans zu.

»So siehst du besser aus«, sagt Andrew. T.J. nimmt das Kompliment mit einem schiefen Grinsen entgegen.

Eigentlich, denkt Andrew, sieht T.J. überhaupt nicht gut aus. Sein Gesicht hat seine Bräune verloren, und auf seiner Stirn sind neue senkrechte Linien aufgetaucht. Obwohl seine modischen Kleider noch dieselben sind, scheint die Großspurigkeit dahin.

»Wie geht es ihr?« fragt T.J.

»Gut. Sie schläft.«

»Ich fand, daß sie sehr gut aussah, als ich vorbeikam ... du weißt schon, gleich nachher. Ich wäre früher wiedergekommen, aber ihr beide habt so ausgesehen, als müßtet ihr eine Weile allein sein.«

»Danke. So war es auch. Aber jetzt geht es schon besser.«

T.J. sieht sich im Eßzimmer um.

»Wo fange ich am besten an?« fragt er.

»Ich hab die Wände bis auf den Verputz sauber und das Holz geschliffen«, sagt Andrew. »Ich werde die Wände in gebrochenem Weiß streichen und die Zierleisten in derselben Farbe, nur glänzend. Aber ich habe nur eine Rolle. Was würdest du lieber machen – die Wände oder die Leisten?«

»Ich übernehme die Wände«, sagt T.J.

»Dann hilf mir mit dem Abdecken.«

Die zwei Männer entfalten das Tuch, ziehen es bis an die Sockelleiste. T.J. beugt sich nieder, öffnet eine Dose Farbe und fängt an, mit einem Holz darin umzurühren. Andrew macht mit seiner Farbdose dasselbe.

»Du hast das großartig gemacht, was auch immer du getan hast«, sagt T.J. »Ich hab die Geschichte jetzt zwanzig Mal gehört, und jede Version ist ein klein wenig anders. Du bist verdammt noch mal ein Held im Ort, weißt du das?« Die Feststellung ist wie eine Aufforderung. T.J. sieht Andrew an.

Andrew zuckt die Achseln, eine Geste, die die Erinnerung an jenen Augenblick Lügen straft – die ungeheure Erkenntnis in jenem einzelnen eingefrorenen Sprung.

»Ich hab den Lauf mit der Hand weggeschlagen«, sagt er. »Der Schuß wurde zur Decke abgelenkt. Dann hab ich ihr das Gewehr weggenommen, und wie ich das tat, hat sie sich einfach hingesetzt.«

Er erinnert sich daran, wie sie zum Stuhl ging und wie sie die Hände im Schoß faltete und sich entschieden weigerte, Eden anzusehen, die während dieses Handgemenges aufgestanden war und den Gürtel ihres Morgenrocks festband. Andrew, nackt, hatte das Gewehr mit zu Boden gerichtetem Lauf festgehalten und Eden mit nicht gerade gefaßter Stimme gesagt, sie solle ans Telefon gehen, die Vermittlung wählen, sich DeSalvos

Nummer geben lassen und dann DeSalvo anrufen und ihn bitten, sofort herauszukommen. Wenn er nicht zu Hause sei, solle sie den Schnellimbiß anrufen. Seltsamerweise hatte ihn seine Nacktheit vor Edith Close nicht verlegen gemacht – zurückblickend stellte er sich vor, daß das daher kam, weil sie alle in einem einzigen Augenblick auf eine andere Ebene von Schuld und Scham übergegangen waren –, aber er ging nichtsdestoweniger auf den Stuhl zu, auf dem Edith saß, und nahm seine Kleider hinter ihr weg. Er setzte sich auf das Bett, das Gewehr neben sich, und zog sich an, wobei seine Hände so zitterten, daß er seine Schnürsenkel nicht zubinden konnte. Er hatte Edith aufgefordert – wobei er sich jetzt, mit dem Gewehr in der Hand und auf sie gerichtet, wie ein Schauspieler vorkam –, sie solle in die Küche hinuntergehen. Während er ihr nach unten folgte und noch nicht genau wußte, was geschehen würde, wenn DeSalvo eintraf, begann er Bruchstücke von Darstellungen zusammenzufügen, um zu sehen, ob sie wohl glaubhaft schienen, bis er die Küche erreichte und zu Eden in ihrem Morgenmantel am Tisch hinübersah und an ihrem Gesicht und ihrer Haltung sah, daß sie wußte, daß sie jetzt frei war. Sie würde sagen, was sie sagen würde, das zu sagen sie sich lange gesehnt hatte.

»Du hast die Polizei gerufen?« fragt T.J.

»Ich rief DeSalvo an. Ich dachte, ich würde an dem Punkt Rat brauchen, mehr als alles andere. Später hat er dann die Polizei gerufen, und dann sind sie gekommen und haben sie abgeholt.«

»Und sie hat die ganze Geschichte erzählt?«

»Nein. Das hat Eden getan. Nachdem sie Edith abgeholt hatten, setzten DeSalvo und ich uns mit ihr hin, und sie hat uns alles gesagt. Sie war sehr ruhig, ganz klar. Für sie war es eine Erleichterung ...«

T.J. schabt die Tropfen von dem Holzspan, mit dem er die

Farbe umgerührt hat, und legt ihn auf ein Stück Zeitung. Er gießt etwas von der dicken cremigen Flüssigkeit in die Farbschale. »Dann ist es die ganze Zeit Mrs. Close gewesen«, sagt er.

Andrew nickt und hält seinen Pinsel an die Zierleiste.

»Sie hat sie zusammen im Bett gefunden?« fragt T.J. Es ist eine rhetorische Frage, die höchstens eine Bestätigung verlangt. Diesen Teil der Geschichte hat T.J. schon mehrmals von Leuten im Ort gehört. Für die Ortschaft waren die Enthüllungen prickelnd und zutiefst befriedigend.

»Er war im Begriff, Eden zu verlassen, um in sein eigenes Zimmer zurückzukehren, weil er wußte, daß Edith bald nach Hause kommen würde. Aber sie war früher gekommen, und sie hatten sie nicht gehört.«

»Wir alle dachten, Mr. Close sei im Kino gewesen und in jener Nacht mit Mrs. Close nach Hause gekommen«, sagt T.J.

»So hat sie es dargestellt.«

»Ich vermute, daß niemand die Darstellung einer trauernden Witwe und eines schwerverletzten Kindes in Zweifel ziehen wollte.«

»Nun, das haben sie auch nicht getan.«

So, als würde plötzlich vor seinen Augen ein Blitzlicht aufflammen, taucht das Bild von Edith Close, die von den Sanitätshelfern zu Boden gedrückt wurde, einen Augenblick lang vor seinem inneren Auge auf. Er zögert und meint dann, zu T.J. gewandt: »Sie kamen gar nicht auf die Idee, die trauernde Witwe zu befragen, weil sie *wirklich* trauerte. Dir ist doch klar, daß sie nicht auf Jim schießen wollte?«

Der Drang, T.J. diese Dinge zu berichten, überrascht Andrew – schließlich haben er und T.J. jetzt nur so wenig gemeinsam –, aber dieses Weitergeben bringt auch ihm eine gewisse Erleichterung. Vielleicht erzeugt die gemeinsame Arbeit diese Atmosphäre des Vertrauens oder vielleicht auch nur, daß er T.J. in alten Kleidern sieht.

T.J. legt die Walze weg und dreht sich zu Andrew herum. »Und er kam dazwischen?«

Andrew nickt. »So ähnlich.« Andrew fragt sich jetzt, ob auch Jim aufgesprungen war, um sie zu retten.

T.J. schüttelt den Kopf und pfeift dann langgezogen. »Was für ein Alptraum! Sie hat versucht, ihre eigene Tochter zu töten?«

Andrew nickt. »Seine Tochter.«

T.J. starrt Andrew an und versucht das in sich aufzunehmen. Er dreht sich um, befeuchtet die Rolle wieder in der Schale und hebt sie an, um die nächste Bahn zu streichen. »Hast du das je vermutet?« fragt er. »Er und Eden?«

Das ist eine Frage, über die Andrew in den drei Wochen nachgedacht hat, seit Eden von sich und ihrem Vater erzählt hatte. Er weiß, daß die Antwort darauf nein ist. Er hätte ihr dies nicht zugetraut. Und doch mag es Hinweise gegeben haben, denkt er jetzt. Er erinnert sich daran, wie seine Mutter Jim dabei zusah, wie er seine Tochter auf der Treppe streichelte. »Widerwärtig«, pflegte sie zu sagen, und er dachte, sie meine, wie Jim das Kind verwöhnte. Aber vielleicht spürte sie auch noch etwas anderes, etwas, das sie nicht artikulieren oder auch nur für sich selbst zur Klarheit bringen konnte.

»Paß auf, daß es nicht tropft«, sagt Andrew. Er öffnet eines der Fenster, um die Farbdämpfe hinauszulassen. Sofort füllt die frische Luft seine Lungen. Wenn er mit dem Streichen fertig ist, wird er sich noch einmal das Schleifgerät mieten und die schmalen Eichendielen herrichten. Die Heilsarmee hat den Teppich und die Möbel mitgenommen – tatsächlich haben sie den größten Teil des Mobiliars abgeholt. Fast nichts, abgesehen von einer Mahagonianrichte im Eßzimmer, war für die Versteigerung gut genug.

»T.J.«, sagt Andrew, »da ist etwas, was mir Bauchweh macht.«

»Was denn?« fragt T.J.

»Nun, eine Zeitlang, eine halbe Stunde vielleicht oder einen Tag lang, ich erinnere mich nicht so genau, da dachte ich, du hättest es gewesen sein können. Diese Gewehre ...«

»Vergiß es. Du warst mächtig unter Druck. Du konntest nicht klar denken.«

»Du hast es also Sean nicht gesagt?«

»Nein. Und ich weiß auch nicht, wer es getan hat, obwohl sich die Nachricht an jenem Morgen sehr schnell verbreitet hat. Sein Vater vielleicht. Ich vermute, daß er durchgedreht hat, als er es hörte, daß er nicht mehr wußte, was er tat.«

Andrew sieht zu, wie die glänzende Farbe die stumpfe geschliffene Fläche zudeckt. Malen, denkt er, ist wie Mähen, eine sehr befriedigende Arbeit. Er kann T.J. gar nicht sagen, wie ihn dieses Haus gepackt hat – die Vorstellung, es umzuwandeln, es sauberzuschleifen, es so gründlich zu lüften, daß die Vergangenheit so wie die Farbdämpfe zu den Fenstern hinausweht und sich in der sauberen Septemberluft verflüchtigt. Die Arbeit war angenehm, abgesehen von dem einen Tag, an dem er gezwungen war, Ediths Zimmer zu betreten und ihre Habseligkeiten dort zu holen. Das Zimmer mit den zugezogenen Vorhängen, den düsteren Möbeln und dem einsamen Foto von Jim auf einer Kommode deprimierte ihn so, daß er minutenlang auf der abgenutzten Überdecke saß und einfach außerstande war, weiterzumachen. Der schlimmste Augenblick war, als er die oberste Schublade ihrer Kommode öffnen mußte, so wie er es im Schlafzimmer seiner eigenen Mutter getan hatte. Er war versucht, einfach den ganzen Inhalt der Schublade in Tüten zu packen und alles zu ihrem Anwalt zu bringen, damit man die Sachen zusammen mit den Koffern voll Kleidern Edith im Krankenhaus geben konnte. Aber da war eine Art lüsterne Neugierde, die ihn dazu drängte, sich mit den Gegenständen zu befassen, sie zu berühren, sie sich als Hinweise auf eine rätselhafte Frau vorzustellen: eine Postkarte von Jim aus Buffalo aus dem Jahre 1959; ein blaßblaues Nylonnachthemd, das allem Anschein nach jahrelang nicht gewaschen worden war; eine Karte mit einem Herz von Jim; ein Zertifikat, auf dem bestätigt wurde, daß Edith Close eine lizenzierte Krankenschwester war. Erstaunlicherweise – oder vielleicht war es gar nicht so erstaunlich – gab es in dieser Schublade keine einzige Spur, so wie in der Schublade seiner Mutter, daß die Frau je ein Kind großgezogen hatte, daß jemals eine Tochter ihr Zuhause mit ihr geteilt hatte. Kein einziges Andenken, nichts aus der Schulzeit, keine Fotos. Er tat alles in eine Einkaufstüte und ließ die Schublade offen, außerstande und nicht bereit, sie noch einmal zu berühren.

»Was, glaubst du, wird mit ihr geschehen?« fragt T.J.

»Du meinst Edith?«

»Ja.«

»Ich nehme an, sie werden sie irgendwo einweisen.«

»Die Klapsmühle?«

»Wahrscheinlich. Selbst wenn es zu einem Verfahren kommt, und ich bin gar nicht sicher, daß es dazu kommen wird. Eden will das nicht. Niemand will das eigentlich.«

»Ist sie jetzt dort?«

»Sie steht unter Beobachtung. Sechzig Tage.«

Er versucht sich Edith unter Beobachtung auszumalen, erinnert sich an sie, wie sie in der Küche darauf wartete, daß DeSalvo kam. Sie stand die ganze Zeit, weigerte sich, am Tisch zu sitzen. Andrew hielt immer noch das Gewehr in der Hand, obwohl er wußte, daß es nicht nötig war. Es gab für sie jetzt keinen Ort mehr, wo sie hingehen konnte.

Er war vorher nie mit den zwei Frauen in einem Zimmer gewesen, und ihm fiel auf, wie spürbar die Spannung zwischen ihnen war, wie ein elektrischer Strom, der vom Tisch zu der Stelle hinüberführte, wo Edith stand, ein Strom, der so lebendig war, daß er ihn nicht unterbrechen wollte. Und doch waren die Minuten, die sie auf DeSalvo warteten, stumme Minuten. Keine der beiden Frauen sprach zu der anderen oder wandte auch nur den Kopf in ihre Richtung. Andrew hatte das Gefühl, daß er in diesem Raum ein Fremdkörper war, und wußte, daß die beiden auch ohne ihn passiv auf das gewartet hätten, was als nächstes passieren sollte. Tatsächlich schienen die Schüsse jetzt wie etwas, das er vielleicht geträumt haben könnte, jedenfalls nicht wie ein wirkliches Ereignis – und dies so sehr, daß er leicht verlegen war, als DeSalvo, übergewichtig und atemlos, aus seinem winzigen Wagen an die Hintertür schoß, den Revolver in der Hand. Diese Geste und seine eigene Haltung mit dem Gewehr schienen übertrieben – zuviel für die kleine, einfache Küche. DeSalvo spürte es auch, wie er zuerst den Blick von einem Gesicht zum anderen wandern ließ und dann langsam die Waffe senkte. Er hatte Handschellen, aber Andrew sagte, er sei sicher, daß sie nicht nötig seien. Er dachte freilich, daß es besser wäre, wenn man Edith wegbrachte. Und da rief DeSalvo auch die Polizeistation an. Wieder warteten sie in der Küche. DeSalvo war so klug, noch nicht zu fragen, was vorgefallen war. Andrew dachte, daß er DeSalvo fragen sollte, ob er eine Tasse Kaffee wolle. Er sehnte sich danach, ihm die Schrotlöcher in der Schlafzimmerdecke zu zeigen, um ihrer Wache in der Küche Glaubwürdigkeit zu verleihen, aber er wußte, daß das warten mußte, bis die uniformierten Beamten da waren.

Nach einer Weile hörten sie die Sirenen. Andrew zog eine Jalousie hoch und sah, wie zwei Fahrzeuge in die Einfahrt bogen. Männer sprangen aus den geöffneten Türen, wie sie es gelernt hatten, und dann waren auf einmal zu viele Leute in der Küche. DeSalvo übernahm dann das Kommando, erteilte Befehle, und sein Tonfall und die blitzenden Lichter draußen erinnerten Andrew an das andere Mal, als Polizeifahrzeuge zu den beiden Häusern gekommen waren. Ein Mann nahm Edith am Ellbogen, ganz behutsam, als wäre sie selbst das Opfer, als wäre sie diejenige, die den Schock erlitten hatte. Sie sagte die ganze Zeit kein Wort, sah sich die ganze Zeit nicht um, hatte keinerlei Abschiedsgeste für die Frau am Tisch übrig, die Frau, die ihre Tochter hätte sein sollen, die Frau, von der sie sich zwei Mal zu befreien versucht hatte.

»Aber das Haus will sie immer noch verkaufen?« fragt T.J.

Die Frage bringt Andrew in die Gegenwart zurück. »Das hat sie ihrem Anwalt gesagt«, meint er. »Ganz gleich, was geschieht, ich glaube nicht, daß sie hierher zurückkehren könnte. Nicht jetzt.«

»Nein.«

T.J. nimmt die Walze und streicht über die Wand. »Woher hatte sie denn das Gewehr?« fragt er.

Andrew tritt einen Schritt zurück und betrachtet sein Werk. »Es war hier«, sagt er. »Es war immer hier.«

»Wo?«

»Meinst du, daß das Weiß in Ordnung ist?« fragt er T.J.

T.J. mustert die Leisten. »Ich finde schon.«

Andrew taucht den Pinsel wieder in die Farbe. »In einem Geheimfach unter den Bodenbrettern von Ediths Kleiderschrank im Schlafzimmer«, sagt er. »Jim hatte das Gewehr Jahre früher gekauft, auf dieselbe planlose Art, wie er alles kaufte. Er besaß ein Farmhaus in einem abgelegenen Teil der Ortschaft, also dachte er, daß er eine Waffe haben sollte – so wie er immer Samen kaufte und sie dann nie ausbrachte. Er zeigte Edith, wie man mit dem Gewehr umgeht, für den Fall, daß ein Einbrecher käme, während er unterwegs war, und ließ meinen Vater einen Behälter – eine Art Safe – unter den Bodenbrettern anfertigen. Das Komische ist, daß ich mich daran *erinnere*, daß mein Vater das machte. Ich hatte nicht gemerkt, glaube ich wenigstens, daß der Behälter für ein Gewehr bestimmt war. Aber als Eden uns davon erzählte, erinnerte ich mich an das

Wochenende, an dem mein Vater das Fach gemacht hatte. Wir machten uns zu Hause darüber lustig, wie Jim die Anleitung in einer Zeitschrift entdeckt hatte, aber wie immer meinen Vater dazu gebracht hatte, die Arbeit zu machen.«

»Also hat Edith die Waffe dort versteckt, nachdem sie Jim erschossen hatte?«

Andrew hört zu malen auf und wirft T.J. einen Blick zu. Er fühlt ein leichtes Unbehagen. Das gehörte nicht zu der Geschichte, die Eden erzählt hatte oder hätte erzählen können. Sie muß damals bewußtlos gewesen sein. Das Unbehagen steigt in ihm auf, in seinen Nacken.

»Ich weiß nicht«, sagt er zu T.J. »So muß es wohl gewesen sein.«

T.J. stellt die Walze in die Schale und tritt einen Schritt zurück, um seine Arbeit zu begutachten.

»Na, was sagst du?« fragt er Andrew.

Andrew sieht die Wand prüfend an. »Wie ein Fachmann«, erklärt er.

»Macht wirklich Spaß«, sagt T.J. »Ich hab so etwas seit Jahren nicht mehr gemacht. Ich will dir was sagen: Ich mach jetzt noch eine Wand für dich, und dann muß ich gehen. Tom junior hat ein Fußballspiel.« T.J. nimmt die Walze und macht sich an die zweite Wand.

»Ich beneide dich, weißt du das?« sagt er.

»Du beneidest mich? Warum?« fragt Andrew.

»Weil du neu anfängst. Dein Leben ist wie dieses Zimmer.«

Andrew will etwas dazu sagen, aber T.J. fällt ihm ins Wort.

»Ehrlich gesagt, würd's mir auch guttun, jetzt von vorn anzufangen.«

»Warum?« fragt Andrew. Er sieht T.J. an, der ihm den Rücken zuwendet.

»Die Kasse ist leer, Andy-Boy. Schlimmer als leer, wenn du weißt, was ich meine. Ich hab ein paar ungünstige Investitionen gemacht ...« Eine Pause. »Könnte sein, daß ich das Haus verliere.«

Andrew sieht zu, wie T.J. bedächtig die Walze ansetzt und so tut, als würde er eine Unebenheit ausgleichen. Das Flanellhemd ist an der Schulter aufgerissen. Er spürt, daß es T.J. einige Überwindung gekostet hat, ihm das zu sagen.

»Ich und Didi, uns hält das, was wir haben«, sagt T.J. »Wenn das weg ist, weiß ich nicht. Ich weiß nicht, wie wir ohne all das Zeug miteinander klarkommen, aber ich hab da kein gutes Gefühl. Manchmal hab ich das Gefühl, daß da die Kasse auch leer ist.«

T.J. tritt zurück, um sein Werk erneut zu betrachten, weicht immer noch Andrews Blick aus.

»Keiner fängt völlig von vorn an«, sagt Andrew vorsichtig. T.J. sagt nichts. »Ich bin jetzt beurlaubt«, fügt Andrew hinzu, »aber ich muß bald wieder an meine Arbeit zurück. Vielleicht nicht mehr ganztags. Höchstwahrscheinlich sogar nicht – als Berater vielleicht. Ich brauche ein Einkommen, und das ist die wirksamste Art, die ich kenne, um im Augenblick eines zu bekommen. Ich habe einen Sohn zu versorgen – ich *will* für ihn sorgen ...« Er denkt an Billy, und in seiner Brust verkrampft sich etwas. Er ist noch nie so lange wie jetzt seinem Sohn fern gewesen. Aber Andrew und Eden werden bald nach New York fahren, und er wird Billy dorthaben. Er weiß, daß es für Billy schwer sein wird, Edens Anwesenheit zu verstehen, aber das kann er seinem Sohn nicht ersparen. Es gibt jetzt Dinge, die er nicht unter Kontrolle hat, so wie Marthas Eröffnung gerade vor einer Woche, daß sie wieder heiraten werde – einen Psychiater. Sie hatte vorgehabt, mit dieser Ankündigung noch zu warten, sagte sie, bis sie Andrew persönlich zu Gesicht bekäme; aber dann waren ihr seine dauernden Verzögerungen unangenehm geworden. Andrew stellte am Telefon fest, daß er auf diese Nachricht nicht reagieren konnte – er sah sich sofort von Vorstellungen bedrängt, wie ein anderer Mann mit Billy Ball spielte, wie ein anderer Mann seinen Sohn abends zu Bett brachte ... Andrew hofft, daß der Psychiater, wer auch immer er sein mag, nicht einer von jenen Hirnspenglern sein wird, der darauf besteht, daß jedes Familienmitglied sich bei ihm von der Last seiner Gefühle befreit. »Ich muß dafür sorgen, daß Eden gute Lehrer bekommt«, sagt Andrew und schüttelt das unerträgliche Bild eines anderen Vaters für Billy damit ab, »oder ein gutes Blindenprogramm findet. Ich möchte, daß sie ... warte einen Augenblick.«

Andrew legt den Pinsel weg, eilt ins Wohnzimmer und kommt mit einem Gegenstand in der Hand zurück.

»Was hältst du davon?« fragt Andrew.

T.J. tritt näher, um besser sehen zu können. Er berührt die Oberfläche, streicht mit den Fingern über den geschwungenen Rücken und die gerade Stuhllehne.

»Das ist schön. Wo hast du es her?«

»Eden hat es gemacht. Das ist ihre Beschäftigung.«

»Jesus.«

»Aber das ist Ton. Sie sagt, es wird nach einer Weile zerbrechen. Sie hat im Lauf der Jahre Dutzende davon gemacht, und sie sind alle weg. Wenn ich daran denke . . .«

»Kann man es nicht mit etwas einsprühen, damit es hält?« fragt T.J.

»Ich versteh nicht viel davon, aber ich glaube, man muß es entweder in einem Ofen brennen, und dazu hatte sie nie Zugang, oder sie könnte sie in Wachs herstellen und sie dann in Metall gießen lassen, in Bronze beispielsweise. Meine Vorstellung ist, daß ich meine Wohnung verkaufe und uns irgend etwas Größeres in der Innenstadt besorge, damit sie mehr Platz für ihre Arbeit hat.«

»Ja«, sagt T.J. Er hebt den Blick von der Skulptur und sieht Andrew ins Gesicht. Es ist ein kurzer Blick, aber er ist nackt.

Andrew sieht im Gesicht seines alten Freundes einen Ausdruck, in dem sich Neid mit Bedauern mischt. Dann löst T.J. den Blick von ihm, und er dreht sich zur Wand.

Andrew wickelt die Skulptur in eine Zeitung ein und legt sie wieder in die Schachtel im Wohnzimmer. Er und T.J. arbeiten schweigend. T.J. streicht drei der Wände, so daß Andrew nur die Wand um das Fenster bleibt, das auf die Einfahrt hinausblickt. Dann zieht er wieder seine eigenen Kleider an. Er gibt Andrew die Jeans und das Hemd, als würde er damit eine andere Ausprägung seiner Person überreichen.

»Hör mal«, sagt er zu Andrew, »hast du Lust später, vielleicht gegen vier oder so, eine Runde mit mir zu laufen?«

Andrew nimmt die Kleider entgegen und sieht T.J. dabei zu, wie er in seine Lederjacke schlüpft. T.J. nimmt eine Sonnenbrille aus der Tasche, setzt sie auf. Mit dieser Geste scheint er etwas zurückzugewinnen.

»Klar«, sagt Andrew. »Warum nicht? Ich hätte schon Lust.«

T.J. legt die Hand auf Andrews Schulter. Er klappt den Mund auf, als wollte er etwas sagen, scheint sich aber dann dagegen zu entscheiden. Andrew begleitet ihn durch die Küche. Er hält ihm die Gittertür auf und sieht T.J. nach, wie er zu seinem Prelude geht. Seine Schritte werden jetzt schneller. T.J. lehnt sich an den Wagen, läßt die Schlüssel in der Hand kreisen. Er sieht zu Andrews Haus hinüber. »Du hast wirklich eine Menge für Eden getan. Ich finde, du hast sie wirklich gerettet.«

»Nein«, sagt Andrew schnell, »ich glaube, es ist genau andersherum.«

T.J. blickt zum Himmel auf, als suchte er eine Wolke. »Warum ist Eden nicht weggegangen?« fragt er. »Warum ist sie nicht einfach ausgezogen?«

Andrew zögert, aber nur eine Sekunde lang. »Wo hätte sie denn hingehen können?« sagt er. »Was hätte sie denn tun können?«

T.J. überlegt und nickt dann langsam. »Ich komme dann gegen vier zurück«, sagt er und setzt sich hinter das Steuer. Andrew blickt dem roten Wagen nach, wie er rückwärts hinausfährt und dann Richtung auf die Ortschaft nimmt. Er läßt die Gittertür hinter sich zuschlagen, bleibt auf der kleinen Terrasse stehen, die Hände in den Taschen seiner Jeans. Die Treppe ist jetzt wieder in Ordnung, er hat sie letzte Woche repariert. Er lehnt sich an das Geländer und blickt nach Norden über die Maisfelder – eine weite Ockerfläche vor dem hellblauen Himmel. Die Antwort reicht nicht aus, das weiß er. Den wahren Grund spürt Andrew zwar, kann ihn aber nicht ausdrücken. Um sie so zu begreifen wie er, hätte T.J. Eden an jenem ersten Tag sehen müssen, an dem Andrew zu ihr in die Küche kam. Er könnte sagen, es war Schuld, Angst, daß Edith ihr wieder weh tun würde – aber Andrew weiß, daß es mehr als das ist: Es war, denkt er, eine absolute Aufgabe des Willens – ein bewußt gebrachtes Opfer, um den Verlust zu überleben.

Er geht über das Gras, das schon wieder nachgewachsen ist und bald geschnitten werden muß. Der BMW in der Einfahrt fängt an zu verstauben, so wie das immer mit den Fords seines Vaters geschah. Bei diesem Anblick kommt ihm unwillkürlich der Gedanke an das erste Mal, wie er mit Eden damit ausfuhr, und das liegt erst zwei Wochen zurück. Es war ein klarer Tag, frisch wie der heutige, mit den ersten echten Spuren des Herbstes. Vielleicht war es die kühlere Temperatur oder ein Gefühl, daß die Zeit dafür gekommen war – jedenfalls wußte er, als er an jenem Morgen aufwachte, daß er mit ihr eine Fahrt machen würde, daß sie reif war für einen Ausflug. In der Woche seit dem verhinderten Schuß hatte er ihr Kleider gekauft, und so trug sie an jenem Tag ein Paar neue Jeans und einen lebhaft gemusterten blaugrünen Pullover, den er ausgewählt hatte, weil er zu ihrer Augenfarbe paßte.

»Wir fahren einfach nur«, sagte sie und suchte damit seinen Zuspruch, als sie in den Wagen stiegen.

»Wir werden sehen«, sagte er, ohne sich festzulegen, und fuhr rückwärts die Einfahrt hinaus und bog in die gerade Straße durch die Weiden und die Getreidefelder. In der kurzen Zeit, die er mit ihr zusammengewesen war, hatte er entdeckt, daß sie auf neue Erfahrungen besser reagierte, wenn er einfach ankündigte, daß sie jetzt kommen würden. Sie zu fragen, ob sie etwas tun wolle, pflegte sie ängstlich zu machen – obwohl es bis jetzt noch nichts gegeben hatte, das er vorgeschlagen hatte, was ihr am Ende nicht auch Spaß gemacht hatte.

Auf der Straße war nicht sonderlich viel Verkehr. Er brachte den Wagen auf neunzig Stundenkilometer, ging vorsichtig auf hundert zu. Die saubere Luft ließ die Weiden und Felder wie gewaschen aussehen, und er wünschte sich, so wie er wußte, daß er es sich in den kommenden Jahren hunderttausendmal wünschen würde, daß sie sehen könnte, was er sah. Er war mit Beschreibungen immer noch vorsichtig und war nicht sicher, ob sie ihr halfen – ja, nicht einmal, ob sie nach neunzehn Jahren seine Porträts »sehen« konnte. Die sichtbare Welt, das begriff er jetzt immer klarer, würde es nicht sein, was sie miteinander teilten.

Er drückte einen Knopf, um die Fensterscheibe auf seiner Seite herunterzulassen, damit sie die Geschwindigkeit, die Luft und den Tag fühlen konnte. Der Wind zerzauste ihr das Haar; sie hob eine Hand, um es aus der Stirn zu wischen. Langsam ließ er das Fenster auf ihrer Seite herunter und meinte, wenn es ihr zuviel sei, solle sie es sagen. Ihr Haar, das leuchtete, wenn die Sonne es traf, wirbelte wie Seide um ihren Kopf. Sie versuchte mit den Händen ihr Gesicht vor dem Luftzug zu schützen, gab es dann auf und ließ den Kopf an die Kopfstütze sinken. Er brachte den Wagen auf hundertzehn. Zum ersten Mal, seit er erwachsen war, wünschte er, er hätte ein Cabriolet.

Er fuhr eine Stunde lang, wechselte die Richtung, wechselte immer, wenn es ging oder wenn es ihn dazu drängte, auch die Straßenart. Er nahm eine kleine Nebenstraße, von der er wußte, daß sie hundert Biegungen und Kurven hatte, fuhr eine Spur zu schnell, damit sie sie spüren konnte. Sie lachte, wenn die Zentrifugalkraft sie gegen die Tür preßte; einmal griff sie nach etwas, um sich festzuhalten, und erwischte den Schalthebel – er nahm ihre Hand. Er empfand ein Gefühl der Unbekümmertheit, beinahe wie ein Teenager, der den Wagen seines Vaters fährt; ein Gedanke, der ihm Freude bereitete – die grobe Erinnerung an den Jungen, der so tat, als wäre er ein Mann, sein Mädchen neben sich im Wagen –, bis der Gedanke ihn traurig machte und er ihn schnell wieder von sich schob. All das war ihr entgangen, all das, was zu jenen Jahren dazugehörte, und ganz gleich, wie oft er mit ihr ausfuhr, ganz gleich, wie schnell er fuhr, das würde er ihr nie zurückgeben können.

Nach einer Weile nahm er wieder die Hauptstraße zurück, aber als er die Häuser erreichte, sagte er nichts und fuhr an ihnen vorbei. Er sah zu ihr hinüber, um zu sehen, ob sie es wußte, aber ihr Kopf lehnte immer noch an der Kopfstütze, ihre Augen waren geschlossen und schienen die Bewegung des Wagens nicht wahrzunehmen. Erst als sie näher an die Ortschaft kamen und an einem Schulspielplatz vorüberfuhren, wo gerade Fußball gespielt wurde, lehnte sie sich vor und lauschte.

»Wo sind wir?« fragte sie.

»Das wirst du schon sehen«, sagte er.

Sie blieb nach vorn gebeugt sitzen, interessiert, lauschte jetzt den einstmals vertrauten Geräuschen von Männern mit Heckenscheren, Kindern, die einander beim Radfahren etwas zuriefen, dem etwas dichteren Verkehr eines kleinen Ortes. Er parkte vor dem Schnellimbiß.

»Wo sind wir?« fragte sie wieder.

»Ich dachte, wir sollten eine Kleinigkeit zu Mittag essen.«

»Nein«, sagte sie unmißverständlich und schüttelte dabei den Kopf.

»Ich habe im Haus nichts zu essen«, sagte er.

»Das ist nur ein Vorwand.«

»Schau, irgendwann muß es doch einmal sein.«

»Vielleicht. Aber nicht hier, nicht jetzt.«

Er lehnte sich im Sitz zurück und sah zur Tankstelle hinüber, überlegte einen Augenblick.

»Ich werde hineingehen und essen«, sagte er. »Du kannst mitkommen oder im Wagen sitzenbleiben.«

Er strich mit den Fingern über die Buckel im Steuerrad und wartete auf eine Antwort.

»Also gut«, sagte sie nach einer Weile.

Er wußte nicht, ob das »also gut« bedeutete, also gut, sie würde im Wagen bleiben, oder also gut, sie würde mitkommen; also beschloß er die Antwort in seinem Sinne zu deuten. Er ging um den Wagen herum, öffnete die Tür. Sie zögerte, stieg dann aus. Er nahm ihre Hand.

»Hab Vertrauen zu mir«, sagte er.

»Das sagst du jetzt schon seit Tagen.«

»Nun?«

Das Ereignis lag erst eine Woche zurück; sie war eine Berühmtheit, hatte reichliches Gerede ausgelöst. Wenige hatten sie in den vergangenen neunzehn Jahren gesehen; aber mit Ausnahme des Vietnamesen hinter der Theke, der nicht wissen konnte, wer sie war, vielleicht nicht einmal all die Geschichten verstanden hatte, die in jener Woche von einem Hocker zum nächsten gewandert waren, blickten alle in dem Lokal auf und starrten Eden an.

Keine Frage, dachte Andrew, es gab Zeiten, wo er froh war, daß sie nicht sehen konnte.

Aber sie wußte es. Sie nahmen einen Tisch am Fenster, etwas abseits von der Theke.

»Sehen sie mich an?« fragte sie mit gesenktem Kopf.

»Du mußt den Kopf heben«, sagte er. »Sieh auf meine Stimme.«

Das tat sie.

»DeSalvo ist hier«, sagte er. Der ehemalige Polizeichef hatte ihnen zugewinkt, als sie eintraten. Er würde ihnen eine Minute Zeit lassen, das wußte Andrew, und dann zu ihnen herüberkommen; eine Geste der Solidarität ebenso wie der Freundschaft.

»Und ein paar Männer, die ich nicht kenne, und ... hm ...«

»Wer?«

»Henry O'Brien«, sagte er schnell.

»Oh«, sagte sie.

O'Brien funkelte Andrew und Eden an, wie erstarrt, wie vom Anblick eines unwillkommenen Gespenstes aus der Vergangenheit gelähmt. Die anderen Männer hatten sich höflich wieder ihren Sandwiches zugewandt – obwohl Andrew bemerkte, daß sie es fertigbrachten, indem sie nach dem Salz oder dem Serviettenbehälter griffen, verstohlen in Edens Richtung zu blicken. Nur O'Brien fuhr fort, sie unverhohlen anzustarren.

»Wird er eine Szene machen?« fragte Eden.

»Nein«, sagte Andrew. »Das glaube ich nicht.« Aber in Wahrheit wußte er es nicht. O'Briens Augen waren wäßrig; er hatte bereits einiges getrunken.

Der Vietnamese kam an den Tisch. Andrew las Eden die Speisekarte von der Tafel vor. »Ich empfehle das Truthahnsandwich, aber nicht das Pepsi«, sagte Andrew.

»Gut«, nickte sie.

Andrew bestellte.

»Den Kopf hoch, sieh auf meine Stimme«, sagte Andrew wieder zu Eden.

Das tat sie, hielt den Kopf aber etwas zum Fenster geneigt, weg von den Männern.

»Du bist schön«, sagte Andrew. »An dir ist nichts, dessen du dich schämen mußt.«

Sie zuckte die Achseln.

»Du bist die schönste Frau im ganzen Lokal«, sagte er.

Sie schnitt eine Grimasse und lächelte dann. »Mir klingt das eher so, als wäre ich die einzige Frau im Lokal«, sagte sie.

»Nun, das auch«, sagte er und genoß ihr Lächeln.

Aus den Augenwinkeln sah er, wie O'Brien einen Fuß auf den Boden setzte, sich anschickte aufzustehen. Andrews Muskeln spannten sich, aber er wandte den Blick nicht von Eden. Er hatte nicht gewußt, daß O'Brien hier sein würde; er hätte sich vergewissern müssen, ehe er Eden hereinbrachte.

O'Brien drehte seinen Hocker herum, stand ganz auf, schwankte etwas. Selbst wenn Andrew Eden hinausbringen wollte, war dafür keine Zeit mehr. Einen unglaublichen Augenblick lang dachte er tatsächlich, er würde sich mit O'Brien schlagen müssen. Er versuchte sich die Szene auszumalen, konnte sich nicht vorstellen, daß er dem Mann die Faust ins Gesicht setzte.

Aber DeSalvo hatte auch gesehen, wie O'Brien sich bewegte, vielleicht sogar vor Andrew. »Henry«, sagte DeSalvo sofort hinter O'Brien und schlug dem rothaarigen Mann auf den Rücken, drückte ihn auf den Hocker. »Wie geht's denn? Wie geht's denn?«

O'Brien, den DeSalvos schwere Pranke einen Augenblick lang an der Bewegung hinderte, murmelte etwas, was Andrew nicht hören konnte.

»Al, 'ne Tasse Kaffee für meinen Freund Henry«, sagte DeSalvo mit lauter Stimme, so daß alle es hören konnten. »Wir sprechen uns gleich, Henry, aber ich muß meinem Freund Andy guten Tag sagen, ehe er uns wieder verläßt.«

DeSalvo ging an Andrews Tisch und beugte sich zu Andrews Überraschung vor, um Eden auf die Wange zu küssen, so wie ein Mann wie DeSalvo vielleicht beiläufig die Frau eines alten Freundes begrüßt.

»Danke«, sagte Andrew und meinte damit O'Brien, aber auch den Kuß.

»Widerwärtiger Bursche«, sagte DeSalvo halblaut, »aber ich will Ihnen einen Rat geben.« DeSalvo richtete sich zu seiner ganzen Länge auf und zerrte an seinen dunkelblauen Jogginghosen. »Lassen Sie sich Ihre Sandwiches schmecken«, sagte er. »Lassen Sie sich ruhig Zeit. Das ist schon in Ordnung. Aber Henry ist selbst unter den günstigsten Umständen ein Pulverfaß, wenn Sie wissen, was ich meine.«

Andrew nickte. Er sah DeSalvo nach, wie er an die Theke zurückkehrte und sich auf den Hocker vor O'Brien setzte, so daß er ihm den Blick auf Eden versperrte. Andrew konnte nur O'Briens Hinterkopf sehen, das zu lange Haar, das sich über seinem Jackettkragen kräuselte, und die rosafarbene Haut bis zu seinen Ohren. Niemand konnte O'Brien jetzt helfen. Das war ein Schaden, den man nicht auslöschen, nicht ungeschehen machen konnte.

Als DeSalvo gegangen war, biß Eden in ihr Sandwich und sagte: »Ich hab dir doch gesagt, daß es keine gute Idee ist.«

Er sah zu ihr hinüber. Ihr Haar war vom Wind ziemlich übel zugerichtet worden. Eine andere Frau hätte sich im Wagen gekämmt, ehe sie ausstieg. Andrew begriff, daß er sich für sie um diese Sachen würde kümmern müssen. Der blaugrüne Pullover saß ordentlich, so daß man am Hals einen kleinen weißen Halbmond ihrer Haut sehen konnte. Sie hatte die Ärmel zu den Ellbogen hochgeschoben. Er griff nach ihrem Handgelenk, rieb ihren Handrücken. Sein Herz schlug höher, wie er sie sich gegenübersitzen sah, wie sie das Sandwich zum Mund führte, wie ihr Haar von einem Coca-Cola-Poster an der Wand eingerahmt wurde – schlug höher beim Gedanken daran, daß sie beide etwas so Alltägliches taten.

Andrew biß von seinem eigenen Sandwich ab.

»So schlecht war die Idee auch nicht«, sagte er.

Beim Betreten seines eigenen Hauses lauscht er nach Geräuschen, hört keine. Im Ausguß sind Teller, die er später abwaschen muß. Er geht durch das Haus und die Treppe hinauf, geht leise durch den Korridor und denkt, daß er sie noch nicht wecken wird. Aber als er das Zimmer seiner Mutter betritt und sie unter der Steppdecke liegen sieht, das Haar in einem Zopf auf dem Kissen, gibt er dem Impuls nach, sich neben sie auf die Bettkante zu setzen. Sie regt sich leicht im Schlaf, und er sagt: *Ich bin's, Andrew.* Sie lächelt im Schlaf, ehe sie ganz wach wird.

Er sieht auf die Uhr. Er *sollte* sie jetzt wecken, denkt er. Er hat entdeckt, indem er mit ihr einschlief, daß sie nicht zwischen Tag und Nacht unterscheidet. Sie schläft nur drei oder vier Stunden an einem Stück, zweimal am Tag, und steht häufig um drei Uhr früh auf, um sich eine Mahlzeit zuzubereiten. Er würde sie gern wieder an einen Rhythmus gewöhnen, den sie miteinander teilen könnten.

»Wo warst du?« fragt sie schläfrig und streckt sofort die Hand aus, um ihn irgendwo zu berühren. Das ist ihre Art, ihn anzusehen, Kontakt herzustellen. Sie reibt mit der Hand über seinen Ärmel.

»Ich war mit T. J. zusammen. Er kam zu Besuch und half mir mit dem Eßzimmer. Du solltest jetzt aufstehen. Es ist fast Mittag.«

Sie lächelt wieder. Er glaubt, daß seine Versuche, sie in eine normale Routine zurückzulenken, sie manchmal amüsieren. Er fragt sich, ob sein Bemühen nicht seine Art ist, eine gewisse Ordnung in sein kleines Universum zurückzugewinnen. Dies waren außergewöhnliche Tage, außergewöhnliche Ereignisse, außerhalb seiner bisherigen Erfahrungen – und er hat sie noch kaum unter Kontrolle.

Sie gähnt, hält sich die Hand vor den Mund.

»Ich habe Hunger«, sagt sie.

»Gut«, sagt er.

Er geht ans Fenster, schiebt es in die Höhe. »Heute ist ein phantastischer Tag«, sagt er. »Man kann es fühlen.«

Er beugt sich vor, späht in den Garten hinunter. Vielleicht kommt es daher, daß er durch das Gitter sieht – vielleicht bringt das das Geräusch unwillkürlich in sein Bewußtsein zurück. Im Traum *war* es richtig, erkennt er plötzlich. Er hatte im Schlaf zuerst eine Frauenstimme aufschreien hören und dachte, es hätte vielleicht seine Mutter sein können. Dann war da ein zweiter Schrei, ein heiserer Schrei, der eines Mannes, und unmittelbar danach das erschreckte Kreischen einer weiteren weiblichen Stimme, eines Kindes, wie er selbst es damals war. Und schließlich nach den Schüssen das schrille Klagen, wie ein Rauchfaden, der sich zum Himmel kräuselt und stärker wird – die gequälte Stimme von Edith Close. Wieder hört er das schreckliche Wehklagen.

»Eden«, sagt er zu laut und schüttelt damit das andere Geräusch von sich. »Es gibt da noch etwas, was ich dich fragen muß.«

»Was?« Sie stützt sich auf die Ellbogen und zieht die Steppdecke hoch, um die nackten Arme zu bedecken. Die Kühle von draußen hat sie erreicht. Er geht ans Bett zurück, setzt sich neben sie auf die Kante.

»Nachdem Edith auf Jim geschossen hatte, was hat sie mit dem Gewehr gemacht? Ich meine, wie ist sie es so schnell losgeworden? Mein Vater war binnen Minuten da.«

Sie zieht die Decke enger um sich. Sie sagt nichts.

»Eden?«

»Ich wünschte, du würdest das nicht fragen«, sagt sie.

»Warum?«

Sie gibt ihm keine Antwort. Er wartet.

»Sag es mir«, sagt er. »Ich muß es wissen.«

»Es war dein Vater«, sagt sie schnell. »Es war dein Vater.«

»Mein Vater?« Er hebt ruckartig den Kopf und sieht sie an. »Mein Vater?« fragt er erneut und äfft sie unbewußt nach.

Sie beißt sich auf die Lippen und gibt dann auf.

»Er sah, was sie getan hatte, glaubte zu wissen, warum sie es getan hatte. Vielleicht wußte er das mit Jim oder hatte es geahnt. Er nahm das Gewehr und legte es in den Behälter, den er gebaut hatte. Nachdem die Polizei am nächsten Tag mit ihm fertig war, kam er zurück, holte es und bewahrte es in seiner Garage auf. Ich glaube, er fand, sie solle nicht dafür ins Gefängnis, weil sie ihn erschossen hatte. Das mit Jim und mir hätte ihn abgestoßen. Er hat nie geahnt, damals nicht und auch später nicht, daß es nicht Jim war, den sie töten wollte.«

Andrew legt den Kopf in den Nacken, um die Decke zu studieren. Er sieht das Gesicht seines Vaters, wie er quer über die kiesbedeckte Einfahrt zurückkehrt, den Gewehrlauf schlaff nach unten gerichtet. Soll denn gar keine Erinnerung, gar kein Bild intakt bleiben? Seine Phantasie entgleitet ihm, segelt durchs Zimmer.

»Und meine Mutter?« fragt er schließlich. »Wußte sie es?«

Eden nickt.

Andrew sagt nichts, wartet.

»Nachdem dein Vater gestorben war, kam sie mit dem Gewehr an die Hintertür. ›Ich brauche das nicht mehr‹, sagte sie und ging wieder.«

Auf der Kommode seiner Mutter steht eine Uhr. Er kann sie ticken hören. Er sieht seine Mutter über die andere Bettseite gebeugt, wie sie das Bett macht, die Steppdecke glättet, zu ihm aufblickt. Schon ist in ihrer Haltung etwas, in ihrem Gesicht, das sich für immer verändert hat. Er erinnert sich daran, wie sie sich immer von ihm abwandte, ihm auswich, wenn er sich nach Eden erkundigte. Mit der Zeit wird Eden ihm andere Geschichten erzählen, kleine Geschichten von diesem oder jenem Gespräch, von diesem oder jenem Ereignis, so daß in der Ferne auch die Häuser sich verändern werden und der Landschaft seiner Kindheit Äste wachsen, aus denen Flügel sprießen.

»Gibt es noch etwas?« fragt er.

»Nein.«

»Hättest du es mir gesagt, wenn ich nicht gefragt hätte?«

»Ich weiß nicht. Ich hoffte, daß du nicht fragen würdest, aber ob ich es nie gesagt hätte, weiß ich nicht.«

Von der Stelle aus, wo er sitzt, kann er den größten Teil des Zimmers überblicken – des Zimmers, in dem seine Eltern schliefen, sich liebten, ihn zeugten: die zwei Fenster, die blaßgrüne Tapete, die Lampe an der Decke. Lagen seine Eltern hier und diskutierten in unterdrücktem Flüsterton, fragt er sich, und versuchten den Gegenstand zu begreifen und zu besitzen, den sein Vater in die Garage getragen hatte? Einen Gegenstand, der den einfachen, vertrauten Rhythmus ihrer Tage ändern würde, der nicht zulassen würde, daß man ihn auch nur einen Tag lang vergaß, ganz gleich, wie gut er verborgen war? Und hat ihr sein Vater wohl anvertraut, wie er die Szene erlebt hat, deren Zeuge er geworden war, ihr sein Verständnis jenes Schreckens mitgeteilt?

Edens Haarbürste liegt jetzt auf der Kommode seiner Mutter; seine eigenen Toilettenartikel und eine Liste, die er erstellt hat, liegen auf der seines Vaters. Einige seiner Kleider sind noch in seinem Koffer auf dem Boden, ihre in einer Schachtel auf dem Stuhl. Sie werden bald wegfahren, Richtung Süden, in die Stadt.

Er schiebt die Hand unter die Decke, findet den Saum von Edens Nachthemd und zieht ihn bis zu ihrer Hüfte hoch. Er legt die Hand auf ihren Bauch, fühlt die Wärme dort. Die Vorstellung, daß er bereits gerundet, angeschwollen ist, gefällt ihm, aber er weiß, daß noch Wochen vergehen werden, ehe die Form sich ändern wird. Er wartet voll Ungeduld, daß das geschieht, wartet ungeduldig auf die sichtbaren Zeichen.

»Dies ist alles«, sagt er, ohne die Hand wegzunehmen.

Der Schlaf oder ihr Zustand hat die volle Schönheit ihres Gesichts hervorgebracht. Sie legt ihre Finger auf seine Hand.

Er beugt sich vor, um sie auf die Wange zu küssen, dabei bewegt er sich in einen Sonnenstrahl, der durch das Fenster hereinkommt und der auf dem Kissen und dem Kopfteil ein helles Quadrat hervorzaubert. Die Sonne berührt sein Gesicht, wärmt es. Er schließt die Augen. Er spürt ihre Haut mit seinem Mund, unter seiner Hand.

Wenn mein Glück nur anhält, denkt er.

Deine Hände löschen die Erinnerung an andere.

Du bist in mir, und das werde ich immer haben.

Du hast mich dazu gebracht, all die Geheimnisse aufzugeben, und ich fühle mich erleichtert.

Du sprichst von Tagen, die sich in eine ferne Zukunft reihen, und du glaubst an sie. Ich glaube nicht an sie, aber ich glaube an diesen Tag.

Die Steppdecke deiner Mutter duftet süß. Deine Mutter hatte auch Geheimnisse, und sie ist erleichtert, froh, daß ich sie dir erzählt habe.

Dein Gesicht schimmert im Wasser, und manchmal glaube ich, daß ich es sehen kann.

Ich werde mein Kind fühlen und riechen, aber nie werde ich sein Gesicht sehen.

Wir verlassen diesen Ort und kehren nicht zurück, und in unseren Träumen wird er sich in Staub verwandeln.